DuMonts Kriminal-Bibliothek

Charlotte MacLeod wurde 1922 in Kanada geboren und wuchs in Massachusetts, USA, auf. Sie studierte am Boston Art Institute und arbeitete danach kurze Zeit als Bibliothekarin und Werbetexterin. 1964 begann sie, Detektivromane für Jugendliche zu veröffentlichen, 1978 erschien der erste »Balaclava«-Band, 1979 der erste aus der »Boston«-Serie, die begeisterte Zustimmung fanden und ihren Ruf als zeitgenössische große Dame des Kriminalromans festigten.

Von Charlotte MacLeod sind in DuMonts Kriminal-Bibliothek bereits erschienen: »Schlaf in himmlischer Ruh'« (Bd. 1001), »… freu dich des Lebens« (Bd. 1007), »Die Familiengruft« (Bd. 1012), »Über Stock und Runenstein« (Bd. 1019), »Der Rauchsalon« (Bd. 1022), »Der Kater läßt das Mausen nicht« (Bd. 1031), »Madam Wilkins' Palazzo« (Bd. 1035), »Der Spiegel aus Bilbao« (Bd. 1037), »Kabeljau und Kaviar« (Bd. 1041), »Stille Teiche gründen tief« (Bd. 1046), »Ein schlichter alter Mann« (Bd. 1052), »Wenn der Wetterhahn kräht« (Bd. 1063), »Eine Eule kommt selten allein« (Bd. 1066), »Teeblätter und Taschendiebe« (Bd. 1072), »Miss Rondels Lupinen« (Bd. 1078) und »Rolls Royce und Bienenstiche« (Bd. 1084).

Herausgegeben von Volker Neuhaus

Charlotte MacLeod
Aus für den Milchmann

Aus dem Englischen
von Beate Felten-Leidel

DuMont

*Für Sara Ann Freed
und die »Wonder Workers«*

Die Deutsche Bibliothek – CIP-Einheitsaufnahme

Charlotte MacLeod:
Aus für den Milchmann / Charlotte MacLeod.
Beate Felten-Leidel (Übers.). – Köln : DuMont, 2000
(DuMonts Kriminal-Bibliothek; 1090)
ISBN 3-7701-4990-4

Aus dem Englischen von Beate Felten-Leidel
Die der Übersetzung zugrundeliegende Ausgabe erschien 1996
unter dem Titel *Exit the Milkman* bei Mysterious Press, New York
© 1996 Charlotte MacLeod
© 2000 für die deutsche Ausgabe: DuMont Buchverlag, Köln
Alle deutschsprachigen Rechte vorbehalten
Umschlagmotiv von Pellegrino Ritter
Umschlag- und Reihengestaltung: Groothuis & Consorten
Satz: Greiner & Reichel, Köln
Druck und Verarbeitung: Clausen & Bosse, Leck
Printed in Germany
ISBN 3-7701-4990-4

Kapitel 1

»Hallo, Pete. Gehst du Gassi mit der Katze?«

Professor Shandy, international berühmter Herrscher der Rübenfelder, konnte sich nur mit Mühe zurückhalten, nicht mit den Zähnen zu knirschen. Seit jenem denkwürdigen Tag, an dem die Shandys sich ein übermütiges Tigerkätzchen zugelegt hatten, stellte Professor James Feldster ihm diese alberne Frage heute zum fünfhundertsiebenundachzigsten Mal. Peter wußte es genau, denn er hatte mitgezählt.

Seither war einige Zeit vergangen. Aus dem niedlichen kleinen Fellknäuel war eine zierliche Katzendame geworden, die genau die richtige Größe besaß, um sich auf einem einladenden Schoß oder Peters Lieblingssessel zusammenzurollen. Sie besaß ein überaus hübsches Fell mit eleganten Streifen in fein abgestuften Grautönen, die durch vier strahlend weiße Pfötchen und einen schneeweißen Latz noch schöner zur Geltung kamen. Man hatte sie nach einer anderen zierlichen Dame benannt, die vor langer Zeit gelebt hatte, aber unvergessen geblieben war. Eine Stippvisite der heutigen Jane Austen galt bei den Nachbarn auf dem Crescent als besondere Gunst, allerdings mit einer Ausnahme: Jims Gattin Mirelle konnte Katzen aus Prinzip nicht ausstehen und schien sich auch aus Menschen nicht sonderlich viel zu machen.

Jim Feldster allerdings gehörte zu Janes ersten Eroberungen. Sie hatte ihn so gut abgerichtet, daß er stets lange genug an der Auffahrt der Shandys stehenblieb, um seiner kleinen Freundin genügend Zeit zu geben, an seinen ausgeblichenen Jeans hochzuklettern und das rosa Näschen in die ausgebeulte weiße Jacke zu stecken, die er immer anhatte, und nachzuschauen, welche Insignien er denn diesmal für sein abendliches Logentreffen trug. Was es auch war, es schepperte. Jims Insignien schepperten immer, selbst wenn Jane nicht da war, um ihre Nachforschungen anzustellen.

Obwohl Jim Feldster in seinen Melkschuhen fast zwei Meter

maß, gehörte er nicht zu den Personen, die in der Menge auffielen. Doch er verdiente aus zwei Gründen besonderen Respekt. Erstens war er am Balaclava College der unübertroffene Experte für die Grundlagen der Milchwirtschaft und unterrichtete sein Fach seit siebenunddreißig Jahren stets mit derselben unerschütterlichen Hingabe. Zweitens gehörte er unzähligen Bruderschaften an und kannte mehr Losungen, Rituale und Geheimzeichen als jeder andere engagierte Logenbruder in Balaclava County. Vielleicht sogar noch mehr als sämtliche Logenbrüder Nordamerikas. Oder der gesamten Galaxie, falls die seit langem bekannten provokativen Theorien der Quantenphysiker und Science-Fiction-Autoren tatsächlich stimmten. Aber was sprach eigentlich dagegen?

Peter fand derartige gelehrige Spekulationen nicht uninteressant, vor allem wenn er gegen Abend allein über die riesigen Rübenfelder des College wanderte, was er gelegentlich ohne besonderen Grund zu tun pflegte. Jim Feldster hielt sicher weder Quantentheorie noch Rübenfelder für sonderlich nachdenkenswert, dachte er. Warum sollte er auch? Schließlich wußte Professor Feldster mehr als irgendein anderer über Milchwirtschaft. Er hatte sich die Mühe gemacht, unzählige geheimnisvolle Rituale und Handzeichen zu erlernen, und sich das Recht erworben, an den geeigneten Orten und zu den geeigneten Zeiten soviel zu scheppern, wie es ihm paßte. Das war schon mehr als genug Denkstoff für einen vernünftigen Professor.

Jim blieb lange genug stehen, um Jane beim Pfotenlecken zuzusehen, wobei sie sich jeder ihrer putzigen Katzenzehen ausgiebig widmete. Da Reinlichkeit zu den wichtigsten Grundlagen der Milchwirtschaft zählte, belohnte Professor Feldster seine kleine Freundin mit einem rituellen Streicheln zwischen den Ohren, und schepperte dann entschlossen weiter zu seinem geheimen Rendezvous. Wäre Jane ein Kater, dachte Peter, hätte Jim dem intelligenten kleinen Tier sicher schon längst ein paar geheime Pfotenzeichen beigebracht. In Balaclava County war es immer noch Usus, weiblichen Wesen den Zugang zu geheimen Bruderschaften zu verwehren, auch wenn dies nicht dem allgemeinen nationalen Trend entsprach. Daher setzte man hier auch noch alles daran, die geheimen Riten und Zusammenkünfte ausschließlich brüderlich zu gestalten.

Bisher hatten die Damen von Balaclava County übrigens wenig Lust gezeigt, die Barrikaden zu stürmen. Helen Shandy war der Ansicht, daß sie ihre Kräfte daran gar nicht erst verschwenden wollten, da sie genug Besseres zu tun hatten. Wahrscheinlich hatte sie recht. Immerhin war sie Bibliothekarin, und Bibliothekarinnen wußten schließlich alles. Was auch immer der Grund war, Bruder James Feldster wäre sicher der Letzte, der einem weiblichen Wesen, das sich brüderlich betätigen wollte, freiwillig einen Logenplatz angeboten hätte.

Nicht daß Professor Feldster dem weiblichen Geschlecht im allgemeinen abhold wäre. Viele seiner besten Seminarteilnehmer gehörten dem weiblichen Geschlecht an, und er hatte auch noch nie eine Kuh getroffen, der er nicht zugetan gewesen wäre. Der Grund für sein hartnäckiges Festhalten an der letzten Bastion männlicher Stärke lag einzig und allein in seinem Überlebenstrieb. Jeder Mann und sogar jede Frau, die das Pech hatten, auch nur fünf Minuten mit Mirelle Feldster verbringen zu müssen, konnte sehr gut verstehen, warum ihr Gatte Mitglied in so vielen Logen war und grundsätzlich kein Treffen ausließ.

Normalerweise war Jim um diese Zeit auf dem Weg zu Charlie Ross' Garage. Peter und er parkten beide ihren Wagen dort. Auf dem Crescent, wo die Shandys, die Feldsters und diverse andere Fakultätsmitglieder in Häusern lebten, die dem College gehörten und an die hiesige akademische Elite vermietet wurden, war es mehr oder weniger unmöglich zu parken. Doch heute war dummerweise Mirelles Bridgeabend, was bedeutete, daß sie den Wagen nahm. Jim würde wahrscheinlich unterwegs von einem seiner Logenbrüder im Wagen mitgenommen werden.

Im Grunde war es Peter schnurzegal, wie Mr. oder Mrs. Feldster den heutigen Abend gestalteten. Doch sämtliche Crescent-Bewohner wußten unweigerlich über alles Bescheid, was sich dort abspielte, ob sie nun wollten oder nicht. Und was der Crescent wußte, wußten bald auch die Einwohner von Balaclava Junction, nicht zuletzt deshalb, weil Mirelle Feldster unermüdlich die Buschtrommel rührte. Allerdings gab sie sich redlich Mühe, die Informationen nach Kräften zu verzerren, zu verdrehen, maßlos zu übertreiben und in den düstersten Farben auszumalen.

Peter und Helen Shandy gehörten zu Mirelles ganz besonderen Zielscheiben, obwohl sie ein unauffälliges Leben führten. Sie zankten sich nicht, feierten keine wilden Partys, erhoben ihre Stimmen nicht einmal, wenn sie unterschiedlicher Meinung waren, mähten regelmäßig den Rasen und hüteten sich, Hand an die wunderschönen Blautannen zu legen, die dem kleinen roten Backsteinhaus bereits lange vor der Geburt der heutigen Bewohner Schatten gespendet hatten. Mirelle hatte einen regelrechten Aufstand gemacht und verlauten lassen, die Shandys sollten bloß nicht wagen, auch nur ein Zweiglein der kostbaren Bäume anzurühren, bis ihr allmählich gedämmert hatte, daß die beiden nicht einmal im Traum daran dachten, den geliebten Bäumen auch nur eine einzige Nadel zu krümmen. Daraufhin hatte sie ihre Taktik geändert und überall herumposaunt, die Shandys seien von allen guten Geistern verlassen, weil sie die großen, ungepflegten, gefährlichen alten Bäume einfach stehen ließen, obwohl sie den Feldsters die Aussicht völlig ruinierten.

Ohne die schützenden Bäume hätte die notorisch nörgelnde Nachbarin ungehindert in das Schlafzimmer der Shandys blicken können, in dem Peter und Helen vor dem Zubettgehen stets vorsorglich die Vorhänge zuzogen. Mirelle hatte die unangenehme Angewohnheit, urplötzlich mit gezücktem Fernglas zwischen den Blaufichten aufzutauchen. Wenn man sie dabei erwischte, beobachtete sie angeblich nur das nächtliche Treiben der Fledermäuse.

Ihr größtes Problem schien darin zu bestehen, daß es so wenig über die Shandys zu berichten gab, selbst wenn sie willens war, aus jeder Mücke einen Elefanten zu machen. In der letzten Zeit hatte sie es als persönlichen Affront aufgefaßt, daß Helen Marsh Shandy so viel billiges Lob für ihr albernes Buch über die Familie Buggins einheimste, die, laut Helen, nicht nur das College, sondern ganz Balaclava County gegründet hatte. (Was übrigens völlig der Wahrheit entsprach, doch das stimmte Mirelle auch nicht freundlicher.) Ganz zu schweigen von dem Haufen Lügen, den Helen über den alten Säufer Praxiteles Lumpkin und seine sogenannten Wetterfahnen erfunden hatte. Am allerschlimmsten machte ihr allerdings die unverschämte Art zu schaffen, mit der Helen sich praktisch an dem Tag, als sie ihren Fuß auf den Campus gesetzt hatte, einen Gatten an Land gezogen hatte. Doch sie hatte das bekommen, was sie verdiente. Schließlich wußte jeder, daß Peter Shandy schon immer ein mehr als seltsamer Kauz war.

Und so weiter und so fort. Die Gerüchte, die Mirelle zu jeder Tages- oder Nachtzeit in die Welt setzte, waren Ausgeburten der oft fehlerhaften Verknüpfungen zwischen ihrem fiebrigen Hirn und ihrer gespaltenen Zunge. Entweder entstand aus diesen Hirngespinsten viel Geräusch um nichts oder ein winziger Windhauch im Wasserglas. Peter und Helen merkten in den meisten Fällen nichts von der einseitigen Fehde ihrer Nachbarin. Und falls doch, fanden sie das Ganze in der Regel eher amüsant.

Jim war eigentlich ein ganz netter Kerl. Manchmal saßen er und Peter am selben Tisch in der Fakultätsmensa. Die Shandys hätten Jim gelegentlich gern zu einer Tasse Kaffee eingeladen, doch da dies bedeutete, daß sie Mirelle anstandshalber mit einladen mußten, erschienen ihnen zufällige Begegnungen auf neutralem Boden weit weniger riskant. An diesem Abend wünschte Peter seinem Nachbarn ein fröhliches Logentreffen und akzeptierte Jane Austens Vorschlag, noch einen kleinen Spaziergang um den Crescent zu machen.

Mit Jane herumzuschlendern bedeutete meistens, daß ihr menschlicher Begleiter geduldig warten mußte, bis sie ihre Krallen an einem geeigneten Baumstamm geschärft hatte oder einem Eichhörnchen, das genau so groß war wie sie, nachgejagt war, um es daran zu erinnern, welcher kleine, graupelzige Vierbeiner hier das Sagen hatte. Doch alles in allem war Jane keine Draufgängerin, sondern ein liebenswürdiges kleines Bündel, das kleine Freundlichkeiten wie zärtliche Streicheleinheiten oder

Komplimente wegen ihrer hübschen Schnurrhaare durchaus schätzte, sich jedoch stets so schnell wie möglich auf ihren Lieblingsplatz in Peters Armbeuge zurückzog, wenn ein Nachbar Anstalten machte, sie hoch zu nehmen.

Als sie am Haus der Porbles vorbeigingen, konstatierte Phil Porble, seines Zeichens College-Bibliothekar und Helens nomineller Vorgesetzter, daß Peter und Jane ihn an Samuel Johnson und dessen Kater Old Hodge erinnerten, die immer gemeinsam losgezogen waren, um Austern zu kaufen. Peter erwiderte, daß Austern damals sicher verdammt viel preiswerter gewesen seien als heute. Jane behielt ihre Gedanken zu diesem Thema nach üblicher Katzenmanier für sich.

An diesem Abend lag schon mehr als nur ein Hauch von Herbst in der Luft. Hier in Balaclava County hatten die Blätter bereits begonnen, sich zu verfärben. Die Studenten waren damit beschäftigt, ihr Gepäck in die Schlafsäle zu tragen. Morgen früh würden sie sich für die verschiedenen Kurse einschreiben. Peter und seine Kollegen würden noch in allerletzter Minute Änderungen an ihren Lehrplänen vornehmen und den neuen Tutoren letzte aufmunternde Ratschläge geben, wie sie es anstellen müßten, eine Horde Erstsemester so lange wach zu halten, daß sie einem ihre volle und ungeteilte Aufmerksamkeit schenkten.

Jane hatte genug vom Spazierengehen. Als sie und Peter das Haus der Enderbles auf der gegenüberliegenden Seite des Crescent erreichten, war sie bereits an Peters Hosenbein hochgeklettert und hatte es sich auf seinem Arm bequem gemacht. Dabei gähnte sie ungeniert, wie kleine Katzendamen es zu tun pflegen, ohne sich die Mühe zu machen, dabei ihr kleines rosiges Mäulchen zu bedecken. Janes Gähnen schien ansteckend zu sein, denn John Enderble, Professor emeritus für die hiesige Fauna, folgte ihrem Beispiel.

»Solltest du nicht lieber ins Haus gehen?« fragte seine stets besorgte Frau Mary, einer der wenigen Menschen, denen Jane erlaubte, sie auf den Arm zu nehmen. »Du weißt, daß du morgen die Sendung der Ameses über den Kohlweißling moderieren mußt.«

»Vorausgesetzt, wir finden einen Schmetterling, meine Liebe. Und einen Kohl.«

»Also wirklich, John! Was du immer redest! Sagen Sie ihm, daß er ins Bett gehen soll, Peter.«

Peter tat ihr den Gefallen. »Gehen Sie ins Bett, John. Immerhin sind Sie ein berühmter Fernsehstar. Denken Sie an Ihre Fans.«

Peter machte übrigens keine Witze, Professor emeritus John Enderble war in der Tat recht prominent. Bereits wohlbekannt aufgrund seiner Bücher »*Unsere Freunde, die Reptilien*«, »*Das Leben der Säugetiere in Höhlenbauten*«, »*Das unverstandene Nagetier*«, und diverser anderer sowohl informativer als auch unterhaltsamer Bücher erreichte und faszinierte John inzwischen durch den Sender WEED ein völlig neues Publikum. Das Balaclava Agricultural College besaß nämlich einen eigenen öffentlichen Sender, der sich ausschließlich mit ökologischen Themen beschäftigte und von Professor Winifred Binks-Debenham geleitet wurde. Sie hatte das immense Vermögen ihres verstorbenen Großvaters geerbt und kannte sich mit erdbewohnenden Säugetieren noch besser aus als Professor Enderble, da sie selbst mehrere Jahre lang in einer Erdhöhle gelebt hatte.*

John war zwar nicht abgeneigt, noch ein paar Höflichkeiten auszutauschen, doch Jane hatte Marys telepatische Nachricht empfangen und unterbrach das Treffen abrupt, indem sie von Peters Arm heruntersprang und heimwärts rannte. Hinter einem Tuff Purpurglöckchen in einer neuen Farbschattierung, mit der Peter gerade experimentierte, legte sie eine kurze Pause ein, hielt sich jedoch streng an die Sauberkeitsregeln, die sie als Katzenbaby in der Sandkiste der Enderbles gelernt hatte, und war danach willens, sich zum Schlafen zurückzuziehen.

Ganz im Gegensatz zu ihrem Herrchen. Peter konnte nicht widerstehen, das kleine Kämmerchen aufzusuchen, das er als sein Arbeitszimmer bezeichnete, und dort noch letzte Hand an seine Notizen zu legen. Dabei wußte er genau, daß er alles vergaß, so-

---

* »Wenn der Wetterhahn kräht«, DuMonts Kriminalbibliothek Bd. 1063

bald er zur ersten Vorlesung antrat, und schlicht und ergreifend wieder genau das sagte, was sie wissen mußten. Und wie immer würde man ihm gebannt zuhören. Professor Shandys Kurse waren schwierig, er ließ häufig Klausuren schreiben und zensierte härter als ein neuenglischer Granitblock, doch seine Studenten ließen sich keine einzige Stunde entgehen.

Kurze Zeit später kam Helen aus ihrem Arbeitszimmer nach unten und stattete ihm einen Besuch ab, was gar nicht so einfach war, denn die Zimmer in dem alten Backsteinhaus waren ausgesprochen klein. Doch die Shandys waren schließlich keine Riesen und mochten das Haus, wie es war. Helen schlug vor, vor dem Zubettgehen eine Tasse Kamillentee zu trinken, doch Peter hatte einen besseren Vorschlag.

Vor einigen Tagen hatte Winifred Binks-Debenham ihnen einen Krug mit einem Bio-Getränk geschenkt, das sie höchstpersönlich aus Holunderbeeren, Kartoffelschalen und allerlei anderen merkwürdigen Zutaten kreiert hatte. Alte Gewohnheiten wurde man bekanntlich nur schwer los. Winifred hatte es nicht über sich gebracht, ihre primitive und höchst illegale Distillerie auszurangieren. Sie hatte die Vorrichtung aus einem alten Kessel und einem rostigen Blechtrichter konstruiert, den sie während ihres Hobbit-Daseins in einem ausgebrannten Kellerloch gefunden hatte. Winifreds Kreationen fielen immer anders aus, schmeckten jedoch stets ausgezeichnet. Diesmal glaubte Peter einen Hauch von Holunderbeeren zu identifizieren, Helen erkannte eine Spur von Wildkirsche, und den Löwenzahn schmeckten sie beide. Es war genau das richtige Getränk nach einem hektischen Tag.

Nachdem sie hinter geschlossenem Vorhang ihre üblichen Rituale durchgeführt hatten, wobei ihnen herzlich egal war, ob Mirelle Feldster draußen auf der Lauer lag oder nicht, gaben sich Helen und Peter endlich der ehelichen Ruhe hin.

Jane wanderte ein paar Mal über die friedlich ruhenden Körper, fand schließlich ein bequemes Plätzchen in Helens Kniebeuge, putzte sich etwa eine Minute lang hektisch den Hinterlauf, schnurrte ihren Menschen ein kleines Schlaflied, entspannte sich und entschwand schließlich ins Land der Träume, in dem brave Katzen auf Mäusejagd gehen.

Shandys und Katze schlummerten ruhig und friedlich, bis der Nachttischwecker zwei Uhr siebenundvierzig anzeigte und draußen die Hölle losbrach. Peter schoß hoch wie eine erschrockene Waldschnepfe und kämpfte verzweifelt mit seinem Morgenmantel. Helen knipste ihre Leselampe an und machte ihren Gatten sanft darauf aufmerksam, daß es vielleicht einfacher wären, wenn er den Bademantel richtig herumdrehen würde. Da ihm dies einleuchtete, folgte er ihrem Rat, versuchte es erneut und hatte Erfolg.

»Alles klar. Ich schaue am besten mal nach, was zum Teufel da los ist. Hört sich an wie Mirelle Feldster, findest du nicht? Warum zum Henker kreischt die Frau denn so?«

»Wer weiß? Gehst du schon nach unten, Peter? Ich komme gleich nach.«

Helen hatte wenig Lust, Mirelle Feldster ausgerechnet in einem rosa Chiffonnachthemd entgegenzutreten. Während das Geheul ihrer Nachbarin und das Trommeln gegen die Haustür immer heftiger wurden, fuhr sie sich mit dem Kamm durch ihre kurzen blonden Locken, legte ein wenig Lipgloss auf und schlüpfte in das leicht gewagte Negligé, das Peter ihr aus irgendwelchen Gründen geschenkt hatte. Warum sollte sie Mirelle nicht die Gelegenheit geben, ihren Bridgefreunden pikante Details über die unanständige Unterwäsche einer unzüchtigen Universitätsbibliothekarin zu verklickern.

Doch merkwürdigerweise schien Mirelle Helen nicht einmal zu bemerken. Sie war voll und ganz mit Kreischen beschäftigt. Unter beträchtlichem Einsatz seiner Stimme gelang es Peter schließlich, ihr die eigentliche Kerninformation zu entlocken. Anscheinend war Jim immer noch nicht von seinem Logentreffen heimgekehrt. Mirelle hatte gehofft, er habe vielleicht auf dem Nachhauseweg bei den Shandys vorbeigeschaut.

Was für ein schwachsinniges Geschwafel! Normalerweise neigte Peter Shandy wirklich nicht dazu, zu nachtschlafener Zeit mit einer Nachbarin um die Wette zu brüllen. Aber heute nacht wünschte er Mirelle mitsamt ihrer gemeinen Anspielungen, ihrer rechthaberischen Art, ihrer Aufdringlichkeit, ständigen Herumschnüffelei, Neugier und Verlogenheit zum Teufel und gab ihr dies ziemlich deutlich zu verstehen.

»Natürlich ist Jim nicht hier! Gottverdammich, Mirelle, mußt du denn unbedingt den ganzen Crescent aufwecken? Was sollen die Nachbarn sagen?«

Die Frage erübrigte sich. Peter wußte verdammt gut, was die Nachbarn sagten, und konnte es ihnen nicht verdenken. Mirelle Feldsters dramatische Ausbrüche waren nichts Neues, aber soweit er sich erinnern konnte, hatte sie sich noch nie derart hysterisch gebärdet. Vielleicht hatte sie dazu bisher auch nie Grund gehabt. Soweit Peter wußte, war Jim noch nie so lange weggeblieben. Peter seufzte, zügelte seine Wut und übernahm zähneknirschend die Rolle, die er vor vielen Jahren übernommen hatte, als man ihn zum Sherlock Holmes von Balaclava gekürt hatte.

»Wann genau bist du nach Hause gekommen, Mirelle?«

Sie hatte sich inzwischen ein wenig besser unter Kontrolle und benahm sich wie ein schmollendes Kind. »Viertel vor elf. Eigentlich wollten wir noch weiterspielen, aber Coralee mußte natürlich mal wieder nach Hause zu ihrem Anrufbeantworter. Du weißt ja, wie Coralee ist.«

Peter kannte Coralee Melchett und bedauerte dies von ganzem Herzen. Sie war die Gattin des einzigen Arztes in der Stadt, der gleichzeitig auch College-Arzt war, hauptsächlich weil sein Vater und Großvater diese Position vor ihm bekleidet hatten. Zudem hatte ihr Vater eine kleine, aber hervorragende Kette von Fachgeschäften für Damenmode in der Gegend ins Leben gerufen, so daß Coralee es für ihre moralische Pflicht hielt, sich standesgemäß zu kleiden und verächtlich auf ihre Nachbarn herabzublicken, mit Ausnahme einiger weniger Auserwählter, allen voran Mirelle Feldster. Peter zeigte sich unbeeindruckt.

»Dann hast du also bis jetzt unten gesessen und auf Jim gewartet?«

Er hatte anscheinend ihren wunden Punkt erwischt. »Warum

sollte ich das? Jim wartet auch nie auf mich. Was natürlich nicht bedeuten soll, daß ich ständig auf Achse bin. Du weißt ja selbst, daß das nicht stimmt. Der Mensch muß ja schließlich ab und zu mal vor die Tür, oder?«

»Das tut nichts zur Sache. Meinst du nicht, wir sollten uns endlich wie vernünftige Menschen unterhalten? Ich habe Jim gegen sieben an unserem Haus vorbeigehen sehen. Er ist kurz stehen geblieben, um mich zu grüßen und die Katze zu streicheln, und dann weitergegangen. Ich dachte, er wäre auf dem Weg zu Charlie Ross, um seinen Wagen abzuholen. Aber da habe ich mich offensichtlich geirrt. Du warst zu diesem Zeitpunkt schon mit dem Wagen zu deinem Bridgeabend gefahren, nicht wahr?«

»Der Wagen gehört mir genausogut wie ihm. Ich habe ja wohl das Recht, alle Jubeljahre auch mal damit zu fahren, oder?«

Da es auf dem Crescent weithin bekannt war, daß Mirelle sehr viel mehr Zeit im Auto verbrachte als in ihrem Haus, schenkte sich Peter die Antwort. »Dann hatte Jim wohl vor, sich von einem seiner Logenbrüder mitnehmen zu lassen«, meinte er. »Weißt du zufällig, zu welcher Gruppe er gestern abend gegangen ist?«

»Ich habe völlig den Überblick verloren, was diese albernen Treffen angeht.« Mirelle dachte einen Moment lang mit düsterer Miene nach und kam dann zu dem Schluß, daß es höchstwahrscheinlich die Feuerflitzer gewesen waren. »Sie treffen sich normalerweise im Spritzenhaus in Lumpkinton. Warum Jim sich bei dem weiten Weg überhaupt die Mühe macht, kann ich mir ohnehin nicht erklären. Sie könnten sich doch genausogut hier im Spritzenhaus von Balaclava Junction treffen.«

»Nur ist es dort so eng, daß das Löschfahrzeug kaum hineinpaßt, ganz zu schweigen von einer größeren Versammlung. Außerdem wohnen außer Jim sämtliche Feuerflitzer in Lumpkinton, und das Spritzenhaus hat einen bequemen Saal und eine eigene Parkmöglichkeit für die alte Handpumpe, die sie zu besonderen Anlässen durch die Straßen ziehen, wie du sehr wohl weißt.«

Allmählich kam Peter in Fahrt. »Wenn du dir die Zeit genommen hättest, ruhig nachzudenken, Mirelle, wäre dir vielleicht eingefallen, daß Elver Butz, einer von Jims Logenbrüdern, seit einigen Wochen jeden Tag mit seinen Helfern hier auf dem Campus ist und die Elektroleitungen in den Schweineställen erneuert. Da du gestern das Auto für deinen Bridgeabend nehmen wolltest, hat Jim wahrscheinlich Elver gebeten, ihn mitzunehmen. Für die Hinfahrt wäre somit gesorgt gewesen, allerdings hätte ihn später noch jemand zurück nach Hause fahren müssen. Die logischste Erklärung wäre, daß Butz ihm angeboten hat, bei ihm zu übernachten und ihn morgen früh wieder herzubringen, wenn er mit seinen Männern zur Arbeit erscheint. Das wäre doch sehr vernünftig, oder nicht? Ich kann wirklich nicht verstehen, warum du dich dermaßen aufregst.«

Mirelle war nicht sehr beeindruckt. »Na toll, jetzt bin ich auch noch an allem schuld. Und warum hat Jim dann nicht angerufen und mir gesagt, daß es spät wird?«

»Vielleicht hat er es ja versucht, und du warst nur noch nicht zu Hause?«

»Dann hätte er doch wohl später noch mal anrufen können, oder?«

Peter war schon wieder im Begriff loszupoltern. »Jetzt hör mir mal zu, Mirelle, du hast mir doch eben selbst erzählt, daß du normalerweise nie aufbleibst und auf Jim wartest. Wahrscheinlich bist du nach Hause gekommen und sofort zu Bett gegangen, hast zwei oder drei Stunden fest geschlafen und bist dann aufgewacht, weil du auf der Bridgeparty zuviel Kaffee getrunken hast. Dann bist du aufgestanden und ins Bad gegangen, hast Jims Schnarchen nicht gehört« – auf dem Crescent wußte jeder, daß die Feldsters getrennte Schlafzimmer hatten, wie auch immer die Erklärung lauten mochte – »und bist aus allen Wolken gefallen, als du gesehen hast, daß Jim immer noch nicht da war.«

»Das ist ja wohl egal«, schmollte Mirelle. »Er hätte trotzdem anrufen müssen.«

»Warum hätte er das tun sollen? Er wußte doch, daß du den Abend mit deinen Bridgefreunden verbringen wolltest. Er wußte außerdem, daß es von Lumpkinton nach Balaclava Junction ein

Ferngespräch ist, und wollte vielleicht die Telefonrechnung von Butz nicht unnötig in die Höhe treiben. Und ein R-Gespräch kam schließlich nicht in Frage, weil er verdammt genau wußte, daß du es aus Wut gar nicht erst annehmen würdest.«

»Dann soll ich jetzt also nach Hause gehen und den Rest der Nacht vor Angst kein Auge mehr zutun, oder was?«

»Es ist zwar schon drei Uhr morgens, aber vermutlich hast du noch genügend Zeit, um dich völlig verrückt zu machen, falls dir der Sinn danach steht. Aber genausogut kannst du dir auch eine Tasse Kamillentee machen und dich wie jeder andere vernünftige Mensch wieder ins Bett legen. Wenn du nicht schlafen kannst, liest du eben ein bißchen. Ich kann dich gern nach Hause bringen, aber ich fürchte, es würde dir nicht gefallen, wenn die Nachbarn uns mit nackten Beinen in unseren Bademänteln zusammen sähen, also werde ich hier vor der Tür stehen bleiben und aufpassen, daß die Kobolde dich nicht zu packen bekommen, bevor du sicher in dein Haus gelangt bist.«

»Wie überaus reizend von dir. Ich hätte mir eigentlich denken können, daß von dir keine Hilfe zu erwarten war, Peter Shandy.«

»Da hast du ausnahmsweise einmal völlig recht. Gute Nacht, Mirelle.«

Wenn es nicht ausgerechnet die nervtötende Mirelle Feldster gewesen wäre, hätte sich Peter zumindest die Zeit genommen, die Staatspolizei anzurufen, um sich zu erkundigen, ob es gestern abend auf der Straße von Balaclava nach Lumpkinton möglicherweise einen Unfall gegeben habe. Vielleicht hätte er sogar seinen Wagen bei Charlie geholt und wäre langsam mit angeschaltetem Fernlicht die Strecke abgefahren, die Elver Butz wohl genommen hatte, auch wenn es wahrscheinlich wenig genutzt hätte. Aber falls Jim Feldster tatsächlich in einen Unfall verwickelt gewesen war, hätte man sicher inzwischen versucht, seine Frau zu benachrichtigen.

Vielleicht hatte Mirelle die ganze Show nur aus purer Langeweile abgezogen. Vielleicht hatte sie mit dem Briefträger auf den Putz gehauen und wollte auf diese Weise davon ablenken. Vielleicht hatte sie Jim mit den Insignien der Feuerflitzer erwürgt oder ihn die Kellertreppe hinuntergestoßen, weil sie sein Geschepper nicht mehr ertragen konnte. Noch wahrscheinlicher war jedoch, daß Jim die Chance, ein paar Stunden länger von Mirelle weg zu sein, genutzt hatte, wie es jeder vernünftige Mann an seiner Stelle auch getan hätte.

Die Eingangstür der Feldsters wurde geöffnet und wieder verschlossen. Mirelle hatte das Außenlicht brennen lassen. Die Zwergohreule, die sich in der höchsten Blautanne häuslich eingerichtet hatte, machte eine abfällige Bemerkung über rücksichtslose Menschen, die mitten in der Nacht einfach ihr Nest verließen und anständige Eulen bei der Jagd störten. Helen hatte während der ganzen Zeit kein Wort gesagt und einfach nur bewegungslos dagestanden. Als sie sah, daß die Vorstellung zu Ende war, nahm sie Jane Austen auf den Arm, setzte sie vorsichtig auf ihre Schulter und ging voran in Richtung Bett.

Kapitel 2

»War das heute nacht nur ein Traum oder Wirklichkeit?« Helen Shandy griff nach der Kaffeekanne und schüttelte sie vorsichtig. »Wahrscheinlich reicht es gerade noch für eine Tasse. Möchtest du sie haben?«

»Wir teilen sie uns.« Peter hielt ihr seine Tasse hin. »Zur Beantwortung deiner ersten Frage kann ich nur sagen, daß *ich* bestimmt nicht geträumt habe. Falls ich Lust dazu gehabt hätte, wäre Mirelle Feldster sicher nicht darin vorgekommen. Die Frau ist schlimmer als die Beulenpest. Etwas freundlicher formuliert könnte man sie auch als verrücktes Huhn bezeichnen, aber das wäre eine Beleidigung für die armen Hühner, die immerhin sehr nützliche Tiere sind.«

»Außerdem sind sie hübsch«, fügte Helen hinzu. »Besonders als Küken, wenn sie herumrennen und Piep Piep rufen. Und was wäre Ostern ohne ihre Eier?«

»Gute Frage«, sagte Peter. »Was steht übrigens heute auf deinem Plan?«

»Mehr als genug. Glaubst du, wir sollten wegen Jim Feldster irgend etwas unternehmen?«

»Ihn freundlich grüßen, wenn er als müder Krieger heimkehrt, würde ich sagen.«

Helen schnaubte. »Sich wieder ins eheliche Schlachtgetümmel stürzt, meinst du wohl. Ich bin froh, daß ich mich den ganzen Morgen im Bugginsraum verbarrikadieren kann und nicht zwischen die Fronten gerate. Hast du Lust, mich gegen Mittag zu entführen und zur Mensa zu eskortieren?«

»Aber mit Vergnügen, meine Süße! Keine zehn Pferde werden mich davon abhalten, gegen Mittag bei dir zu sein. Nicht viele Akademiker haben das Glück, eine bildhübsche Blondine ausführen zu können, die Piep Piep ruft. Grundgütiger, ist es wirklich schon so spät? Ich sollte mich lieber auf die Socken machen und ins Gewächshaus eilen, bevor sich meine Strauchbohnen an der schwarzäugigen Susanne vergreifen. Au revoir, bis bald, holde Gattin.«

Peter hatte bis zu seiner Verabredung mit Helen so viel zu tun, daß er keine Zeit hatte, sich weiter mit Jim Feldsters merkwürdigem Verschwinden zu beschäftigen. Helen dagegen nutzte die Zeit, um sich über alles bestens zu informieren. Bibliothekarinnen sind immer auf dem laufenden, selbst wenn sie den ganzen Morgen eingepfercht zwischen sechs Generationen der Familie Buggins verbringen müssen. Ihre morgendlichen Recherchen ergaben, daß Professor Feldster immer noch nicht in den Kuhställen aufgetaucht war und im Bereich Nutztierhaltung allmählich das große Chaos ausbrach. Wenn man dem letzten welterschütternden Gerücht Glauben schenken durfte, hatte der große Professor Daniel Stott, Sultan der Schweine und Beherrscher der Bullen, sogar beschlossen, höchstpersönlich Jims Veranstaltungen zu übernehmen, falls sich herausstellen sollte, daß tatsächlich eine Katastrophe stattgefunden hatte und kein geeigneter Ersatz gefunden werden konnte.

Professor Stott hatte sich sogar bereit erklärt, Mrs. Feldster anzurufen. Doch seine Freundlichkeit wurde mit einem verbalen Vulkanausbruch belohnt, in dessen Verlauf die Angerufene im Affentempo wie eine wildgewordene Springbohne von einer Emotion zur anderen hüpfte und sich von der wütenden Furie in die weinende Witwe und wieder zurück verwandelte. Da übermäßige Schnelligkeit nicht zu Professor Stotts besonderen Stärken gehörte, verlor er völlig den Faden und entschuldigte sich schließlich mit der plausiblen Erklärung, er werde dringend von den College-Kühen gebraucht und dürfe sie nicht warten lassen.

Helen hielt die Behauptung für übertrieben, daß jeder am College Professor Feldster schmerzlich vermissen würde, falls ihm wirklich etwas zugestoßen war. Sie konnte sich durchaus vorstellen, daß der eine oder andere Kollege ihm übel wollte. Die bloße Tatsache, daß Feldster, der normalerweise die Zuverlässigkeit in Person war, plötzlich ohne einsichtigen Grund fehlte, sorgte schon dafür, daß in der Fakultätsmensa die wildesten Spekulationen angestellt wurden. Und längst nicht alle Äußerungen waren von der Milch der frommen Denkungsart durchtränkt. Weder Peter noch Helen hielten viel von den Spötteleien über den scheppernden Kuhhirten, daher aßen sie schweigend ihr Mittagessen und hielten sich aus den ungezügelten Mutmaßungen heraus.

Strenggenommen stand der Speisesaal nur Fakultätsmitgliedern offen, doch jeder, der irgend etwas mit dem College zu tun hatte und sich zufällig gerade auf dem Campus befand, wurde gastfreundlich aufgenommen. Heute gehörte Elver Butz zu diesem Personenkreis, stellte Peter fest.

Elver war ein ruhiger, zurückhaltender Mann, der nur sprach, wenn es sich nicht vermeiden ließ. Das bedeutete nicht, daß Elver nicht gern in Gesellschaft war, es lag eher daran, daß er nicht das Geringste zu sagen hatte, sofern es sich nicht um die tieferen Geheimnisse und Feinheiten des Verlegens von Elektroleitungen handelte. Leider wurde seine Begeisterung für Schalter und Regulierwiderstände nicht von allen Menschen geteilt. Selbst seinen Assistenten wurde es gelegentlich zu viel. Heute saß Elver allein am Tisch. Wahrscheinlich hatten seine Männer Lunchpakete dabei oder waren auf die glorreiche Idee gekommen, sich am Hot-Dog-Stand ein Würstchen zu holen.

Helen überraschte dies nicht. Sie teilte Peter im Flüsterton mit, daß Elver seine Helfer immer schon nach kurzer Zeit wieder verlor, weil sie sein Schweigen einfach nicht ertragen. Peter hob eine Augenbraue und bat um die Rechnung. Helen stellte fest, daß Elver fertig gegessen hatte und seine Zähne mit einem Zahnstocher traktierte. Anscheinend sann er darüber nach, ob er seinen letzten Kaffee austrinken sollte oder nicht. Die Shandys verließen den Speisesaal, trödelten ein wenig unter einem Ahorn herum, der ihnen sehr gelegen kam, zeigten einander die rötesten Blätter und warteten, bis Elver dahergeschlendert kam. Er kaute immer noch nachdenklich an seinem Zahnstocher.

Elver war ein kräftiger Mann mit hellem Teint und blauen Augen. Wahrscheinlich war sein inzwischen ergrautes Haar ursprünglich blond gewesen. Er hatte vor einiger Zeit verschiedene

Arbeiten im Haus der Shandys erledigt und hatte anscheinend nichts dagegen, von einem Ehepaar gegrüßt zu werden, das seine Rechnungen pünktlich beglich und ihn nicht zu langen Gespräche zwang. Er schien sich sogar ein wenig zu freuen, daß sie ihn überhaupt bemerkten. Peter grüßte angemessen freundlich, bedauerte innerlich, keinen Handschlag mit Geheimzeichen anbringen zu können, und kam sehr schnell auf den Punkt.

»Das war ja wirklich komisch mit Ihnen und und Jim Feldster gestern abend. Komisch natürlich nicht im üblichen Sinn. Ich war zufällig mit unserer Katze draußen – Sie erinnern sich sicher an Jane – als Jim mit den Insignien der Feuerflitzer vorbeikam. Er schien nicht in Eile zu sein und blieb stehen, um Jane zu streicheln. Daraus schloß ich, daß er wahrscheinlich mit Ihnen verabredet war und Sie ihn mit dem Wagen nach Lumpkinton mitnehmen wollten.«

Elver dachte einen Moment nach und rang sich schließlich eine Antwort ab. »Exakt.«

»Sie wohnen doch in Lumpkinton, nicht? In der Nähe der alten Seifenfabrik, wenn ich mich recht erinnere.«

»Exakt.«

»Dann haben Sie ihn also freundlicherweise zu dem Logentreffen mitgenommen und ihm danach angeboten, die Nacht bei Ihnen zu verbringen, weil er keine Transportmöglichkeit nach Hause hatte?«

»Nöh.«

»Eh – gab es dazu einen besonderen Grund?«

»Exakt.«

»Meine Frau und ich sind sozusagen seine nächsten Nachbarn, wären Sie vielleicht bereit, uns den Grund zu nennen?«

»War nicht da.«

»Meinen Sie damit, daß er nicht zu dem Treffen gekommen ist?«

»Exakt.« Ganz gegen seine Gewohnheit wurde Elver gesprächig. »Ich war auf dem Weg zum Spritzenhaus und hatte schon die Fenster runtergekurbelt, um Jim mit unserer Losung und unserem geheimen Händedruck zu begrüßen, wissen Sie.«

»Sind Sie schnell gefahren?«

»Nöh, ganz langsam. Ich habe versucht, mich zu erinnern, welche Hand wir uns insgeheim geben. Dann habe ich Jim gesehen. Er ging ziemlich schnell und war gar nicht mehr so weit vom Spritzenhaus weg. Da kreuzte plötzlich ein großer grauer Lincoln auf, wirklich ein schöner Wagen, komplett elektronisch.« Seine normalerweise glanzlosen blauen Augen schienen plötzlich zu sprühen und spiegelten die tiefe Bewunderung eines wahren Kenners komplexer Kabelverbindungen wider. »Den Fahrer konnte man nicht sehen, aber er hat auf der Beifahrerseite das Fenster runtergelassen. Jim hat den Kopf reingesteckt, und dann hab ich nur noch gesehen, wie die Tür aufging und Jim einstieg. Da hab ich mir gedacht, daß Jim jetzt wohl keine Mitfahrgelegenheit mehr braucht und bin allein weitergefahren.«

»Haben Sie gesehen, ob Jim eine Losung gegeben hat oder etwas in der Art?«

»Nöh. Hat einfach nur die Tür zugeschlagen und weg war er.«

»Und zu dem Treffen ist er nicht gekommen?«

»Nöh.«

»Das klingt aber gar nicht nach Jim Feldster.«

»Exakt.«

»Hat Mirelle sich mit Ihnen dieserhalb in Verbindung gesetzt?«

Elver Butz dachte einen Moment lang nach. »Nöh. Sie ist wirklich eine nette Frau. Jim sollte ihr keinen Kummer machen.«

Helen und Peter starrten sich an. »Nette Frau? Mirelle Feldster?«

»Exakt. Und hübsch dazu.« Elver Butzs Augen strahlten noch mehr. »Ich habe voriges Frühjahr für sie gearbeitet. Sie war sehr nett zu mir.«

Der Glanz in Elvers Augen erlosch wieder, als er zwei Männer bemerkte, bei denen es sich anscheinend um seine momentanen Assistenten handelte. Er gab eine Art Grunzlaut von sich und entfernte sich, um mit ihnen zur Ferkelscheune der Schweinezuchtstation zu gehen. Der eine Mann war groß und blond wie Elver, der andere kleiner und dunkelhaarig. Elver sprach mit keinem von beiden, soweit die Shandys sehen konnten, und sie richteten auch das Wort nicht an ihn.

»Tja, das war tatsächlich das erste Kompliment für Mirelle Feldster, das ich je gehört habe. Besonders hilfreich war es allerdings nicht.« Helen starrte den drei Elektrikern nach, als trügen sie die Schuld an Jim Feldsters mysteriösen Verschwinden. »Wen könnte Jim kennen, der so einen großen ausgefallenen Wagen hat? Hast du vor, Mirelle davon zu erzählen?«

Peter schüttelte den Kopf. »Ich habe noch eine Stunde Zeit bis zu meinem nächsten Seminar. Am besten gehe ich als erstes zur Polizeistation und unterhalte mich kurz mit Fred Ottermole.«

»Was versprichst du dir davon? Außer einem netten Besuch bei Edmund und Fred, natürlich.«

»Man kann nie wissen. Fred hat ein gutes Auge für ausgefallene Wagen, und so viele graue Lincoln Towncars gibt es hier in der Gegend schließlich auch nicht.«

»Dann überlasse ich dich deinem Schicksal. Bis später, Schatz. Laß dich nicht von Fred in die Zelle sperren.«

Anfangs hatten Professor Shandy und Chief Ottermole einander nicht sonderlich gemocht. Peter hatte den Polizeichef für einen übereifrigen jungen Esel gehalten und Fred den Professor für eine Nervensäge erster Güte. Doch im Laufe der Zeit waren sie ganz allmählich Freunde geworden und hatten ein Band zwischen Stadt und College geknüpft, das sich bisher in Notzeiten als erstaunlich stabil erwiesen hatte.

Peter hatte Fred bei mehreren Stadtratsversammlungen den Rücken gestärkt, wenn es um die vieldiskutierte Frage ging, ob der einzige Streifenwagen der Stadt nicht endlich durch ein Fahrzeug ersetzt werden könne, das nicht nur durch Draht und positives Denken zusammengehalten wurde. Bisher hatten Fred und Peter leider immer verloren. Vor zwei Monaten hatte die alte Klapperkiste schließlich dem Faß die Krone aufgesetzt, indem sie ausgerechnet an der Kreuzung Main Street und Buggins Row ihren Geist aufgab und sich in ihre rostigen Bestandteile auflöste.

Der dadurch ausgelöste Stau war immer noch ein heiß diskutiertes Gesprächsthema an den Abendbrottischen von Balaclava Junction. Der rasende Reporter vom *All-woechentlichen Gemeinde- und Sprengel-Anzeyger für Balaclava* verfaßte seitdem unermüdlich Artikel, in denen er Chief Ottermoles Arbeit in den höchsten Tönen lobte. Die sturen Neinsager dagegen, die dem Polizeichef schnöde ihre Hilfe versagten, bedachte er mit bitteren Vorwürfen und forderte sie auf, dem armen Mann endlich das durchaus erschwingliche und dringend notwendige Gefährt zu finanzieren. Leider ohne viel Erfolg. Bisher hatte es zwar eine Menge Gerede gegeben, doch die Stadtväter hatten noch keinen einzigen Cent lockergemacht. In der Hoffnung, sie zu beschämen und auf diese Weise zur Aufgabe ihrer ablehnenden Haltung zu zwingen, war Fred Ottermole in der letzten Zeit dazu übergegangen, seine Runden auf dem Rad seines ältesten Sohnes zu drehen.

Die Ein-Mann-Kampagne hatte gemischte Reaktionen hervorgerufen. Einige Bürger standen dem Problem ihres Polizeichefs wohlwollend gegenüber, andere empfanden nur noch Verachtung für einen Mann, der sich derart lächerlich machte. Eine dritte Fraktion hielt das Fahrrad für eine geniale Idee und fragte sich, wozu ein Provinznest wie Balaclava Junction überhaupt einen Streifenwagen brauchte. Freds hübsche Frau, Edna Mae, war geteilter Meinung, was das Fahrrad betraf. Einerseits fand sie es ein klein wenig demütigend, daß ein gestandener Mann auf einem Kinderfahrrad herumstrampelte. Andererseits mußte sie zugeben, daß die sportliche Betätigung sich auf die Taille ihres Mannes ziemlich vorteilhaft auswirkte.

Peter Shandy mochte und respektierte Mrs. Ottermole. Als er sich der Polizeistation näherte und sie ihm mit einem leeren Lunchkorb am Arm entgegenkam, blieb er stehen. Er bedauerte nur, daß er keinen Hut trug, an dessen Krempe er tippen konnte. »Guten Tag, Edna Mae. Was gibt's Neues an der Fahrradfront?«

Edna Maes Lachen wirkte resigniert. »Ich sollte mich wohl besser nicht in die Stadtpolitik einmischen, aber ich finde es ziemlich erbärmlich, daß man Fred nicht wenigstens einen halbwegs fahrbaren Untersatz zugesteht. Was ist, wenn er nun jemanden verhaften und ins Gefängnis bringen muß? Soll er etwa ein Taxi rufen? Oder den Festgenommenen auf den Gepäckträger schnallen? Können Sie mir das verraten?«

»Das ist sicher ein wichtiger Punkt«, meinte Peter. »Aber wie ich Ihren Gatten kenne, wird ihm sicher etwas einfallen. Ich bin überzeugt, daß er eine Festnahme auch unter diesen ungewöhnlichen Umständen mit Würde und Anstand meistern wird. Ist Fred noch in seinem Büro?«

»Ja. Ich habe ihm gesagt, daß ich es für ausgesprochen unvernünftig halte, sich mit vollem Magen aufs Rad zu schwingen. Meinen Sie nicht auch, er sollte wenigstens warten, bis sich sein Mittagessen ein wenig gesetzt hat, Professor?«

»Da kann ich Ihnen nur recht geben. Hat Fred übrigens Ihnen gegenüber eine graue Limousine erwähnt, in die Professor Feldster in der Nähe des Spritzenhauses eingestiegen sein soll?«

»Ach, Sie wissen es noch nicht? Ich dachte, inzwischen hätte es jeder hier im Ort gehört. Es muß gestern abend so um die Abendbrotzeit passiert sein. Budge Dorkin hatte Dienst, damit Fred nach Hause konnte, um mit uns gemeinsam zu Abend zu essen. Budge hatte sozusagen einen Logenplatz. Er sagt, es sei ein grauer Lincoln gewesen, nicht neu, aber trotzdem ziemlich eindrucksvoll. Budge ist aufgefallen, daß die Scheiben dunkel getönt waren. Und zwar so dunkel, daß man von außen nichts erkennen konnte. Aber von innen sieht man alles, sagt Budge.«

»Hat Budge sich das Kennzeichen aufgeschrieben?«

»Dazu hatte er keine Zeit. Es ging alles ganz schnell. Professor Feldster kam vorbei, der Lincoln hielt an, jemand riß ihn ins Innere des Wagens, schlug die Tür zu, und schon brauste der Wagen davon. Budge nahm an, es sei einer der Logenbrüder des Professors gewesen, der für Halloween übte. Die denken sich jedes Jahr irgendwelche dummen Scherze aus, wissen Sie.«

»Das war alles? Oder wäre alles gewesen, wenn Jim Feldster heute morgen wie üblich bei den Ställen erschienen wäre. Hier ist aber auch immer was los, nicht wahr? Dann mache ich mich wohl besser auf den Weg und bestelle Fred, daß er es mit dem

Fahrradfahren nicht übertreiben soll. War schön, daß wir uns getroffen haben, Edna Mae.«

Eine vorbildliche Frau und Mutter, doch ein fremdes Nummernschild wäre ihr sicher nicht aufgefallen. Peter hoffte, daß Budge Dorkin, ein recht intelligenter junger Bursche, wenigstens einen kurzen Blick auf den Fahrer des ominösen Lincoln erhascht hatte.

Im Grunde wußte Peter gar nicht, was er hier überhaupt wollte. Eigentlich müßte er in seinem Zimmer im College sein und sich auf sein Seminar um zwei Uhr vorbereiten, doch irgendwie ging ihm Jim Feldster nicht aus dem Kopf. Er bedauerte fast, daß er letzte Nacht so ruppig mit Mirelle Feldster umgegangen war, doch er hatte keine Lust, heute wieder mit ihr konfrontiert zu werden. Vielleicht brachte ein kleiner Plausch mit Ottermole mehr Licht in die Sache. Oder auch nicht. Aber da er nun schon mal hier war, sollte er sein Glück auch versuchen.

Er schaute auf seine Armbanduhr und legte noch einen Schritt zu. Die Polizeistation bestand aus einem kleinen Raum mit einem unberechenbaren hölzernen Drehstuhl und einem abgenutzten Schreibtisch, auf dem ein Drahtkorb für eingegangene Post stand. Edmund, der selbsternannte Polizeikater, lag mit Vorliebe auf den wenigen Briefen, die täglich eintrudelten, und sann darüber nach, wo Chief Ottermole wohl diesmal die Doughnuts versteckt hatte. Wenn man ihn während seiner Meditationen störte, konnte er äußerst ungehalten werden und aus lauter Unmut sogar seine Krallen ausfahren, doch niemals gegenüber dem Polizeichef oder distinguierten Besuchern wie Peter Shandy. Hinter dem Büro befand sich das Gefängnis, eine winzige Zelle, die etwa zwei Drittel des Zimmers einnahm und trotzdem kaum mehr als ein Kabuff war. Ansonsten gab es nur eine lächerlich kleine Toilette und eine Ecke neben der Tür, die fast gänzlich mit einem wackeligen Tisch zugestellt war, auf dem eine Kaffeemaschine und einige mit braunen Flecken verzierte Tassen standen.

Fred hatte vor kurzem sämtliche Wände in einem lebhaften Blauton gestrichen. Die Farbe hatte er preiswert in einem Baumarkt gekauft, weil er den Schmutz und die düstere Atmosphäre einfach nicht länger ertragen konnte. Er hatte die Farbe selbst bezahlt und die ganze Arbeit allein erledigt, trotzdem hatten einige Bürger ihm vorgeworfen, er würde teure Farbe an Trunkenbolde und Verbrecher verschwenden. Einige von ihnen waren der Meinung, daß man Polizisten nicht besser behandeln sollte als ihre Gefangenen, sie hätten nun mal kein Anrecht auf ein glückliches Leben und damit basta. Es erübrigte sich zu sagen, daß genau diese Leute am lautesten protestierten, wenn es um das Streifenwagenproblem ging, und als erste ein Riesentrara veranstalteten, wenn sie selbst die Hilfe der Polizei benötigten oder dies zumindest glaubten.

Fred Ottermole befolgte offensichtlich Edna Maes Rat, das Essen ein bißchen sinken zu lassen, wenn auch nicht ganz so, wie Edna Mae es sich vorgestellt hatte. Das Fahrrad seines Sohnes lehnte hinter seinem Schreibtisch an der Wand, wo es gute Aussichten hatte, nicht geklaut zu werden. Ottermole und Edmund teilten sich gerade ein riesengroßes Stück Schokoladentorte. Edna Mae hätte sicher einen Anfall bekommen, wenn sie ihren Gatten dabei erwischt hätte, wie er selbst den Schokoladenteil aß und Edmund mit der Sahne fütterte. Der imposante Kater nickte Professor Shandy kurz zu und fuhr fort, sich die Sahne von den Schnurrhaaren zu lecken.

»Meine Güte, Ottermole«, wies Peter ihn zurecht. »Fällt Ihnen nichts Besseres ein, als dem Tier dieses Zeug zu geben?«

Der Polizeichef von Balaclava zuckte mit den Achseln. »Ach, zum Teufel, wir haben schließlich nur neun Leben. Richtig, Edmund? Was verschafft mir denn die Ehre, von einem berühmten Mitglied der Fakultät besucht zu werden, Professor? Ich dachte, Sie müßten heute arbeiten?«

»Dachte ich auch. Falls Sie es genau wissen wollen: Ich weiß selbst nicht genau, warum ich hier bin. Sie kennen doch Professor Feldster, oder?«

»Klar. Der lange Lulatsch, der Milchwirtschaft unterrichtet, nicht? Als ich noch klein war, haben wir ihn immer den Milchmann genannt, weil er jeden Abend ein Kännchen Milch mit nach Hause nahm. Meine Kinder nennen ihn immer noch so. Was ist denn mit Professor Feldster?«

»Ich hatte gehofft, Sie könnten mir das sagen.« Während Fred und sein vierbeiniger Freund die letzten Reste ihres süßen Snacks verputzten, versuchte Peter den Grund seines Kommens zu erklären. »Gestern abend stand ich zufällig draußen vor dem Haus und unterhielt mich ein wenig mit Edmunds Freundin Jane, als Jim Feldster scheppernd wie üblich sein Haus verließ und stehenblieb, um guten Abend zu sagen. Ich nahm an, er wäre auf dem Weg zu einem seiner Treffen. Er gehört jeder Loge in diesem Land an, die keine Frauen aufnimmt.«

Der Polizeichef schnaubte. »Kann man ihm wohl kaum verübeln, oder? Seine Frau kreuzt hier mindestens sechs Mal die Woche auf und macht einen Riesenaufstand wegen irgendeiner lächerlichen Kleinigkeit. Kein Wunder, daß er es zu Hause nicht aushält. Er macht, glaube ich, auch bei den Feuerflitzern mit, das sind die Jungs, die am 4. Juli mit der alten Handpumpe durch die Straßen ziehen.«

»Ich weiß. Sie erinnern damit an die Zeit, als noch in jedem Haushalt Ledereimer standen, damit die Bürger im Falle eines Brandes die Feuerwehr unterstützen konnten. Keine Ahnung, was für gestern abend geplant war. Wahrscheinlich die Poolhalle abbrennen, eine Wasserschlacht veranstalten oder irgend etwas in der Art.«

Ottermole gähnte. »Können Sie mir nicht einfach klar und deutlich sagen, was los ist, Professor? Ich muß gleich meine Runde drehen.«

Kapitel 3

Peter lächelte. »Danke, daß Sie mich daran erinnern. Ich werde mir natürlich auf keinen Fall entgehen lassen, Ihnen zum Abschied zuzuwinken. Doch nun zu den *res gestae*. Haben Sie irgend etwas Neues über den grauen Lincoln mit den getönten Fenstern herausgefunden, der Jim Feldster gestern abend mitgenommen hat?«

»Nee.« Fred warf einen prüfenden Blick auf seine Uniform und verzog das Gesicht. »Menschenskind, Edmund, mußtest du mir unbedingt das ganze klebrige Zeug auf die Jacke schmieren? Edna Mae bringt mich um.«

»Wie unangenehm«, sagte Peter. »Nehmen Sie doch einfach ein Handtuch und versuchen Sie, es abzureiben. Das heißt, falls Sie ein Handtuch haben. Ich habe mich eben mit Elver Butz unterhalten. Er sagt, er habe Jim gestern abend nach Feierabend in seinem Lieferwagen zum Logentreffen in Lumpkinton mitnehmen wollen, doch der große Lincoln sei ihm zuvorgekommen. Elver hatte schon das Fenster heruntergekurbelt, um Jim mit dem geheimen Handzeichen zu grüßen, als der Wagen plötzlich anhielt und Jim aufnahm. Der Lincoln brauste davon, und Elver war ziemlich verdutzt.«

»Ach ja?« Ottermole bearbeitete die Schlagsahne inzwischen mit einem Taschentuch, das Edna Mae liebevoll mit zwei kleinen blauen Handschellen bestickt hatte. »Und was ist die Pointe?«

Peter schüttelte den Kopf. »Keine Ahnung. Ich weiß nur, daß Jim quicklebendig und scheppernd den Crescent heruntermarschierte, als ich ihn zuletzt gesehen habe. Gegen halb drei Uhr in der Frühe tauchte plötzlich eine völlig hysterische Mirelle Feldster bei uns auf und trommelte wie verrückt gegen die Tür. Sie schrie immer wieder, Jim sei nicht nach Hause gekommen, und wollte, daß ich im Schlafanzug losziehe und ihn suche.«

»Meine Güte! Und wie haben Sie reagiert?«

»Ich muß gestehen, daß ich sie nicht ernst genommen habe.

Ich nahm an, Jim wäre über Nacht in Lumpkinton geblieben. Wahrscheinlich bei einem seiner Logenbrüder, weil seine Frau den Wagen mitgenommen hatte und er keine Mitfahrmöglichkeit mehr gefunden hatte. Dann hätte er heute morgen bequem mit Elver Butz zurückkommen können. Ich war felsenfest davon überzeugt, Jim heute morgen pünktlich wie immer auf dem Campus anzutreffen. Aber er kam nicht, zur allgemeinen Verwunderung der Abteilung Nutztierzucht und des gesamten College. Es wäre sinnlos, Sie zu bitten, die Geschichte diskret zu behandeln, denn inzwischen weiß sicher jeder in der Stadt Bescheid. Aber ich hielt es trotzdem für angebracht, Sie offiziell zu informieren.«

»Da haben Sie verdammt recht. Wirklich nett von Ihnen, Pete. Aber ich habe trotzdem keine Lust, mir ein Bein auszureißen oder irgendwas Voreiliges zu tun. Was halten Sie davon, wenn wir erst mal abwarten? Bis morgen, so gegen Mittag, sagen wir mal. Wir sollten dem Professor Gelegenheit geben, seinen Rausch auszuschlafen, falls er versackt ist. Und seine Frau hat dann auch genug Zeit, ihre Zunge ein bißchen zu schonen.«

»Eine überaus humane Einstellung, Ottermole. Ich kenne Jim Feldster, seit ich hier in Balaclava lebe, aber ich habe ihn während der ganzen Zeit noch nie betrunken oder auch nur beschwippst gesehen. Und er hat auch noch nie ein Logentreffen verpaßt. Man kann zwar nicht behaupten, daß wir enge Freunde sind, aber wir sind gute Nachbarn, soweit dies unter den besonderen Umständen möglich ist.«

Fred kicherte. »Ich weiß genau, was Sie meinen. Jedesmal wenn Mirelle hier aufkreuzt und mir mit einem ihrer dämlichen Probleme in den Ohren liegt, schau ich danach kurz bei mir zu Hause vorbei und gebe Edna Mae einen dicken Kuß.« Er grinste ein wenig verlegen, zog ein weiteres blütenweißes Taschentuch mit blauen Handschellen hervor und wischte sich die Schokoladenreste vom Mund. »Was meinst du, Edmund? Willst du hier aufpassen, während ich die Schokoladentorte abarbeite, oder hast du Lust mitzukommen?«

Peter hielt es für angebracht, ebenfalls zu seiner Arbeit zurückzukehren. Doch vorher sah er Ottermole noch dabei zu, wie er sich sein Handy an den Gürtel schnallte, ein Schild mit der Aufschrift »Bin um drei zurück« an die Tür hängte und auf sein Zweirad stieg. Edmund hatte beschlossen mitzukommen und saß in einem weich ausgepolsterten Korb, der an der Lenkstange befestigt war. Das Kissen im Korb war ebenfalls mit blauen Handschellen bestickt. Kater und Bulle genossen anscheinend die Gesellschaft des anderen. Peter fragte sich, was Jane wohl davon hielt, in einem Körbchen durch die Gegend kutschiert zu werden, warf einen Blick auf seine Armbanduhr, entschied, das Experiment auf später zu verschieben, und eilte zu seinem Seminarraum.

Wie immer am ersten Tag des Semesters schien der Strom der Studienanfänger kein Ende zu nehmen. Peter beantwortete geduldig alle Fragen. Er hatte gehofft, gegen sechs zu Hause zu sein, doch als er endlich erschöpft ins Haus wankte, war es bereits viertel vor sieben. Peter freute sich schon darauf, sich als erstes zur Stärkung einen kleinen Balaclava Bumerang zu mixen, vielleicht auch einen für Helen, falls sie die schützenden Wände des Bugginsraumes inzwischen verlassen hatte. Danach gedachte er aus ein oder zwei Konservendosen ein Abendessen zu zaubern. Als er die Tür öffnete, hörte er zu seinem Verdruß, daß Helen sich mit einer anderen Frau unterhielt. Doch dann erkannte er die Stimme und gesellte sich zu ihnen.

»Catriona! Was für eine nette Überraschung!«

Catriona McBogle, Helens Jugendfreundin und Liebling unzähliger Krimifans von Boston bis Tokio nebst einiger Städte dazwischen, ließ sich normalerweise nur selten aus ihrem zweihundert Jahre alten Haus in Maine herauslocken. Die meisten Menschen wußten nicht einmal von der Existenz des winzigen Provinznestes, und die wenigen Eingeweihten waren nicht sonderlich erfreut über ihre prominente Mitbürgerin oder behaupteten dies zumindest, weil sie befürchteten, neugierige Touristen könnten ihre hübschen Sträßchen mit Abfall verunzieren.

Helen und Peter hatten Catriona noch vor kurzem in Maine

besucht. Damals hatte sie verkündet, sie wolle einen Wassergraben um ihr Haus anlegen, die Zugbrücke hochziehen und sich so lange hinter ihren meterdicken Wänden verschanzen, bis das Buch fertig wäre, das sie schon vor drei Monaten hätte anfangen sollen. Normalerweise stand Catriona wie alle rothaarigen großgewachsenen Frauen mit Yankee-Gesicht zu ihrem Wort. Was mochte sie veranlaßt haben, ihre Meinung so schnell zu ändern?

Es gab nur einen Weg, dies herauszufinden, und Peter schlug ihn sofort ein. »Was führt dich in unsere Gefilde, wenn ich mir die Frage erlauben darf?« fiel er mit der Tür ins Haus.

»Ich bin vom Himmel gefallen, lieber Peter. Aber Spaß beiseite. Eigentlich bin ich hergekommen, um mich von euch aufmuntern zu lassen. Bis jetzt hast du mir allerdings herzlich wenig geholfen.«

»Gib mir wenigstens eine Chance, verflixt noch mal, ich bin schließlich gerade erst nach Hause gekommen. Was ist denn schief gelaufen in deiner Schreibwerkstatt?«

»Das ist genau mein Problem, Peter. Nichts ist gelaufen. Absolut gar nichts. Ich habe an meinem Schreibtisch gesessen, bereit, all das auszuspucken, was meine lieben Leser interessiert, und urplötzlich wurde mir klar, daß meine Phantasie vom Winde verweht ist. Ich bin völlig verzweifelt. Ich brauche unbedingt einen anständigen Plot für mein Buch.«

»Das dürfte doch kein Problem sein. Immerhin hast du schon wer weiß wie viel geschrieben. Kannst du nicht einfach einen deiner Romane vom Regal nehmen, abstauben und recyceln? Das wäre doch sicher nicht ungewöhnlich, oder?«

»Ja, stimmt, und nein, kann ich nicht. Es wäre genauso, als würde man unablässig denselben Fußboden schrubben, und du weißt ja, was für eine schreckliche Hausfrau ich bin. Ich weiß nicht mal, wo Persilla den Schrubber versteckt, wenn sie nicht damit schrubbt. Ich bin völlig ausgebrannt, Peter. Fix und fertig mit der Welt. Total kaputt. Ich gehöre auf den Schrottplatz. Besser noch stünden mir ein Paar gezackter Klauen, hinhuschend auf dem Grunde stiller Meere.«

33

»Hör endlich auf, Cat«, unterbrach Helen sie mit ihrer strengsten Bibliothekarinnenstimme. »Du brichst mir noch das Herz. Peter, hältst du es nicht für eine eine gute Idee, Cat einen –«

»Balaclava Bumerang zu mixen? Du nimmst mir das Wort aus dem Mund, Schatz. Was hältst du davon, Catriona? Dir ist hoffentlich bewußt, daß ich dieses Getränk ausschließlich zu medizinischen Zwecken verwende?«

»Selbstverständlich. Was meinst du wohl, warum ich hergekommen bin? Was natürlich nicht bedeutet, daß die Stunden, die ich mit Euch verbracht', lieb' Herz, nicht kostbarer als alle Perlen wären. Selbst wenn ihr nicht willens wäret, mir erste Hilfe zu leisten.«

»Am reinen Glanz will ich die Perle kennen«, murmelte Helen.

»Doch ihren Namen kann ich dir nicht nennen«, vollendete Catriona.

»Ganz wie du meinst, Catriona.« Peter reichte dem unerwarteten Gast eine exotische Mischung, die vor Vitaminen strotzte und als Standardmedizin gegen alle Übel von Schwindel bis Schweinepest galt, wenn man sie nur mit dem gebührenden Respekt und der richtigen Diskretion schluckte. »Probier mal, ob es dir so schmeckt.«

Catriona nahm das Glas dankend in Empfang und hob es, um einen halbherzigen Toast auszubringen. »Augen zu und runter mit dem Zeug! Mach dich auf einiges gefaßt, Magen. Könnte es sein, daß ihr zufällig auch noch etwas Eßbares in eurem Haus habt? Fragt mich nicht, was ich möchte, gebt mir einfach, was da ist. Es sei denn, ihr habt keine Lust, eine Jungfer in Nöten vor dem sicheren Hungertod zu bewahren. Aber vielleicht finde ich ja früher oder später auch auf dem Grunde stiller Meere etwas Schmackhaftes.«

»Zweifellos. Du schaffst alles, wenn du es dir erst mal in den Kopf gesetzt hast«, meinte Helen. »Fahr deine gezackten Klauen ruhig wieder ein. Peter hat ohnehin vor, uns mit seinen göttlichen Omelettes zu beglücken. Mit vielen guten Zutaten und leckeren Füllungen. Er trinkt nur noch schnell sein Glas aus. Nicht wahr, Liebling?«

»Dein Wunsch sei mir Befehl, Mond meiner Wonne. Am besten mache ich euch zuerst eine kleine Käseplatte mit Crackern. Dann könnt ihr schon den ärgsten Hunger stillen, während ich mir noch den Kopf darüber zerbreche, welche Pfanne ich sonst immer für die Omelettes nehme.«

»Eine geniale Idee, Peter. Ich wußte doch, daß dir etwas einfallen würde. Sollen wir mitkommen und dich anfeuern?«

»Ich könnte schon mal anfangen, den Tisch zu decken«, murmelte Catriona, den Mund voll Käse und Cracker. »Zu mehr bin ich in meiner momentanen Verfassung nicht in der Lage.«

»Pah, Humbug!« meinte Helen. »Schweig still und sei schön. Gut Ding will Weile haben. Morgen früh fühlst du dich sicher besser und du bist wieder die charmante alte Cat, die wir kennen.«

»Woher willst du das wissen, Schlaukopf? Du wirst nicht dasein, um mich zu sehen.«

»Und ob ich das werde. Catriona McBogle, ich lasse auf keinen Fall zu, daß du in pechschwarzer Nacht die weite Strecke nach Sasquamahoc fährst. Noch dazu mit einem Balaclava Bumerang im Magen! Und damit basta.«

»Ach ja? Dann erwartest du wohl von mir, daß ich mich an den Straßenrand stelle und per Anhalter fahre? Findest du nicht, daß ich für solche Kapriolen zu alt bin?«

»Nein, das finde ich nicht, und jetzt hör endlich auf mit dem Quatsch. Du wirst dich bequem auf die wunderschöne Schlafcouch oben im Arbeitszimmer betten und einen wunderschönen Traum haben, in dem du einen reichen alten Knacker mit einem leckeren, exotischen Trank vergiftest. Natürlich erst, nachdem er dir all sein weltliches Hab und Gut vermacht hat. Und keiner kommt dir auf die Schliche.«

»Aber mir fällt nichts Leckeres oder Exotisches ein. Das ist ja gerade mein Problem!«

»Mach dir keine Sorgen, das kommt alles ganz von selbst. Was rede ich mir überhaupt den Mund fusselig? Du fühlst dich im Moment einfach nicht gut.« Helen nahm ihre alte Freundin in den Arm, achtete darauf, daß dabei nicht allzu viele Crackerkrümel auf den Boden fielen, und führte Catriona ins Wohnzimmer, damit Peter ungestört in der Küche hantieren konnte. Sie hatten schon lange vor, den winzigen Raum umzubauen, waren aber bisher nicht dazu gekommen. »Komm, setz dich zu mir. Ich erzähl dir den neuesten Tratsch aus der Nachbarschaft.«

»Um was geht es denn dabei?«

»Das wissen wir selbst nicht so genau. Hoffentlich gipfelt die Geschichte nicht in einer Katastrophe.«

»Warum sollte sie das?« Catriona wurde allmählich wieder etwas munterer.

»Weil Mirelle Feldster es sich in den Kopf gesetzt hat.«

»Mirelle Feldster ist der männermordende Piranha von nebenan, wenn ich mich recht erinnere.«

»Als männermordend würde ich sie nicht gerade bezeichnen, obwohl sicher genug Personen deine Meinung teilen«, antwortete Helen nach kurzem Nachdenken. »Sie schlägt ihre Zähne nämlich genauso gern in Frauen. Heute morgen stand sie jedenfalls gegen halb drei hier auf der Matte, schrie wie am Spieß, hämmerte gegen die Tür und gebärdete sich, als wäre ein Haufen Riesenskorpione hinter ihr her. Ich bin sicher, daß man sie in der gesamten Nachbarschaft hören konnte, wahrscheinlich sogar im Haus von Präsident Svenson. Ein Wunder, daß Thorkjeld nicht hergekommen ist. Wenn es irgendwo Streit gibt, will er normalerweise immer mitmischen. Wie dem auch sei, Mirelle stand in einem grauenhaften lila Satinnachthemd vor dem Haus und wollte wissen, ob ihr Gatte mit mir und Peter eine Orgie feierte.«

»Hat sie das so gesagt?«

»Nein«, gab Helen zu, »aber angedeutet. Die Frau hat eine Phantasie wie eine Jauchegrube. Jim war natürlich nicht hier bei uns. Und das hat Mirelle auch genau gewußt. Sie wollte sich bloß nicht die Gelegenheit entgehen lassen, eine bühnenreife Szene hinzulegen.«

»Was hast du der Dame denn erzählt?«

»Nichts. Kein einziges Wort. Ich habe im Schatten gelauert

und Peter alles überlassen. Er hat sie nicht gerade mit Samthandschuhen angefaßt, wie ich zugeben muß. Aber das kann man ihm unter den gegebenen Umständen kaum verdenken.«

»Habt ihr herausgefunden, was sie wirklich wollte?«

»Ihr Mann Jim war von seinem Logentreffen nicht nach Hause gekommen.«

»Herr des Himmels, in welcher Loge ist der komische Kerl denn?«

»In jeder Loge und jedem Verein, den du dir vorstellen kannst, mit Ausnahme der Pfadfinderinnen und der Kleinen Tierfreunde. Jim wird nur Mitglied in Vereinen, die keine Frauen aufnehmen, was einerseits verwerflich, andererseits aber auch ziemlich nachvollziehbar ist. Anscheinend fing der ganze Ärger gestern damit an, daß Mirelle das Auto haben wollte, weil sie damit zu ihrem Bridgeclub fahren wollte. Jim mußte sich daher eine Mitfahrgelegenheit suchen. Ein Logenbruder, der zufällig momentan im College arbeitet, bot sich an. Das Treffen selbst sollte im Spritzenhaus in Lumpkinton stattfinden, wo die Feuerflitzer, so heißt die Gruppe, eine antike Handpumpe horten und ihre Versammlungen abhalten.«

»Tatsächlich?« Entweder wirkte sich das Zusammensein mit ihren Freunden oder der Balaclava Bumerang therapeutisch auf Catrionas Zunge aus. »Dann galoppierte Bruder Feldster also mit der Handpumpe hinter dem Feuerwehrdalmatiner durch die Seitenstraßen von Lumpkinton? Meine Güte! Das hätte ich gern gesehen!«

»Du hast nicht viel verpaßt«, wurde sie von Helen getröstet. »Die Handpumpe wird der Öffentlichkeit nur am 4. Juli präsentiert.«

»Und was machen die Feuerflitzer in der übrigen Zeit?«

»Höchstwahrscheinlich herumsitzen und mit Streichhölzern spielen. Aber zurück zu den Feldsters. Peter nahm logischerweise an, Jim würde die Nacht bei dem Logenbruder verbringen, der ihn im Wagen mitgenommen hatte, und heute mit ihm zurückkommen. Daher sagte er zu Mirelle, sie solle sich nicht lächerlich machen. Allerdings mit anderen Worten, woraufhin sie wutschnaubend davonrauschte.«

»Und das nennst du eine Katastrophe?« schnaubte Catriona verächtlich. »Ehrlich gesagt, Helen, bin ich nicht sonderlich beeindruckt.«

»Das war ja auch nur der Anfang«, versicherte Helen ihrem Gast. »Ich fand es schon letzte Nacht merkwürdig, daß Mirelle sich plötzlich derart um den Verbleib ihres Mannes sorgte. Normalerweise läßt sie nämlich nie ein gutes Haar an ihm. Soweit wir wissen, hat sie noch nie etwas Nettes über ihn gesagt. Merkwürdigerweise ist Jim heute morgen tatsächlich weder zu Hause noch im College aufgetaucht. Dabei ist er in all den Jahren, die er schon in Balaclava lebt, jeden Morgen pünktlich wie die Maurer im Stall bei seinen Kühen gewesen. Wir wissen nicht, was wir davon halten sollen.«

»Aha, langsam wird es interessant. Wann hast du ihn denn zuletzt gesehen?«

»Das weiß ich nicht, Catriona. Irgendwann gestern, nehme ich an. Normalerweise läuft er uns dauernd über den Weg, aber gestern war so ein hektischer Tag, daß ich mich nicht mehr erinnern kann.«

»Kannst du dich wenigstens erinnern, wie der Mann aussieht?«

»Sparen Sie sich Ihren Sarkasmus, Gnädigste. Natürlich weiß ich das. Er sieht aus wie eine wandelnde Bohnenstange. Jim gehört zu diesen großgewachsenen, hageren Menschen, die ununterbrochen essen können und trotzdem kein Gramm zunehmen. In der Mensa verdrückt er regelmäßig zwei Portionen und geht später noch mal zurück und bestellt sich Kaffee mit einer Extraportion Sahne und ein Riesenstück Kuchen. Ich weiß, daß er sogar seine Cornflakes und Gott weiß was sonst noch alles mit Sahne ißt, weil ich immer sehe, wie er täglich seine Sahne in einem niedlichen Zinkkännchen mit Bügelverschluß nach Hause trägt. Niemand nimmt ihm diese Marotte übel, aber seinen Spitznamen hat er weg. Er heißt hier bei allen nur der Milchmann. Man ist sich einig, daß er eigentlich ein ganz netter Kerl ist, aber sehr viel mehr kann man kaum über ihn sagen.«

»Hm. Habt ihr zufällig ein Foto von ihm?«

»Gute Frage. Ich glaube, im College-Jahrbuch vom vorigen Jahr gibt es ein Gruppenfoto mit den Leuten von der Abteilung für Nutztierzucht und ein paar Kühen. Moment, ich hol es schnell.«

Als Bibliothekarin hatte Helen dafür gesorgt, daß jede Notiz im Haus sorgsam abgeheftet war und sämtliche Bücher an ihrem Platz im Regal standen. Sie brauchte genau sechzehn Sekunden, um das Jahrbuch zu finden und an der richtigen Stelle aufzuschlagen. Zwei Sekunden später starrte Catriona mit nachdenklicher Miene auf den größten Mann der Gruppe.

»Ich habe diesen Mann schon mal gesehen, da bin ich ganz sicher. Entweder ihn oder seinen Zwillingsbruder. Hat er einen?«

»Keine Ahnung«, gestand Helen. »Wahrscheinlich hat Jim irgendwo Verwandte. Das haben ja wohl die meisten Menschen, aber er hat sie uns gegenüber noch nie erwähnt. Er ist ohnehin nicht sehr gesprächig, es sei denn, es geht um Kühe, Ställe oder Scheunen. Vielleicht hätten wir bessere Nachbarn sein sollen, immerhin wohnen wir schon seit einer Ewigkeit nebeneinander, aber Mirelle gehört zu der Sorte Frauen, die einen mit Haut und Haar vereinnahmen. Sie liebt es, andere zu kontrollieren und zu dominieren, und wird ziemlich unangenehm, wenn man sie daran hindert. Glücklicherweise sind Peter und ich viel zu beschäftigt, um uns auf ihre Spielchen einzulassen. Und Jim hat seine Logenbrüder, daher haben wir uns nicht verpflichtet gefühlt, unser nachbarschaftliches Verhältnis auszubauen. Ich würde allerdings schrecklich gern wissen, wem dieser graue Lincoln gehört.«

»Ich auch«, sagte Catriona. »Was ist denn mit dem grauen Lincoln?«

In der Zwischenzeit hatte Helen entweder gehört oder durch Osmose oder Clairvoyance in Erfahrung gebracht, was die Leute sich über Professor Feldsters mysteriöses Verschwinden erzählten. Einige munkelten was von Entführung, andere von Gedächtnisverlust. Wieder andere hielten das Ganze für einen dummen Streich. Helen spulte sämtliche Hypothesen herunter wie ein Nachrichtensprecher. Catriona genoß jede Einzelheit und brannte darauf, mehr zu erfahren.

»Und du bist ganz sicher, daß der Mann Feldster heißt, Helen?«

»Ich kann dazu nur sagen, daß Peter Jim seit ihrem ersten Treffen vor ungefähr dreißig Jahren als James Feldster kennt, und auch alle anderen Fakultätsmitglieder kennen ihn nur unter diesem Namen. Ganz zu schweigen von seinen unzähligen Logenbrüdern. Wie kommst du darauf, daß er anders heißen könnte?«

Catriona schüttelte den Kopf. »Keine Ahnung. Hast du noch mehr Fotos von ihm?«

»Mal nachdenken. Ja, es gibt ein Bild von ihm zusammen mit Professor Stott. Es muß vor drei Jahren beim Fakultätspicknick aufgenommen worden sein. Ich habe einen Abzug geklaut und halte ihn in Ehren, weil es so eine perfekte Darstellung von Überfluß und Mangel ist. Verstehst du, was ich meine?«

Catriona warf einen Blick auf den Schnappschuß und fing an zu kichern. »Das ist ja wohl kaum zu übersehen! Hast du dir schon mal vorgestellt, was für einen stattlichen Eber Professor Stott abgeben würde, wenn er zufällig in einem Schweinestall das Licht der Welt erblickt hätte?«

»Ein jeder hat sein Kreuz zu tragen«, sagte Helen. »Ich geh besser schnell nachschauen, wie Peter mit den Omelettes zurechtkommt. Manchmal verliert er dabei ein bißchen die Kontrolle.«

Doch Peter hatte alles wunderbar unter Kontrolle. Das Omelette, der Salat, der Weißwein, das frische Brot aus Mrs. Mouzoukas College-Bäckerei, das Obst aus den College-Gärten und die Melasseplätzchen zum Nachtisch, der Haselnußkaffee, der das Mahl abrundete, waren köstlich und ließen nicht das geringste zu wünschen übrig. Als die drei Freunde schließlich beschlossen, zu Bett zu gehen, hatte Catriona McBogle ihre düsteren Gedanken von gezackten Klauen und einsamem Meeresgrund endgültig abgeschüttelt. Sie lag ungefähr eine Stunde lang hellwach auf dem Couchbett und machte sich im Kopf Notizen über eine antike Handpumpe, die irgendwo an der Küste von Maine aus einem kleinen Museum verschwunden war, und einen Kurator, der für seine Übellaunigkeit bekannt war und jetzt tot auf dem Boden lag, einen Feuerwehrhelm auf dem Kopf und einen Ledereimer neben seiner wächsernen Hand. Schließlich fiel sie in einen traumlosen Schlaf. Am nächsten Morgen machte sie sich rasch fertig, hopste fröhlich die Treppe hinunter und trällerte ein Lied, das von einem wunderschönen Frühlingstag und frisch erblühten Veilchen handelte.

»So ein Quatsch«, erwiderte die Frau des Hauses in aller Herzlichkeit. »Wenn du Veilchen sehen willst, mußt du ungefähr bis Mitte April nächstes Jahr warten. Falls sie überhaupt erblühen. Hast du vor, von hier aus direkt nach Hause zu fahren?«

»Vielleicht nicht ganz direkt«, meinte Catriona ausweichend. »Ich möchte noch ein klein wenig recherchieren, wenn ich schon mal hier in der Gegend bin. Aber ich möchte möglichst bald an meinen Schreibtisch. Ich habe nämlich einen Plot für meinen Roman!«

»Ach ja? Und was ist aus den gezackten Klauen tief unten auf dem Meeresgrund geworden?«

»Oh, für die finde ich wahrscheinlich früher oder später noch irgendeine Verwendung. Was hältst du davon, wenn ich euch beide zum Frühstück in die Fakultätsmensa einlade?«

Peter schüttelte den Kopf. »Daraus wird leider nichts. Nichtmitglieder der Fakultät dürfen bei uns nicht bezahlen. Außerdem habe ich schon den Teig für die Waffeln gemacht.«

»Oh. Kein Problem, ich bin flexibel. Aber niemand kann mir vorwerfen, daß ich es nicht versucht habe.«

Catriona setzte sich an den Frühstückstisch, breitete die Serviette auf ihrem Schoß aus und wartete in königlicher Manier darauf, sich bedienen zu lassen. Zum Plaudern blieb wenig Zeit. Catriona erzählte den Shandys schnell noch die wichtigsten Neuigkeiten über ihren gemeinsamen Freund Guthrie Fingal, Peter verteilte die letzten Waffeln, und Helen verstaute die klebrigen Teller im Geschirrspüler. Dann versicherten sie einander, daß sie unbedingt aufbrechen müßten. Helen und Peter erklommen den

Hügel zum College. Catriona nahm den unteren Weg und begab sich zu dem Parkplatz, auf dem sie ihr altes, unansehnliches Gefährt abgestellt hatte, warf den Motor an und fuhr davon, voller Zuversicht und Selbstvertrauen, wenn auch in die völlig falsche Richtung.

Kapitel 4

Catriona merkte bereits nach kurzer Zeit, daß sie sich total verfahren hatte, ließ sich jedoch nicht aus der Ruhe bringen. Irgendwo würde sie früher oder später schon ankommen. Merkwürdigerweise fand sie die beiden Fotos von Professor Feldster, die Helen ihr gestern abend gezeigt hatte, bedeutend spannender als ihre momentane Ortung. Trotzdem war ihr unbegreiflich, wie man sich derart für eine Person interessieren konnte, die man noch nie im Leben gesehen hatte. Sie wußte nur, daß sich irgendwo im komplizierten Labyrinth ihres Gehirns eine kleine Tür geöffnet hatte und etwas herausgesprungen war, das sie nicht genau erkennen konnte. Es versuchte mit aller Macht, auf sich aufmerksam zu machen, indem es eine winzige Flagge schwenkte und immer wieder schrie: »Hierher! Hierher!«

Während sie noch über dieses interessante Phänomen nachdachte, fiel ihr beiläufig ein, daß sie seit geraumer Zeit ihren Bezinstand nicht mehr überprüft hatte. Sie warf einen Blick auf die Benzinuhr und entschied, sich schnellstens nach einer Tankstelle umzusehen, bevor sie mit leerem Tank irgendwo in der Wildnis liegenblieb. Ihre arme alte Klapperkiste war zwar beileibe kein Bezinfresser, doch auch sie benötigte natürlich ein handfesteres Treibmittel als Glaube und Hoffnung. Sie hielt die Augen offen und wurde schon bald durch ein Schild mit der Aufschrift »Texaco« belohnt.

Dummerweise standen bereits zwei andere Wagen neben der einsamen Zapfsäule. Der Lautstärke nach zu urteilen, saßen in beiden Fahrzeugen Verwandte des freundlichen Tankwarts, die sich seit Ewigkeiten nicht gesehen hatten. Aber was machte das schon? Catriona hatte schließlich noch fast den ganzen Tag vor sich. Irgendwie würde sie die richtige Straße früher oder später schon finden. Aber vielleicht war es doch besser, Helen und Peter anzurufen, bevor sich diese Hoffnung als trügerisch herausstellte. Doch ihre Freunde waren natürlich im College. Sie erwischte nur den Anrufbeantworter und versicherte diesem, daß alles in Ordnung sei und es ihr gut gehe. Als sie von dem öffentlichen Fernsprecher zurückkam, sah sie, daß zu den endlich wieder vereinten Verwandten noch diverse verloren geglaubte Freunde gestoßen waren. Statt wütend zu werden und sich über die lange Warterei zu ärgern, griff sie nach der Zeitung, die sie gestern irgendwo auf dem Weg zu den Shandys gekauft hatte, als sie noch zu niedergeschlagen gewesen war, sie zu lesen.

Jetzt erinnerte sie sich auch wieder, daß ihr Blick zufällig auf das Foto eines alten Mannes gefallen war, das sie ganz kurz aus ihrer Niedergeschlagenheit gerissen hatte. Er hatte sie irgendwie an die Köpfe von Mount Rushmore erinnert, auch wenn Kragen und Krawatte die eindrucksvolle Wirkung etwas abschwächten. Jetzt hatte sie Zeit genug und versenkte sich, wie es Schriftsteller gelegentlich zu tun pflegen, ganz und gar in den Text unter dem Bild. Als sie mit Tanken an der Reihe war, mußte der Tankwart sie zweimal ansprechen, um ihre Aufmerksamkeit zu erregen.

»Möchten Sie vielleicht ein bißchen weiter vorfahren, Ma'am?«
»Oh. Natürlich. Entschuldigen Sie bitte.«

Sogar als sie den Motor abstellte und ihr Portemonnaie zückte, grübelte Catriona noch darüber nach, warum sie das Bild eines völlig Fremden in einer Bostoner Zeitung so sehr beschäftigte. Normalerweise akzeptierte sie einfach die unzähligen möglicherweise interessanten Treibholzstückchen aus dem endlosen Meer des kollektiven Unterbewußtseins, in das sie als Kriminalautorin ihren stets bereiten Eimer zu tauchen pflegte. Entweder zog sie ihn dann tropfend und randvoll mit allem, was die persönliche Alchemie benötigte, wieder empor, oder sie fand darin nichts weiter als ein wenig abgestandenes Wasser und eine verärgerte Kaulquappe. Doch sogar Kaulquappen konnten mitunter nützlich sein. Catriona bezahlte, verließ die Tankstelle und hielt eine halbe Meile weiter unter einem großen Ahorn an, um fern von Tankwarten, die den Ölstand ihres Wagens messen wollten, ungestört ihre Zeitung zu Ende zu lesen.

Der Artikel auf der Titelseite bestand nur aus wenigen Absätzen, wurde jedoch auf Seite zwölf fortgesetzt und füllte dort fast die ganze Seite. Das Gesicht unter der Schlagzeile gehörte einem gewissen Forster Feldstermeier, einem zwar weltberühmten, aber nur selten abgelichteten Milchmagnaten, dessen bloße Namensnennung seit Jahrzehnten bei sämtlichen Milchbauern und Molkereibesitzern des Landes Ehrfurcht und Bewunderung auslöste. Feldstermeier war anscheinend gerade mit weit über Neunzig in die ewigen Weidegründe eingegangen. Laut Zeitungsbericht hatte er zeitlebens die Öffentlichkeit gescheut und als Greis mehr oder weniger das Leben eines Einsiedlers geführt. Dennoch war ein Mann seines Kalibers aufgefallen, sei es wegen seiner ungewöhnlichen Größe von über zwei Metern oder wegen seiner außergewöhnlichen Verdienste im Bereich der modernen Milchwirtschaft.

Wenn man dem Verfasser des Artikels glauben konnte, waren die Feldstermeier-Nachkommen samt und sonders männlichen Geschlechts und ebenfalls so ungewöhnlich groß, daß sie ihr eigenes Basketball-Team hätten aufstellen können, wenn ihnen der Sinn danach gestanden hätte. Doch dies war anscheinend nicht der Fall. Außerdem waren sie auffallend clanbewußt, richteten sich seit eh und je in allem nach ihrem Patriarchen, ließen keine Zitze ungemolken und glaubten aus vollstem Herzen daran, daß anständige Arbeit auch anständige Dollars einbrachte. Die besten Jobs reservierten die Feldstermeiers daher vorsorglich für sich selbst sowie für ihre zahlreichen Söhne, Cousins und Neffen.

Es gab keine weiblichen Nachkommen in der direkten Linie. Es waren die Gattinnen der Feldstermeiers, die gelegentlich in den Klatschspalten als Sponsorinnen und Veranstalterinnen von Wohltätigkeitsbazaren von sich reden machten, meist mit hehren Mottos wie »Milch für hungrige Kinder« oder »Hilfe für heimatlose Katzen«. Für die Katzen hatten sie eigens ein Sterilisations- und Kastrationsprogramm ins Leben gerufen, das auf der Prämisse basierte, daß satte Katzen mit glänzendem Fell ohne lästige Nachkommen angenehmere Hausgenossen waren und leichter an Katzenfreunde vermittelt werden konnten als ihre bedauernswerten Artgenossen. Anscheinend waren sämtliche Feldstermeierfrauen ihren ehrenwerten Gatten würdige Partnerinnen, doch Catriona entschied, ähnlich wie Gellett Burgess in seinem lustigen Reim von der lila Kuh, daß es in jedem Fall besser war, nur eine zu sehen als eine zu sein.

Catrionas visuelles Gedächtnis war übrigens überdurchschnittlich gut. Die Ähnlichkeit zwischen Feldstermeier und Feldster war ihr sofort aufgefallen, und jetzt, wo sie beide Gesichter kannte, war sie sich vollends sicher. Falls Magnat und Milchmann wirklich miteinander verwandt waren, erklärte dies vielleicht, warum ein bislang noch Namenloser den grauen Lincoln über die Hauptstraße von Balaclava Junction gelenkt hatte. Der Fahrer oder die Fahrerin hatte möglicherweise nach dem Professor gesucht, um ihm mitzuteilen, daß sein Onkel, Bruder oder Cousin tot war, und ihn zur Trauerfeier im engsten Familienkreis mitgenommen. Es war zwar reichlich unhöflich, daß man nicht daran gedacht hatte, auch Mirelle mitzunehmen, doch nach allem, was die Shandys gesagt hatten, konnte man die Entscheidung verstehen.

Ob der Reporter, der über den Tod von Forster Felstermeier berichtete, alle Fakten richtig darlegte, konnte Catriona natürlich nicht beurteilen. Journalisten neigten bei illustren Familien oft zu Übertreibungen, besonders wenn es sich um sehr wohlhabende Familien handelte. Aber was ging das alles Catriona an? Eigentlich sollte sie sich lieber Sorgen um ihr zunehmend gespannteres Verhältnis zu ihrer Lektorin machen. Die arme Frau wurde langsam ungemütlich, da immer mehr Zeit verstrich und Catrionas Muse nach wie vor ziellos im Meer des Unbewußten umherwatete.

Sie faltete die Zeitung so, daß sie nicht mehr in das Gesicht von Forster Feldstermeier blicken mußte, und ließ den Wagen wieder an. Sie wußte immer noch nicht, wo sie war oder in welche Richtung sie fahren mußte, doch die Erfahrung hatte sie gelehrt, auf ihr Geschick zu vertrauen. Sicher gab es irgendwo in der Nähe eine Bibliothek. Mit ein wenig Glück fand sich vielleicht unter den Nachschlagewerken ein Personenlexikon oder ein »Who's Who«, in dem man ungefähr die gleichen Informationen über amerikanische Industriemogule nachlesen konnte, wie Debretts sie schon seit so langem für den britischen Hochadel zusammentrug.

Wer suchet, der findet. Catriona kutschierte ungefähr eine Stunde lang durch schmutzige Industriegebiete, hübsche Vororte und merkwürdige Provinznester, in denen sie handgeknüpfte Teppiche, bunte Patchworkdecken oder antike Butterfässer hätte erstehen können, wenn ihr der Sinn danach gestanden hätte. Doch dann fand sie genau das, wonach sie die ganze Zeit gesucht hatte.

Für Menschen, die Bücher lieben, sind Bibliotheken stets ein Genuß. Catriona hatte außerdem noch eine besondere Schwäche für die typischen Neuenglandhäuser aus rotem Backstein und grauem Granit, die schon seit hundert Jahren im Dienste des Lesers ihre literarische Aura verströmten. Diese Bibliothek war ein wahres Schmuckstück. Die dicke Eichentür wurde von zwei großen verzierten Granitschalen mit leuchtend roten Geranien und wildem Wein flankiert. Der wilde Wein sah aus, als habe er schon den ganzen Sommer versucht, die Schale zu dominieren. Doch anscheinend gab es jemanden aus der Bibliothek, der dies bisher erfolgreich verhindert hatte, so daß die Kletterpflanze ihren Willen erst bekommen würde, wenn der unbarmherzige Frost auch der letzten Geranie den Garaus gemacht hatte.

Anscheinend wurde die Bücherei gut geführt, dachte Catriona. Genau der richtige Ort, um eine relativ aktuelle Ausgabe der Werke zu finden, für die sie sich interessierte. Sie stellte ihren Wagen auf dem Parkplatz hinter dem Gebäude ab, griff nach ihrer Handtasche und der Zeitung mit dem Artikel über Forster Feldstermeier und betrat das Gebäude.

Sie hatte sich nicht getäuscht. Alles sah genau so aus, wie sie es sich vorgestellt hatte, fühlte sich richtig an und roch genau richtig. Catriona ging schnurstracks zu den Nachschlagewerken, ohne daß man ihr sagen mußte, wo sie standen. Ihre instinktive Verbundenheit mit Büchern und Bibliothekarinnen machte dies überflüssig. Sie fand das gesuchte Buch, setzte sich damit an den nächstbesten Tisch und begann ihre Recherchen. Innerhalb kürzester Zeit war sie über die Familie Feldstermeier bestens informiert. Sie wußte, wer die Vorfahren waren, woher sie stammten, wo sie sich niedergelassen hatten, und kannte alle pedantisch zusammengetragenen Details, mit denen pflichtbewußte Wissenschaftler ihre Nachschlagewerke so gern überfrachten.

James, elf Jahre jünger als sein jüngster Bruder und höchstwahrscheinlich ein unerwarteter Spätankömmling, hatte entweder vergessen oder vergeblich versucht, sich fortzupflanzen, denn über ihn gab es so gut wie keine Information. Erwartungsgemäß wurde vor allem über Forster Feldstermeier geschrieben. Die Rangordnung unter den Brüdern hatte von Anfang an festgestanden. Vater und Großvater waren eiserne Verfechter des Erstgeburtsrechts gewesen, und Forster hatte sein Recht, von diesem Familienprivileg Gebrauch zu machen, nie in Frage gestellt. Seine Brüder anscheinend ebenfalls nicht. Franklin und George waren von dem Tag an, als ihr Vater ihrem ältesten Bruder die Fackel übergeben hatten, Forsters treue Berater gewesen, glücklich und zufrieden, dem Bruder dienen zu dürfen, der aufgrund von Geburt und Begabung am besten geeignet war, die Familienfackel nicht erlöschen zu lassen.

Selbst wenn nur ein Bruchteil der Informationen stimmte, mußte Forster Feldstermeier das perfekte Vorbild gewesen sein. Durch seinen Scharfsinn, seinen Mut und seine enorme Zielstrebigkeit hatte er den bescheidenen kleinen Molkereibetrieb der Familie in ein international renommiertes, erstklassiges Großunternehmen verwandelt. Forster schien instinktiv gewußt zu haben, wann es vernünftiger war, sich zurückzuhalten, und wann er bedenkenlos vorpreschen konnte. Er war haarsträubende Risiken eingegangen und siegreich daraus hervorgegangen und schien dennoch niemals in seinem Leben auch nur einen einzigen Kunden oder Konkurrenten übers Ohr gehauen zu haben. Außerdem hatte er niemals sein Wort gebrochen oder auch nur ein Wort gesagt, das nicht ernst gemeint war.

Forster Feldstermeier hatte seine Angestellten, auch wenn es noch so aufwendig gewesen war, genauso fair behandelt wie seine Kunden. Er war sich zwar immer bewußt gewesen, wer er war, doch er vergaß nie, was er seinen Untergebenen schuldete. Er wußte zu würdigen, daß sie Tag für Tag auf seinen Weiden, in seinen Molkereibetrieben und in den großen Fabriken arbeiteten und eine erstaunliche Vielzahl von Milchprodukten herstellten, die überall im In- und Ausland verkauft wurden, und ihm war bewußt, daß all diese Menschen von ihm abhängig waren. Er hatte schon früh die Weisheit besessen, seinen Angestellten Einrichtungen wie gut geführte Cafeterias zur Verfügung zu stellen, Krankengeld zu zahlen und betriebseigene Kindertagesstätten für ihre Kleinkinder ins Leben zu rufen.

Zu Weihnachten sorgte Forster dafür, daß jeder unter seiner Führung eine hübsche Karte bekam, die er höchstpersönlich unterschrieb, dazu einen Scheck mit Extrageld für zwei Wochen und ein Früchtebrot in einer Blechdose, die zur Erinnerung an die Quelle all dieser Vergünstigungen mit der attraktiven Abbildung einer zufriedenen Kuh verziert war. Was die Feldstermeier-Kühe von ihm erhielten, wurde nicht erwähnt. Wahrscheinlich waren sie glückliche Kühe, und zweifellos ging es ihnen besser als den meisten anderen Rindviechern.

Doch auch Erfolg und Reichtum schützten den Milchmagnaten nicht vor Schicksalsschlägen. Zu Forster Feldstermeiers großem Schmerz überlebte er, der Älteste, die beiden Brüder, die ihn so tatkräftig unterstützt und ihm während ihres leider allzu kurzen Lebens unermüdlich zur Seite gestanden hatten. Franklin erlag an seinem siebzigsten Geburtstag einem schweren Herzinfarkt. George, ein leidenschaftlicher Bergsteiger, war in der Schweiz bei einem Besuch der dortigen Tochtergesellschaft auf tragische Weise ums Leben gekommen. Bei dem Versuch, das Angenehme mit dem Nützlichen zu verbinden, war er anscheinend bei einer Bergwanderung tödlich verunglückt, als er einen unbedachten Schritt nach hinten tat, um die herrliche Aussicht besser genießen zu können.

Es wurde nicht erwähnt, von welcher Alp er gefallen war. Noch vager waren die Informationen zu James, dem jüngsten und blassesten der vier Geschwister. Nirgendwo stand, ob er seinen Brüdern in die Ewigkeit vorangegangen oder gefolgt war oder noch lebte. War es möglich, daß Professor Jim Feldster, der seit so vielen Jahren auf dem ausgetretenen Pfad zwischen den Kuhställen des Balaclava Agricultural College und seinen unzähligen Logentreffen wandelte, der mysteriöse James Feldstermeier war, dem jetzt das gesamte Familienvermögen zugefallen war?

Catriona wußte nicht, was sie denken sollte. Das Ganze kam ihr total lächerlich vor, doch so war es schließlich mit den meisten Dingen. Wenigstens war es bei den zahlreichen Nachkommen sicher nicht schwierig, einen geeigneten Kronprinzen zu finden, der die Stelle des Verblichenen einnehmen konnte. Sie verstaute den Zeitungsartikel und die Notizen, die sie sich gemacht hatte, sorgfältig in ihrer geräumigen Handtasche, auch wenn sie den Grund selbst nicht wußte, stellte das Buch zurück an seinen Platz im Regal und wandte sich mit einer Frage an die zuständige Bibliothekarin. »Kann man hier irgendwo ein halbwegs anständiges Sandwich bekommen?«

Die Bibliothekarin half ihr gern weiter. »Um die Ecke im Shoemaker's Last oder im Singing Shrimp. Kann es sein, daß ich Sie schon irgendwo gesehen habe? Waren Sie vielleicht zufällig mal beim Jahrestreffen der Amerikanischen Bibliotheksgesellschaft – mein Gott, das ist doch nicht möglich! Sagen Sie bloß, Sie sind Catriona McBogle!«

»Wenn es Ihnen lieber ist, streite ich es ab«, erwiderte Catriona bescheiden. »Wahrscheinlich haben wir uns dort tatsächlich gesehen, aber Sie wissen ja, wie so etwas ist. Bei diesen Veranstaltungen trifft man immer so viele Bibliothekare und Autoren, daß man sich unmöglich alle Gesichter merken kann, selbst wenn die Leute Namensschildchen tragen.«

»Ich weiß, Miss McBogle, es war eine richtige Massenveranstaltung. Aber Sie haben damals mehrere Bücher für mich signiert. Eins für mich, eins für den Geburtstag meiner Mutter, eins für die Bibliothek und eins für meinen Vetter Fred. Er verschlingt alles, was Sie schreiben, und liegt mir ständig damit in den Ohren, ich soll ihm mehr bringen. Und jetzt sind Sie tatsächlich hier in unserer unbedeutenden kleinen Bücherei! Haben Sie gefunden, wonach Sie gesucht haben?«

»Ja, habe ich, vielen Dank. Die Abteilung mit den Nachschlagewerken ist übrigens ausgezeichnet. Ich wollte eigentlich nur ein paar guten Freunden einen Gefallen tun.«

»Wohnen Ihre Freunde hier in der Nähe? Möglicherweise kenne ich sie ja zufällig?«

Catriona lachte. »Die Frage kann ich leider nicht beantworten. Ich habe mich nämlich total verfahren und weiß seit zwei Stunden nicht mehr, wo ich bin.«

»Das ist ja schrecklich!«

Die Frau klang, als sei die Bibliothek für Catrionas kleines Mißgeschick verantwortlich. Catriona beeilte sich, sie von jeglicher Schuld freizusprechen. »Machen Sie sich keine Sorgen, ich verfahre mich ausgesprochen gern. Ich treffe dabei immer so nette Leute. Würden Sie mir eher den Shoemaker oder den Shrimp empfehlen?«

»Ich weiß wirklich nicht, was ich sagen soll, Miss McBogle. Ich kann vor lauter Aufregung gar nicht mehr richtig denken. Ich persönlich mag den Shrimp lieber. Es sieht dort ein bißchen so aus wie in einem englischen Tearoom. Zu den Spezialitäten gehören Shrimpsbrötchen und Shrimps mit Sahnesauce auf Toast. Der Shoemaker ist eher auf Sandwiches mit Hackfleisch oder Roastbeef spezialisiert. Das Essen ist in beiden nicht schlecht. Im Shoemaker's Last habe ich wegen des Namens nur immer die Assoziation, daß ich Schuhsohlen bekomme, wenn ich ein Stück Fleisch bestelle.«

»Kann ich gut verstehen«, meinte Catriona mitfühlend. »Hätten Sie Lust, im Shrimp einen Happen mit mir zu essen?«

Catriona war Fremden gegenüber normalerweise nicht so aufgeschlossen, doch bei Bibliothekarinnen fühlte sie sich immer sofort wie zu Hause, ganz gleich wie alt sie waren oder wie sie aussahen. Bisher hatte sie noch nie eine getroffen, die unfreundlich oder schlecht informiert gewesen wäre. »Gibt es jemanden, der Sie hier ein Stündchen lang vertreten könnte?«

»Doch, das ließe sich machen. Wir sind zu fünft, aber die anderen bringen mich um, wenn sie erfahren, daß ich ganz allein mit Ihnen losgezogen bin.«

»Was halten Sie denn davon, wenn ich schnell ein paar Sandwiches hole und wir alle gemeinsam ein kleines Picknick hier im Büro veranstalten? Momentan scheinen nicht viele Leute hier zu sein, die Bücher ausleihen wollen.«

»Nein, die kommen immer schubweise um halb drei, wenn wir uns am liebsten wegschleichen würden, um eine Tasse Tee zu trinken. Wissen Sie was? Ich hole die Sandwiches. Was hätten Sie denn gern?«

Catriona war klug genug, das Angebot der Bibliothekarin anzunehmen, und zierte sich nicht lange. »Sandwich mit Shrimps klingt gut. Am liebsten wäre mir Graubrot mit Salat und einem kleinen Klacks Majonnaise. Und eine Tasse Tee, aber nur, wenn Sie sowieso welchen machen.«

»Mit Milch oder Zitrone?«

»Schwarz, aber nicht zu stark. Wie heißen Sie eigentlich?«

»Belinda Beaker. Ist das nicht ein scheußlicher Name?«

»Ganz und gar nicht. Ich finde ihn sogar ausgesprochen nett. Vielleicht klaue ich ihn mir irgendwann mal.«

Inzwischen tauchten an den Türen neugierige Gesichter auf. Catriona wußte, was man von ihr erwartete. Nachdem Belinda Beaker sie mit den anderen bekannt gemacht hatte, ging man gemeinsam in das Büro, während der jüngste und agilste Mitarbeiter loslief, um die Sandwiches zu holen.

Catriona nahm bereitwillig auf dem Stuhl Platz, den man ihr höflich anbot. Sie signierte ein Exemplar ihres neuen Romans »Die Leiche im Kohlenkeller« für eine pensionierte Mitarbeiterin, die im Rollstuhl saß und Catriona McBogles Geschichten bei weitem therapeutischer fand als alles, was ihr die Ärzte verschrieben.

Als die Shrimps schließlich kamen, kochte das Teewasser schon. Die Sandwiches schmeckten hervorragend, und der Tee hatte genau die richtige Stärke. Die Bibliotheksleiterin belud einen Pappteller mit Schokoladenplätzchen, die sie für ihren Bridgeclub gebacken hatte, bevor ihr eingefallen war, daß sämtliche Damen gerade eine Diät machten. Sie hatte daher das Gebäck kurzentschlossen mit in die Bibliothek gebracht, um ihre Kollegen und Kolleginnen, die zum Zunehmen keine Zeit hatten, damit zu erfreuen.

Einer Frau von Catriona McBogles Größe und Bauart konnten ein paar Extrapfunde egal sein. Sie aß genüßlich ein paar Plätzchen und ließ sich bereitwillig überreden, die übrigen als Wegzehrung mitzunehmen. Der kleine Zwischenstopp hatte ihr gut gefallen, und ihre Gastgeber baten sie, möglichst bald wiederzukommen. Anscheinend nahmen sie an, sie wüßte inzwischen, wo sie war. Catriona hatte immer noch keine Ahnung, wie sie fahren mußte. Sie wagte jedoch auch nicht zu fragen, weil sie vor diesen netten Leute nicht als eine komplette Idiotin dastehen wollte, die selbst mit einer genauen Wegbeschreibung nichts anfangen konnte. Immerhin war es erst kurz vor drei, so daß sie den Weg nach Norden noch finden konnte, ohne durch den Berufsverkehr aufgehalten zu werden. Vorausgesetzt, es gelang ihr herauszufinden, wo Norden war. Nachdem Helens und Peters hypothetische Sorgen beschwichtigt waren, hatte sie es ohnehin nicht mehr ganz so eilig, nach Hause an ihren Schreibtisch zu kommen.

In Sasquamahoc, Maine, hatte sich vor einiger Zeit im Haus des Präsidenten der dortigen Forstwirtschaftsschule eine Katastrophe ereignet. Der Präsident war eben jener Guthrie Fingal, der mit Peter in Collegetagen das Zimmer geteilt hatte und den seit einiger Zeit eine zusehends enger werdende Freundschaft mit Catriona verband. Er leitete das College für Forstwirtschaft, das nur einen Katzensprung von Catrionas malerischem alten Farmhaus entfernt lag. Die Heimsuchung des Präsidenten begann mit einem Rohrbruch, der zu einer Überflutung führte, die einen Kurzschluß auslöste. Dieser wiederum setzte die Holzbalken des Hauses in Brand, und da wegen des Rohrbruchs dummerweise kein Löschwasser zur Verfügung stand, war das Chaos perfekt. Guthrie war daraufhin für die Dauer der akuten Krise zu Catriona gezogen.

Krisen können sich manchmal ziemlich lange hinziehen, besonders, wenn das Opfer es richtig anstellt. Catriona wußte immer noch nicht genau, was sie davon hielt, Guthrie als Dauergast bei sich zu beherbergen. Momentan war es recht angenehm zu wissen, daß er da war, um die Katzen zu füttern und die Post in Empfang zu nehmen. Ihrer Meinung nach hatte sie sich einen kleinen Erholungsurlaub redlich verdient. Sie hatte schon viel zu lange an ihrem Schreibtisch gehockt, kein Wunder, daß sie einen ausgewachsenen Hüttenkoller bekommen hatte. Als sie zur nächsten großen Kreuzung kam, ignorierte sie die auffälligen gelben Streifen, die ihr zeigten, wo die richtige Straße weiterging, und wählte in Erinnerung an Robert Frosts Gedicht von den beiden Wegen, die durch den Wald führen, spontan die weniger einladende Straße.

Sie hätte es besser nicht getan, wie ihr sehr bald bewußt wurde. Die Straße war schmal, kurvenreich, voller Schlaglöcher und wurde zusehends schlimmer. Catriona spielte schon mit dem Gedanken, zu wenden und wieder zurückzufahren, doch es gab so viele unberechenbare Senken und Steigungen, daß sie es nicht wagte. Es war unwahrscheinlich, aber immerhin möglich, ausgerechnet im entscheidenden Moment auf einen anderen Idioten zu treffen, der sie nicht rechtzeitig sah und ihr von vorn oder hinten in den Wagen krachte. Bisher hatte sie allerdings noch kein einziges menschliches Wesen gesehen, weder zu Pferd oder zu Fuß noch in einem der Schlaglöcher. Doch die Straße wurde sicher gelegentlich genutzt, und sie hatte keine Lust auf einen Unfall. Um sich ein wenig zu aufzumuntern, griff sie in die Plastiktüte, die ihr die Bibliothekarin mitgegeben hatte, und tröstete sich mit einem Schokoladenkeks.

Irgendwie kam ihr die Straße unheimlich vor, falls man dies von einer Straße überhaupt sagen konnte. Catriona hatte das mulmige Gefühl, daß die Dornenzweige jeden Moment aus dem Gestrüpp am Straßenrand herausschnellen könnten, um sie zu packen. Sie beschleunigte ihren kleinen Wagen noch ein wenig mehr und schaute immer häufiger nervös in den Rückspiegel. Zuerst sah sie nur Dornengestrüpp, wohin sie auch blickte, doch schließlich erreichte sie einen ziemlich eindrucksvollen Grat, der an beiden Seiten steil abfiel, und bemerkte unten in der Tiefe etwas, das in dieser gottverlassenen Einöde völlig fehl am Platze schien. Es war eindeutig zu groß und viel zu elegant.

Catriona fuhr langsamer und trat mit aller Kraft auf die Bremse. Auf dem weichen Boden neben der Straße waren tiefe Reifenspuren zu sehen. Hier mußte sich die eindrucksvolle graue Limousine durch das Gestrüpp gepflügt haben, bevor sie kopfüber in die Tiefe gestürzt war. Soweit Catriona sehen konnte, war die Talfahrt von einem Haufen mächtiger Granitblöcke aufgehalten worden. Ein Felsblock war sogar noch größer als der Lincoln.

Der Wagen schien auf seiner Schnauze zu stehen. Catriona parkte am rechten Straßenrand, wo es nicht ganz so steil bergab ging, und überquerte die Straße, um auf der anderen Seite nach Fußspuren zu suchen. Es war nichts zu sehen. Doch wer ließ ein derart wertvolles Fahrzeug ohne triftigen Grund kopfüber in einem Steinbruch zurück?

Vielleicht war der Fahrer noch im Inneren seines Fahrzeuges eingeklemmt? Auch wenn es noch so unangenehm war, konnte kein Mensch bei dieser Vorstellung achselzuckend seiner Wege gehen, als wäre nichts geschehen. Catriona trug wie jeder vernünftige Bürger von Maine strapazierfähige Schuhe und eine Hose aus unverwüstlichem Lodenstoff. Sie knöpfte ihre dicke Strickjacke zu, verfluchte ihre puritanische Ethik, und kletterte den Abhang hinunter.

Kapitel 5

»Bist du schon da, Helen?«

Die Eingangstür des kleinen roten Backsteinhauses auf dem Crescent überstand Peter Shandys temperamentvolle Behandlung auch diesmal unbeschadet. Helen Shandy erschien oben an der Treppe.

»Ja, Liebling, ich bin schon da. Allerdings auch erst seit fünf Minuten. Ich habe gerade den Anrufbeantworter abgehört. Catriona bedankt sich für den Besuch und sagt, wir sollten uns keine Sorgen machen. Weswegen sagt sie nicht. Für Cat ist das ziemlich untypisch, wenn du mich fragst.«

»Was hast du anderes erwartet, Schatz? Sie weiß doch, daß wir heute abend zum Empfang beim Präsidenten gehen. Wir haben es erwähnt, als sie hier war. Zumindest glaube ich, daß wir das haben. Hat sie sich nicht sogar darüber lustig gemacht und angekündigt, daß sie gar nicht erst versuchen wird, heute abend anzurufen, weil wir ohnehin bis in die Puppen zechen?«

»Wahrscheinlich hast du recht. Ich kann mich nicht mehr erinnern. Cat kennt Sieglinde Svenson inzwischen ziemlich gut. Sie weiß genau, daß an Zechen nicht zu denken ist, wenn die Gattin des Präsidenten die Zügel in der Hand hält. Warum willst du denn den schrecklichen alten Anzug anziehen? Ich dachte, du wolltest heute den schönen neuen tragen, den du vor zwei Monaten gekauft hast.«

»Den zu kaufen du mich überredet hast, meinst du wohl. Und was passiert, wenn ich ihn mit Fischsauce bekleckere?«

»Das glaubst du doch selbst nicht. Peter, ich weiß zwar, daß du alle neuen Kleidungsstücke immer erst ein paar Jahre im Kleiderschrank läßt, damit sie richtig abgehangen sind, bevor du sie trägst, aber der heutige Abend ist etwas ganz Besonderes.«

»Das sagst du immer. Wahrscheinlich soll ich mich nur in Schale schmeißen, weil du einen neuen Designertraum erstanden hast, den du der versammelten Mannschaft vorführen möchtest, und nicht willst, daß ich wie ein abgetakelter Landstreicher hinter dir hertrabe.«

»Wie kommst du bloß auf die Idee? Eigentlich wollte ich das nette alte blaue Spitzenkleid tragen, das ich bei unserer Hochzeit anhatte. Und dazu vielleicht die Perlen, die du mir zu diesem Anlaß geschenkt hast, um dich sanft daran zu erinnern, daß unser zehnter Hochzeitstag dräut.«

»Dann darf ich dich meinerseits sanft daran erinnern, mein Juwel, daß wir uns momentan im Monat September befinden. Wenn mich meine Erinnerung nicht täuscht, haben wir im April geheiratet.«

»Sehr richtig, Schatz. Ich dachte nur, es könnte nicht schaden, wenn ich möglichst früh anfange, dich daran zu erinnern.« Helen sprach weiter, während sie ins Badezimmer ging. »Ich wünschte nur, Cat hätte eine etwas weniger lakonische Nachricht hinterlassen.«

Peter folgte ihr auf dem Fuße und entledigte sich dabei seiner Kleidungsstücke. »Warum machst du dir Sorgen? Cat ist eine erwachsene Frau, falls dir das noch nicht aufgefallen sein sollte.«

»Es ist mir tatsächlich aufgefallen. Ich weiß auch nicht, warum sie mir nicht aus dem Kopf geht. Ich habe einfach ein ungutes Gefühl, das ist alles.«

»Bei einer McBogle ist alles möglich. Was diese Frau wirklich braucht, ist ein Auto, das nicht an chronischen Hicksern und Reifenkrankheiten leidet«, brummte Peter. »Muß ich den Anzug wirklich anziehen?«

»Ja, das mußt du, Liebling. Was hältst du übrigens davon, den Kongregationalisten einen deiner älteren und engeren Anzüge für das Herbstfest zu spenden? Ich glaube, sie wollen einen Basar veranstalten und mit dem Erlös ein neues Kirchendach bezahlen.«

»Ich hatte bisher immer den Eindruck, die Kirche hätte bereits ein Dach. Aber vielleicht sollten wir einen Wohltätigkeitsbasar veranstalten, um mit dem Geld ein neues Dach für Catrionas Wagen zu kaufen. Hättest du Lust, ein kleines Schlückchen Whiskey mit mir zu trinken, um dich für die bevorstehenden Festivitäten zu wappnen?«

»Das Dach von Cats Auto ist das einzige an der alten Rostlaube, das noch einigermaßen in Ordnung ist. Und was deine zweite Frage betrifft, muß ich leider dankend ablehnen. Ich habe nicht vor, die Gäste mit einer wehenden Alkoholfahne zu begrüßen. Das Kirchendach leckt übrigens wie ein Schweizer Käse, wenn ich mir die Bemerkung erlauben darf.«

»Schweizer Käse lecken nicht, Liebste.«

»Möglicherweise doch, wenn man versucht, sein Dach damit zu decken«, erklärte Helen. »Was bedauerlicherweise niemand tut. Die Kirchenmäuse würden sich über Käseschindeln sicher tierisch freuen. Edna Mae Ottermole organisiert das Herbstfest und hat mich gebeten, ihr tatkräftig beizustehen. Sie hat sogar Flugblätter drucken lassen, die Fred im Fahrradkorb mitnehmen und unterwegs verteilen soll.«

Peter schüttelte den Kopf. »Das sollte er lieber unterlassen, wenn ihm etwas an seinem Sheriffstern liegt. Als Angestellter der Stadt darf er sich nicht für die Interessen einer bestimmten Gruppe einsetzen. Er könnte damit eine wahre Revolution auslösen. Die Baptisten und die Methodisten werden ihm todsicher sofort aufs Käsedach steigen, ganz zu schweigen von den Swedenborgianern und den Monophysiten.«

»Ich glaube nicht, daß wir dazu genug Monophysiten hier in der Stadt haben«, widersprach Helen.

»Dann sollten wir vielleicht noch ein paar herholen. Wie kommst du eigentlich auf die Monophysiten?«

»Du hast sie zuerst erwähnt, Liebling. Keine Ahnung, warum sie dir eingefallen sind. Aber ich muß zugeben, daß es ein ungewöhnliches Wort ist, das man normalerweise in Gesprächen selten benutzt. Machst du mir bitte den Reißverschluß zu?«

»Darf ich ihn nach dem Ball auch wieder aufmachen?«

»Ich werde darüber nachdenken und dir rechtzeitig Bescheid sagen. Meinst du, Mirelle erscheint auch auf dem Empfang?«

»Um Fragen über ihren abtrünnigen Gatten zu beantworten?«

Peter knöpfte sein makellos weißes Hemd zu und warf einen besorgten Blick auf die Krawattenstange. »Was meinst du? Die graue paßt doch eigentlich ganz gut zu dem Anzug, oder?«

»Wenn Harry Goulson dich so sieht, bietet er dir glatt eine Nebentätigkeit als Sargträger an.«

Wie fast jedem in Balaclava Junction, dachte Helen amüsiert. Sie hatte eine Schwäche für ihren jovialen Nachbarn, der nicht mochte, wenn man ihn als »Bestattungsunternehmer« bezeichnete, weil es ihm zu geschäftsmäßig und städtisch klang. »Leichenbestatter« gefiel ihm verständlicherweise noch weniger. »Bestatter« dagegen war schon für Harry Goulsons Vater und dessen Vater gut genug gewesen. Es war kurz und knapp und gab den Leuten das Gefühl, daß es sich um jemanden handelte, der pflichtbewußt war, dem man vertrauen konnte und der dafür Sorge trug, daß die sterbliche Hülle des Verblichenen zur letzten Ruhe gebettet wurde, während die unsterbliche Seele bereits unterwegs zu ihrem endgültigen Bestimmungsort war, wo immer dies auch sein mochte. Harry Goulson maßte sich nicht an, der Entscheidung des Engels an den Pforten des Paradieses vorzugreifen.

Die Goulsons hatte man selbstverständlich genau wie alle anderen prominenten Bürger der Stadt zu Svensons Empfang eingeladen. Ob Harry tatsächlich erschien, war eine Frage der höheren Gewalt. Es konnte durchaus sein, daß er noch in letzter Minute in ein Trauerhaus gerufen wurde. Seine Gattin Arabella dagegen kam auf jeden Fall, da sie für die Rubrik »Notizen aus der Provinz« des *All-woechentlichen Gemeinde- und Sprengel-Anzeygers für Balaclava* verantwortlich war. Dank einer besonderen Verfügung der Veranstalterin Sieglinde Svenson gehörte Helen Marsh Shandy zu den auserwählten Damen, die sich gemeinsam mit der Dame des Hauses um die Gäste kümmern durften, daher beschäftigte sie sich auch so intensiv mit dem Halsschmuck ihres Gatten.

»Hier, Liebling, nimm doch die hübsche dunkelrote Krawatte mit dem graugrünen Paisleymuster. Wenn ich dazu mein grünes

Chiffonkleid trage, können wir im Partnerlook auftreten.« Helen war bereits dabei, das zarte Gewebe von seiner schützenden Hülle zu befreien. »Wir sollten einen Zahn zulegen. Sieglinde möchte, daß die Damen ihrer Wahl fünfzehn Minuten früher als alle anderen in vollem Ornat eintreffen. Man kann schließlich nie wissen. Grace Porble weiht übrigens heute ihr neues apricotfarbenes Satinkleid ein.«

»Ach nein.« Peter überlegte immer noch, ob er die hübsche Krawatte nun tragen sollte oder nicht, und betrachtete sie, als sei sie ein bizarres Objekt aus einer anderen Welt. »Und was gedenkt Phil Porble zu tragen?«

»Ein herablassendes Lächeln, nehme ich an«, meinte Helen. »Was ist denn los mit dir, Jane? Sag bloß, du hast dein Abendessen schon verputzt! Oder habe ich etwa vergessen, dich zu füttern? Noch einen Moment Geduld, mein armes kleines Hascherl, dann bekommst du was ganz Feines von Mami. Nun beeil dich doch ein bißchen mit der Krawatte, Peter. Und vergiß nicht, die guten schwarzen Schuhe anzuziehen.«

»Welche Schuhe trägt Phil denn? Warum habe ich bloß nicht daran gedacht, ihn zu fragen?«

»Meine Güte! Was seid ihr Männer doch umständlich! Ist mein Reißverschluß zu?«

»Bis zum Anschlag. Du siehst übrigens umwerfend aus. Geh lieber schnell die Katze füttern, bevor ich mich vergesse.«

»Komm mit, Jane. Männer sind Monster. Falls du mich suchst: Ich bin unten und schrubbe die Küche.«

»Das lobe ich mir. Arrivederci.«

Genau sieben Minuten später waren sie bereit, sich in die Feierlichkeiten zu stürzen. Jane war gestreichelt und gefüttert, Helen hatte ihr ein Schüsselchen mit Hühnchen hingestellt, Peter war makellos gewandet und krawattiert, und Helen sah bildschön aus in dem grünen Chiffonkleid mit der hübschen handgewebten Stola, die sie im Sommer in einem kleinen Laden in Maine gekauft hatte.

Auch diesmal unterschied sich der Empfang beim Präsidenten nicht wesentlich von den Empfängen der vergangenen Jahre. Das alte Farmhaus auf der Hügelspitze hinter dem College, das aus diversen Gründen Walhalla genannt wurde, befand sich dank der kundigen Herrschaft Sieglinde Svensons in Topzustand. Heute waren die geräumigen Wohnzimmer im vorderen und hinteren Bereich des Hauses mit atemberaubend schönen Blumenarrangements aus Spätblühern und dekorativem Blattwerk geschmückt. Die Damen waren elegant, und der Alkoholgehalt der Bowle war gerade richtig, um die Gäste leicht anzuheitern, aber nicht zu berauschen. Das Essen war von Mrs. Mouzouka, der Leiterin des Fachbereichs Hauswirtschaft, und ihren Studenten und Studentinnen zubereitet worden und schmeckte einfach köstlich. Absolutes Highlight war natürlich das wunderbare Smörgasbord, das Mrs. Svenson höchstpersönlich zubereitet hatte, unterstützt von denjenigen ihrer sieben schönen Töchter, die das elterliche Nest noch nicht verlassen hatten.

Über Mangel an Gesprächsstoff konnte sich keiner beklagen, auch wenn an diesem Abend ein Thema besonders im Mittelpunkt stand. Niemand hatte auch nur die geringste Idee, wo der verschwundene Experte für Milchwirtschaft abgeblieben war, doch jeder hatte seine eigene Theorie. Im übrigen wurde von sämtlichen Anwesenden registriert, daß Mirelle Feldster sich nicht unter den Gästen befand. Einige waren ehrlich genug, aus ihrer Erleichterung darüber keinen Hehl zu machen. Andere, die Jim Feldsters scharfzüngige Gattin weniger intensiv verabscheuten, tauschten schuldbewußte Blicke aus und fragten sich, ob man nicht vielleicht mit etwas Gebäck oder einer Topfpflanze bei ihr vorbeischauen oder sie wenigstens kurz anrufen sollte.

Unter der geladenen Elite befanden sich auch Dr. Melchett, der ohne seine schwarze Arzttasche irgendwie nackt wirkte, und seine Gattin Coralee, die sich im Gegensatz zu ihrem Gemahl so sehr in Schale geworfen hatte, daß es für beide reichte. Sie trug ein Gewand, das bisher noch nie jemand an ihr gesehen hatte und wahrscheinlich auch nie wieder sehen würde, da es höchstwahrscheinlich schon am nächsten Tag zurück ins väterliche Hauptgeschäft in Hoddersville wanderte. Normalerweise zog sich Coralee bei gesellschaftlichen Anlässen mit ihrer Freundin Mirelle in irgendeine Ecke zurück und tratschte mit ihr über die Anwesenden. Doktor Melchett machte indes seine übliche Runde und bewies wieder einmal, wie gut er mit seinen Patienten umzugehen verstand, vor allem wenn sie jung, hübsch und weiblichen Geschlechts waren. Wenn Jim Feldster dagewesen wäre, hätte er sich bestimmt wie immer in eine möglichst weit von seiner Frau entfernte Ecke verzogen, sich seinem am Smörgasbord üppig beladenen Teller gewidmet und dabei ein wachsames Auge auf das warme Buffet geworfen. Doch an diesem Abend war alles anders.

In Walhalla galt das unumstößliche Gesetz, daß alles, was Sieglinde Svenson tat, wohlgetan war. Sie hatte sich bestimmt etwas dabei gedacht, als sie Helen Shandy und Grace Porble gebeten hatte, gemeinsam mit ihr die Gäste zu empfangen, wohlwissend, daß die Shandys und die Porbles die nächsten Nachbarn der Feldsters waren. Eigentlich hätten Helen und Grace als erste trostspendend an Mirelles Tür erscheinen müssen, wie es das Campusprotokoll vorsah. Doch nachdem Peter in der Nacht, in der Jim verschwunden war, derart aus der Rolle gefallen war, hatte Helen verständlicherweise von einem Höflichkeitsbesuch abgesehen. Sie wußte genau, daß Mirelle sich die Gelegenheit, sie nach allen Regeln der Kunst zu brüskieren, nicht entgehen lassen würde.

Da Grace Porble Helens engste Freundin unter den Gattinnen der Fakultätsmitglieder war, hätte Mirelle sie gnadenlos über denselben Kamm geschoren und ihr die gleiche Behandlung angedeihen lassen. Also war auch Grace nicht bei ihr vorstellig geworden. Natürlich wußte jeder auf dem Crescent von Mirelles peinlichem nächtlichen Auftritt, da sämtliche Anwohner an ihren Fenstern gehangen hatten, um sich nur ja kein Wort entgehen zu lassen. Danach hatten sie es ihren engsten Freunden und Freundinnen erzählt. Diese wiederum hatten es jedem aufgetischt, der es hören wollte, was bedeutete, daß inzwischen drei Fünftel der Bevölkerung von Balaclava County bestens Bescheid wußte.

Phil Porble war der einzige aus der Viererbande, der die Situation irgendwie amüsant fand. Er war es auch, der nach dem dritten Glas Bowle die Idee hatte, gemeinsam mit seiner Frau und den Shandys Mirelle Feldster einen Anstandsbesuch abzustatten, sobald Helen und Grace die ihnen zugewiesenen Pflichten erfüllt hatten. Man würde die Situation souverän meistern, indem man ihr ein Tablett mit Köstlichkeiten und eines von Graces herrlichen Blumenarrangements vom Buffet-Tisch überreichte. Sie konnten das Fest zwar nicht vor halb elf verlassen, doch Mirelle war bekanntermaßen eine Nachteule und blieb stets bis in die Puppen auf.

Höchstwahrscheinlich hatte sie den Abend einsam und allein vor dem Fernseher verbracht, einen alten Film gesehen, sich selbst bemitleidet und voll Bitterkeit an ihre fröhlich feiernden Nachbarn gedacht. Wie ihre Gefühle für Jim inzwischen aussahen, wagte sich niemand vorzustellen.

Das Fest neigte sich dem Ende zu, und die Musiker, die im Lauf des Abends die Gäste immer wieder mit dezenter Hintergrundmusik unterhalten hatten, rundeten ihr Programm mit einem ziemlich lauten »Good Night, Ladies« ab. Helen und Grace wählten die Gaben für Mirelle aus, reichten ihren Gatten das mit Köstlichkeiten beladene Tablett und ein Riesenblumenbouquet zum Tragen, verabschiedeten sich herzlich von den Svensons und fragten sich, ob und wie die vorübergehend gattenlose Mrs. Feldster sie wohl aufnehmen würde.

Jedenfalls hofften sie alle, daß Mirelles Gattenlosigkeit nur vorübergehend war, allen voran Peter Shandy. Irgendwann zwischen Hering und Nachtisch hatte Präsident Svenson ihn in eine Ecke gedrängt und in einer Tonlage mit ihm gesprochen, die als Flüstern gedacht gewesen war, aber mehr an das Knurren eines Grizzlys erinnerte, der gerade jemanden in Sonntagsstaat verspeiste.

»Wie, Shandy?«

Peter wußte sofort, was gemeint war, und beantwortete auch das knappe »wann« und »wo«, mit dem sich der Präsident nach Jim Feldsters Verbleib erkundigte, nach bestem Wissen und Gewissen. Bei »wieso« und »mit wem« mußte er allerdings passen, auch wenn der Präsident deutlich verlauten ließ, er wolle die verfluchte Antwort sofort haben und nicht erst, wenn die Abteilung für Nutztierzucht das Vieh von den Herbstweiden hole. Untätig herumzusitzen und darauf zu warten, daß sich die Kühe von selbst molken, sei Schwachsinn, und warum zum Henker habe Shandy sich noch keinen Schlachtplan zurechtgelegt? Überhaupt sei völlig unverständlich, warum er den Fall nicht schon längst gelöst habe. Peters Einwände, immerhin habe er bisher kaum Zeit zum Luftholen gehabt, ganz zu schweigen davon, daß das Semester gerade angefangen habe, ließ er nicht gelten. Jetzt sofort mußte gehandelt werden, Kreuzdonnerwetter und basta.

Peter blieb nichts anderes übrig als zuzustimmen. Zum einen war es unhöflich, dem Präsidenten beim Empfang im eigenen Haus zu widersprechen, zum anderen war Svenson doppelt so groß wie er. Außerdem mußte sich Peter stillschweigend eingestehen, daß er während der letzten Jahre diverse knifflige Fälle, die mit dem College zu tun gehabt hatten, erfolgreich gelöst hatte und Lust auf neue Herausforderungen verspürte. Noch bevor Dr. Svenson in die Rolle des Gastgebers zurückschlüpfte, überlegte Peter bereits, wie er seine beruflichen Pflichten vorübergehend auf den vielversprechenden Knapweed Calthorp abwälzen konnte. Der junge Dozent unterrichtete mittlerweile Botanik am College und wurde zunehmend routinierter. Solange man Knapweed erlaubte, sich ab und zu in die Büsche zu schlagen und sich seiner Lieblingspflanze, dem Gemeinen Labkraut, zu widmen, war er sicher gern bereit, Professor Shandys Seminare so lange zu übernehmen, bis sie Professor Feldster aufgetrieben hatten.

Calthrop war bei der Eröffnung des Empfangs kurz aufgetaucht, hatte sich jedoch recht bald wieder zurückgezogen und etwas von dringenden Recherchen für seine Doktorarbeit gemurmelt. Doch das machte nichts, Peter konnte Calthrop morgen früh immer noch die nötigen Instruktionen geben. Momentan lag ihm vor allem die Überbringung des Versöhnungsgeschenks am Herzen, denn Phil Porble hatte ihm tückischerweise die Verantwortung für den sicheren Transport von Walhalla zum Hause der

Feldsters übertragen. Da Mirelle ihm verständlicherweise nicht freundlich gesonnen war, hoffte er inständig, sie würde ihn nicht mit Cremetörtchen bombardieren und seine elegante Paisley-Krawatte ruinieren.

Keiner der vier Abgesandten rechnete ernsthaft mit einem freundlichen Empfang, sie zweifelten sogar daran, daß Mirelle sie überhaupt empfangen würde. Auf dem Weg hügelabwärts machten sie zwar Witze über siedendes Öl und ähnlichen Mumpitz, doch es war ihnen dabei nicht sonderlich lustig zumute. Als sie sich dem Hause der Feldsters näherten, murmelte Phil Porble: »Laßt, die ihr eingeht, alle Hoffnung fahren.« Da seine Sicht durch den riesigen Blumenstrauß ziemlich eingeschränkt war, hatte er den flotten kleinen Cadillac Seville noch nicht bemerkt, der gegen alle Crescent-Regeln rücksichtslos vor dem Haus parkte und anderen Wagen den Weg versperrte.

»Wir kommen bestimmt ungelegen«, murmelte Grace Porble. Sie warf einen sehnsüchtigen Blick auf ihr eigenes Haus und versuchte, sich nicht anmerken zu lassen, daß sie am liebsten auf der Stelle dorthin geflüchtet wäre. Doch sie konnte die anderen unmöglich im Stich lassen, also raffte sie ihr wallendes apricotfarbenes Satinkleid zusammen und marschierte tapfer weiter. Helen versuchte indes verzweifelt, ihr grünes Chiffongewand, das sich im inzwischen aufgekommenen Wind wie ein Segel blähte, unter Kontrolle zu bekommen. Die beiden Gabenträger bildeten wie zwei mittelalterliche Gefolgsmänner die Nachhut.

Phil Porble verschwand von den Knien bis zu den Augäpfeln hinter der gigantischen floralen Kreation seiner Gattin. Peter bedauerte zutiefst, daß er kein ähnliches Tarngeschenk trug, beispielsweise einen Pfauenbraten, der mit dem aufgefächerten Schwanzgefieder des verblichenen Tieres geschmückt war. Doch für Pfauenbraten war es jetzt zu spät. Außerdem wurden in der Geflügelabteilung des College keine Exoten gezüchtet, sondern nur Hühner, Puten, Enten und Gänse, und die hätten ihm in der momentanen Situation kaum genützt. Inzwischen stellte sich die Frage, wer von ihnen gleich an der feldsterschen Tür klingeln würde, und es sah ganz so aus, als bliebe die unangenehme Aufgabe entweder an Grace oder Helen hängen. Wie sich bei näherer Betrachtung herausstellte, hatte keiner von ihnen je Hand an den Klingelknopf gelegt, und das Bedürfnis, dies jetzt nachzuholen, hielt sich in Grenzen. Doch die Pflicht rief, und Helen beschloß, sich zu opfern. Sie hob die Hand, um ihre Absicht in die Tat umzusetzen, hielt jedoch inne.

Es war noch nicht sonderlich kalt, und Mirelle hatte die Fenster an der Frontseite des Hauses ein kleines Stück hochgeschoben. Die vier Abgesandten vor der Tür konnten daher mühelos hören, daß im Hause gesprochen wurde. Eine tiefe, gebieterische Männerstimme gab Mirelle den anscheinend abschließenden Rat, die Ohren steif zu halten und kühlen Kopf zu bewahren, bis sich die unerträgliche Lage wieder entspannt habe. Sie habe zwar schreckliche Angst ausstehen müssen, sich jedoch bisher wacker gehalten, und man erwarte von ihr, daß sie weiterhin durchhalten werde. Mirelle schien wie gebannt zuzuhören. Helen beschloß, lieber zu klingeln, bevor Mirelle einen Schwächeanfall bekam oder der Besucher, wer immer er auch sein mochte, beim Verlassen des Hauses die heimlichen Lauscher entdeckte.

Die Tür wurde sofort geöffnet. Mirelle trug ein langes lila Hauskleid aus Samt und eine Halskette aus Gold- und Silberplättchen, die bei jeder Bewegung leise klimperten. Phil Porble, der jeder Situation gewachsen war, trat über die Schwelle, überreichte der Dame des Hauses demonstrativ den riesigen Blumenstrauß und untermalte seinen Auftritt mit ein paar mitfühlenden Worten im Namen der Svensons. Peter präsentierte seiner Nachbarin das mit Leckereien beladene Tablett.

Mirelle wirkte auffallend nervös, erklärte sich überwältigt von der nachbarlichen Fürsorge und bedankte sich in den höchsten Tönen bei den abwesenden Svensons für die ihr erwiesene Großzügigkeit. Sie wollte die unerwarteten Gäste gerade mit ihrem Besucher bekanntmachen, doch das schien dem großgewachsenen blonden jungen Mann nicht zu passen. Er war ziemlich kräftig und erinnerte Peter sehr an Elver Butz, obwohl er einen Maßanzug und handgefertigte Schuhe trug und keinen Kautabak in der linken Wange hatte. Der große Unbekannte nutzte die Ankunft der Viererbande, um sich höflich, aber schnell aus dem Staub zu machen.

Kapitel 6

Catriona fand ihre Kletterpartie schwieriger als erwartet. Die tiefen Furchen, die der Wagen auf seinem Weg nach unten hinterlassen hatte, waren zwar hilfreich, dennoch kostete der Abstieg ziemlich viel Kraft. Inzwischen war sie so weit unten, daß sie die Wagenmarke erkennen konnte. Das Fahrzeug, dessen man sich auf so brutale Weise entledigt hatte, war tatsächlich ein Lincoln, und zwar eine ziemlich neue Limousine mit dunkel getönten Scheiben. Catriona drehte sich um, blickte auf den Abhang, den sie gerade heruntergeklettert war, und stellte erschrocken fest, wie steil und lang er war. Ein leichterer Wagen, etwa ihr eigener, wäre sicher nur noch ein Schrotthaufen, und falls sich ein Insasse darin befunden hätte, wäre dieser jetzt entweder erheblich verletzt oder tot. Den Lincoln konnte man nur noch mit schwerem Gerät aus den riesigen Felsblöcken heben. Stabile Fahrzeuge vertrugen anscheinend eine ganze Menge, jedenfalls wirkte der Lincoln erstaunlich unbeschädigt. Sogar die Fensterscheiben schienen noch intakt zu sein. Sie mußte einfach näher an den Wagen herangehen.

Die letzten paar Meter rutschte Catriona nur noch, verhedderte sich in Wurzeln, stolperte nach vorn und kam erst zum Stehen, als sie den Unglückswagen erreichte und sich auf dem Heck abstützen konnte. Jetzt konnte sie endlich einen Blick in das Innere des Fahrzeugs werfen. Die Rückbank war leer, doch auf dem Beifahrersitz war eine Gestalt zu erkennen. Es war ein Mann, der anscheinend leblos in seinen Sicherheitsgurten hing.

Wie entsetzlich. Die Beifahrertür konnte nicht von außen geöffnet werden, da sie durch einen Felsbrocken versperrt wurde, und die hintere Tür war abgeschlossen, wie Catriona feststellte. Sie arbeitete sich daher auf die linke Seite des Fahrzeugs vor und verfluchte die naiven Technokraten, deren geniale Ideen sich in tödliche Fallen für hilflose Passagiere verwandeln konnten. Sie suchte nach etwas, womit sie das Fenster einschlagen konnte, doch dann kam ihr die Idee, daß die Fahrertür vielleicht gar nicht verschlossen war.

Richtig geraten. Für Krimifans, ganz zu schweigen von den Verfassern ihrer Lektüre war der Fall damit sonnenklar. Die Tat war genau geplant und mit großer Sorgfalt ausgeführt worden. Wer immer den Wagen gefahren war, hatte ihn mit eingelegtem Gang und laufendem Motor weiterrollen lassen und sich durch einen kühnen Sprung in Sicherheit gebracht, bevor das Vorderrad den Abhang berührte. Das Gewicht des Wagens und die Schwerkraft hatten den Rest besorgt, der Lincoln war in die Tiefe gestürzt und mit voller Wucht unten aufgeschlagen. Höchstwahrscheinlich war der Benzintank so gut wie leer. Ein voller Tank hätte möglicherweise eine Explosion verursacht, die zu einem Waldbrand hätte führen können. Und dem Täter war sicher nicht daran gelegen, irgend jemanden auf die traurigen Überreste des teuren Fahrzeug und den toten Passagier aufmerksam zu machen.

Leider war die Fahrertür so verkeilt, daß sie sich keinen Zentimeter bewegen ließ. Doch das Fenster war ganz heruntergelassen. Der Fahrer war anscheinend kein Risiko eingegangen und hatte unbedingt verhindern wollen, daß er mit seinem Beifahrer, der immer noch bewegungslos auf dem Armaturenbrett lag, gemeinsam in der Schlucht endete. Catriona schlängelte sich durch das offene Fenster, den einzigen Zugang und wahrscheinlich auch einzigen Notausgang, ins Innere des Wagens, hievte sich über das Lenkrad, an den in sich zusammengefallenen Airbags vorbei, und machte sich darauf gefaßt, jeden Moment eine Leiche zu berühren.

Doch soweit Catriona feststellen konnte, war der Mann gar nicht tot. Es war zwar schrecklich, aber irgendwie erinnerte er sie an Forster Feldstermeier.

Konnte das sein? Der Mann war zwar nicht mehr jung, aber sicher weit unter Neunzig. Seine Hände und Wangen waren kühl, aber nicht starr und eisig. Der Ärmste befand sich in einer höchst ungemütlichen Lage, denn er hing in seinem Gurt über dem Sitz, und sein Kopf baumelte unmittelbar über dem Armaturenbrett.

Unbequemer ging es wirklich nicht, aber warum hatte er den breiten Gurt, der ihn wie eine Fliege im Spinnennetz festhielt, nicht geöffnet und sich befreit?

Vermutlich war er dazu gar nicht imstande. Entweder er war zu erschöpft, stand unter Drogen oder hatte einen schweren Schock erlitten. Irgendwie mußte Catriona es allein schaffen. Sie zerrte an dem Gurtverschluß, als würden die nächsten Sekunden über Leben oder Tod des Mannes entscheiden. Was durchaus möglich war, Gott allein wußte, wie lange der arme Kerl schon hier hing. Sie versuchte, einen klaren Kopf zu bewahren, und schließlich gelang es ihr tatsächlich, das Gewicht des schlaffen Körpers mit ihrem eigenen Körper abzufangen und den Verschluß zu lösen. Aber was sollte sie jetzt tun? Lebte der Mann wirklich noch, oder hatte sie sich getäuscht? Sie versuchte zuerst, seinen Puls zu fühlen, fuhr dann mit der Hand unter seine Tweedjacke und betete, daß sein Herz noch schlagen möge.

Der Mann schepperte.

»Oh Gott!« Catriona riß erschrocken die Hand zurück. Hatte man dem armen Teufel etwa eine Bombe umgeschnallt?

Was für ein Quatsch. Es handelte sich bestimmt nicht um einen Terroranschlag, denn es wäre unsinnig, ein bombenbewehrtes Opfer hier abzuladen, wo es von niemandem gefunden wurde. Catriona biß die Zähne zusammen und versuchte erneut, irgendein Lebenszeichen festzustellen.

Der Mann stöhnte.

War es möglich, daß er in dieser unbequemen Lage einfach nur geschlafen hatte? Da sie sich nicht anders zu helfen wußte, versetzte sie ihm einen Klaps auf die linke Wange. Als er daraufhin ein leises Stöhnen von sich gab, schlug sie etwas fester zu.

»Nun wachen Sie schon auf. Sagen Sie doch endlich was!«

»Hand-pum-pe.«

»Was?«

»Hand-pum-pe.«

Zumindest hörte es sich an wie Handpumpe. Der Mann war heiser und sprach undeutlich, vielleicht hatte er sich die Stimmbänder wund geschrien, als er um Hilfe gerufen hatte. Außerdem hatte er bestimmt seit einer Ewigkeit nichts getrunken. Vielleicht war sein Mund so trocken, daß er nicht mehr sprechen konnte, genau wie der alte Seemann mit der ausgedörrten Kehle in der Ballade von Coleridge. Catriona schoß eine Zeile aus dem Gedicht durch den Kopf.

»Ich biß mir in den Arm, ich saugte das Blut, und schrie Ein Segel! Ein Segel!« Iih! Blieb nur zu hoffen, daß der Mann die Ballade nie gelesen hatte.

Er mußte unbedingt etwas trinken. Catriona fiel ein, daß sie noch fast eine ganze Thermosflasche mit Trinkwasser in ihrem Wagen hatte. Guthrie lag ihr ständig damit in den Ohren, daß man auf gar keinen Fall ohne lebensnotwendige Objekte wie Kompaß, Fahrtenmesser, Schaufel, Notflagge, Streichhölzer, Studentenfutter, eine Kerze in einer Blechdose, einem Beutel Billigkatzenstreu und einer Thermoskanne Wasser losfahren durfte. Schließlich konnte man nie wissen, ob man sich nicht irgendwann in einer Notlage befand und dringend etwas brauchte, das man dummerweise vergessen hatte, nur weil ein fürsorglicher Freund einen nicht erinnert hatte. Am besten kletterte sie schnell wieder hoch und holte das Wasser. Es sei denn, hier unten war irgendwo ein Fluß oder ein Bach. Aber ob man das Wasser überhaupt trinken konnte?

Konnte sie ihren Findelmann überhaupt allein lassen? Er war inzwischen in sich zusammengesackt, lag hilflos unten auf dem Boden und sah aus, als würde er jeden Moment wieder das Bewußtsein verlieren. Catriona packte ihn an den Schultern und schüttelte ihn. Schon wieder dieses unheimliche Scheppern. Sie riß beherzt seine Jacke auf und fand die Ursache des merkwürdigen Geräusches. Es war eine glänzende Messingkette mit Kupferanhängern, die aussahen wie winzige Feuerwehrhelme und altmodische Löscheimer aus Leder. Der große Anhänger in der Mitte sollte offenbar eine Handpumpe darstellen.

Der Mann, der sich selbst schlicht Jim Feldster nannte, hatte also gute Gründe gehabt, gestern abend nicht nach Hause zu kommen. Catriona hoffte, er würde noch einmal »Handpumpe«

sagen, doch er gab keinen Ton von sich. Er schien statt dessen vergeblich zu versuchen, seine Arme und Beine wieder funktionstüchtig zu machen. Doch auch dazu war er anscheinend zu schwach. Catriona machte sich unterdessen an den Türen zu schaffen und versuchte erneut, wenigstens eine zu öffnen. Als es auch diesmal nicht klappte, schlängelte sie sich durch das Fenster auf der Fahrerseite nach draußen und streckte ihrem Patienten beide Hände entgegen, um ihn aus dem Auto zu ziehen. Leider stellte er sich dabei wenig geschickt an, doch schließlich hatte sie es geschafft und ihn befreit. Um ihm den Aufstieg zu erleichtern, suchte sie einen Stock, auf den er sich stützen konnte. Er hatte immer noch kein weiteres Wort von sich gegeben, folgte ihr jedoch langsam durch das Geröll, wobei sich seine langen Beine als vorteilhaft erwiesen, auch wenn er so geschwächt war, daß er nach ein paar Schritten immer wieder ausruhen mußte.

Als sie endlich oben ankamen, waren sie völlig erschöpft. Catriona hatte gerade noch genug Kraft, um die Wasserflasche aufzuschrauben, die Guthrie ihr für etwaige Notfälle aufgedrängt hatte. Sie gönnte sich selbst nur einen Pappbecher voll und reichte Feldster die Flasche. Er leerte sie in einem Zug. Catriona hielt es für keine gute Idee, ihm auch schon den Beutel mit Studentenfutter zu geben, doch der arme Mensch war bestimmt halb verhungert, daher hielt sie ihm die Tüte mit Schokoladenplätzchen hin. Ihr Schützling aß sämtliche Plätzchen und schüttete sich sogar die letzten Krümel aus dem Beutel in den Mund. Dann rollte er sich auf dem Rücksitz ihres Wagens zusammen, nachdem er es abgelehnt hatte, sich anzuschnallen, was Catriona irgendwie verstehen konnte, und schlief sofort ein.

Catriona überlegte, was sie als nächstes tun sollte. Sie mußte unbedingt ein Telefon finden und Helen und Peter mitteilen, daß sie Jim Feldster gefunden hatte, daß er noch lebte und sogar etwas gegessen hatte, doch wo gab es in dieser gottverlassenen Wildnis ein Telefon? Alles war einzig und allein die Schuld von Robert Frost und S. T. Coleridge. Wenn sie die andere Straße gewählt hätte, hätte sie jetzt nicht den Albatros am Hals.

Andererseits wäre Professor Feldster ohne sie vielleicht schon in ein paar Stunden tot gewesen. Genau wie C. G. Jung glaubte auch Catriona McBogle nicht an Zufälle. Selbst diese schreckliche Straße führte sicher irgendwo hin, tröstete sie sich.

Sie biß die Zähne zusammen und fuhr weiter. Jetzt tat es ihr leid, daß sie ihre Plätzchen so selbstlos verschenkt hatte, sich keine Landkarte gekauft hatte oder wenigstens an der Tankstelle nach dem richtigen Weg erkundigt hatte. Doch das war reines Wunschdenken. Sie hatte seit Ewigkeiten keine Tankstelle gesehen, und ein funktionstüchtiger Fernsprecher war auch nirgends in Sicht.

Außer Schlaglöchern und Bodenwellen schien es hier nichts zu geben. Catriona wagte nicht, den Wagen zu beschleunigen, denn die hereinbrechende Dämmerung machte die Straße noch heimtückischer. Sie konnte nur hoffen, daß der Mensch, der den grauen Lincoln so effektiv aus dem Verkehr gezogen hatte, nicht ausgerechnet jetzt auf die Idee kam, zurückzukehren und sich die traurigen Überreste genauer anzusehen.

Es war völlig dunkel und schon fast acht Uhr, als sie endlich an eine Kreuzung mit richtigen Schildern kam. Sie stieß einen tiefen Seufzer der Erleichterung aus. Die Schilder zeigten in verschiedene Richtungen, aber Catriona kannte keinen der Orte. Was nicht besagte, daß sie keine guten Reiseziele waren, denn der Ort des Schreckens, den sie vor kurzem verlassen hatten, war sicher kaum zu übertreffen. Catriona versuchte, ihren Fahrgast zu fragen, ob ihm einer der Namen bekannt vorkam, doch er gab nicht einmal ein Stöhnen von sich.

Aber das war auch nicht nötig. Sie hatte nämlich einen Laden mit Tankmöglichkeit und Imßißstube erspäht. Es gab sogar eine Telefonzelle, die ein zufriedener Kunde gerade mit einem Hot Dog in der Hand und einem Lächeln auf den Lippen verließ. Catriona hielt neben der Zapfsäule an, bat den jungen Menschen, der hier anscheinend die Alleinverantwortung für alles trug, vier Portionen auf den Grill zu werfen, ganz egal, was es auch war, begab sich zum Telefon und wählte die Nummer der Shandys, die sie glücklicherweise auswendig wußte.

»Hallo«, sagte sie, nachdem sie das nötige Kleingeld eingeworfen hatte. »Bist du das, Helen?«

Es war zwar Helens Stimme, doch Catriona fiel siedendheiß ein, daß der Körper ihrer besten Freundin natürlich an diesem Abend im Hause des Präsidenten weilte. Aber sie konnte schlecht bei der Auskunft anrufen und nach der Nummer von Walhalla fragen. Noch weniger konnte sie dem Anrufbeantworter der Shandys eine Geschichte erzählen, die sich anhörte, als habe sie eine Ladung Aquavit oder etwas ähnlich Wirksames aus einem Wikingertrinkhorn zu sich genommen.

Catriona verspürte das Bedürfnis, sich ordentlich auszuweinen, riß sich jedoch im letzten Moment zusammen. Schließlich nutzte es niemandem, wenn sie sich jetzt gehenließ. Leider konnte sie nicht verhindern, daß ihr ein kleiner Schluchzer entfuhr, als sie dem Anrufbeantworter mitteilte, sie werde es später noch einmal versuchen.

Sie beschloß, sich ihre Tränen und ihr Kleingeld aufzusparen, bis die Shandys wieder zu Hause waren. Da dies noch einige Stunden dauern konnte, suchte sie sich besser möglichst bald eine Unterkunft für die Nacht. Aber zuerst mußte sie unbedingt etwas essen. Sie ging in den Laden, um nachzusehen, wie weit die Hamburger waren. Sie dufteten wie Manna, brauchten aber noch ein paar Minuten, und Catriona verspürte wenig Lust, in einer ihr unbekannten Gaststätte beziehungsweise Imbißstube halbrohes Fleisch zu verzehren, auch wenn die Theke relativ sauber aussah und die Kaffeemaschine vertrauenserweckend wirkte. Der Himmel allein wußte, wie lange das Getränk schon vor sich hinbrühte. Trotzdem nahm sie zwei Plastikbecher, ließ ihren eigenen Kaffee schwarz und goß in den zweiten soviel Sahne, daß es für zwei oder drei Portionen gereicht hätte.

Sie brachte ihrem Schützling den Sahnebecher nach draußen und kehrte in den Laden zurück, wo sie auf das Essen wartete und schlückchenweise ihren Kaffe schlürfte. Nebenbei erstand sie eine Zeitung, eine Landkarte, mehrere Flaschen Fruchtsaft und eine Handvoll Schokoriegel für etwaige Notfälle. Als dies erledigt war, bat sie die Person am Grill, von der sie immer noch nicht wußte, ob sie nun männlichen oder weiblichen Geschlechts war, ihr auf der gerade gekauften Landkarte zu zeigen, wo genau sie sich momentan befand. Der oder die Befragte überlegte eine Zeitlang, gab ihr die gewünschte Information und packte die Hamburger und Hotdogs in eine Pappschachtel.

»Oh, danke«, sagte Catriona. »Jetzt brauchen Sie mir nur noch zu sagen, ob es hier in der Gegend ein halbwegs nettes Motel gibt.«

»Klar doch, gibt es. Sehen Sie das Schild da vorn? Das mit dem Pfeil? Biegen Sie einfach an dem Pfeil links ab und fahren Sie immer weiter, bis Sie das Motel sehen. Das Licht brennt die ganze Nacht. Sie können es gar nicht verfehlen. Meine Mutter arbeitet halbe Tage da. Es ist wirklich ein nettes Motel. Sagen Sie einfach an der Rezeption, Fentriss habe Sie geschickt.«

»Vielen Dank, Fentriss. Soll ich für das Benzin extra bezahlen oder für alles zusammen?«

»Wie Sie mögen. Sie können auch mit Ihrer Kreditkarte bezahlen, wenn Sie wollen.«

Gar keine schlechte Idee. Es war sicher venünftig, das wenige Bargeld, das sie noch bei sich hatte, zusammenzuhalten. Immerhin mußte sie auch noch das Motel bezahlen. Sie reichte Fentriss ihre Kreditkarte und überlegte, ob es wirklich so klug war, ihren richtigen Namen zu benutzen. Doch was sollte schon passieren? Im Moment zählte einzig und allein, daß der letzte Feldstermeier-Bruder noch lebte und schepperte.

Das Motel war genau da, wo Fentriss gesagt hatte. Es war zwar nicht gerade berauschend, doch für eine Nacht ließ es sich durchaus ertragen. Catriona bat um zwei nebeneinander liegende Zimmer und erklärte, das Hörgerät ihres Bruders sei kaputt, so daß sie sich nur noch durch Klopfzeichen an der Wand miteinander verständigen könnten. Die Dame an der Rezeption reagierte verständnisvoll, und Catriona brachte das Essen und ihren frisch adoptierten Bruder in das eine und ihre kleine Reisetasche mit dem Notwendigsten in das andere Zimmer.

Der Mann, bei dem sie sich jetzt ganz sicher war, daß es sich um den verlorenen Feldstermeier handelte, verschlang die Hamburger, Hot Dogs und Tunfischsandwiches mit einer Gier, die erst abflaute, als er alles verzehrt hatte, was sich nicht bewegte. Catriona gab sich mit einem Hamburger, einem halben Sandwich und einem Becher Kaffee zufrieden. Zu ihrer großen Verwunderung räumte ihr Schützling danach brav alles auf und verstaute die Reste fein säuberlich in der Transportbox, die er in den Abfalleimer warf. Daraufhin begab er sich zielstrebig ins Badezimmer.

Catriona hielt es für angebracht, den Mann jetzt allein zu lassen. Sie legte seinen Zimmerschlüssel auf den Waschtisch, nahm Zeitung, Landkarte, eine Flasche Apfelsaft und einen Schokoladenriegel für etwaige nächtliche Hungeranfälle an sich und trug alles nach nebenan, wo sich bereits ihr bescheidenes Gepäck befand.

Kurze Zeit später konnte sie durch die dünne Wand hören, daß die Dusche angestellt und nach einiger Zeit wieder abgestellt wurde. Kurze Zeit später ließ ein hörbares Quietschen darauf schließen, daß ihr Findling sich ins Bett gelegt hatte.

Als leises Schnarchen zu ihr herüberdrang, konnte Catriona davon ausgehen, daß alles in Ordnung war. Sie ging kurz nach draußen und überprüfte, ob er seine Tür abgeschlossen hatte. Er hatte abgeschlossen. Überhaupt schien er die ganze Zeit genau das Richtige zu tun, merkwürdig war nur, daß er nicht sprechen konnte oder wollte. Doch auch das würde sich zweifellos ändern und war sicher nur eine Frage der Zeit.

Kapitel 7

»Ich hoffe, wir kommen nicht ungelegen«, sagte Helen, nachdem der Fahrer mit seinem Cadillac davongefahren war und Mirelle die unhandlichen Geschenke der Svensons verstaut hatte. »Du bist sicher völlig außer dir vor Sorge.«

»Es geht schon.«

Mirelle sprühte zwar nicht gerade vor Lebensfreude, aber es sah auch nicht so aus, als würde sie jeden Moment zusammenbrechen. Auf dem Empfang hatte jemand erzählt, Mirelle habe sofort Gladys im »Curl and Twirl Beauty Shop« angerufen und sich einen Termin geben lassen, als sich herausgestellt hatte, daß Jim tatsächlich verschwunden war. Daß sie ihren Termin wahrgenommen hatte, war nicht zu übersehen. Als sie damals in den sechziger Jahren als junge Ehefrau nebst College-Sweater und Aussteuer nach Balaclava Junction gekommen war, hatte sie noch rötlichblondes Haar gehabt. Inzwischen hatte ihr Haar eine Färbung angenommen, die man in der Jägersprache wohl als lohfarben bezeichnet hätte. Außerdem war es so oft gefärbt und dauergewellt worden, daß man ihre Kopfhaut sehen konnte.

Doch Mutter Natur hatte wie so oft für gerechten Ausgleich gesorgt. Oben war es etwas weniger geworden, dafür um die Hüften etwas mehr. Trotzdem konnte man Mirelle nicht als dick bezeichnen, denn sie hielt ihr Lebendgewicht gut in Schach, indem sie die gesamte Hausarbeit allein erledigte und sich brennend für ihre Mitmenschen interessierte. Das behaupteten jedenfalls Grace Porble und einige andere Damen. Genau wußte Helen es auch nicht, denn sie hatte während der ganzen Zeit als Nachbarin der Feldsters noch nie einen Fuß in deren Haus gesetzt.

Helen und Peter waren schon mehrfach von den Feldsters eingeladen worden. Mirelle veranstaltete nämlich einmal im Jahr eine Gartenparty und borgte sich zu diesem Anlaß Tische und Stühle aus der Fakultätsmensa. Nach dem Fest ließ sie eine

Gruppe bedauernswerter Arbeiter aus der für Gebäude und Grundstücke zuständigen Abteilung kommen, die alles aufräumen und saubermachen mußten.

Als sie jetzt das Haus zum ersten Mal von innen sah, verstand Helen auch, warum einer vorbildlichen Hausfrau wie Mirelle die Vorstellung, unerwartete Gäste in ihr Heim zu lassen, ein Graus war. Der Flur war mit strahlend weißem Teppichboden ausgelegt, und Helen fragte sich, warum Mirelle noch keine Messingständer mit roten Plüschseilen aufgestellt hatte, um etwaige Besucher von den zerbrechlichen Objekten fernzuhalten, die überall herumstanden. Ein komplettes Service für zwölf Personen aus grüngoldenem Minton-Porzellan stand in einer hübschen offenen Vitrine, und ein eindrucksvolles Spode-Kaffeeservice zierte einen zerbrechlich wirkenden Beistelltisch. Wo man sich auch hinwandte, überall stand Porzellan: Figuren von Royal Doulton, Schwäne von Lenox, Porzellandöschen von Limoges, makellos saubere Schaustücke, erlesen, zerbrechlich und sündhaft teuer. Es war einfach grauenhaft.

Die Shandys und Porbles wagten sich kaum zu bewegen und blieben wie auf Kommando stehen. Mirelle zuckte mit keiner Wimper.

»Wollt ihr euch nicht setzen? Was darf ich euch zu trinken anbieten? Ihr braucht doch bestimmt was, um den Geschmack von der scheußlichen Bowle loszuwerden, die es dort immer gibt. Ich habe einen hervorragenden Moët & Chandon, falls ihr Lust auf Champagner habt. Ich hatte ihn eigentlich für Florian kaltgestellt, aber er war wieder so in Eile. Das ist er immer. Außerdem würde er nie im Leben etwas trinken und dann noch Auto fahren. Diese ganze Sippschaft ist schrecklich engstirnig, wenn es um das Einhalten von Regeln geht.« Sie zuckte mit den Achseln. »Was soll man machen? Diese Verwandten!«

Phil Porble interessierte sich brennend für alles, was möglicherweise etwas mit dem College selbst, den College-Gebäuden oder den Personen, die dort arbeiteten, zu tun hatte, ließ sich die Gelegenheit, Informationen aus anderen herauszukitzeln, nicht entgehen. »Meinen Sie damit Ihre eigenen Verwandten oder Jims?« erkundigte er sich.

»Jims, natürlich.«

»Das wundert mich aber sehr, Mirelle. Ich hatte immer den Eindruck, daß Jim als Kind von einem älteren Ehepaar aufgenommen und großgezogen wurde. Soweit ich weiß, hatten die beiden einen Bauernhof und brauchten jemanden zum Kühemelken.«

»Jim wollte, daß man das glaubte, Phil. Mein Jimmy ist alles andere als der primitive Bauer, für den er sich immer ausgibt. Er ist ein richtiges Spielkind. Er ist nie erwachsen geworden und hat auch keine Lust dazu. Deshalb ist er ja auch in so vielen Logen. Habt ihr das ganze schwachsinnige Gefasel etwa geglaubt? Daß er am liebsten auf dem Melkschemel sitzt, neben sich eine süße kleine Kuh, die ihn verzückt anstiert? Daß er eine Dose Melkfett in der Overalltasche hat und mit dem Milchstrahl auf die Scheunenkatze zielt? Das ist doch nichts als ein Riesenhaufen Kuhmist! Wer außer mir möchte sonst noch Champagner?«

Helen schaute Peter an, Peter schaute Grace an, Grace war schon dabei, Phil anzusehen. Mirelle hatte an diesem Abend eindeutig schon mehrere Gläser geleert. Phil zog eine Augenbraue hoch, Grace zuckte mit den Achseln. »Nun, wenn ihr alle Champagner trinkt, will ich mich gern anschließen. Wie ist es mit dir, Helen?«

»Warum nicht? Wir müssen ja schließlich nicht mit dem Wagen nach Hause. Ich habe mich den ganzen Abend so intensiv um die Gäste gekümmert, daß ich nicht mal Gelegenheit hatte, die Bowle zu probieren. Dir ist es wahrscheinlich genauso ergangen, Grace.«

Grace nickte. Schließlich bekamen sie alle Champagner in hauchdünnen Glasflöten. Keiner zerbrach eine, vielleicht weil die Gläser so klein waren, daß kaum etwas hineinpaßte, vielleicht aber auch, weil Mirelle auf dem Weg aus der Küche die Flasche halb ausgetrunken hatte und der Rest für fünf Personen nicht genug war. Aber auch wenn sich fast nichts in ihren Gläsern befand, konnten die Gäste kaum so unhöflich sein und sofort gehen, nachdem sie ausgetrunken hatten. Phil Porble, der dafür bekannt war, Gespräche immer in Gang zu halten, versuchte weiter sein Glück.

»Was wir gerade über Jims Facettenreichtum erfahren haben, finde ich hochinteressant, Mirelle. Ich persönlich habe ihn immer für den Archetyp eines neuenglischen Farmers gehalten.«

»Da sind Sie nicht der einzige.« Mirelle goß den letzten Champagnerrest in ihre Flöte und leerte sie in einem Zug. »Ich verstehe diesen Mann schon seit Jahren nicht mehr. Manchmal frage ich mich, ob er total durchgeknallt ist, aber dann macht er wieder was Verrücktes und lacht sich innerlich kaputt, obwohl man ihm nicht das geringste anmerkt. Jim hat es faustdick hinter den Ohren. Manchmal macht er mir sogar richtig angst.«

»Wie meinst du das?« erkundigte sich Grace. »Du willst doch sicher nicht damit sagen, daß er dich –«

»Nein, natürlich nicht, aber manchmal habe ich den Eindruck, daß er gern würde.«

»Was gern würde?« Peter hatte inzwischen die Nase so gestrichen voll, daß er alle Höflichkeit vergaß.

»Das versuche ich ja gerade zu sagen. Ich weiß es selbst nicht. Es würde mich nicht im geringsten wundern, wenn sich herausstellt, daß er zum Flughafen gefahren ist und sich einen Flieger nach Brasilien gechartert hat. Wahrscheinlich hat er es nicht für nötig befunden, mir Bescheid zu sagen.«

»Oh, so etwas würde Jim bestimmt nie tun«, widersprach Helen. »Erstens wäre es außerordentlich teuer, ein Flugzeug nach Brasilien zu chartern. Oder sonstwohin, wenn man bedenkt, was man heute für ein Ticket hinblättern muß. Es sei denn, man ist mit einem Piloten verheiratet oder so etwas.«

»Das würde Jim nicht abhalten. Er könnte sich jederzeit ein Flugzeug kaufen und von hier zu den Fidji-Inseln fliegen. Er kann es sich leisten.«

Phil Porble konnte diese Bemerkung nicht unwidersprochen im Raum stehen lassen. »Wie kommen Sie denn darauf, Mirelle? Nein, Grace, du brauchst dein Gesicht gar nicht zu verziehen. Ich bin nicht neugierig, es interessiert mich nur. Wir wohnen seit Jahren neben Jim und wissen von ihm nur, daß er ein hervorragender Dozent ist und erstaunlich vielen Logen angehört. Und jetzt stellt sich plötzlich heraus, daß er alle möglichen Geheimnisse hat. Oder sollte ich besser sagen unerschöpfliche Mittel? Oder beides? Was sollen wir davon halten? Mirelle, Sie glauben doch nicht etwa, daß Jim sich einfach aus dem Staub machen würde, ohne auch nur mit einem Wort zu sagen, was er vorhat?«

Die Frage kam zu einem ungünstigen Zeitpunkt. Die halbe Flasche Champagner und alles, was sie vielleicht schon vor dem Erscheinen ihres eindrucksvollen mysteriösen Besuchers genippt hatte, zeigte allmählich seine Wirkung. Mirelle gähnte wie ein Alligator, machte nicht einmal den Versuch, die Hand vor den Mund zu halten, und lallte, sobald sie zu sprechen versuchte. Es war eindeutig Zeit, sich zu verabschieden, doch ihre Gastgeberin schien keine Lust zu verspüren, schon Schluß zu machen.

»Jim sagt nie was, Phil. Er haut einfach ab, tut, was er will, und schert sich den Teufel um mich. Woher soll ich wissen, wo er ist? Mit mir spricht er bloß über Kühe, sonst nichts. Ich habe die Nase so gestrichen voll von den blöden Viechern, daß ich schon nervös werde, wenn ich sehe, wie einer von diesen verdammten Studenten seinen Hamburger ißt. Moment, ich hol schnell neuen Champagner.«

»Für uns nicht, vielen Dank.«

Die Porbles und Shandys sprachen gleichzeitig, obwohl sie dies gar nicht beabsichtigt hatten. Sie hatten alle vier dieselbe Entschuldigung: Sie mußten am nächsten Tag arbeiten.

»Dann eben nicht«, teilte Mirelle ihren unerwarteten Gästen mit und drapierte sich malerisch auf einer viktorianischen Chaiselongue mit Schnitzereien in Traubenform und rosenbesticktem Polster. Helen Shandy, die ihr gegenüber auf einem ähnlich gemusterten Sessel saß, konnte sich vorstellen, daß Mirelle als junges Mädchen ausgesprochen hübsch gewesen sein mußte. Wahrscheinlich war sie Cheerleader in der High School gewesen und Homecoming Queen irgendwo an einem kleinen College. Doch momentan wirkte sie alles andere als attraktiv. Das lila Gewand war an den Beinen hochgerutscht, ihre Lider waren auf Halbmast, und ihr Gesicht hatte einen dunkelroten Farbton angenommen.

Wie schade, daß sie ihre einstige Schönheit für ein Zimmer mit kostbaren Staubfängern und zuviel Champagner geopfert hatte.

Es war Zeit zu gehen. Als Mirelle merkte, daß sich ihre Besucher zurückzogen, winkte sie ihnen lässig zu, ohne auch nur den Versuch zu machen, sich aufzusetzen und ihr Kleid glattzustreichen. Die Freunde gingen allein zur Tür, vermieden auf dem Weg tunlichst jeden Kontakt mit den teuren Nippsachen und achteten sorgfältig darauf, daß die Eingangstür auch zu war, nachdem sie das Haus verlassen hatten.

Wie alle Häuser auf dem Crescent besaß auch das Haus der Feldsters einen kleinen Vorgarten mit einem Backsteinweg, der von den Eingangsstufen zur Straße führte. Als die Shandys und Porbles das Grundstück verlassen hatten, blieben sie stehen, um sich kurz zu unterhalten, wie es unter Freunden üblich ist.

»Sie schläft bestimmt auf der Chaiselongue ein und ist morgen früh steif wie ein Brett«, meinte Grace besorgt. »Wir hätten sie nach oben in ihr Bett bringen sollen, Helen.«

»Da bin ich anderer Meinung, Grace. So betrunken ist sie gar nicht. Sie wird vielleicht ein bißchen schlafen, aber dann rappelt sie sich bestimmt wieder auf und zieht sich ihr Nachthemd an. Außerdem ist es ihr Haus, und sie kann darin tun und lassen, was sie will. Aber ihr Flur ist einfach unglaublich. Ich weiß zwar nicht, ob es bei euch genauso ist, aber ich war bis heute noch nie in diesem Haus. Ich habe ihr nur einmal einen Brief gebracht, den der Postbote versehentlich bei uns eingeworfen hatte. Und den hat sie an der Küchentür in Empfang genommen. Ich kann mich nicht mehr erinnern, ob sie mich damals hereingebeten hat. Ich war auf dem Weg zur Arbeit und ohnehin ein bißchen in Eile. Bestimmt hat sie deshalb überall erzählt, ich wäre arrogant.«

»Und seitdem weinen Sie sich Nacht für Nacht die Augen aus dem Kopf, stimmt's?« fragte Phil.

»Genau. Die Ärmste!« Helen lachte. »Sie ist bestimmt arm. Allein in dem einen Zimmer steht Porzellan im Wert von Tausenden von Dollars herum. Ich hatte eine Heidenangst, daß ich aus Versehen mit meinem Rock eins von ihren niedlichen kleinen

Höckerchen umwerfe. Wie hält Jim es nur all die Jahre mit dem ganzen teuren Krimskrams aus, ohne durchzudrehen?«

»Wahrscheinlich bekommt er jedesmal eins aufs Haupt, wenn er auf den schönen weißen Teppich tritt«, spottete Peter. »Wenn das alles ist, was den armen Kerl zu Hause erwartet, kann ich gut verstehen, warum er sich immer aus dem Staub macht. Möglicherweise sind ihm die Figürchen einfach zuviel geworden. In so einer Situation bricht man entweder aus oder macht sich rar und wartet, daß die Frau ausbricht. Und versucht, dabei möglichst wenig Porzellan zu zerschlagen. Was sicher sehr in Mirelles Sinn ist, denn sie scheint ihre Sammlung zu lieben. Eigentlich können einem die beiden nur leidtun. Aber im Grunde geht uns ihr Leben nichts an. Sie können schließlich mit ihrem Geld tun und lassen, was sie wollen.«

»Sie haben sicher verdammt viel mehr Geld, als wir uns überhaupt vorstellen können«, meinte Phil. »Jim verdient beileibe nicht genug, um ihr den ganzen teuren Kram zu kaufen. Jammerschade, daß der Mensch mit dem teuren Cadillac nicht lange genug geblieben ist, um uns vorgestellt zu werden. Oder wir ihm, sollte ich wohl besser sagen. Mirelle brannte förmlich darauf, das war ihr deutlich anzusehen. Schade, daß sie nicht gesagt hat, ob er wirklich ein Verwandter oder vielleicht doch nur ein Versicherungsagent ist.«

»Wahrscheinlich finden wir das heraus, sobald Mirelle wieder nüchtern ist«, sagte seine Frau. »Ich habe ihn zuerst für einen von Jims Logenbrüdern gehalten, aber dazu war er zu gut angezogen.«

»Außerdem hat er nicht geschrappert.« Helen konnte sich die Bemerkung einfach nicht verkneifen.

»Sehr richtig«, stimmte Grace zu. »Ich persönlich habe die Theorie, daß es ein entfernter Verwandter ist, der sich Sorgen um Jim macht, aber Mirelle nicht sonderlich mag. Das ganze Gefasel von Jims angeblichem Reichtum war sicher auf den Champagner zurückzuführen. Meinst du nicht auch, Phil?«

»Da ich Mirelle bisher noch nie besoffen erlebt habe, kann ich mich dazu nicht äußern. Ich neige jedoch dazu, dir zuzustimmen, meine Liebe. Sicher hast du wie so oft völlig recht. Ich wollte dir übrigens schon die ganze Zeit sagen, daß du heute abend wundervoll aussiehst, auch wenn man als Ehemann bekanntlich keine Komplimente machen sollte. Was halten Sie davon, Helen?«

»Ich liebe Komplimente und denke, daß vor allem Ehemänner sie viel öfter machen sollten. Grace sieht immer toll aus, aber heute abend hätte sie fast Sieglinde in den Schatten gestellt. Wenn das kein Kompliment ist!«

»Sehr gut. Ich würde Ihnen gern ebenfalls ein Kompliment machen, Helen, wenn es nicht gegen die Regeln verstieße, persönliche Empfindungen in professionelle Beziehungen einfließen zu lassen. Was haltet ihr davon, wenn wir uns dreimal gen Walhalla verbeugen und heimwärts ziehen?«

»Einverstanden«, sagte Peter. »Dann bis morgen früh.«

Sieglinde Svensons Versuch, ein wenig Sonnenschein in Mirelles düstere Stimmung zu bringen, war etwas anders verlaufen, als sie sich vorgestellt hatte. Graces wunderschönes Blumenarrangement stand immer noch vor der Tür. Die mitgebrachten Leckereien hatte Mirelle in die Küche getragen, als sie den Champagner geholt hatte, aber wahrscheinlich kurzerhand in die Tiefkühltruhe gestopft statt sie ihren Gästen anzubieten.

Die beiden Ehepaare machten sich auf den Weg zu ihren jeweiligen Häusern, die einen gingen nach links, die anderen nach rechts. Alle konnten es kaum erwarten, ihre Partygewänder abzulegen und endlich ins Bett zu schlüpfen.

Jane erwartete Helen und Peter an der Haustür und gab auf die ihr eigene subtile Art zu verstehen, daß sie noch schnell zu den Purpurglöckchen mußte. Peter erbot sich, an der Tür auf sie zu warten, während Helen schon ins Haus ging. Kurze Zeit später tauchten sie beide wieder auf, Jane sichtlich erleichtert, Helen ziemlich verwirrt.

»Catriona hat uns eine merkwürdige Nachricht auf den Anrufbeantworter gesprochen. Komm mal mit und hör es dir an, Peter.«

Jane kam ebenfalls mit, doch ihre Reaktion auf das unterdrückte Schluchzen ging in dem lauten Klingeln des Telefons unter, das plötzlich einsetzte und alle drei erschrocken zusammenzucken ließ.

Kapitel 8

Während Catrionas geheimnisvoller Passagier sicher in seinem Bett lag und schlief – jedenfalls hoffte sie dies inständig –, war seine Retterin hellwach. Sie hatte dem Anrufbeantworter der Shandys versprochen, nochmals anzurufen, wenn sie davon ausgehen konnte, daß die beiden wieder zu Hause waren. Also griff sie nach dem Telefon, wählte und wartete darauf, daß jemand an den Apparat ging.

Peter hob schon beim ersten Klingeln ab. »Cat? Wir haben gerade deine Nachricht gehört. Was ist denn passiert? Bist du heil und gesund wieder zu Hause angekommen?«

»Noch nicht. Ich bin immer noch in Massachusetts.« Sie sprach so leise, daß man sie gerade noch verstehen konnte. »Ich habe unterwegs jemanden aufgelesen.«

»Bist du verrückt? Wen hast du denn aufgelesen?«

»Es handelt sich um einen Milchmann, der in einem völlig demolierten Wagen eingesperrt war und seit dem Abend, als ihr das kleine Encounter mit eurer Nachbarin hattet, nichts gegessen und getrunken hatte. Dämmert es euch allmählich?«

»Grundgütiger! Wo bist du?«

»Irgendwo zwischen Gehenna und einem Ort namens Beamish. Ich habe einen kleinen Zwischenstopp in der dortigen Bibliothek eingelegt, mit den Angestellten ein Krabbensandwich gegessen und dann genau wie Robert Frost die andere Straße genommen. Fragt mich nicht, warum, ich konnte einfach nicht anders. Ich bete nur, daß der arme Kerl die Nacht überlebt.«

»Hättest du ihn nicht besser in ein Krankenhaus gebracht?«

»Das habe ich nicht gewagt. Was man mit ihm gemacht hat, war barbarisch, anders kann ich es nicht ausdrücken. Irgend jemand will euren Milchmann partout aus dem Weg räumen. Hier ist er wenigstens in Sicherheit. Ich habe ein Nachtquartier für uns gefunden. Zwei Nachtquartiere, um genau zu sein. Der Mann ist übrigens nicht gerade gesprächig. Was ich gut verstehen kann, immerhin hat er zwei Tage lang hilflos in seinem Sicherheitsgurt gehangen. Das einzige, was er bisher gesagt hat, war ›Handpumpe‹. Zweifellos ein hochinteressantes Thema, aber leider nicht für mich.«

»Schon gut, Catriona. Trotzdem klingt die Geschichte reichlich unwahrscheinlich. Warum sollte jemand einem harmlosen Professor für Milchwirtschaft so etwas Schreckliches antun?«

»Lieber Peter, liest du denn keine Zeitungen?«

»In der letzten Zeit nicht. Mir fehlt die Zeit.«

»Dann hör mal gut zu. Montagmorgen, also vor zwei Tagen, ist ein weltberühmter Milchmagnat namens Forster Feldstermeier gestorben. Er war der älteste von vier Brüdern. Zwei sind schon vor ihm gestorben. Übrig ist nur noch James, der jüngste Bruder, dessen momentanen Aufenthaltsort keiner kennt. James kommt anscheinend blendend mit Kühen aus und interessiert sich nicht die Bohne für den Familienbetrieb. Trotzdem ist er jetzt aufgrund einer alten Familientradition das neue Clanoberhaupt, ob er will oder nicht. Und damit Herr und Meister über den ganzen internationalen Kram. Es sei denn, und jetzt hört genau zu, er stirbt vorher. In diesem Fall kommt der nächste Verwandte dran und übernimmt den Laden.«

»Catriona, du phantasierst. So etwas gibt es nicht im wirklichen Leben.«

»Dann erklär mir mal, wie es möglich ist, daß ich meine Phantasien auf der anderen Seite der Wand schnarchen hören kann? Stopfen sich Phantasievorstellungen etwa mit Hamburgern, Hot Dogs und Thunfisch-Sandwiches voll und lassen einen dafür bezahlen? Wärt ihr wohl so nett, mir diese Fragen zu beantworten? Außerdem hat er alle meine Plätzchen verkimmelt und sich fast eine Gallone Wasser auf einmal runtergekippt. Er war nicht nur halb verhungert, er war auch völlig ausgetrocknet.«

Ein Klicken in der Leitung ließ darauf schließen, daß Helen es leid war, sich mit Peter den Hörer zu teilen, und nach unten gegangen war und den zweiten Apparat aktiviert hatte.

»Cat, hast du tatsächlich Jim Feldster gefunden?«

»Feldster, Feldstermeier, ganz egal, wie man die Rose nennt, liebe Helen, der Duft bleibt gleich. Ich weiß sehr wohl, wen ich heute nachmittag aus dem völlig demolierten Lincoln gezogen habe.«

»Und er kann nicht sprechen?«

»Nein, aber schnarchen. Das zählt doch wohl auch, oder?«

»Er ist bestimmt todmüde. Ist er verletzt? Wie geht es ihm?«

»Danach zu urteilen, was er heute abend verdrückt hat, würde ich sagen, es geht ihm gut. Jedenfalls scheint er den Magen eines Krokodils zu haben. Das einzige, was ich an äußerlichen Verletzungen sehen konnte, war ein Bluterguß am linken Handgelenk. Er ist mir aufgefallen, als euer Milchmann seinen dritten Hot Dog runtergeschlungen hat. Könnt ihr euch vorstellen, daß er möglicherweise Drogen nimmt?«

»Ich kann es mir zwar nicht vorstellen, aber man kann bekanntlich nie wissen«, erwiderte Helen. »Was meinst du, Peter?«

Peter konnte sich beim besten Willen nicht erinnern, daß Jim Feldster je in seinem Leben Drogen, Tränke oder auch nur Medikamente angerührt hätte. Höchstens Melkfett, und das wird bekanntermaßen exklusiv an gewissen Teilen des Unterbaus von Kühen eingesetzt. Jim hatte es gelegentlich benutzt, weil seine Hände während der Wintermonate oft trocken und rissig waren. Er hatte dabei allerdings weniger sein eigenes Wohlergehen als das seiner vierbeinigen Schützlinge im Sinn gehabt.

Catriona versuchte mühsam, ein Gähnen zu unterdrücken, was jedoch kläglich mißlang. »Das ist zwar alles hochinteressant, Peter, aber meinst du nicht, wir sollten möglichst schnell entscheiden, was wir mit Professor Feldster beziehungsweise Feldstermeier tun sollen? Hältst du es für eine gute Idee, ihn irgendwo in der Nähe des Campus zu verstecken?«

»Wir könnten Winifred Binks-Debenhams altes Hobbitloch reaktivieren«, bot Helen an.

»Das kannst du vergessen«, sagte Peter. »Das ist für Jim viel zu klein. Außerdem würde er bestimmt darauf bestehen, seine Kühe mitzunehmen. Gibt es denn keinen Unterschlupf in deiner Nähe, Catriona? Du hast dich doch vor kurzem noch beklagt, du hättest nichts, worüber du schreiben kannst –«

»Soll ich etwa über einen flüchtigen Milchmann schreiben, der möglicherweise ein Millionär ist?«

»Warum nicht?« wollte Helen wissen. »Und falls sich herausstellen sollte, daß er doch nur ein einfacher Kuhhirte ist, macht das auch nichts, in Maine gibt es schließlich massenweise Kühe. Wer weiß, vielleicht wäre es ja der Anfang einer wunderbaren Freundschaft?«

»Für wen?«

»Meine Güte, Catriona, wir versuchen doch nur, dir zu helfen. Du bist doch nicht allein, und Guthrie würde es bestimmt nichts ausmachen, wenn du einen weiteren Gast in deinem Riesenhaus beherbergst, oder? Es ist ja nur für ein paar Tage. Bis wir herausgefunden haben, was für Jim das Beste ist.«

»Darüber muß ich zuerst nachdenken.«

Catriona war zu müde, um zu sagen, was sie dachte. Wahrscheinlich war es besser so. »Ich muß Guthrie ohnehin gleich noch anrufen. Wir haben vereinbart, daß ich morgen früh bis elf zu Hause sein soll. Ich weiß zwar nicht mehr genau warum, aber es wird mir sicher wieder einfallen. Ich ruf euch gleich noch mal an.«

Mitten im Gespräch mit Freunden einfach aufzulegen, war zwar nicht besonders höflich, aber Catriona tat es trotzdem. Als sie Guthries Stimme hörte, hätte sie am liebsten sofort losgelegt, doch er kam ihr zuvor.

»Wie läuft es denn, Cat?«

»Schlecht. Ich habe den vierten Feldstermeier am Hals. Aber sag keinem ein Wort davon, außer den Shandys, die wissen schon Bescheid.«

»Was soll ich den Shandys sagen?« wollte Guthrie wissen. »Ich habe keine Ahnung, wovon du sprichst. Oder wovon ich spreche, wenn man es genau nimmt.«

Sie erzählte es ihm.

Weder Catriona noch Guthrie konnten auf andere Vorfahren als Highland-Schotten zurückblicken, doch es machte beiden Heidenspaß, kanadisches Französisch miteinander zu sprechen. In dem Maße, in dem ihr Wortschatz wuchs, wurde er durch Schullatein aufgepeppt und durch deutsche, portugiesische, isländische und diverse andere fremdsprachige Brocken ergänzt. Inzwischen war kein Mensch mehr in der Lage, ihr privates Patois zu sprechen oder auch nur zu verstehen, was ihnen mehr als recht war. Normalerweise benutzten sie es nur zum Spaß, aber manchmal, beispielsweise jetzt, war es für wichtige Mitteilungen ziemlich praktisch.

»Well, so? Maximus schemozzle, n'est-ce pas? Quando heimlich arrivederci maminka?«

Sie stimmten mehrsprachig darin überein, daß Helen und Peter recht hatten, was Jim Feldster betraf. Es wäre unverantwortlich, wenn nicht sogar grausam, einen Mann in seinem Zustand zurück nach Balaclava zu bringen und ihn mit der Harpye allein zu lassen, die er törichterweise geheiratet hatte, bevor er ihr wahres Gesicht kannte. Ganz zu schweigen davon, ihn als lebende Zielscheibe für weitere Anschläge herumlaufen zu lassen, die verbrecherische Anwärter auf den feldstermeierschen Molkereithron möglicherweise gegen ihn planten. Man mußte ihn zumindest so lange unter die schützenden Fittiche nehmen, bis er wieder etwas Erbaulicheres zu sagen wußte als »Handpumpe«.

Nach mehreren weiteren teuren Ferngesprächen mit den Shandys und Guthrie wußte Catriona, was sie zu tun hatte. Zuerst einmal mußte sie ein paar Stunden schlafen. Morgen früh gegen halb vier würde sie dann den Professor ins Auto packen und auf dem schnellsten Weg nach Portsmouth, New Hampshire, fahren. Dort erwartete Guthrie sie bereits. Sie würden vorsichtshalber die Wagen tauschen, für den Fall, daß jemand sie und den stummen Professor verfolgt hatte. Sie rechneten zwar alle vier nicht ernsthaft mit dieser Möglichkeit, wollten jedoch kein unnötiges Risiko eingehen.

Guthries Bereitschaft, bei der Aktion mitzumachen, war geradezu selbstlos. Wie sein ehemaliger Zimmergenosse in Collegezeiten Peter Shandy steckte auch er zu Semesterbeginn bis über beide Ohren in Arbeit. Die Fahrt von der Forstwirtschaftsschule in Sasquamahoc nach Portsmouth kostete ihn zwei Stunden Zeit, selbst wenn es ihm gelingen sollte, dem morgendlichen Stoßverkehr zu entgehen und zügig voranzukommen.

Nach dem Wagentausch mußte er in der alten Klapperkiste seiner kühnen Hauswirtin wieder zurückfahren. Guthrie hatte von der Rostlaube schon wenig gehalten, als Catriona sie gekauft hatte. Dummerweise hatte sie ihn damals nicht vorher um Rat gefragt. Jetzt stand die verdammte Karre sozusagen im letzten Herbstlaub und war weniger vertrauenerweckend als je zuvor.

Guthrie neigte dazu, seine Gespräche und Gedanken mit Baummetaphern auszuschmücken, was durchaus nachvollziehbar war, denn er war schließlich der Präsident einer Forstwirtschaftsschule. Er teilte zwar die Auffassung von Joyce Kilmer, daß kein Gedicht so schön sein könne wie ein Baum, doch das hielt ihn nicht davon ab, sich gelegentlich durch Wordsworths Zeilen von der ausladenden Kastanie, unter der einst die Dorfschmiede stand, anrühren zu lassen oder die flüchtige Neigung zu verspüren, sein Herz an eine Trauerweide zu hängen. Catriona vermeinte einen Hauch von Trauerweidenstimmung in seiner Stimme zu vernehmen, dankte ihm etwas herzlicher für seine Hilfe, als sie eigentlich vorgehabt hatte, und wünschte ihm schöne Träume. Danach bat sie an der Rezeption darum, früh genug geweckt zu werden, gönnte sich eine entspannende warme Dusche und kletterte in das Bett, nach dem sie sich sehnte, seit sie den scheußlichen Abhang hinuntergeklettert war und sich den Albatros an den Hals geholt hatte.

Catriona war so übermüdet, daß sie Probleme mit dem Einschlafen hatte. In Gedanken durchlebte sie immer wieder den furchtbaren Moment, als sie sich durch das Fenster ins Innere der demolierten Luxuslimousine geschlängelt hatte. Sie war wirklich darauf gefaßt gewesen, eine Leiche vorzufinden. Die Erinnerung war so quälend, daß sie die Dunkelheit nicht länger ertragen konnte. Also schaltete sie die Leselampe wieder an, nahm die Zeitung, die sie vor kurzem zusammen mit den Hot Dogs gekauft hatte, überflog sämtliche Seiten, und fragte sich, warum der verstorbene Forster Feldstermeier nirgendwo erwähnt wurde.

Schließlich dämmerte ihr, daß es sich um ein lokales Wochenblatt handelte, das noch aus der vergangenen Woche stammte und längst überholt war.

Trotzdem las sie alles, was sie finden konnte, sogar die Kontaktanzeigen, von denen einige wirklich amüsant waren. Für das Kreuzworträtsel benötigte sie ganze vier Minuten. Schließlich schlief sie doch noch ein, während das Licht brannte und die Zeitung, die sie noch in der Hand hielt, häßliche Flecken aus Druckerschwärze auf das schöne blaue Nachthemd machte, das Helen Shandy ihr als Nicht-Geburtstagsgeschenk verehrt hatte.

Nach Catrionas Anruf waren die Shandys übereinstimmend der Meinung, daß sie dringend einen Schluck von Winifred Binks-Debenhams biologischem Hausgebräu brauchten.

»Sollen wir schnell bei Mirelle vorbeischauen und ihr mitteilen, wo sich ihr abhanden gekommener Gatte befindet?« fragte Helen.

»Nach all dem Champagner checkt sie das bestimmt nicht mehr.«

»Vielleicht doch, wenn du ihr sagst, daß er gemeinsam mit Cat in einem Motel eingecheckt hat.«

»Welch reizend schmutzige Phantasie du hast. Apropos schmutzig. Hast du mir nicht versprochen, ich dürfte dir später den Reißverschluß aufmachen?«

Peter schenkte Helen einen lüsternen Blick, den sie lüstern erwiderte. »Ich habe lediglich gesagt, ich würde es mir überlegen. Was ich getan habe. Kommst du mit nach oben?«

Nach einem interessanten kleinen Zwischenspiel entstieg Helen später im Schlafzimmer ihrem inzwischen geöffneten grünen Chiffonkleid und stellte fest, daß irgendein Idiot Heringssauce auf ihren Ärmel hatte tropfen lassen. Dafür war Peters Krawatte unbetropft davongekommen. Als Peter sie mit dem nötigen Respekt über die Krawattenstange hängte, die er irgendwann von irgend jemandem zu Weihnachten bekommen hatte, ging Helen zum Fenster, um wie üblich den Vorhang zuzuziehen. Doch dann lächelte sie und ließ es bleiben.

»Ich glaube nicht, daß Mirelle heute abend noch genug Energie hat, um Vögel zu beobachten. Komm her, Jane. Du schläfst heute auf Papis Bettseite. Die arme Mirelle. Glaubst du, daß sie mit den schrecklichen Porzellanfiguren ihre Kinderlosigkeit zu kompensieren versucht?«

Peter knurrte. »Ich persönlich habe den Eindruck, daß Mirelle lieber Porzellan als Kinder hat. Die Figürchen sind bares Geld wert, sie sind ihr persönlicher Besitz, und sie kann damit machen was sie will. Das klingt vielleicht zynisch, aber wen zum Teufel stört das schon? Mach Platz, Jane. Wie zum Henker schafft es eine mittelgroße Katze bloß, zwei Drittel eines Doppelbetts für sich in Anspruch zu nehmen?«

»Mit Selbstbewußtsein, tief begründet und liebevoll gepflegt.«

»Jetzt tischt mir meine Frau mitten in der Nacht Milton auf«, sagte Peter. »Das hat man davon, wenn man mit einer Bibliothekarin ins Bett geht.«

»Ich hoffe, du weißt es zu schätzen.« Helen war so müde, daß sie kaum noch sprechen konnte. Ein paar Minuten später waren alle drei eingeschlafen. Die Tatsache, daß Jane sich auf dem Bett breit machte und sehr viel mehr Platz in Anspruch nahm, als ihr zustand, kümmerte ihre beiden Menschen keinen Deut.

Kapitel 9

Als Catriona die Person an der Rezeption gebeten hatte, sie am nächsten Morgen zu wecken, hatte sie nicht ernsthaft damit gerechnet, daß man ihrer Bitte nachkommen würde. Falls momentan überhaupt jemand da war, hatte er entweder ihre Nachricht nicht erhalten oder kümmerte sich nicht darum. Doch Catriona war ohnehin rechtzeitig wach. Ein anderer Gast hatte nämlich um halb fünf das Motel in einem Wagen mit äußerst reparaturbedüftigem Auspuff verlassen und noch dazu sein Radio bis zum Anschlag aufgedreht. Die Geräusche, die es von sich gab, hatten Catriona an wilde Paviane erinnerte, die ein Rudel heulender Schakale mit Kokosnüssen bombardierten. Danach hatte sie jede Hoffnung auf weiteren Schlaf aufgegeben.

Sie brauchte nicht lange, um sich reisefertig zu machen, da sie nur saubere Unterwäsche und das heidefarbene Tweedkostüm mithatte, das sie immer trug, wenn sie unterwegs war. Sie schlüpfte in ihr Kostüm, schlang sich einen Schal um ihr widerspenstiges Haar, klopfte laut gegen die Wand des Nachbarzimmers und hoffte inständig, daß sie ihren angeblich tauben Bruder nicht ausgerechnet im Bett oder Bad überraschte. Sie öffnete die Tür und spähte ins Zimmer. Erleichtert stellte sie fest, daß Professor Feldster bereits aufgestanden sowie fertig geduscht und angezogen war und nur darauf wartete, nach draußen geführt zu werden. Sein Hemd war sauber, er mußte es noch in der Nacht ausgewaschen und zum Trocknen aufgehängt haben. Seine Hose und seine Tweedjacke sahen nicht viel schlimmer aus, als man es bei einem zerstreuten Professor ohnehin erwartet hätte. Er hatte anscheinend versucht, sich von den Zweigen, Kletten und Blättern zu befreien, die gestern bei der anstrengenden Kletterpartie in der steilen Schlucht an seiner Kleidung hängengeblieben waren. Auch jetzt gab er keinen Laut von sich und zeigte keinerlei Anzeichen von Schmerz oder Erleichterung. Er folgte ihr brav zum Wagen, setzte sich auf die Rückbank und zuckte nur kurz zusammen, als Catriona ihm half, seinen Sicherheitsgurt anzulegen, und die Tür schloß.

Für die beiden Zimmer hatte sie schon im voraus gezahlt. Motelmanager gingen bekanntlich bei ihren Gästen keinerlei Risiko ein und holten sich daher lieber sofort, was ihnen zustand. Catriona hatte gestern abend von dem Mann an der Rezeption erfahren, daß es im Motel zwar kein Restaurant gab, dafür aber einen sehr netten Truck Stop drüben an der Schnellstraße. Dort bekam man rund um die Uhr etwas zu essen. Dank der Wegbeschreibung und der neuen Landkarte gelang es ihr sogar, sowohl die Schnellstraße als auch das Restaurant mühelos zu finden. Sie parkte zwischen zwei weißen Autos, ging ins Haus, um ihre Bestellung aufzugeben, behielt dabei aber ihren Passagier durch das Fenster gut im Blick, um sofort eingreifen zu können, falls er Anstalten machte, ziellos herumzuirren. Doch nichts dergleichen geschah, und sie kehrte bald darauf mit einem vollbeladenen Plastiktablett zum Wagen zurück.

Mehrere Tassen starken Kaffees und Spiegeleier auf Muffins gaben ihnen neue Kraft. Der Tank des kleinen Autos war anscheinend immer noch fast voll. Nachdem sie die Muffins gegessen und den Kaffee getrunken hatten, ließ Catriona ihren Fahrgast selbst den Gurt anlegen. Es dauerte eine Weile, doch schließlich hatte er es geschafft.

Vielleicht war dies ein günstiges Omen. Catriona war mit guten und schlechten Omen großgeworden. Sie stellte erleichtert fest, daß sie nach Norden und nicht nach Süden fuhren, auch wenn sie nicht mehr genau wußte, warum das eine besser war als das andere. Der Frühnebel war immer noch so dick, daß die Reklametafeln, Fast Food Restaurants und langen Asphaltstreifen ganz geheimnisvoll aussahen.

Wahrscheinlich war es einfacher, auf dem Highway unterwegs zu sein als auf einer der einspurigen Landstraßen, an die sie normalerweise gewöhnt war, dachte sie. Zumindest brauchte man sich hier nicht um entgegenkommende Fahrzeuge zu kümmern. Doch als der starke Kaffee anfing zu wirken und sie wieder klar denken konnte, schienen ihr entgegenkommende Wagen mit einem Mal gar nicht mehr so wichtig.

Angenommen, man hatte eine wichtige Person im Wagen. Angenommen, jemand wollte diese Person entführen, um dafür Lösegeld zu kassieren, oder sie sogar umbringen. War es da nicht viel leichter, jemanden auf dem Highway zu verfolgen, den Wagen mit dem gesuchten Opfer zu überholen und den richtigen Moment abzuwarten, um loszuschlagen oder zu schießen? Wie verhielt sich eine nervöse Fahrerin in dieser Situation?

Schriftsteller verfügen naturgemäß über eine ausgeprägte Phantasie. Doch eine überreizte Phantasie, noch dazu hochgeputscht mit Koffein, kann zum Fluch werden, wenn man versucht, ein potentielles Mordopfer in Sicherheit zu bringen.

Catrionas alte Rostlaube wies nicht nur unzählige Beulen und Kratzer auf, sondern war auch mit allem möglichen Plunder vollgestopft. Catriona nahm sich immer wieder vor, den Wagen auszumisten, doch wie es bei Besitzern von alten Autos häufig der Fall ist, wurde die Säuberungsaktion immer wieder aufgeschoben. Sie wühlte in ihrem chaotischen Kofferraum herum und förderte mehr zutage, als sie erwartet hatte, vor allem einen jener kaffeewärmerähnlichen Baumwollhüte: Beim Angeln konnte man Fliegen an ihm befestigen, man konnte in ihm Beeren oder Blumen sammeln, mit ihm in der Hand konnte man eine eiserne Pfanne vom Feuer nehmen und manches andere nützliche tun; wovon Guthrie Fingal oder sie selbst das meiste auch schon ausgiebig in der Praxis erprobt hatten. Sie stülpte den nicht mehr ganz sauberen Hut Professor Feldster auf den Kopf und setzte ihm eine von Guthries Billigsonnenbrillen auf die Nase, was ihn nicht weiter zu stören schien.

Der Fahrer des weißen Wagens rechts neben ihnen kam mit einem großen Becher heißen Kaffees nach draußen. Er schien seinen Augen nicht zu trauen, als er den Professor mit Mütze und Sonnenbrille erblickte. Immerhin war die Sonne noch nicht einmal aufgegangen, und in Hollywood befanden sie sich schließlich auch nicht. Und auch nicht in New York.

Catriona starrte ihn drohend an. Der Mann wandte schnell den Kopf ab und widmete sich demonstrativ seiner Morgenzeitung. Normalerweise hätte sie sich darüber gewundert, daß er bei diesen Lichtverhältnissen überhaupt lesen konnte, doch momentan war sie viel zu sehr damit beschäftigt, darüber nachzudenken, wie sie sich ebenfalls unkenntlich machen konnte.

Sie zog ihre Jacke aus, stopfte sie unter den Beifahrersitz und fand einen ausgeblichenen grünen Pullover, mit dem ihre Katzen Emerson und Carlyle sich bereits mehrfach fädenziehend auseinandergesetzt hatten, dazu ein Kopftuch, das sie schon vor Jahren hätte wegwerfen sollen. Jetzt kam es ihr gerade recht. Mehr konnte sie momentan leider nicht tun, doch man sollte die Hoffnung schließlich nie aufgeben.

Es war immer noch nicht fünf, und um diese Zeit waren nur wenige Autos auf den Straßen. War das gut oder schlecht? Catriona eilte erneut ins Restaurant, kaufte noch vier Doughnuts für etwaige Notfälle, lief zum Wagen, setzte sich hinter das Steuer und versuchte, den Wagen anzulassen. Merkwürdigerweise sprang er sofort an. Sie beschloß, auch dies als gutes Omen zu verstehen, verließ den Parkplatz und fuhr zurück auf die Straße.

Das kleine Auto benahm sich ungewöhnlich gesittet. Als sie wagte, den Blick kurz von der Straße und dem Rückspiegel zu lösen, stellte sie erstaunt fest, daß ihre Geschwindigkeit 65 Meilen betrug. Noch ein gutes Omen? Nein, wahrscheinlich war diese bemerkenswerte Leistung auf das zusätzliche Gewicht von Professor Feldster zurückzuführen. Schließlich hatte er sich, seit sie ihn gefunden hatte, fast unablässig mit Kalorien vollgestopft.

Es überraschte sie daher nicht, daß der Professor Symptome von Unbehagen zu manifestieren begann. Der Tag war immer noch nicht richtig angebrochen, und die Straße war relativ leer. Catriona hielt am Straßenrand an, schaute sich aufmerksam nach potentiellen Feinden um, konnte niemanden entdecken und befreite daraufhin den Professor von seinem Gurt. Sie hoffte nur, daß er nicht spurlos verschwinden oder in die Kugel eines verborgenen Scharfschützen laufen würde. Doch er befriedigte nur ein natürliches Bedürfnis, kletterte zurück in den Wagen, schnallte sich ohne fremde Hilfe an und vergewisserte sich, daß seine Tür ordentlich verschlossen war. Catriona vermutete, daß er über kurz oder lang wieder einschlafen würde, und behielt recht.

Sie fuhr zügig weiter und hielt sich etwa vier Autolängen hinter den Rücklichtern ihres Vordermannes. Die beiden trüben Scheinwerfer des nachfogenden Wagens schienen sich mit dieser Geschwindigkeit ebenfalls zufrieden zu geben. Gelegentlich zog ein Fahrzeug auf die linke Fahrbahn und überholte sie alle drei.

Catriona überlegte, ob sie den Professor nicht doch zu einem Arzt bringen sollte. Vielleicht war sein enormes Schlafbedürfnis auf eine Kopfverletzung zurückzuführen, aber vielleicht war es auch nur eine normale Reaktion auf all das Schreckliche, das er durchgemacht hatte. Guthrie wüßte bestimmt Rat, auch wenn er eher auf kranke Bäume als Menschen spezialisiert war. Catriona stellte überrascht fest, wie sehr sie sich freute, ihren frischgebackenen Hausgenossen wiederzusehen. Es war angenehm, ihn um sich zu haben. Sie hatte in der letzten Zeit ohnehin zu viele einsame Abende verbracht, an denen sie sich eingestanden hatte, daß sie vielleicht doch mehr Gesellschaft brauchte als zwei große Maine Coon-Katzen.

Doch Guthrie war noch weit, und wenn sie sich nicht sofort auf das Fahren konzentrierte, würden weder sie noch Professor Feldster ihn so bald zu Gesicht bekommen. Ohne es zu bemerken, war sie an ihrem Vordermann vorbeigefahren. Sie schaute in den Rückspiegel und sah, wie eine mittelgroße weiße Limousine wie ein Torpedo auf sie zuschoß. Sollte sie versuchen zu entkommen oder einfach hoffnungsvoll ihr Geschick in die Hände ihres Schöpfers legen?

Noch bevor sie die Vor- und Nachteile erwägen konnte, befand sich das weiße Auto neben ihr. Sie wartete nervös darauf, daß jemand versuchen würde, sie zu erschießen, und entspannte sich erst wieder, als der weiße Wagen in der Ferne verschwand. Würde er ganz normal weiterfahren oder ihnen hinter einer Reklamewand auflauern? Sie würde es bald genug herausfinden, wahrscheinlich früher, als ihr lieb war. Was in Gottes Namen tat sie hier überhaupt?

Schwitzen wie verrückt. Sie drosselte die Geschwindigkeit auf 55 Meilen, holte tief Luft, versuchte, sich ein wenig zu beruhigen, und stellte schon bald fest, daß sie sich ein wenig besser fühlte. Der Verkehr wurde dichter, die morgendlichen Pendler füllten die Spuren, was sie jedoch weniger störte, als sie erwartet hatte. Sie ließ den Tacho wieder auf 60 steigen, und hielt weiter Ausschau nach dem weißen Wagen. Doch als er eine halbe Stunde später immer noch nicht aufgetaucht war, ging sie davon aus, daß ihr die Phantasie einen Streich gespielt hatte. Sie entspannte sich noch ein klein wenig mehr, mußte dann jedoch zu ihrem Schrecken feststellen, daß ein leuchtend roter Wagen, der genauso groß war wie ihrer, sich an ihre Stoßstange heftete.

Sie fing gerade an, wieder in Panik zu geraten, als sie feststellte, daß der Fahrer nur versuchte, die nächste Abfahrt zu nehmen, und Angst vor der Kurve hatte. Catriona fuhr etwas schneller, hupte kurz, um dem Fahrer Mut zu machen, und blockierte die Abfahrt gerade lange genug, daß die furchtsame Seele heil die Schnellstraße verlassen konnte. Dann fuhr sie einfach weiter, ohne sich um das Hupkonzert, das Gebrüll und die Flüche der anderen Autofahrer zu kümmern. Es machte einer Frau nichts aus, sich von anderen beschimpfen zu lassen, wenn sie eine gute Tat vollbracht hatte. Vielleicht war ja heute kein guter Tag für Entführungen. Zutiefst erleichtert atmete sie erneut mehrfach tief durch. Dann fuhr sie beherzt weiter, bis sie endlich auf den Parkplatz rollte, den sie und Guthrie als Treffpunkt ausgemacht hatten.

Kapitel 10

Guthrie Fingal, die gute Seele, erwartete sie bereits. Er saß in seinem verkratzten, harzverschmierten Jeep und starrte düster in eine leere Plastiktasse. Doch sobald er seine Lieblingsklapperkiste erblickte, grinste er wie ein Honigkuchenpferd, sprang aus dem Jeep und rannte auf Catriona zu, um sie nach echter Maine-Manier kraftvoll an sein Herz zu drücken.

»Alles in Ordnung, Cat? Ist die Fahrt glatt verlaufen?«

»Mehr oder weniger. Bis Portsmouth gab es kaum Verkehr. Wer ist denn der junge Mann, den du mitgebracht hast?«

»Oh, pardon. Hubert, Sie kennen doch Miss McBogle, oder? Die Dame, die in dem großen Backsteinhaus am Ortsausgang wohnt. Hubert ist einer meiner besten Studenten, Cat. Er fährt deinen Wagen zurück nach Sasquamahoc. Ich dachte, du hast vielleicht Lust, dich ein bißchen auszuruhen. Immerhin bist du gestern den ganzen Tag gefahren.«

Catriona wollte gerade wieder ihre Krallen ausfahren, beschloß dann jedoch, friedlich zu bleiben. Sollte Guthrie doch ruhig gelegentlich seine Macho-Seite herauskehren. Anscheinend steckte in jedem Mann ein kleiner Tarzan, der es genoß, sich mit den Fäusten auf die Brust zu trommeln. Zumindest galt dies für die Männer in Maine. Sie riß sich das häßliche Kopftuch herunter, schleuderte den alten Pulli nach hinten zu dem übrigen Prüll, schlüpfte wieder in ihre solide graue Jacke und knöpfte sie bis oben hin zu, um die Kaffeeflecken auf ihrer weit weniger soliden Bluse zu verbergen.

»Das ist wirklich sehr nett von Ihnen, Hubert. Mein Wagen fährt und verfügt über vier funktionstüchtige Reifen. Lassen Sie sich von dem Gequietsche und Geknatter nicht ins Bockshorn jagen.«

Wahrscheinlich errötete Hubert, hielt sich jedoch wacker. Er sagte, er habe keine Angst, egal wie schlimm der Wagen auch sein mochte, denn sein eigener sei mit Sicherheit in einem weit schlechteren Zustand. Er machte einen halbherzigen Versuch, die beiden 20-Dollar-Scheine abzulehnen, die sowohl Präsident Guthrie als auch Miss McBogle ihm zustecken wollten, nahm die Wagenpapiere an sich, steckte dabei geistesabwesend auch die beiden Banknoten ein und verließ den Parkplatz als glücklicher junger Mann.

»Mach dir keine Sorgen, Cat«, sagte Guthrie. »Hube ist der beste Fahrer, den wir haben. Und das will was heißen. Alle Jungs hier stoßen sich an den Autos ihrer Väter die Hörner ab. Hast du Hunger? Möchtest du etwas essen?«

»Da fragst du noch? Haben wir denn dazu genug Zeit?«

»Nein, aber das sollte uns nicht abhalten. Ich habe auf dem Weg hierher kurz angehalten und Doughnuts und Muffins gekauft. Der Mensch, der mich bedient hat, war außerdem so nett, meine große Thermoskanne zu füllen. Wir können also während der Fahrt gemütlich essen und trinken. Was macht dein neuer Freund?«

»Er ist nicht mein Freund. Außerdem hat er einen Namen. Einen etwas zu berühmten, wenn man es recht bedenkt. Vielleicht sollten wir ihn einfach weiter Jim nennen. Eigentlich könnte ich eine Toilette brauchen, aber wir warten damit besser, bis wir zu einer richtigen Raststätte kommen. Er muß vielleicht auch mal, und du könntest ihn begleiten.«

»Meine Güte, dem armen Kerl scheint es ja ganz schön mies zu gehen.«

»Eigentlich nicht. Er hat sich im Motel ganz gut helfen können, ich habe gehört, daß er geduscht hat. Außerdem hat er wohl auch das Hemd gewaschen, das er die ganze Zeit anhatte, denn heute morgen sah es wieder sauber aus.«

»Eure Zimmer lagen nebeneinander?« Guthrie versuchte, möglichst sachlich zu klingen, was ihm jedoch nicht gelang. Catriona zuckte mit den Achseln.

»Anders ging es nicht. Ich habe dem Mann an der Rezeption weisgemacht, Jim wäre mein tauber Bruder und wir könnten uns nur durch Klopfzeichen an der Zwischenwand verständigen, und mein lieber Bruder würde die Vibrationen durch seine Fußsohlen wahrnehmen. Mir ist nichts anderes eingefallen. Und ich hatte wenig Lust, die ganze Nacht an seinem Bett zu wachen und ihn zu betütern. Schließlich kenne ich ihn kaum.«

»Wenn du mich fragst, hättest du deinen Freund Jim am besten sofort zur nächsten Polizeiwache gebracht und dort gelassen.«

Catriona zog ein Gesicht. »Ich wußte genau, daß du das sagen würdest. Erstens hatte ich keine Ahnung, wo ich eine Polizeiwache finden würde. Und zweitens wollte ich nicht den ganzen Feldstermeier-Clan am Hals haben, der sich just bereit machte, seinen Patriarchen zu begraben. Besonders nicht, wenn einer von ihnen ein Mörder ist.«

Guthrie schüttelte den Kopf. »Schwer zu glauben, daß dein tauber Bruder etwas mit Intermilk zu tun haben soll.«

»Wenn du wüßtest! Du erinnerst dich vielleicht noch, wie ich gejammert habe, weil mir nichts eingefallen ist für mein Buch, das ich schon längst hätte schreiben sollen. Als Helen mir von Professor Feldster erzählte, hatte ich plötzlich eine Idee für einen Plot. Nachdem ich Helen und Peter verlassen hatte, habe ich angehalten, um zu tanken und die Zeitung zu lesen, die ich am Vortag gekauft hatte. Es stand ein Riesenartikel über Forster Feldstermeiers Tod darin, mit einem Foto, das mich an den verschwundenen Milchmann von Balaclava erinnerte. Daraufhin habe ich beschlossen, ein bißchen zu recherchieren.«

»Und das war gestern morgen?«

»Ja. Helen und Peter mußten in aller Herrgottsfrühe in ihrem College sein. Ich bin dann auch gefahren. Später habe ich noch eine schöne alte Bibliothek mit hervorragenden Nachschlagewerken gefunden und eine Menge über die Familie Feldstermeier erfahren, besonders über James. Und unmittelbar danach bin ich auf diese fürchterliche Straße geraten und habe unseren verschwundenen Professor mehr tot als lebendig in seinem Gurt hängend gefunden. Wenn das keine Fügung des Schicksals war, weiß ich es auch nicht.« Catriona brauchte einen Moment, um ihre Stimme wieder unter Kontrolle zu bekommen. »Und wenn ich nicht völlig schief gewickelt bin, ist Helens und Peters Nachbar ein Bruder des verstorbenen Forster Feldstermeier. Und zwar der jüngste von drei Geschwistern und der einzige, der sich aus dem Familienbetrieb nichts gemacht hat. Aber so völlig aus der Art geschlagen ist er auch wieder nicht, denn immerhin hat er einen Lehrstuhl für Milchwirtschaft inne. Jim unterrichtet nämlich am Balaclava College, mußt du wissen. Du hast ihn bestimmt schon mal getroffen, er bleibt immer vor dem Haus stehen und unterhält sich mit Jane Austen.«

»Ja, den kenne ich tatsächlich. Das ist doch dieser komische Experte für Geheimzeichen, nicht? Und du glaubst wirklich, daß er zum erlauchten Feldstermeier-Clan gehört?«

Kapitel 11

Jane war am nächsten Morgen als erste wach. Sie hatte ihre kleinen Tricks, wenn es darum ging, ihre Menschen daran zu erinnern, daß die Weckdienste feinsinniger Katzen mit den gebührenden Streicheleinheiten und sanften Koseworten belohnt werden mußten. Doch selbst Koseworte genügten nicht, wenn die innere Katze der äußeren Katze signalisierte, daß sie dringend eine geschmackvoll zubereitete Schüssel Katzenfutter *du jour* und ein kleines Tellerchen mit fettreduzierter Milch zum Nachspülen benötigte. Und zwar beides auf ihrem Spezialtablett und an einer Stelle, an der die tolpatschigen Menschen nicht darüber stolperten.

Normalerweise verlangte und bekam Jane außerdem noch einen besonderen Leckerbissen, etwa ein Häppchen Rührei oder einen Klacks von dem Hüttenkäse, den Helen und Peter gern auf ihrem morgendlichen Toast verstrichen. Heute morgen mußte Jane allerdings mehr als einmal auf ihre Katzenrechte pochen, denn ihre Menschen waren nicht in ihrer gewohnten Form.

Erstens waren sie nicht so ausgeschlafen und aktiv wie sonst, der Empfang und die darauffolgenden Ereignisse hatten sie doch bedeutend mehr geschlaucht als erwartet. Heute hatten sie furchtbar viel zu tun und nicht genug Zeit, um alles zu schaffen. Als Jane ihre Milch aufgeschleckt und sich die Schnurrhaare geputzt hatte, war Peter endlich soweit, in sein Arbeitszimmer im College zu eilen und sich mit Knapweed Calthrop zu treffen.

»Hör dir das mal an!« rief Helen. Sie hatte das kleine Radio in der Küche angeschaltet, um den Wetterbericht zu hören, und plötzlich den Namen Feldstermeier vernommen.

» – der letzte seiner Generation ... führt angeblich ein bescheidenes, zurückgezogenes Leben als Professor an einem unbekannten College in Neuengland ... steht mit einem Schlag an der Spitze eines gigantischen internationalen Molkereiimperiums. Er braucht nur in Gegenwart seiner Familie eine Mitteilung zu verlesen, die einer seiner Urahnen hinterlassen hat. Solange der neue Firmenboss, der gleichzeitig auch Vorstandsvorsitzender ist, nicht gefunden ist und die notwendigen Formalitäten erledigt werden, kann der verstorbene Forster Feldstermeier nicht bestattet werden. Und keiner weiß, wo James Feldstermeier sich momentan aufhält!«

Der Korrespondent ließ ein ominöses Räuspern vernehmen. »Das einzige Foto, das die Presse bisher finden konnte, wurde vor etwa fünfzig Jahren auf dem Familiengut aufgenommen und zeigt James im Alter von sechs Jahren auf dem Rücken einer Kuh. Es folgt der Wetterbericht. Ein Hochdruckgebiet zieht weiter nach –«

»Grundgütiger!« stöhnte Peter. »Jetzt stürzt der Himmel ein, und Catriona kann es dem König nicht einmal sagen, weil er nicht zuhört.«

Er warf einen Blick auf seine Armbanduhr und stöhnte erneut. Nur noch vier Minuten bis zu dem vereinbarten Treffen mit dem jungen Calthrop. Jetzt kam er doch noch zu spät. Er gab Helen einen hastigen Kuß und trabte davon.

Helen war nicht in Eile. Sie beendete mit Janes Hilfe ihr Frühstück und räumte die Küche auf. Sie überlegte gerade, wo sie wohl ihre Aktentasche hingelegt hatte, als sie zufällig aus dem Fenster schaute und Grace Porble erblickte. Sie trug etwas in der Hand, das in Aluminiumfolie eingewickelt war, und stieg gerade die Hintertreppe zum Haus der Feldsters hinauf.

Grace war wirklich ein Schatz. Wahrscheinlich brachte sie Mirelle frischgebackene Plätzchen oder Muffins, nicht aus einem besonderen Grund, sondern einfach nur, weil sie ihrer Nachbarin etwas Gutes tun wollte. Sie trug das leichte beigefarbene Kostüm, das sie jedes Frühjahr und jeden Herbst getragen hatte, solange Helen sich erinnern konnte. Trotzdem sah sie großartig darin aus. Jetzt klopfte sie an die Tür. Keine Reaktion. Merkwürdig war nur, daß die Tür aufschwang, als Grace klopfte. Normalerweise schloß Mirelle die Hintertür immer zweimal ab und hatte den Schlüssel in der Tasche, wenn sie auch nur einen Schritt aus dem Haus tat, selbst wenn sie morgens mit einer Tasse Kaffee draußen auf der Veranda saß. Wenn man wußte, was ihr so wert und teuer war, schien das zwanghafte Abschließen weit weniger lächerlich. Irgendwie hatte Helen ein ungutes Gefühl, als sie beobachtete, wie Grace ins Haus ging, ohne wie üblich an der Schwelle von Mirelle abgewimmelt zu werden.

Wahrscheinlich würde sie ihr kleines Mitbringsel auf den Küchentisch legen, eine kleine Notiz auf einer ihrer Visitenkarten dazulegen – Grace war die einzige Frau im Ort, die stets Visitenkarten bei sich trug – und wieder herauskommen, sorgfältig darauf bedacht, die Tür hinter sich zuzuziehen. Mirelle war anscheinend doch betrunkener gewesen, als sie gestern abend angenommen hatten. Vielleicht war sie nach draußen getorkelt, um ein bißchen Luft zu schnappen und wieder einen klaren Kopf zu bekommen, und hatte vergessen, die Tür abzuschließen, als sie zurück ins Haus gegangen war.

»Ich werde noch ein richtiges altes Klatschweib«, teilte Helen Jane mit. »Jetzt fange ich auch schon an, meinen Nachbarn nachzuspionieren – oh mein Gott!«

Grace war wieder draußen auf der Veranda, krümmte sich über das hüfthohe Geländer und tat etwas, das Helen bei ihr niemals erwartet hätte. Ohne nachzudenken, rannte Helen durch die beiden Gärten zu ihr.

»Grace, was ist denn passiert?«

»Komm lieber nicht hier hoch!«

Helen ließ sich nicht abschrecken. Sie eilte in die Küche ihrer Nachbarin, schnappte sich ein Geschirrtuch, füllte das erstbeste Glas, das sie finden konnte, mit Wasser und lief damit wieder nach draußen. »Hier, Grace. Spül dir den Mund damit aus. Wo ist denn Mirelle?«

»Da drin.« Grace machte eine Kopfbewegung zum Haus. »Ich habe sie gesucht, weil ich ihr Plätzchen bringen wollte.«

Sie würgte wieder. Helen nahm allen Mut zusammen und ging noch einmal ins Haus. Als sie zurückkam, war sie weiß wie die Wand. »In der Küche ist ein Telefon, Grace. Ich rufe den Wachdienst an. Du bleibst am besten hier draußen und wartest, bis einer der Männer kommt.«

Zuerst wählte sie vor lauter Aufregung die falsche Nummer. Sie biß die Zähne zusammen und versuchte es erneut. Gott sei Dank, diesmal hatte sie Silvester Lomax am Apparat. Im Hintergrund röhrte ein Motor.

»College-Wachdienst.«

»Silvester, hier ist Helen Shandy. Ich bin bei den Feldsters. Es ist etwas Schreckliches passiert, bitte kommen Sie sofort.«

Sie legte auf, ohne auf eine Antwort zu warten. Was genau passiert war, wußte sie nicht. Sie hatte nur eine grausige Gestalt in einem lila Gewand auf einem der Gobelinstühle sitzen sehen, die Hände um die Lehnen aus Walnußholz verkrampft. Und auf dem weißen Teppich vor Mirelle Feldsters Füßen waren große dunkelrote Flecken.

In Balaclava verbreiteten sich Neuigkeiten blitzschnell. Silvester Lomax war heute noch schneller. Wahrscheinlich war er gerade damit beschäftigt gewesen, den College-Rasen zu mähen, und hatte sein Handy dabeigehabt. Er raste mit hochgezogenem Mähwerk den Hügel hinab, parkte die Maschine neben der Hintertreppe und war mit einem Satz auf der Veranda. Weniger als eine Minute später tauchte bereits sein Bruder Clarence in einem der College-Pickups auf.

»Was ist los, Helen? Sind Sie okay, Grace?«

Grace war alles andere als okay. Helen hatte sie überredet, sich auf einen der Liegestühle zu setzen, doch sie war nicht in der Lage zu sprechen. Sie hatte die Augen geschlossen und umklammerte mit einer Hand immer noch das Geschirrtuch. Helen übernahm das Reden und versuchte, so gut es ging zu erklären, was sie gesehen hatte. Sie wünschte sich sehnlichst, Peter wäre bei ihr, und war gleichzeitig ein klein wenig erleichtert, daß er nicht da war.

Die Lomax-Brüder waren keine großen Redner. Sie sagten nur: »Wir holen besser Fred Ottermole. Er wird sicher bald hier sein.«

»Und wie bald wird das sein?« Helen wußte nicht, wieviel sie noch ertragen konnte. Doch sie hätte sich denken können, daß der Polizeichef und der Wachdienst des College sämtliche Zeitpläne genau kannten. Drei Minuten später schoß Fred Ottermole bereits mit seinem Fahrrad den Crescent hoch. Er war eng befreundet mit den Lomax-Brüdern, es würde also keine Konkurrenzkämpfe geben. Fred Ottermole hatte im Laufe der Jahre von Peter Shandy eine Menge über Polizeiarbeit gelernt und kam sofort zur Sache.

»Was ist das Problem, Helen?«

»Mirelle. Sie ist da drin.« Helen konnte nur auf das Haus zeigen, keine zehn Pferde hätten sie in die Nähe des grauenhaften Tableaus im Wohnzimmer gebracht. »Es ist furchtbar, Fred.«

Der Polizeichef verschwand im Inneren des Hauses, und Helen sagte: »Würde einer von Ihnen so nett sein, Mrs. Porble nach Hause zu bringen und Dr. Porble Bescheid zu sagen? Sie hat Mirelle gefunden. Am besten bleibt jemand bei ihr, bis sie nicht mehr unter Schock steht. Und Fred wird wahrscheinlich wollen, daß Sie Dr. Melchett bitten, herzukommen und Mirelle zu untersuchen.«

Clarence Lomax sagte, er werde sich gern um beides kümmern. Er nahm Graces Arm und half ihr vorsichtig aus dem Liegestuhl. Sie protestierte zwar schwach, schien jedoch froh zu sein, von einem starken Arm die Treppe hinuntergeführt zu werden.

»Soll ich Sie in meinem Pickup nach Hause fahren, Mrs. Porble?«

»Nein, nein, Clarence. So schlecht geht es mir Gott sei Dank nicht. Mir ist nur ein bißchen komisch. Ein Spaziergang wird mir sicher guttun.«

»Ich komme gleich nach, Grace.« Helen sah sie prüfend an, um festzustellen, ob sie wirklich in der Lage war, den kurzen Fußweg zurückzulegen. Chief Ottermole kam mit käsigem Gesicht aus dem Haus. »Was ist denn hier passiert, Helen?«

»Keine Ahnung, Fred. Ich weiß nur, daß Grace vor ein paar Minuten hergekommen ist, in der Hand einen Teller mit – was weiß ich, Plätzchen oder Muffins, nehme ich an. Sie wollte sie Mirelle zum Frühstück bringen. Wir hatten beide Schuldgefühle, weil wir uns seit Jims Verschwinden nicht genug um sie gekümmert haben. Außerdem ist sie in der Nacht, als Jim nicht nach

Hause gekommen ist, mit Peter aneinandergeraten. Sie wissen ja, wie so etwas ist.«

»Allerdings. Man kann machen, was man will, es ist immer verkehrt.«

»Ich stand also eben in meiner Küche und füllte Janes Wassernapf. Ich wollte mich gerade fertig für die Bibliothek machen, als ich zufällig aus dem Fenster schaute und Grace die Verandatreppe hochsteigen sah. Sie balancierte ihren Teller mit einer Hand, damit sie mit der anderen an die Tür klopfen konnte. Doch als sie zu klopfen anfing, schwang die Tür von selbst auf. Grace hat bestimmt sofort gemerkt, daß etwas nicht stimmte, weil Mirelle sonst immer alles tausendmal abschließt, und ist ins Haus gegangen. Ich hatte kaum Zeit, Janes Tellerchen abzusetzen, da war sie auch schon wieder draußen auf der Veranda, hing über dem Geländer und erbrach sich.«

Fred Ottermole nickte mitfühlend.

»Ich bin hergelaufen, so schnell ich konnte. Sie meinte, ich sollte auf keinen Fall ins Haus gehen, aber ich habe es trotzdem getan. Können Sie sich vorstellen, daß ich bis gestern nacht nach dem Empfang noch nie einen Fuß in dieses Haus gesetzt hatte? Zuerst habe ich ein paarmal ihren Namen gerufen, aber sie hat nicht geantwortet. Irgendwie hat es merkwürdig gerochen. Richtig unangenehm. Ich ahnte, daß etwas Furchtbares passiert sein mußte, und folgte dem Geruch bis in das Wohnzimmer auf der Vorderseite des Hauses, in dem wir gestern abend gesessen hatten. Als ich Mirelle schließlich fand, saß sie in sich zusammengesunken auf einem ihrer Gobelinstühle. Sie hielt die Armlehnen fest umklammert. Ihre Hände waren sauber, soweit ich sehen konnte, aber ihr Gesicht und das lila Gewand, das sie gestern abend anhatte, waren voller Blut. Und an ihren Füßen war der Teppich voller Blut. Ich kann mir gar nicht vorstellen, wie man den je wieder sauber kriegen soll.«

»Wollen Sie lieber noch ein bißchen warten, bis wir weitersprechen?«

»Nein, ist schon gut. Ich weiß, daß ich Unsinn rede. Es war

wirklich ein furchtbarer Schock. Aber wer rechnet schon damit, daß jemand mitten im – «

»Schon in Ordnung, Helen. Atmen Sie ein paarmal tief durch, dann geht es Ihnen bestimmt besser. Wann haben Sie Mirelle zuletzt lebend gesehen?«

»Gegen elf gestern abend, nach dem Empfang. Grace und ich haben uns um die Gäste gekümmert, und Mrs. Svenson bat uns, Mirelle einen Blumenstrauß und etwas Gebäck zu bringen. Als wir zum Haus kamen, parkte ein Cadillac Seville vor der Tür und blockierte die Einfahrt. Und ein Mann, den Mirelle Florian nannte, verließ gerade das Haus.«

»Ein Cadillac Seville?« Einen kurzen Moment lang ähnelte Fred Ottermoles Gesichtsausdruck dem des spartanischen Knaben mit dem gestohlenen Fuchs unter seinem Gewand, der lieber an den Bißwunden des Tieres starb, als sich zu verraten. »Welches Baujahr?«

»Keine Ahnung. Tut mir leid. Aber Peter weiß es vielleicht.«

»Hm. Und woher kam dieser Florian?«

»Gute Frage. Ich kann dazu nur sagen, daß wir eine Männerstimme hörten, die keiner von uns kannte, als wir den Weg zum Haus hochkamen. Der Mann riet Mirelle, die Ohren steif zu halten und kühlen Kopf zu bewahren. Als Phil klingelte, verschwand dieser Florian mehr oder weniger auf der Stelle, ohne Mirelle Gelegenheit zu geben, uns miteinander bekannt zu machen. Davon abgesehen weiß ich nur, daß der Mann groß gewachsen war und mich entfernt an Jim Feldster erinnerte. Allerdings war er kräftiger gebaut und sehr viel eleganter angezogen. Er war so gut angezogen, daß man es kaum merkte, wenn Sie wissen, was ich meine.«

Ottermole knurrte. »Klingt ganz so, als wär es ein reicher Verwandter von Jim, falls der überhaupt welche hat. Fühlen Sie sich stark genug, mir zu zeigen, wie sich das Ganze gestern abend abgespielt hat?«

Helen holte noch einmal tief Luft, nickte tapfer und folgte Fred ins Wohnzimmer.

Silvester Lomax blieb als Wache draußen zurück, um zu verhindern, daß jemand unbefugt das Haus betrat. Doch es wäre niemandem in den Sinn gekommen, daß er das Haus bewachte. Als er auf seinem Rasenmäher aufgetaucht war, waren überall auf dem Crescent neugierige Gesichter an den Fenstern erschienen, während man Freds Ankunft nicht einmal bemerkt hatte. Er war diskret mit dem Rad an der Hintertür der Feldsters erschienen. Selbst die neugierigsten Nachbarn verloren spätestens jetzt jedes Interesse, als sie sahen, daß Silvester begann, die Forsythiensträucher am Gartenweg zu schneiden, als wäre dies der einzige Grund für sein Kommen. Falls man sich überhaupt etwas dabei dachte, dann höchstens, daß Mirelle ihren momentanen Zustand als Strohwitwe nutzte, um die Gartenarbeiten erledigen zu lassen, die Jim ständig vernachlässigte. Zweifellos würde Clarence Lomax gleich wieder auftauchen und seinem Bruder helfen, die abgeschnittenen Zweige auf den Truck zu laden.

Der Teppichboden im Flur und im Wohnzimmer war so strahlend weiß, daß der Kontrast mit den Blutflecken besonders scheußlich aussah. Vor dem Gobelinstuhl, auf dem Mirelle immer noch saß, war das Blut in den Teppich gesickert und bildete eine große Lache. Mirelles Pantoffeln waren vollgesogen mit Blut. Helen überlegte, ob die Totenstarre inzwischen eingesetzt hatte oder vielleicht schon vorüber war. Doch es war nicht an ihr, die Leiche zu berühren und dies herauszufinden. Das mußte Fred Ottermole übernehmen. Er war schließlich der Polizeichef. Sie war Bibliothekarin.

War es möglich, daß Mirelle Feldster seelenruhig dagesessen und zugesehen hatte, wie sie langsam ausblutete? Konnte es sein, daß sie keinen Finger gerührt hatte, um die Blutungen zu stillen? Sahen ihre Hände daher so sauber aus, während ihr ganzer Körper voller Blut war? Das Blut war sicher nicht in einem plötzlichen Schwall aus ihrem Körper herausgeschossen, es sei denn, unter dem lila Gewand befand sich irgendwo eine tiefe Wunde. Wahrscheinlich war es langsam aus dem Körper gesickert, solange das Herz unter den gut gepolsterten Rippen weitergepumt hatte. Das würde Dr. Melchett klären müssen. Sie durften die Lage der Leiche nicht verändern, bis er sie gesehen hatte und die üblichen Fotos gemacht worden waren.

So präzise wie möglich beschrieb sie Fred, wo sie am vorigen Abend gesessen hatten, was sie getrunken und wann sie die zwar gebeugte, aber eindeutig unversehrte Mirelle auf ihrer Chaiselongue sitzend verlassen hatten.

»Es wundert mich nur, daß Präsident Svenson noch nicht hier ist«, sagte sie, um wenigstens etwas zu sagen. »Vielleicht hat nur noch niemand daran gedacht, ihm Bescheid zu sagen.«

Eine dumme Bemerkung. Vor Thorkjeld Svenson konnte man nichts geheimhalten. Er würde schon wissen, wann es an der Zeit war, sich zu zeigen. Fred dachte laut darüber nach, ob er nach Fingerabdrücken suchen sollte oder nicht, um zu zeigen, daß er auf Draht war.

»Ich glaube, das erübrigt sich«, meinte Helen. »Mirelle war eine perfekte Hausfrau. Wie Sie sehen, hat sie selbst in dem Zustand, in dem sie sich gestern abend befand, noch die Champagner-Gläser weggeräumt. Wahrscheinlich hat sie auch noch gespült und den Küchentisch abgewischt. Mit dem ganzen Porzellan sieht es hier aus wie in einem Museum.« Sie fand die Vorstellung, sich in einem Museum zu befinden, irgendwie beruhigend. Vielleicht gelang es ihr sogar, sich einzureden, daß auch die Gestalt auf dem Gobelinstuhl nur ein Exponat war.

Fred ging es offenbar ähnlich. »Das ist wirklich ein Museum, nicht? Was halten Sie von den Sachen?«

Helen schüttelte den Kopf. »Das weiß ich selbst nicht, Fred. Momentan wage ich kaum zu atmen, um nur ja nichts zu zerbrechen. Ist Ihnen klar, daß diese zerbrechlichen Porzellanfigürchen ein Vermögen wert sind? Weit mehr, als die Feldsters in all den Jahren an Miete für das Haus gezahlt haben.«

»Heiliger Bimbam!«

»Die College-Mieten sind natürlich nicht besonders hoch. Schade, daß man die Häuser nicht kaufen kann. Peter und ich haben schon oft darüber nachgedacht.«

»Finden Sie es nicht irgendwie komisch, daß ein Mann wie Jim Feldster so lebt? Jemand, der den ganzen Tag in den Ställen verbringt und abends zu seinen Logentreffen geht? Das ist doch – wie die Faust aufs Auge.«

»Oh, ich glaube kaum, daß Jim viel Zeit in diesem Zimmer verbringt. Er hat wahrscheinlich irgendwo im Haus ein eigenes Arbeitszimmer, meinen Sie nicht?«

»Wir können ja mal nachsehen.« Fred drehte sich um und ging voraus, blieb jedoch plötzlich wie angewurzelt stehen.

»Jessas Maria! War ich das etwa?«

Er zeigte auf den umgestürzten Beistelltisch und die zerbrochenen Porzellanfiguren, die bisher durch Mirelles Stuhl und das lange Gewand verdeckt gewesen waren.

»Nur keine Panik, Fred. *Sie* haben das sicher nicht getan. Sie hätten gehört, wie das Tischchen umgefallen wäre, und gemerkt, wenn sie auf die Figuren getreten wären. Außerdem hätten Sie es knirschen hören. Und ich hätte es auch gehört.«

Kapitel 12

Allmählich geriet Helen selbst in Panik, doch sie wehrte sich mit aller Kraft dagegen. Die Vorstellung, daß in diesem Moment jemand mit einem blutverschmierten Messer oben unter einem Bett oder in einem der Schränke auf sie wartete, war äußerst unangenehm. Glücklicherweise zog Fred eine völlig andere Schlußfolgerung.

»Haben die Feldsters einen Hund oder eine Katze oder so was?«

»Nicht einmal einen Goldfisch, soweit ich weiß.« Helen versuchte immer noch vergeblich, ihre Angst niederzukämpfen. »Ich bin sicher, daß hier gestern abend kein zerbrochenes Porzellan lag. Ganz zu schweigen von einem umgefallenen Beistelltisch. Und der Gobelinstuhl stand auch nicht mitten im Zimmer. Übrigens kann ich nicht verstehen, warum Mirelles Hände ganz sauber sind, jedenfalls soweit ich sehen kann, während der Rest – ich finde es einfach merkwürdig. Ich wünschte nur, Peter wäre hier.«

»Das wünsche ich mir auch. Was ich noch sagen wollte, Helen, ich weiß ja, daß Sie mit den Porbles befreundet sind, und ich will nicht, daß Sie sauer auf mich sind, aber könnten Sie sich vielleicht – haben Sie vielleicht – ach, verdammt!«

»Was wollen Sie denn überhaupt sagen, Fred?«

»Na ja, ich dachte eben nur nach. Mal angenommen, aber wirklich nur mal angenommen, Grace und Phil sind gestern abend, nachdem Sie die Feldsters verlassen hatten, nach Hause gegangen. Und dann ist Grace heimlich zurückgekommen, als Phil eingeschlafen war. Mirelle war noch auf, und die beiden haben Krach bekommen, und – «

»Fred Ottermole, das glauben Sie doch wohl selbst nicht! Grace Porble würde nie im Dunkeln herumschleichen und ihre Nachbarn ermorden. Sie sollten besser aufhören, die Schundromane zu lesen, die Budge Dorkin immer ins Polizeirevier schmuggelt, wenn er Dienst hat und niemanden findet, den er verhaften kann. Wie kommen Sie bloß auf so einen schrecklichen Unsinn? Edna Mae hat dieses Gerücht hoffentlich nicht in die Welt gesetzt, oder?«

Der arme Fred war völlig niedergeschmettert und entschied, daß es an der Zeit war, das Haus zu durchsuchen, während Helen überlegte, ob sie kurz bei den Porbles anrufen sollte. Sie war auf dem Weg zu ihrem eigenen Haus, als Peter den Hügel hinuntergerannt kam.

»Was ist passiert, Helen? Phil Porble behauptet, Grace habe ihm erzählt, Mirelle Feldster sei ermordet worden, aber keiner dürfe davon erfahren. Melchett hat Grace ein Beruhigungsmittel verabreicht.«

»Gut«, sagte Helen. »Vielleicht gibt er mir auch eins. Es stimmt tatsächlich, Peter. Ich kann es selbst kaum glauben.«

Nachdem Peter seinen Arm um Helens Schulter gelegt hatte, fühlten sich ihre Knie nicht mehr ganz so zitterig an. Auf die Frage, wo Mirelle sei, konnte sie ihm sogar eine vernünftige Antwort geben.

»Im Wohnzimmer, mitten in einer Blutlache. Es ist grauenhaft, Peter. Die arme Grace hat den Schock ihres Lebens bekommen.«

»Wie das?«

»Ich stand in der Küche und wollte gerade in die Bibliothek, als ich sie die Treppe zum Hintereingang der Feldsters hochsteigen sah. Sie hatte etwas in der Hand, das in Folie eingepackt war. Ich nahm an, es sei etwas, das sie Mirelle zum Frühstück bringen wolle, ganz nach unserem neuen Motto ›Laßt uns nett zu Mirelle sein‹. Zuerst fand ich es amüsant, doch dann sah ich, daß die Tür aufging, ohne daß Mirelle dahinter stand.«

»Stand denn überhaupt jemand dahinter?«

»Nein, das war ja gerade das Merkwürdige. Grace wartete eine Weile, um zu sehen, ob Mirelle vielleicht doch noch kam. Dann ist sie ins Haus gegangen und hat die Tür hinter sich offen gelassen. Wenige Sekunden später kam sie wieder auf die Veranda gelaufen, beugte sich über das Geländer und erbrach sich. Ausgerechnet Grace!«

»Und was hast du getan?«

»Ich bin sofort zu ihr gerannt, um nachzusehen, was los war. Grace wollte nicht, daß ich ins Haus ging, aber ich konnte natürlich nicht zulassen, daß sie das alles allein durchsteht. Gott sei Dank ist es mir gelungen, mein Frühstück bei mir zu behalten und von Mirelles Küche aus den Wachdienst anzurufen. Die Lomax-Brüder kamen sofort, und danach erschien auch sehr schnell Fred Ottermole auf seinem Fahrrad.«

»Grundgütiger! Wer ist denn sonst noch da?«

»Momentan nur Fred und Silvester. Clarence hat Grace nach Hause gebracht. Er sollte Phil und Dr. Melchett Bescheid sagen. Wahrscheinlich hat er auch Thorkjeld angerufen. Oh, Peter, ich fühle mich schrecklich.«

»Am besten sinkst du nicht ausgerechnet jetzt in Ohnmacht. Ich spüre nämlich, wie die Erde bebt.«

Ob sie wirklich bebte, als der hünenhafte Wikinger den Crescent hinaufdonnerte, war eine Frage, die niemand richtig beantworten konnte. Daß Dr. Svenson in der Lage war, einen Wirbelsturm, einen Samum oder eine Tsunami zu entfachen, stand außer Zweifel. Auch daran, daß der furchtlose Präsident diese Unwetter nur verursachte, wenn ein wirklich triftiger Grund dafür vorlag, stand außer Zweifel. An diesem Morgen war er nicht milde gestimmt.

»Loslegen, Shandy.«

Peter warf seiner Frau einen Blick zu. Helen seufzte und berichtete, diesmal in möglichst knapper Form. »Dr. Melchett hat sich anscheinend zuerst um Grace Porble gekümmert. Vielleicht sollten Sie ihn abfangen, bevor er – «

Sie wollte noch »alles durcheinander bringt« hinzufügen, doch Svenson war bereits auf dem Weg zu den Porbles. Sekunden später kam er mit Melchett zurück. Er hatte den Arzt in Gorillamanier am Oberarm gepackt und schleifte ihn zum Haus der Feldsters. Peter gab Helen einen flüchtigen Kuß und wies mit dem Kopf vielsagend auf ihr eigenes Haus. Helen eilte ins Haus, um ihren Fotoapparat zu holen. Ihr Gatte würde ihn sehr bald brauchen, auch wenn er es jetzt noch nicht wußte. Sie sah nach, ob noch Filme in der Kameratasche waren, und bat Fred, Peter die Sachen zu bringen. Dann nahm sie Jane Austen auf den Arm, um ein wenig Gesellschaft zu haben, und ging nach oben, um sich ein wenig hinzulegen. Sie hatte für den Moment alles getan, was sie tun konnte. Ob es richtig oder falsch war, würde sich zeigen.

* * *

Für den gerade am Tatort eingetroffenen Peter gab es kein Zurück mehr, auch wenn die tote Mirelle in ihrem blutdurchtränkten Gewand und den blutnassen Pantoffeln das letzte war, das er freiwillig so schnell nach dem Frühstück zu sehen wünschte. Als er sich mit Melchett, Ottermole und Präsident Svenson in das vollgestopfte Wohnzimmer gezwängt hatte, war es dort so eng, daß die Leiche kaum noch Platz hatte. Sekundenlang wußte niemand, wie es weitergehen sollte. Schließlich nahm Melchett ein Sofakissen, warf es auf eine der Blutlachen, zupfte seine Hosenbeine an den Knien ein wenig höher und kniete sich auf das Kissen. Aus Gründen, die den übrigen Anwesenden verborgen blieben, hielt er dabei das Stethoskop einsatzbereit in der Hand.

»Heben Sie die Frau aus dem Sessel, Ottermole, und legen Sie sie auf den Teppich«, befahl er.

Peter hatte schon oft überlegt, aus welchem Material das Gehirn des Arztes wohl bestehen mochte. »Moment mal, Melchett. Ich habe hier den Fotoapparat meiner Frau. Bevor irgend jemand die Leiche anrührt oder sonst etwas verändert, müssen wir einige Fotos machen. Stimmt's, Ottermole? Wir wollen schließlich nicht, daß der Coroner oder sonstwer Dr. Melchett später peinliche Fragen stellt.«

»Jessas, nein«, knurrte Svenson drohend. »Schlecht für's College. Wenig Worte, wenig Probleme. Kein Krankenwagen, Melchett, kein Blaulicht, keine Sirenen, gar nichts.«

Peter war klar, daß Melchett bis zu diesem Zeitpunkt nicht einmal im Traum daran gedacht hatte, irgend jemanden kommen zu lassen. »Wie Sie meinen, Präsident Svenson. Treten Sie mal zurück, Ottermole, damit Professor Shandy genug Platz zum Fotografieren hat. Es sei denn, Sie wollen den jungen Mann vom *Gemeinde- und Sprengel-Anzeyger* kommen lassen. Er ist Profi-Fotograf.«

Aus Thorkjeld Svensons Kehle drang ein Geräusch, das Peter stark an ein frühstückendes Krokodil erinnerte. Melchett müßte eigentlich wissen, daß es ein fataler Fehler wäre, Cronkite Swope, den rasenden Reporter vom *All-woechentlichen Gemeinde- und Sprengel-Anzeyger für Balaclava*, darüber zu informieren, daß die Frau des verschwundenen Professors James Feldster unter mysteriösen Umständen in ihrem eigenen Wohnzimmer ums Leben gekommen war.

Andererseits war Swope vernünftig genug, unter gar keinen Umständen eine Bombe auf dem Collegegelände platzen zu lassen, ohne vorher Präsident Svensons Erlaubnis einzuholen. Melchett gab den Versuch auf, sein Profil so in Szene zu setzen, daß sein Doppelkinn auf dem Foto nicht sichtbar war, und zog sich in den Hintergrund zurück. Peter Shandy machte die Aufnahmen, die Melchetts Kopf aus der Schlinge des amtlichen Leichenbeschauers ziehen sollten.

Das Gesicht, das Peter auf Helens Film bannte, bot einen schaurigen Anblick. Es war fast bis zu den Augäpfeln blutverkrustet, die Nasenlöcher waren verstopft, das so oft dauergewellte und gefärbte Haar pappte in scheußlichen Klumpen zusammen oder klebte an der blutverschmierten Stirn und den Wangen der Toten. Das lila Gewand, in dem Mirelle noch gestern mit ihrem Champagnerglas in der Hand geglänzt hatte, war blutgetränkt. Die Frau mußte ungeheuer viel Blut verloren haben. Selbst Präsident Svenson fiel es einen Moment lang schwer, ein Gefühl der Übelkeit zu unterdrücken.

Dr. Melchett hatte sich wieder gefaßt und strotzte förmlich vor Selbstbewußtsein. »Das ist in der Tat kein schöner Anblick. Wirklich jammerschade. Mirelle war so eine attraktive Frau, als sie jünger war. Ich kann leider noch nicht sagen, was hier passiert ist. Es bleibt uns nichts anderes übrig, als den Autopsiebericht abzuwarten. Vielleicht ist es gar nicht so schlimm, wie es aussieht. Eine Wunde sehe ich jedenfalls nicht, aber in diesem Fall hätte schon eine oberflächliche Verletzung genügt, um eine massive Blutung hervorzurufen. Mirelle hat nämlich seit ihrer Phlebitis vor zwei Jahren Coumadin genommen.«

»Urgh!« sagte Svenson.

»Sehr richtig, Präsident Svenson. Wie Sie alle wissen, ist Coumadin ein starkes gerinnungshemmendes Medikament, dessen Einnahme sorgfältig überwacht werden muß. Mirelle war nicht immer so vorsichtig, wie sie hätte sein sollen. Wenn Jim zu Hause war, hat er wahrscheinlich darauf geachtet, daß sie die Tabletten vorschriftsmäßig genommen hat. Aber wenn er nicht da war oder wenn sie anfing zu trinken –« Melchett zuckte wieder mit den Achseln. »Dann hätte sie leicht ihre ganze Wochenration auf ein Mal schlucken können. So etwas gehört zu den Dingen, die einfach nicht passieren dürfen, aber was soll man machen? Am Ende wird doch wieder uns Ärzten der schwarze Peter zugeschoben.«

Er warf einen Blick auf seine Armbanduhr und spreizte sich wie ein Pfau. »So, ich muß wieder zu meinen Patienten. Ich werde dem Krankenhaus sagen, sie sollen einen möglichst unauffälligen Wagen schicken. Ich bin sicher, daß der Leichenbeschauer meine Diagnose teilen wird. Das Ausstellen des Totenscheins ist reine Formalitätssache, Präsident. Ich kann Goulson sagen –«

Thorkjeld Svenson stieß sein lautestes Zischen aus. »Nichts da, Melchett. Das mache ich selbst. Gehen Sie und vergiften Sie weiter Ihre Patienten. Und kein Wort zu irgend jemandem.«

Kapitel 13

»Blöder Lackaffe.« Svenson schäumte immer noch vor Wut über Melchetts Wichtigtuerei.

»Sie nehmen mir das Wort aus dem Mund«, sagte Peter Shandy.

Ottermole blieb, bis das neutrale, unauffällige Fahrzeug des Coroners eintraf und Mirelles Leiche diskret abholte. Danach kam er sich überflüssig vor. »Wenn Sie beide jetzt übernehmen wollen, kann ich endlich meine Runde machen. Die halbe Stadt ist sauer, wenn ich nicht bald auftauche und sämtliche Onkel und Tanten, Omas und Katzen und den Lieblingsgoldfisch beschütze. Dafür ist die andere Hälfte sauer, wenn ich meine Zeit damit verplempere, auf dem Rad rumzugondeln, statt auf dem Revier zu sein und rauszufinden, wer den Lieblingsgoldfisch abgemurkst hat. Ich kann es keinem recht machen. Glauben Sie bloß nicht, daß es hier auch nur einen Menschen gibt, der sieht, daß ich bloß versuche, das Beste aus allem zu machen, und dem egal ist, wo ich bin, solange ich meine Arbeit tue.«

»Wollen Sie meinen Wagen leihen?« bot Svenson an.

Ottermole verzog das Gesicht. »Nein, danke. Ich glaube, ich bleibe lieber bei meinem Rad. Mit vier Kindern und 'ner Hypothek am Hals kann ich mir nicht leisten, schon wieder mein Leben zu riskieren. Das Auto ist schrottreif. Aber Sie können mir gern einen Ihrer Balaclava Blacks mit 'nem Wagen leihen.«

»Arrgh!«

Dr. Svenson machte es nichts aus, daß dem Polizeichef seine schreckliche alte Rostlaube nicht gefiel, es ging ihm selbst meistens genauso. Doch wenn jemand Witze über seine Balaclava Blacks machte, reagierte er äußerst empfindlich. Die wunderbaren Arbeitspferde kamen in seiner Wertschätzung unmittelbar nach seiner wunderschönen Frau, seinen sieben wunderschönen Töchtern und seinen zahlreichen ebenfalls wunderschönen Enkelkindern. Danach folgten seine Schwiegersöhne, mit einer halben Länge Abstand oder mehr, je nachdem, wie gut sie mit den

Pferden umgehen konnten. Studenten oder Studentinnen, die das Glück hatte, auf einem Kartoffelfeld auch nur kurz einen Pflug führen zu dürfen, vor den ein Balaclava Black gespannt war, konnten zeitlebens stolz darauf sein. Einmal waren es sogar zwei gleichzeitig gewesen, siamesische Zwillinge, die vor vierzehn Jahren ihre Abschlußprüfung mit summa cum laude bestanden hatten. Inzwischen hatten sie sich als Züchter von Doppelnarzissen, Doppelstockrosen und vielen anderen völlig neuen Doppelzüchtungen einen Namen gemacht. Svenson beantwortete Ottermoles Frage mit einem verächtlichen Schnauben.

»Warum nehmen Sie nicht das ganze Gespann?«

»Jammerschade, daß Sie das nicht ernst meinen.« Ein verschmitztes Lächeln überflog das Gesicht, das Edna Mae Ottermole für das attraktivste Männergesicht in ganz Balaclava County hielt. »Wie wär's, Präsident? Wir könnten den großen Wagen nehmen, den Sie immer beim jährlichen Zugpferdwettbewerb einsetzen, und damit durch die Stadt fahren. An die Seiten hängen wir Transparente mit der Aufschrift ›Die Zeit der Pferde und Buggys ist vorbei. Kauft Chief Ottermole endlich einen Streifenwagen‹.«

Präsident Svenson schnaubte wieder, diesmal allerdings weniger grimmig. »Gute Idee, schlechter Zeitpunkt. Nerven Sie mich damit ein andermal. Gehen Sie jetzt.«

Merkwürdigerweise waren sich der College-Präsident und der Kleinstadtcop wohl gesonnen. Peter erinnerte sich noch gern an den turbulenten Abend, an dem Ottermole zuerst mehrere Verbrecher dingfest gemacht und dann den Präsidenten angefeuert hatte, als dieser mit Hilfe von Geweihen und Elefantenstoßzähnen einen wahren Titanenkampf mit seinem Gegner ausfocht. Ottermole hatte auf einem mit dem Tartan der Buchanans bezogenen Sofa gethront und zutiefst bedauert, daß er kein Popcorn dabei hatte und seine Kinder nicht zusehen konnten.*

Svenson vergaß nie einen Gladiator, der an seiner Seite gekämpft hatte. Ottermole, der seinen neuen Streifenwagen bekom-

---

* »Der Kater läßt das Mausen nicht«, DuMonts Kriminal-Bibliothek, Band 1031

men würde, wenn die Zeit dafür reif war, bestieg sein Rad mit neuem Schwung und raste davon. Präsident Svenson hatte seine Macht zufriedenstellend demonstriert und kehrte in sein Büro zurück. Peter blieb allein auf dem blutdurchtränkten Teppich in dem mit Porzellan vollgestopften Zimmer zurück.

Ohne Mirelle wirkte das Zimmer trotz der riesigen Sammlung gespenstisch leer. Peter fragte sich, wie viele Figürchen wohl zertreten worden waren, als der zierliche Beistelltisch umgefallen war.

Möglicherweise hatte Mirelle das Malheur selbst verursacht, als sie zurückgekommen war, um das Wohnzimmer aufzuräumen, nachdem sie die Champagnerflöten in die Küche gebracht hatte. Vielleicht war sie etwas unsicher auf den Beinen gewesen, gegen den Tisch gestoßen, und der Tisch war umgestürzt. Bei dem Versuch, eine ihrer kostbaren Schäferinnen zu retten, war Mirelle auf eine andere Figur getreten und hatte sich dabei fürchterlich geschnitten.

Peter dachte an die Schnittwunden, die er selbst im Laufe seines Lebens an den Händen gehabt hatte. Selbst kleine Wunden konnten sehr stark bluten. Doch Mirelles Hände waren sauber gewesen. Dafür war ihr Gesicht blutverschmiert gewesen, obwohl keinerlei Verletzung zu sehen war. Mirelles Hände konnten das Blut nicht verschmiert haben. Aber wessen Hände waren es dann gewesen?

Vielleicht hatte sie sich die Hände gewaschen, bevor sie sich auf den Stuhl gesetzt hatte und verblutet war? Möglicherweise lagen irgendwo blutgetränkte Servietten oder Papiertücher.

Peter sah sich die Toilette im Erdgeschoß an, die Mirelle sicher als ihr stilles Örtchen bezeichnet hätte. Alles war blitzblank. Im Kosmetikeimer lagen mehrere lavendelfarbene Papiertücher, doch Blutflecken waren darauf nicht zu sehen.

Auch im ersten Stock fand er nur Beweise dafür, daß Mirelle eine geradezu perfekte Hausfrau gewesen war. Falls sie tatsächlich ermordet worden war, hatte der Mörder sicher das Haus nicht nach Wertgegenständen durchsucht. Keine einzige Schublade stand offen, sämtliche Türen waren verschlossen.

Wenn er weiter herumstand wie ein ausgestopfer Emu, würde er den Fall nie lösen. Er konnte zumindest die Porzellanscherben zusammenkehren und wegräumen, bevor sich jemand daran verletzte. Er suchte in Mirelles Küche nach dem Schrank, in dem sie ihre Putzutensilien aufbewahrte, fand einen Stapel Tragetaschen sowie Besen und Kehrblech und trug alles ins Wohnzimmer. Er machte sich nicht die Mühe, auf etwaige Fingerabdrücke zu achten, denn er hatte sich die Sohlen von Mirelles Pantoffeln genau angesehen, als er die Fotos gemacht hatte, und außer Blut nichts gefunden. Was nicht weiter verwunderlich war. Sie hatte soviel Blut verloren, daß die Lache fast die Hälfte des Bodens bedeckte. Das Zimmer war so mit Möbeln zugestellt, daß man nur ein oder zwei Schritte tun mußte, um vom Sofa zum Stuhl zu gehen. Selbst wenn sie schon Blut an den Füßen gehabt hatte, bevor sie zum Sessel gegangen war, machte dies keinen Unterschied, denn die rote Flut hatte sich bestimmt über die Fußabdrücke ergossen und sie unkenntlich gemacht.

Aber irgend jemand war auf die Porzellanscherben getreten, die von dem umgestürzten Beistelltisch gefallen waren. Alle drei Etagen waren mit kleinen Figürchen vollgestellt gewesen, doch sie waren neben der Sockelleiste auf den dicken weichen Teppich gefallen und hätten eigentlich nicht zerbrechen können. Vielleicht war der Tisch zufällig umgefallen, doch als Peter sich die Scherben genauer ansah, war er sicher, daß jemand kurz, aber heftig auf die fragilen Gegenstände getreten war. Und zwar mit voller Absicht. Dabei mußte er genau neben der Wand gestanden haben, denn die Scherben lagen nicht etwa mitten auf dem Boden. Jetzt brauchte man nur noch die Schuhe oder Stiefel des Übeltäters zu finden. Nichts leichter als das. Man brauchte schließlich nur in jeden Schuhschrank von Balaclava Junction zu schauen.

Weder Ottermole noch Svenson hatten auch nur mit einem Wort angedeutet, daß sie die Staatspolizei einschalten wollten, was er durchaus verstehen konnte. Svenson wollte das College so weit wie möglich aus den Schlagzeilen heraushalten. Ottermole wollte verhindern, daß die komischen Kerle in ihren schikken Uniformen und schönen glänzenden Wagen sich in ihrem Ruhm sonnten, falls es denn Ruhm zum Sonnen gab. Peter war dies recht, er wollte endlich fertig werden, den Fall lösen und zurück zu seinen Studenten.

Er fegte die ehemaligen Kostbarkeiten, die jetzt nur noch teure Scherben waren, so sorgfältig wie möglich zusammen. Dann hängte er Mirelles Handfeger und Kehrblech mit größter Vorsicht zurück an ihre jeweiligen Haken, als habe er keine Lust, das Gespenst zu erzürnen, das vielleicht bereits hier herumgeisterte und nur darauf aus war, Verderben über die miesen Typen zu bringen, die den wunderschönen weißen Teppich ruiniert und die süßen kleinen Entchen und Häschen kaputtgemacht hatten.

Peter befand sich wirklich in einer ziemlich heiklen Situation. Er kam zu dem Schluß, daß es besser sei, die Scherben an einem sicheren Ort aufzubewahren, damit sie nicht abhanden kamen oder versehentlich weggeworfen wurden. Vielleicht brauchte man sie ja noch, um sie mit den Resten an den Schuhen des Täters zu vergleichen. Der sicherste Ort, der ihm einfiel, war das altmodische Marmeladenregal ohne Marmelade in seinem eigenen Keller.

Während er die Scherben einsammelte und sorgfältig verstaute, fragte er sich, wie es Catriona und Jim an diesem Morgen wohl ging. Das Zimmer hier jedenfalls sah aus wie der Schlachthof des College und war für einen Mann, der unter Schock stand, sicher nicht der geeignete Ort.

Kapitel 14

In Catriona McBogles frisch erweitertem Haushalt in Sasquamahoc war alles in bester Ordnung. Nachdem sie kurz vor neun Uhr morgens zu Hause angekommen waren, hatten Catriona und Guthrie auf dem Ausziehsofa im Arbeitszimmer ein Bett für Professor Feldster beziehungsweise Feldstermeier gemacht. Danach hatten sich alle drei in ihre jeweiligen Betten zurückgezogen und sich nach der langen Fahrt ein wohlverdientes Nickerchen gegönnt.

Catriona hatte felsenfest vor, sich eine Stunde lang schlaflos und seufzend hin und her zu wälzen, und trug zu diesem Zweck eines ihrer langärmeligen, hübsch bestickten und üppig mit Spitzen verzierten Nachthemden, die sie in einem Dessous-Laden in Freeport erstanden hatte, kurz nachdem Guthrie in ihr zweitschönstes Schlafzimmer gezogen war. Sie hatte sich das Gesicht gewaschen, die Zähne geputzt und war mit dem Vorsatz ins Bett gestiegen, sich den Kopf zu zerbrechen. Drei Minuten später war sie fest eingeschlafen. Sie wachte erst wieder auf, als der Hühnerhof-Pavarotti, der zur Farm ganz in der Nähe gehörte, sein Mittagskikeriki schmetterte. Wahrscheinlich hätte er damit sogar die Toten auf dem Friedhof im alten Teil der Stadt aufwecken können, wenn er es darauf angelegt hätte.

Obwohl Catriona den Hahn nie persönlich kennengelernt hatte, dachte sie an ihn wie an einen guten Bekannten, und hoffte sehr, daß er nicht irgendwann in einem Suppentopf endete. Als sie versuchte aufzustehen, mußte sie feststellen, daß sie links von Carlyle und rechts von Emerson daran gehindert wurde. Die beiden Maine Coon-Katzen hatten es sich auf der Steppdecke bequem gemacht und verspürten anscheinend keine Lust, ihr Frauchen kampflos ziehen zu lassen.

Catriona warf einen Blick auf den Nachttischwecker und stellte zu ihrer großen Überraschung fest, daß die Zeiger irgendwie auf elf Uhr gewandert waren. Sie griff nach ihrem Morgenmantel, schüttelte etliche Katzenhaare ab, suchte einige Minuten nach ihren Pantoffeln, fand sie schließlich und begab sich angemessen verhüllt und beschuht nach unten.

Belebender Kaffeeduft erfüllte die Küche. Guthrie erwartete sie bereits. Er hatte schon die Katzen gefüttert und nach draußen gelassen, damit die Häher sie beschimpfen konnten. Zu Catrionas großen Verwunderung stand James Feldstermeier am Herd. Er trug eins von Guthries Flanellhemden, warf mit dem Geschick eines erfahrenen Holzfällercamp-Kochs Pfannkuchen in die Luft und schaffte es sogar, daß sie jedes Mal genau in der Eisenpfanne von Catrionas Großmutter landeten. Eigentlich war es eher Zeit zum Mittagessen, doch Catriona mußte zugeben, daß Frühstücken irgendwie gemütlicher war.

Für die Dame des Hauses war bereits gedeckt. Während Guthrie ihr noch den Stuhl zurechtrückte, warf der stumme Koch einen großen Pfannkuchen in die Luft und ließ ihn mitten auf ihrem Teller landen.

»Wo zum Teufel haben Sie das denn gelernt?« wollte sie wissen.

Er antwortete nicht und sah sie auch nicht an. Er goß neuen Teig in die Pfanne, wartete, bis die Blasen sich beruhigt hatten, machte ein paar gekonnte Bewegungen mit seinem Handgelenk und warf ihr noch einen Pfannkuchen zu. Sie bestrich den ersten mit Butter und Sirup und biß versuchsweise hinein. Er schmeckte hervorragend, und sie sagte es auch. Ihr neuer Mieter buk und warf weiter, bis der gesamte Teig aufgebraucht war. Erst dann setzte er sich zu ihnen und aß, was die anderen nicht mehr geschafft hatten.

Was nicht bedeutete, daß Feldstermeier den Tisch hungrig verlassen mußte. Sein Appetit war noch genauso gesegnet wie am Vortag, als er die Schokoladenplätzchen der Bibliothekarin verdrückt hatte. Doch er sagte weiterhin kein einziges Wort. Guthrie versuchte erst gar nicht, den Professor zum Sprechen zu bringen, ließ sich jedoch lobend über die Pfannkuchen aus und erzählte ein oder zwei Anekdoten über berühmte Pfannkuchenwender, die er persönlich kannte. Feldstermeier schien nicht zuzuhören, verließ den Tisch jedoch erst, als Guthrie mit seinen Pfannkuchen und Anekdoten fertig war und sich aufmachte, um zur Forstwirtschaftsschule zu eilen.

Catriona ging wieder nach oben und zog sich richtig an, weil sie es unter diesen Umständen für angebracht hielt. Normalerweise hätte sie sich in ihrer üblichen Morgenkluft, Nachthemd und Morgenmantel, in ihr Arbeitszimmer zurückgezogen, und zwar so lange, bis irgend jemand oder etwas sie beim Schreiben störte, was normalerweise früher oder später immer der Fall war. An manchen Tagen kam sie gar nicht zum Arbeiten, jedenfalls nicht zu der Art von Arbeit, die sie als solche definiert hätte. Alles ließ darauf schließen, daß auch dies so ein Tag war.

Als sie in Cordhose und Sweatshirt nach unten ging, fand sie den selbsternannten Koch am Spülbecken vor. Das Geschirr war bereits gespült, das Abtropfbrett war sauber, und der neue Chef eines internationalen Molkereikonzerns stand wie ein Schaf da, das darauf wartete, von einem Hütehund in die Knöchel gezwickt zu werden, damit es sich endlich in Bewegung setzen konnte. Es war gut zu wissen, daß Feldstermeier sich in der Küche nützlich machen konnte, doch Catriona wäre verdammt wohler gewesen, wenn der Mann endlich gesprochen hätte. Die Aussicht, den ganzen Tag in Gesellschaft einer stummen menschlichen Statue zu verbringen, war wenig erbaulich. Wahrscheinlich mußte man ihn auf Trab halten und darauf warten, daß er sich den großen Zeh stieß und »Aua« sagte. Was es auch war, jede Äußerung von ihm war besser als dieses unheimliche Schweigen.

Um nicht grübelnd herumzusitzen, führte sie Feldstermeier durch das Haus und zeigte ihm sämtliche Zimmer, in der Hoffnung, wenigstens einen Funken von Interesse in ihm zu wecken. Doch er zeigte keinerlei Regung.

Catriona lebte in einer ländlichen Gegend etwas abseits der Durchgangsstraße. Seit sie nach Sasquamahoc zurückgekehrt war, hatte sie so viel mit ihrer Arbeit zu tun gehabt, daß ihr keine Zeit geblieben war, sich um ihre Nachbarn zu kümmern. Sie konnte sich nicht einmal an den Namen der Familie erinnern, der die Farm mit den dunkelgrünen Fensterläden gehörte, auch wenn sie gelegentlich beim Vorbeifahren freundlich nickte, winkte oder hupte, wenn sie jemanden sah, der gerade Post in den Kasten legte oder herausnahm.

Jetzt bedauerte sie, daß sie sich nicht die Mühe gemacht hatte, ihre Nachbarn besser kennenzulernen. Catriona mochte andere Menschen, manchmal sogar Leute, die niemand sonst ertragen konnte. In Massachusetts hatten sie und Ben in einem Vorort von Boston gewohnt, hatten überall Freunde gehabt, engen Kontakt zu den Nachbarn gepflegt, waren eingeladen worden und hatten selbst eingeladen. Sie hatten sich gemeinsam in der Gemeinde engagiert, und Catriona hatte sich sogar zweimal ins Kuratorium der Leihbücherei wählen lassen.

Doch dann war schlagartig alles anders geworden, als Catriona den Anruf von Bens verzweifelter Sekretärin bekam und das Gefühl hatte, ihr Leben würde mitten entzweigerissen. Ihre Freunde hatten sich rührend um sie gekümmert, und ihre Unterstützung war für sie sehr wichtig gewesen. Eine Zeitlang war sie in ihrem gemeinsamen Haus geblieben, doch sie wußte genau, daß sie die einsamen langen Winter nicht ertragen würde. Dank Bens Vorsorge und dank der Verlage, die ihre Arbeit ernst nahmen, auch wenn die Romane ihrer Erfolgsautorin alles andere als ernst waren, konnte Catriona McBogle im Grunde ohne größere finanzielle Probleme leben, wo sie wollte. Aber wo sollte sie hinziehen? Sie hatte sich nicht entscheiden können, bis sie zufällig eines Tages eine Freundin besuchte, die sich mit Numerologie beschäftigte. Die Hellseherin, die an diesem Tag ebenfalls bei der Numerologin zu Gast war, sagte Maine.

In dem Moment fiel es Catriona wie Schuppen von den Augen. Als Kind hatte sie oft die Sommerferien in Maine verbracht und war mit dem Fahrrad immer wieder an dem alten Backsteinhaus vorbeigefahren, von dem ihr Onkel Clewitt behauptete, daß es darin spuke. Angeblich wurde es vom Geist einer Witwe heimgesucht, die ihr Wohnzimmer mit einem Rudel Schlittenhunde geteilt hatte. Sonntags nachts hatte sie den Tieren bei Vollmond auf einer singenden Säge Kirchenlieder vorgespielt. Onkel Clewitt behauptete, er sei einmal in einer mondhellen Oktobernacht an dem Haus vorbeigegangen und habe die Hunde einträchtig im Chor »Wer hat die schönsten Schäfchen«/»Mitten im Leben sind wir vom Tod umfangen« heulen hören.

Catriona war zutiefst enttäuscht, als ihr Vater ihr erzählte, was für ein fürchterlicher Lügner Onkel Clewitt sei. Trotzdem hatte sie sich auf ihrem Kalender immer alle Vollmondnächte, die auf einen Sonntag fielen, genau notiert. Doch als sich nie etwas gerührt hatte, war sie zu dem bitteren Schluß gekommen, daß Onkel Clewitts Mond in Wirklichkeit wohl schwarz gebrannter Whiskey gewesen war. Ihr Vater meinte, das sei bei Clewitt eben so, wenn er an Schwarzgebrannten käme.

Trotz der frühen Enttäuschung über die nicht existenten Gespensterhunde hatte Catriona das alte Backsteinhaus gekauft. Es war sogar relativ preiswert gewesen, und sie war mit ihrer Schreibmaschine, unzähligen Bücherkisten, ihrem gesamten Hab und Gut und zwei kleinen Maine Coon-Kätzchen eingezogen. Inzwischen wohnten sie schon eine ganze Weile dort, und Catriona hatte ihre Entscheidung keine Sekunde lang bereut, auch wenn sie Unmengen an Geld in das alte Gemäuer hatte stecken müssen und ihr ständig Rechnungen von Klempnern, Schreinern, Maurern und Gärtnern ins Haus flattern. Doch damit mußte man rechnen, wenn man ein altes Gebäude aus einer Laune heraus erstand.

In Sasquamahoc brauchte sie sich nicht ständig zusammenzureißen, was ihr das Leben bedeutend erleichterte. Da sie hier keinen kannte, brauchte sie auch niemanden einzuladen. Daß Miss McBogle Schriftstellerin war, kümmerte die Leute nicht, da es in Maine von Schrifststellern wimmelte. Momentan sah es ganz so aus, als habe Catriona die richtige Wahl getroffen. Ob dies wirklich stimmt, würde die Zukunft zeigen.

Plötzlich wurde ihr bewußt, daß sie am Ende des Rundgangs wieder in der Küche angelangt waren und sie dringend ein bißchen frische Luft brauchte. Statt Jim einfach zurückzulassen wie einen der großen Granitblöcke, die wahrscheinlich immer noch

129

den grauen Lincoln bewachten, reichte Catriona ihm die unförmige Mütze, die er gestern auf der Fahrt nach Sasquamahoc getragen hatte. »Kommen Sie«, sagte sie, »Lassen Sie uns doch ein bißchen spazieren gehen. Nur hinter das Haus. Wir gehen nicht weit.«

Wie recht sie doch hatte. Sie gingen in der Tat nicht weit. Catriona McBogles neuer Untermieter weigerte sich nämlich hartnäckig, den Ort zu verlassen, an dem er etwas zu essen bekommen konnte. James Feldstermeier stand stocksteif mitten in der Küche und starrte gebannt auf die Keksdose. Catriona blieb nichts anderes übrig, als den Deckel abzunehmen und ihm die Dose zu reichen.

Was sollte sie bloß mit diesem Mann anfangen?

Doch dann fiel ihr das Telefon ein. Wenn sie ohnehin nicht arbeiten konnte, wollte sie wenigstens ihre Zeit so angenehm wie möglich gestalten.

* * *

Als Peter durch die Kellertür ins Haus kam, hörte er Helens Stimme genau über sich in der Küche. Normalerweise war sie um diese Zeit immer in der Bibliothek. Wer rief sie wohl während ihrer regulären Arbeitszeit zu Hause an? Egal, es war ohnehin ein völlig verkorkster Morgen. Peter legte die wahrscheinlich nutzlose Tragetasche mit dem möglicherweise nützlichen Beweismaterial in den Marmeladenschrank und ging mit leeren Händen nach oben.

Helen hatte es sich gerade erst neben dem Telefon bequem gemacht, als ihr Gatte plötzlich im Zimmer auftauchte wie der Teufel im Kasperletheater.

»Moment, Cat. Er ist gerade hereingekommen. Ich gebe dich weiter, wenn es dir nichts ausmacht. Ich schaue schnell noch bei Grace Porble vorbei, und dann nichts wie weg in die Bibliothek. Es ist Catriona, Peter. Ich habe ihr von Mirelle erzählt. Am besten sprichst du mit ihr. Sie sagt, es sei wichtig.«

Gab es etwas, das noch wichtiger war als ein potentieller Mord? Plötzlich schien alles so verdammt wichtig zu sein, daß man nicht mehr wußte, wo einem der Kopf stand. Helen reichte ihm den Hörer. Peter nahm ihn zögernd in Empfang.

»Hallo, Catriona. Was ist passiert?«

»Gute Frage«, sagte Catriona, die immer noch zu verwirrt war über ihre neueste Entdeckung, um die Nachricht von Mirelles Tod richtig begreifen zu können. »Vielleicht interessiert es dich, daß der graue Lincoln mit den getönten Scheiben nie mehr als Folterkammer für hilflose Milchmänner eingesetzt werden kann.«

»Da hol mich doch der Teufel! Wie hast du das denn herausgefunden?«

»Ich habe so meine Methoden, Shandy. Ehrlich gesagt bin ich eigentlich durch Zufall darauf gestoßen. Unser alter Freund Feldstermeier ist nicht gerade der unterhaltsamste Gast, den ich je zu bewirten versucht habe, falls euch das interessiert. Ich wollte einen kleinen Spaziergang ums Haus mit ihm machen, aber er hat nur Schlafen und Essen im Sinn, daher habe ich ihm seinen Willen gelassen. Das bedeutet aber leider auch, daß ich in der Nähe bleiben muß, falls er plötzlich durchdreht oder es ihm schlechter geht, daher habe ich beschlossen, die nette Bibliothekarin in Beamish anzurufen. Ich habe mich dafür bedankt, daß sie sich so nett um mich gekümmert hat, obwohl ich ihren ganzen Zeitplan durcheinandergeworfen habe, und dann kamen wir miteinander ins Gespräch. Du weißt ja, wie es einem so geht.«

»Zu zweit geht es noch besser.«

»Ganz wie du meinst. Jedenfalls hat sie gesagt, ich sei hoffentlich nach unserer kleinen Party sicher nach Hause gekommen, woraufhin ich ihr eine sorgsam gereinigte Fassung meines Abenteuers auf der kleinen Straße gegeben habe, die an dem tiefen Abgrund vorbeiführt, und da ist sie ausgerastet. Die meisten Leute in Beamish meiden anscheinend diese Straße wie die Pest oder einen Haufen tollwütiger Klapperschlangen. Nur die wirklich Durchgeknallten trauen sich auch nur in die Nähe. Ausgerechnet vorige Nacht war jedoch eine Bande Rowdys in einem alten Pickup dort. Sie haben an der Stelle angehalten, wo man den großen Lincoln eingeklemmt zwischen den Felsblöcken sehen konnte. Dann haben sie das Bier, das sie mitgebracht hatten, getrunken und die leeren Flaschen gegen die Bäume geschleudert. Doch das war nicht aufregend genug. Nachdem sie also das ganze Bier ausgetrunken hatten, sind sie in die Schlucht geklettert und haben versucht, die Wagenfenster mit dicken Granitsteinen einzuschlagen. Dann rannte ein Idiot zum Truck, kam mit einem Gewehr zurück, das er außerhalb der Jagdsaison eigentlich gar nicht bei sich haben dürfte, und ballerte wild drauflos. Gott sei Dank hat jemand den Krach gehört und die Bundespolizei gerufen. Daraufhin machte sich ein Streifenwagen mit Sirenengeheul auf den Weg. Doch die Straße ist in einem so schrecklichen Zustand, wie ich aus eigener Erfahrung nur bestätigen kann, daß sie nur sehr langsam vorankamen. Sie mußten äußerst vorsichtig fahren, um nicht neben dem Lincoln unten zwischen den Felsblöcken zu landen. Das gab den Idioten genug Zeit, Benzin zu holen und über den Lincoln zu schütten, eine Lunte zu legen und anzuzünden. Dann sind sie schnell wieder in ihren Truck geklettert und haben sich aus dem Staub gemacht.«

»Grundgütiger«, sagte Peter. »War von dem Wagen danach noch etwas übrig?«

»Nur das Nummernschild, behauptet Belinda Beaker. So heißt die Bibliothekarin in Beamish nämlich, falls ich es noch nicht erwähnt habe. Man nimmt an, daß der Wagen von Royal Rentals, einem Autoverleih in Hoddersville, gestohlen wurde. Vielleicht kann Chief Ottermole mehr darüber herausfinden. Belindas Mann ist Mitglied der Freiwilligen Feuerwehr. Sowohl die Polizei als auch die Feuerwehr waren im Einsatz, aber sie konnten kaum noch etwas ausrichten, nur die Straße absperren, die Schaulustigen vertreiben und das Feuer in Schach halten, damit es sich nicht weiter ausbreitete. Belinda fand es merkwürdig, daß ihr Mann vier Champagnerflaschen fand, die in einiger Entfernung vom Wagen lagen. Sie lagen nebeneinander, keine davon war zerbrochen, in einer befand sich sogar noch ein kleiner Rest Champagner. Diese Flaschen sind natürlich ziemlich dick und stabil. Müssen sie ja wohl auch.«

»Interessant«, sagte Peter. »Hat er sich die Marke gemerkt? War es eine gute Sorte?«

»O ja, die allerbeste und sündhaft teuer, sagt jedenfalls Feuerwehrmann Beaker.«

»Moment mal, Catriona. Man hat also teuren Champagner gefunden, aber so wie du sie beschrieben hast, waren die Rowdys ja wahrscheinlich nicht einmal in der Lage, eine derartige Flasche zu entkorken. Die Jungs in dem Pickup wollten wahrscheinlich nur ihren Spaß haben, oder was man so unter Spaß versteht, und sich mit ihren Six-Packs die Kehle ölen. Aber vier sündhaft teure Champagnerflaschen, die fein säuberlich in der Nähe einer großen teuren Limousine liegen, sind ja wohl ein etwas anderes Kaliber, sollte man denken.«

»Kommt ganz darauf an, wie man anders definiert.«

»Nun ja, es scheint zwar makaber, aber vielleicht hat derjenige, der Jim Feldster in die gottverlorene Schlucht gebracht hat, sein Opfer für tot gehalten und beschlossen, seinen schlecht erledigten scheußlichen Auftrag mit ein paar Flaschen Kribbelwasser zu feiern, die er eigens zu diesem Zweck mitgebracht hatte. Das sind natürlich alles nur Vermutungen. Du weißt mehr darüber als ich, du warst schließlich dort, aber es geschehen wirklich die merkwürdigsten Dinge.«

»Das kann man wohl sagen«, meinte Catriona. »Helen hat mir eben erzählt, Jims Frau sei verblutet. Das muß ja furchtbar für euch gewesen sein. Am furchtbarsten natürlich für Mirelle Feldster. Aber du wolltest etwas über teuren Champagner sagen?«

»Ja. Nach dem Empfang beim Präsidenten gestern abend hat Mirelle das Zeug nur so in sich hineingeschüttet. Anscheinend hatte sie es von dem arabischen Scheich in dem Cadillac Seville. Sie gab uns ein winziges Schlückchen davon ab, und trank alles andere selbst. Ich hätte gern ein oder zwei Gläschen mehr davon bekommen, aber sie schien keine Lust zu haben, es mit uns zu teilen.«

»Die arme Frau. Ich erinnere mich noch, wie Helen mich mal anläßlich einer Lesung zum Nachmittagstee mit den anderen Fakultätsgattinnen geluchst hat. Mirelle brüstete sich damit, sie sei früher mal Cheerleader und Homecoming Queen an irgendeinem kleinen College gewesen. Aber als ich sie kennenlernte, war sie alles andere als eine Schönheit, sondern nur eine Frau, die ihren Zenit längst überschritten hatte und sich auf ihren Bridgepartys mit Süßigkeiten vollstopfte. Und teuren Champagner in sich hineinschüttete, wenn ich dich richtig verstanden habe.«

Es folgte eine längere Pause. Schließlich seufzte Catriona und fragte: »Bist du noch da, Peter?«

»Entschuldigung, Cat. Ich habe nur nachgedacht. Helen hat dir ja von dem Riesentheater erzählt, das Mirelle hier vor unserer Tür veranstaltet hat, als sie merkte, daß Jim nicht nach Hause kam. Mirelle war außerdem eine hervorragende, wenn auch ziemlich riskante Fahrerin, die mehr Zeit auf der Straße als zu Hause verbrachte. Und jeder hier auf dem Crescent weiß, daß die Feldsters während der letzten fünfundzwanzig Jahre oder noch länger nichts miteinander verband, das man auch nur entfernt als eine Beziehung bezeichnen könnte, auch wenn es den meisten hier ziemlich egal war. Verstehst du, was ich damit sagen will?«

»Das würde ich wahrscheinlich, wenn ich dort leben würde, wo ihr lebt.«

»Es müssen mindestens zwei Personen beteiligt gewesen sein«, sagte Peter. »Die Täter brauchten einen zweiten Wagen, um darin wegzufahren, nachdem sie den Lincoln in die Schlucht gestürzt hatten. Um wieviel sollen wir wetten, daß die Fahrerin des Lincoln genau die Person war, die hier alles zusammengeschrien hat, nachdem sie ihren Gatten mitsamt Auto entsorgt hatte?«

»Aber warum hat man sie dann auch umgebracht?«

»Das kann ich noch nicht sagen, Cat. Vielleicht kann Jim uns weiterhelfen. Wie geht es ihm überhaupt?«

»Ich dachte schon, du würdest nie fragen. Er scheint sich ein wenig erholt zu haben. Er sagt zwar immer noch keinen Ton, aber er fängt an, sich hier und da im Haus nützlich zu machen. Er scheint sehr ordentlich zu sein und ist ein ausgezeichneter Koch, auch wenn er bis jetzt nur Pfannkuchen gemacht hat, aber dabei war er ziemlich eindrucksvoll. Die Pfannkuchen waren geradezu göttlich. Und jetzt darfst du dich endlich auch nach meinem Befinden erkundigen.«

»Okay«, sagte Peter. »Es ist schließlich deine Telefonrechnung. Wie geht es dir, Cat?«

»Miserabel ist wahrscheinlich das *mot juste* für meinen momentanen Zustand.«

Der Seufzer, den Catriona dabei ausstieß, war laut und deutlich zu hören. »Mir tut der Mann wirklich leid, und ich mache mir große Sorgen um ihn, Peter, aber ich habe auch so schon genug am Hals. Ich habe nicht mal Zeit, an mein Buch zu denken, weil ich ununterbrochen meinen Albatros mit Plätzchen füttern muß. Wenn er doch bloß reden würde! Du hast deine Seminare, und Guthrie ist auch nicht da. Es ist sicher furchtbar rücksichtslos von mir, aber kannst du mir nicht irgendeinen Rat geben? Vielleicht sollten wir einfach die Köpfe zusammenstecken. Möglicherweise fällt uns dann ja eine Lösung ein.«

»Hm ja, vielleicht beruhigt es dich etwas, daß Präsident Svenson mich beauftragt hat, Jim tot oder lebendig zurück in die Kuhställe zu schaffen, am liebsten natürlich letzteres. Es ist sonnenklar, daß unbedingt etwas geschehen muß. Und zwar bald. Was hältst du davon, wenn ich einfach zu dir komme und Jim abhole?«

»Wann könntest du denn aufbrechen?«

»Sobald ich die Autoschlüssel gefunden habe.«

»Peter, du bist ein Engel! Kann ich dir irgendwie helfen?«

»Setz dich einfach auf ein weiches Kissen und aktiviere deine Phantasie. Du hast schon mehr als genug getan. Habt ihr euch Jims Sachen mal angesehen, so daß wir sicher sein können, daß er wirklich Jim Feldster mit oder ohne Meier ist?«

»Haben wir. Guthrie hat sämtliche Taschen durchsucht, aber der arme Kerl hatte nichts bei sich. Die Kleidungsstücke haben keine Etiketten, und die Brieftasche scheint weg zu sein. Vielleicht hat sie irgendwo im Auto gelegen, er hing ja mehr oder weniger mit dem Kopf nach unten in seinem fürchterlichen Spinnennetz, als ich ihn fand. Ich habe nicht daran gedacht, mich genauer umzusehen. Ich kann nur sagen, daß der Mann hier in meinem Haus ganz genauso aussieht wie seine Brüder. Die Zeitungen sind ja voll davon. Ihr würdet ihn natürlich sofort erkennen. Wann wolltest du noch mal losfahren?«

»Sobald du aufgelegt hast. Soll ich noch irgend etwas mitbringen?«

»Ja, ein paar Kleidungsstücke. Die Sachen, die er anhatte, als ich ihn fand, sind draußen im Schuppen. Ich kann mir nicht vorstellen, daß er sie je wieder tragen will. Momentan hat er Sachen von Guthrie geliehen, aber die passen ihm nicht besonders. Kann Jim überhaupt in sein Haus?«

»Wenn man bedenkt, in welchem Zustand es sich befindet, will er das vielleicht gar nicht. Er könnte eine Zeitlang bei uns oder den Porbles wohnen, aber ganz in der Nähe gibt es auch eine Pension, in der er bleiben könnte. Das College hat jemanden abgestellt, der das Haus rund um die Uhr bewacht. Doktor Svenson möchte die Staatspolizei aus der Sache heraushalten, wenn es sich irgendwie machen läßt.«

»Kann ich verstehen. Die Feldstermeiers wollen die Sache sicher auch nicht an die große Glocke hängen, falls sie wirklich etwas damit zu tun haben. Aber ich habe noch gar nicht gefragt, wie es dir geht, Peter. Ist es nicht zu anstrengend für dich, herzufahren und am gleichen Tag wieder zurückzufahren? Es schlaucht einen ganz schön, besonders wenn man einen Passagier hat, der alle zwanzig Minuten geatzt werden muß. Wenn es dir zuviel ist, heute abend wieder zurückzufahren, können wir dir ein Feldbett in die Küche stellen. Ist Helen damit einverstanden, daß du so kurzfristig wegfährst?«

»Aber sicher doch, daran ist sie gewöhnt. Bis später, Cat. Wenn alles glatt läuft, bin ich in etwa vier Stunden bei dir.«

»Ich mache dir was Warmes zu essen. Hoffentlich ißt Jim nicht vorher schon alles auf.«

»Gib Guthrie einen Kuß von mir, und laß dir von ihm auch einen geben.« Peter legte auf, bevor Catriona noch etwas sagen konnte. Als erstes rief er Fred Ottermole an, um ihn auf den neuesten Stand zu bringen und ihm Catrionas Information über den

Autoverleih in Hoddersville weiterzugeben. Fred war erstaunt, als er hörte, daß man Jim gefunden hatte, und versprach, sofort bei Royal Rentals anzurufen.

Als nächstes wählte Peter Präsident Svensons Privatnummer. »Ich dachte, ich teile Ihnen besser mit, daß ich mich gleich aufmache, um den verlorenen Cowboy zurückzuholen. Er ist bei Catriona McBogle in Maine. Später mehr davon. Gibt es noch Neuigkeiten, die ich wissen müßte, bevor ich losfahre?«

»Mir egal. Halten Sie mich auf dem laufenden.«

»In Ordnung.« Peter vergewisserte sich, daß er den Schlüssel zum Feldster-Haus hatte, traf Silvester Lomax an, der als Wächter dort postiert war, und packte schnell einen von Jims Anzügen, ein sauberes Hemd und einen Satz frische Unterwäsche zusammen. Bevor er zu Charlie Ross ging, um sein Auto zu holen, machte er noch einen kleinen Abstecher in die Bibliothek. Er wollte sich eigentlich nur ganz kurz verabschieden, doch ihr letzter Kuß dauerte so lange, daß Phil sie auf frischer Tat ertappte.

»Sieh mal einer an, zwei Turteltauben! Verschwendet man so seine kostbare Arbeitszeit als Bibliothekarin?«

»Das müssen Sie gerade sagen«, war Helens wenig unterwürfige Antwort. »Sie und Grace haben doch hier zwischen den Regalen Ihre ganzen vorehelichen Schmusestunden verbracht. Sie brauchen gar nicht erst zu versuchen, sich herauszureden, Grace hat es mir nämlich höchstpersönlich erzählt.«

Peter hatte keine Lust, sich auf weitere Diskussionen einzulassen, nahm die kleine Reisetasche, die er für Jim gepackt hatte, ließ sich von Helen noch einen kleinen Kuß auf den Weg geben und ging zu seinem Wagen. Wie immer hatte Charlie den liebevoll gepflegten Wagen vollgetankt und reisefertig gemacht. Peter gab Charlies Gefolgsmann zwanzig Dollar und fuhr los.

Da er genügend Stoff zum Nachdenken hatte, fand er die Fahrt gar nicht so langweilig. Catrionas Klagen darüber, daß ihr Schützling ihr die Haare vom Kopf fraß, ließen sehr darauf schließen, daß es sich tatsächlich um Jim Feldster handelte. Peter hatte oft genug gesehen, wie er sich in der Fakultätsmensa mehrfach nachgenommen hatte, und sich gefragt, warum in Dreiteufelsnamen dieser hagere Mann bei Mrs. Mazoukas ausgezeichneter Küche einfach nicht dicker wurde. Ganz zu schweigen von der Sahne, die Jim jeden Abend in seinem Eimerchen mit nach Hause nahm.

Peter war ein guter Fahrer. Er hatte schon als Junge auf Traktoren und Mähdreschern Erfahrungen gesammelt. Er war diese Strecke schon mehrfach gefahren, seit er und Guthrie die alten Bande, die in den vielen Jahren nach ihrer Collegezeit lockerer geworden waren, wieder gefestigt hatten. Um so mehr, seit Helens langjährige Freundin Catriona McBogle das alte Haus in der Nähe der Forstwirtschaftsschule gekauft hatte. Im Gegensatz zu Catriona McBogle wußte er genau, wie er fahren mußte und wie er sein Ziel am schnellsten erreichte.

Peter hatte sich schon oft über die verrückte Vorliebe der Schriftstellerin für wenig befahrene Straßen lustig gemacht. Doch angesichts ihrer letzten Aktion würde er seine Haltung zweifellos überdenken müssen. Wie viele Frauen hätten wohl den Mut aufgebracht, ganz allein in die tückische Schlucht zu klettern? Sicher gab es auch nicht viele Männer, die dies gewagt hätten, wenn man ehrlich sein sollte.

Peter hoffte, daß Catriona einige Berichte über die Feldstermeier-Dynastie, die sie so fasziniert hatten, aufbewahrt hatte. Das bedeutete nicht, daß er ihr nicht glaubte, es fiel ihm einfach nur verdammt schwer, seine persönliche Einschätzung des Mannes, den er seit dreißig Jahren als Kollegen und Nachbarn kannte, völlig umzukrempeln. Schade, daß er sich nie die Mühe gemacht hatte, ihn richtig kennenzulernen. Wahrscheinlich beschränkte er sich ohnehin am besten auf seine Rübenfelder, da wußte er wenigstens Bescheid.

Er bedauerte zutiefst, daß Helen keine Zeit gehabt hatte, ihn zu begleiten. Vier Stunden Fahrt konnten schnell eintönig werden, wenn man ganz allein auf dem Highway unterwegs war. Hoffentlich hielt Catriona ihr Versprechen und setzte ihm tatsächlich etwas Warmes zum Essen vor. Und hoffentlich hatte sie daran gedacht, den Kochtopf mit einem Vorhängeschloß zu sichern, bevor Jim Feldster sich über den Inhalt hermachen konnte.

Er kam recht zügig voran. Endlich in Sasquamahoc angekommen, war er froh, sich ein wenig ausruhen und die Füße unter Catrionas Küchentisch ausstrecken zu können. Gott sei Dank hatte sie tatsächlich gekocht. Es gab Möhreneintopf mit warmem Maisbrot und als Nachtisch ein riesiges Stück Apple-Pie. Peter wunderte sich, daß Jim nirgends zu sehen war, doch dann machte er es sich auf dem Stuhl bequem, auf dem er immer saß, wenn er bei Catriona zum Essen eingeladen war, griff nach seinem Besteck und kam zur Sache.

»Wo ist denn dein Stargast, Catriona?«

»Im Gästezimmer. Er schläft immer noch ziemlich viel. Du hast doch nicht etwa vor, auf dem Absatz kehrtzumachen und mit ihm zurückzufahren? Möchtest du dich vielleicht auch ein bißchen hinlegen?«

Peter hob die Hand, um anzudeuten, daß er noch kaute, und schüttelte den Kopf. »Darüber werde ich nachdenken, wenn ich fertig gegessen habe. Dieser Eintopf schmeckt einfach großartig.«

»Bedien dich, solange du noch die Chance dazu hast.«

Catriona nahm sich ein Stückchen Maisbrot, um Peter beim Essen Gesellschaft zu leisten.

»Wo sind eigentlich die Zeitungsartikel, von denen du uns erzählt hast?« erkundigte er sich, nachdem er den größten Teil seines Nachtischs gegessen hatte.

»Hatte mir schon gedacht, daß du dich dafür interessieren würdest.«

Catriona reichte ihm einen Stapel Zeitungen, in denen er mehr oder weniger genau das fand, was sie ihm bereits am Telefon berichtet hatte. Es stand sogar etwas über den jüngsten Bruder von Forster Feldstermeier darin, einen geheimnisvollen Mann, der beschlossen hatte, an einem unbedeutenden kleinen College irgendwo im Nordosten zu unterrichten, statt seinen rechtmäßigen Platz in der berühmten Familie einzunehmen. Doch das war längst nicht alles. Peter aß noch ein Stück Pie und gönnte sich eine zweite Tasse Kaffee, bevor er weiterlas.

»Hast du das Jim schon gezeigt?« fragte er.

Catriona zuckte mit den Achseln. »Ich habe es versucht, aber er hat nicht reagiert. Er hat zehn Sekunden lang mit leerem Blick auf die Blätter gestarrt und sich dann suchend im Zimmer umgesehen, in der Hoffnung, irgendwo noch etwas zu essen zu finden. Irgendwie komisch, finde ich. Bist du ganz sicher, daß du nicht doch ein Nickerchen halten möchtest?«

»Ich traue mich nicht. Wahrscheinlich hättest du dann außer einem Albatros auch noch einen Rip van Winkle am Hals. Ich sollte besser aufstehen und ein bißchen im Garten herumlaufen, um mich zu entspannen. Dein Telefon läutet.«

»Ich weiß. Das ist bestimmt meine Lektorin. Sag ihr, ich sei nach Seattle gefahren.«

»Das kann doch nicht dein Ernst sein!«

»Du bist mir ein schöner Freund!« Catriona stieß einen abgrundtiefen Seufzer aus und verließ das Zimmer. Zum Trost nahm sie sich schnell noch ein Stück Maisbrot.

Peter stellte das schmutzige Geschirr ins Spülbecken, ließ als Zeichen seines guten Willens ein wenig Wasser darüber laufen und ging nach draußen in den Garten. Der Tag war viel zu schön, um ihn im Haus zu vertrödeln. Er bemerkte eine altmodische Doppelschaukel mit erstaunlich bequemen Holzsitzen und machte es sich auf dem einen gemütlich. Emerson und Carlyle, die auf der anderen Seite saßen, machten keinerlei Anstalten, ihren Platz zu verlassen, und schienen auch nicht das Bedürfnis zu haben, auf den Schoß des Gastes zu springen. Vielleicht war es besser so, Maine Coon-Katzen waren immerhin außergewöhnlich groß.

Die Sonne war angenehm warm, die Äpfel an dem Baum, an dem die Schaukel befestigt war, hatten rote Bäckchen und dufteten genau so, wie Äpfel duften sollten. Peter döste ein bißchen ein, nur ganz kurz, aber gerade lange genug. Er verließ die allzu verführerische Schaukel, machte ein paar Reck- und Streckübungen, die er von den Katzen abgeschaut hatte, und wanderte hinter das Haus, um nachzusehen, wie Catrionas Staudenbeete aussahen.

Sie sahen hervorragend aus, was vor allem auf Peters zahlreiche kostenlose Ratschläge und die vielen Pflanzen, die er Catriona geschenkt hatte, zurückzuführen war. Emerson schien nach Höherem zu streben, er ignorierte den Professor einfach und widmete sich seiner Katzenphilosophie. Carlyle war geselliger und hatte nichts dagegen, den Fremdenführer zu spielen, solange Peter sich keine unzulässigen Freiheiten herausnahm. Die beiden hatten gerade einen hübschen kleinen Spaziergang um die Blumenrabatten hinter sich und kamen wieder zurück zur Eingangstür, als Jim Feldster lächelnd nach draußen trat.

»Hi, Pete. Gehst du Gassi mit ...«

Weiter kam er nicht. Peter griff die Gelegenheit sofort beim Schopfe. »Sehr richtig, Jim, ich führe die Katze aus. Wie geht es dir?«

Anscheinend nicht besonders gut. Das Lächeln verschwand, das Gesicht wirkte ausdruckslos, der Mund war geöffnet, doch es kam kein Wort über die Lippen. Jetzt hieß es handeln.

»Schön, dich zu sehen, Jim. Du hast mich sofort erkannt, nicht? Aber das war ja auch zu erwarten, schließlich sind wir schon seit Ewigkeiten Nachbarn. Ich bin Pete, wie du eben richtig bemerkt hast. Pete Shandy, von nebenan.«

Feldster zeigte ein weiteres kleines Lebenszeichen, starrte auf die Blumen, den Apfelbaum, die beiden großen Katzen und schließlich auch auf Peter.

»Du, Pete? Und ich – wer bin ich? Und wo bin ich? Sind wir tot?«

»Nein. Wir besuchen nur Catriona. Du erinnerst dich doch sicher an Catriona, Helens Freundin aus Maine?«

»Warum?«

»Weil sie dein Leben gerettet hat.«

»Tatsächlich?« Jim klang so, als kümmere ihn das wenig. Vielleicht war es ihm wirklich egal. »Ist sie tot?«

»Nein, sie ist quicklebendig. Und wir auch. Komm schon,

Jim, wie wär's, wenn wir uns hier auf die Schaukel setzen und ein bißchen plaudern?«

»Plaudern? Kann ich denn sprechen?«

»Im Moment sprichst du ganz normal. Wie kommst du denn darauf, daß du nicht sprechen kannst?«

»Sind wir wirklich nicht tot?«

»Glaub' mir, Jim, du bist genauso lebendig wie eh und je.«

Was immer das bedeuten mochte. Peter faßte Jim vorsichtig am Ellenbogen und schob ihn Richtung Schaukel. »Meine Großeltern hatten auch so eine Schaukel«, sagte er, weil ihm nichts Besseres einfiel.

»Sind sie tot?«

»Ja, aber das heißt trotzdem nicht, daß du auch tot bist. Hast du das verstanden, Jim? Wir beide leben noch, vergiß das nicht. Du hast einfach in der letzten Zeit eine Menge durchgemacht, das ist alles.«

»Durchgemacht?« Jim schien ziemlich lange nachzudenken. Er versuchte, den Arm zu bewegen, den Peter nicht festhielt, und stellte erleichtert fest, daß er nicht abfiel. Peter ließ den anderen Arm los. Auch er fiel nicht ab.

»Viel durchgemacht, sagst du. Tut mir deshalb alles so weh?«

»Ja, Jim. Genau das ist der Grund. Magst du mir davon erzählen?«

»Wovon denn? Ich habe Hunger.«

Es war das albernste Gespräch, das Peter je geführt hatte. Er wollte Jim dazu bringen, über sein schreckliches Erlebnis im Lincoln zu sprechen, doch er wagte es nicht. Das »Ich habe Hunger« konnte nur eine Ausflucht sein, auch wenn Jim sicherlich nicht bewußt abzulenken versuchte. Er konnte seine Erinnerungen noch nicht ertragen, vielleicht würde er es nie können. Man würde abwarten müssen. Momentan gab es nur einen kleinen Strohhalm, an dem Peter sich festhalten konnte. Jim hatte ihn erkannt, und auch wenn die beiden Nachbarn nur wenig verband und Jim die Katze der Shandys besser kannte als ihre Besitzer, war dies immerhin ein Anfang.

Kapitel 15

Es gab keinen langen Abschied. Peter wußte, daß Catriona darauf brannte, ihre gute Tat so schnell wie möglich wieder loszuwerden. Als sie Jim in seinem eigenen schlichten grauen Anzug und Hemd sah und ihn laut und verständlich sprechen hörte, auch wenn er nur »Hübsche Katzen« sagte, packte sie rasch einen Picknickkorb mit Reiseproviant für ihn und Peter, überreichte ihn lächelnd und wünschte den beiden eine angenehme Heimfahrt.

Peter war zwar nicht sicher, ob man in Jims Fall noch von Heim sprechen konnte, doch er schwieg. Als die beiden Männer und der Picknickkorb sicher im Wagen verstaut waren, der Motor bereits lief und sie ihre Sicherheitsgurte angelegt hatten, riß Jim plötzlich die Beifahrertür auf und stieß die Frage »Waren Sie diese Frau?« hervor.

Bevor Catriona Gelegenheit hatte, ja zu sagen, war die Tür wieder zu. Jim brach in Tränen aus, und Peter wußte nicht, was er machen sollte. Er reichte ihm schweigend die Schachtel mit Papiertüchern, die Helen immer griffbereit im Wagen liegen hatte, und fuhr wie geplant los. Es war besser, den Mann mit den Worten allein zu lassen, die er sich auch bei besserer Gelegenheit nicht hatte von der Seele reden können. Schließlich gab es ja auch noch Telefon und Post.

Peter wußte, daß es etwa zwanzig Meilen weiter eine Tankstelle gab. Am besten tankten sie, solange es noch ging. Seit dem Abschied von Catriona hatten weder er noch sein Passagier auch nur ein einziges Wort gesagt. Auch an der Tankstelle faßte er sich kurz. »Volltanken. Normal, bitte«, war alles, was er sagte. Dann fiel ihm ein, daß sie einiges an Proviant an Bord hatten, und er fragte Jim: »Hast du Lust auf ein Sandwich?«

»Nein, danke, ich bin nicht hungrig.«

Schade, daß Catriona das nicht hören konnte. Sie hätte ihren Ohren nicht getraut. »Möchtest du vielleicht noch kurz austreten, bevor wir weiterfahren?«

»Nein.«

»Soll ich den Mund halten und dich in Ruhe lassen?« fragte er, während er wieder losfuhr.

Endlich reagierte sein Fahrgast. »Was hast du gesagt? Tut mir leid, Pete, ich glaube, ich bin momentan kein besonders angenehmer Beifahrer. Ich weiß einfach nicht, was ich sagen soll. Mein Kopf funktioniert nicht richtig. Glaubst du, daß ich langsam verrückt werde?«

»Nein, Jim, das glaube ich nicht. Kannst du dich an irgend etwas erinnern, was in den letzten drei oder vier Tagen passiert ist?«

»Wie – was meinst du damit?«

»Na ja, beispielsweise an das letzte Mal, als du mit mir gesprochen hast. Das war vor drei Tagen, Montagabend. Du wolltest zu deinem Logentreffen und warst auf dem Weg zu den Feuerflitzern in Lumpkinton. Kannst du dich daran noch erinnern?«

»Stimmt, wir wollten mit der alten Handpumpe losziehen! Ja, daran erinnere ich mich. Du warst draußen vor dem Haus und hast die Katze Gassi geführt. Jane! Sie hat sich sogar von mir streicheln lassen.«

»Das erlaubt sie noch lange nicht jedem.« Vielleicht war es gar nicht so schwierig, wie Peter befürchtet hatte. »Stimmt genau, Jim. Wohin bist du danach gegangen?«

»Den Crescent herunter. Mirelle wollte mal wieder den Wagen haben. Ich dachte, daß Elver Butz mich vielleicht mitnehmen könnte.«

»Großartig, Jim. Erinnerst du dich auch noch, was du danach gemacht hast?«

»War es etwa irgend etwas Verrücktes?« Feldster wurde wieder nervös.

»Keine Sorge, Jim. Es ist zwar etwas Verrücktes passiert, aber das war nicht deine Schuld. Elver hat mir erzählt, er habe dich die Maine Street heruntergehen sehen, in Richtung Spritzenhaus, wo er dich treffen wollte. Bist du schnell oder langsam gegangen?«

»Schnell, glaube ich. Ich wollte Elver nicht warten lassen.«

»Aber zu dem Zeitpunkt fuhr er noch hinter dir her, oder?«

»Wenn er es sagt, wird es wohl stimmen.«

»Du hast dich nicht umgedreht und nach seinem Lieferwagen Ausschau gehalten?«

»Nein. Ich bin einfach weitergegangen.«

»Hat jemand versucht, dich zu stoppen, bevor Elver dich einholen konnte?«

Keine gute Frage. »Ich – da war ein Auto. Ein großes, graues Auto. Es hat mich überholt und – ich – danach kann ich mich an nichts erinnern!«

Es dauerte eine Weile, bevor er wieder in der Lage war zu sprechen. Peter überlegte, ob ein Sandwich vielleicht hilfreich wäre, doch Jim fing sich auch so wieder.

»Tut mir leid, Pete. Irgendwie kommt es mir vor, als sei ich tot gewesen oder so. Ich war irgendwie – nirgendwo. Weißt du, was passiert ist?«

»Ich weiß eine ganze Menge, dank Catriona McBogle.«

»Ist das die Frau, bei der wir waren?« Zum ersten Mal verriet die Stimme des Passagiers echte Wärme. »Und woher weiß sie das alles?«

»Weil sie dir das Leben gerettet hat, wenn du es genau wissen willst. Einen Tag nach deinem Verschwinden war sie bei uns zu Besuch und hat in unserem Haus übernachtet. Gestern morgen hat sie sich auf den Heimweg gemacht. Wie üblich hat sie sich total verfahren. Eine kleine Macke von ihr, die sie selbst nicht zu stören scheint. Sie nennt es ›Fügung des Schicksals‹, und ich fange allmählich an, ihr zu glauben.

Jedenfalls ist sie irgendwo am Ende der Welt auf einer einsamen Nebenstraße gelandet. Eigentlich war es keine Straße, sondern eher ein breiter Weg. Voller Steigungen und Unebenheiten, ein Schlagloch nach dem anderen und völlig gottverlassen. Dann sah sie etwas, das überhaupt nicht in die Landschaft paßte. Sie befand sich oben auf einem Grat, der an beiden Seiten steil abfiel. Sie fuhr im Schneckentempo weiter und hielt vorsorglich nach einem entgegenkommenden Auto Ausschau, denn für zwei Wagen war kein Platz.

Doch glücklicherweise war weit und breit niemand zu sehen, und sie hielt an, um nachzusehen, was das große graue Objekt unten in der Schlucht war und wie es dorthin gekommen war. Es war sehr steil und ziemlich tief. Sie traute ihren Augen nicht, als sie feststellte, daß es eine Lincoln-Limousine war. Sie hatte sich kopfüber in den Felsbrocken verkeilt. Das hintere Ende des Fahrzeugs ragte in die Luft, und im Inneren des Fahrzeuges fand sie dich.«

»Mich? Mein Gott, wie ist das möglich?«

»Gute Frage, Jim. Ich hatte gehofft, du könntest es mir erklären. Kennst du jemanden, der dir nach dem Leben trachten könnte?«

»Höchstens Mirelle. Sie ist manchmal furchtbar wütend auf mich. Aber sie würde nie im Leben einen Lincoln für mich ruinieren. Wahrscheinlich macht sie mir wie üblich die Hölle heiß, wenn ich zurückkomme. Falls ich überhaupt zu ihr zurückgehe.«

»Darüber würde ich mir jetzt noch keine Gedanken machen.«

Peter wollte erst über Mirelle reden, wenn es sich nicht mehr vermeiden ließ. Erleichtert stellte er fest, daß Jim sich bedeutend mehr für Catriona und den Lincoln zu interessieren schien. Hatte er seinen Sicherheitsgurt getragen? Hatte er den Wagens selbst gefahren?

»Auf keinen Fall«, teilte ihm Peter mit. »Du hingst in deinem Becken- und Schultergurt über dem Beifahrersitz. Catriona sagt, du hättest ausgesehen wie eine Fliege im Spinnennetz. Zuerst hielt sie dich für tot, doch sie hat dich natürlich trotzdem aus dem Gut befreit und versucht, dich aus dem Wagen zu ziehen. Dabei hat sie gemerkt, daß du noch lebtest. Du hast praktisch die ganze Zeit kopfüber gehangen. Kein Wunder, daß du dich die letzten beide Tage ein bißchen benebelt gefühlt hast. Nicht viele Männer hätten eine derartige Tortur überlebt.«

»Erzählst du mir auch die Wahrheit, Pete?«

»Selbstverständlich. Wenn der graue Lincoln derselbe war, der dich mitgenommen hat, ist man wahrscheinlich mit dir sofort zu der Stelle gefahren, an der Catriona dich gefunden hat, und hat dich dort in dem Wrack zurückgelassen, in der Hoffnung, du würdest verhungern oder an Austrocknung sterben. Catriona sagt, du seist in einem jämmerlichen Zustand gewesen, als sie dich aus dem Wagen befreit und den Abhang hochbugsiert habe. Kann auch sein, daß du Catriona hochgeschoben hast, sie weiß es selbst nicht mehr so genau. Wahrscheinlich habt ihr euch gegenseitig geholfen. Es ist ein Wunder, daß du unter den Bedingungen überhaupt überlebt hast.«

»Und sie wußte nicht mal, wer ich war? Das ist ja wirklich unglaublich!«

Jim klang gleichzeitig ehrfürchtig und erfreut, vor allem aber erfreut. Peter entschied, sich ein klein wenig weiter vorzuwagen.

»Catriona hat sich allerdings denken können, wer du warst«, sagte er. »Hattest du in letzter Zeit Kontakt zu deiner Familie?«

»Mit welcher Familie? Wie meinst du das?«

»Würde es dir etwas ausmachen, mir deinen richtigen Namen zu verraten, Jim? Könnte es sein, daß du in Wirklichkeit Feldstermeier heißt?«

»Oh Gott! Warum zum Teufel müssen wir ausgerechnet darüber reden?«

»Weil du so schnell wie möglich die ganze Wahrheit erfahren solltest und es anscheinend an mir hängenbleibt, dich aufzuklären. Auch wenn ich ganz und gar nicht der Richtige dafür bin. Kurz und gut, dein ältester Bruder ist genau an dem Tag gestorben, an dem du gekidnappt wurdest.«

»Forster soll tot sein? Das ist doch Unsinn. Er wird unsere ganze verdammte Familie überleben, inklusive Enkel und Urenkel.«

»Sieht leider nicht so aus, wenn die Berichte in den Medien der Wahrheit entsprechen. Anscheinend kann die Familie ihn jedoch nicht beerdigen lassen, weil sein einziger noch lebender Bruder zuvor im Beisein aller Verwandten den Verhaltenskodex verlesen muß, den der erste Feldstermeier, der je Fuß auf amerikanischen Boden setzte, aufgestellt und niedergeschrieben hat. Dann muß er seine Unterschrift unter die des verstorbenen Familienoberhauptes setzen und sich dadurch bereit erklären, die Führung der Familie zu übernehmen, mit sämtlichen Pflichten und Rechten. Ich fürchte, deine Familie ist auf der Suche nach dir, Jim.«

Jim stöhnte. »Warum hat sie mich nicht einfach in dem Lincoln gelassen?«

»Also wirklich, Jim. Das kann doch nicht dein Ernst sein.«

»Ach nein? Kannst du dir vorstellen, was es heißt, der ungewollte Nachkömmling einer Lawine zu sein?«

»Nein, wahrscheinlich nicht«, gab Peter zu. »Erzähl mir, wie es war.«

»Später – vielleicht. Wie wäre es mit dem Sandwich, das du mir vor einiger Zeit angeboten hast?«

Sie hatten die Tankstelle erst vor etwa einer halben Stunde verlassen. Peter war noch kein bißchen hungrig. Er wollte zwar unbedingt mehr über die Lawine erfahren, doch sie hatten noch etwa drei Stunden Fahrt vor sich, und er hatte keine Lust, sich jetzt schon auf etwas einzulassen, das sich als schwierig herausstellen konnte. Er fuhr auf die Standspur, griff nach dem Picknickkorb und öffnete die Thermoskanne.

»Möchtest du auch einen Schluck Kaffee, Jim?«

»Klar.«

»Wie trinkst du ihn denn gerne?«

»Ganz egal. Am liebsten mit Zucker und Sahne, wenn welche da ist.«

Es war welche da. Catriona hatte ein kleines Glas mit Sahne gefüllt und ein paar von den handlichen kleinen Zuckertütchen dazugelegt, wie sie Leute gern in Restaurants mitgehen ließen. Peter hatte kein Interesse an Sahne. Er trank seinen Kaffe schwarz, seit Helen ihm vorgeschlagen hatte, seine Sonntagshose in der Änderungsschneiderei in Hoddersville erheblich weiter machen zu lassen.

Es war ein hervorragendes Picknick. Es gab vier hartgekochte Eier, Catriona vertrat die Ansicht, daß man immer beim Ei anfangen sollte. Außerdem hatte sie ein großzügiges Stück Cheddar und ein Packet Cracker eingepackt. Es gab Äpfel und eine Tafel Halbbitterschokolade. Die Sandwiches waren mit dicken Fleischscheiben belegt, die von einem Braten stammten, den Guthrie am Vortag zubereitet hatte. Jim starrte die vier Bratensandwiches mit einem Gesichtsausdruck an, wie ihn Romeo gehabt haben mochte, als er zum ersten Mal seine Julia sah, bevor sie einander offiziell vorgestellt worden waren. Was nie geschehen war, soweit er sich erinnerte. Peter hatte das ungute Gefühl, daß sein Beifahrer plante, alle vier Brote allein zu futtern. Kein Wunder, daß Catriona bei der Entdeckung, daß sie sich einen menschlichen Bandwurm eingehandelt hatte, in Panik geraten war.

Heldinnen hatten es schwer. Sie konnten ihre Arbeit nie richtig erledigen, weil ihnen immer irgendein Mann in die Quere kam und sie davon abhielt. Peter beschloß, sich wenigstens ein Sandwich zu sichern, denn dies war wahrscheinlich seine letzte Chance. Er bot Jim einen zweiten Becher Kaffee an, bemerkte, daß Jims erstes Sandwich bereits auf dem Weg durch die verschlungenen Pfade seines Verdauungstraktes war, und überredete ihn, die hartgekochten Eier zu kosten. Jim verschlang alle vier mit je einem Bissen, als wären sie Erdnüsse.

Höchste Zeit, das Picknick wieder zu beenden, damit sie später nicht völlig ohne Verpflegung dastanden. Peter aß sein Sandwich auf und stellte den Korb so auf die Rückbank, daß man ihn nur mit Mühe erreichen konnte. Dann fuhr er vorsichtig zurück auf den Highway, ohne abzuwarten, ob Jim schon soweit war. Er deutete zaghaft an, daß sie ja bald wieder anhalten konnten. Jim sagte nichts, warf jedoch einen ängstlichen Blick auf den Korb, um sich zu vergewissern, daß er genauso sicher verstaut war wie vorher. Als er sah, daß alles in Ordnung war, schien er sich sogar mit der in Aussicht gestellten Fortsetzung des Picknicks auszusöhnen. Er drehte den Beifahrersitz in eine bequemere Position und machte sich bereit für ein kleines Nickerchen.

Peter ließ ihn eine Zeitlang schlummern. Allmählich wurde ihm klar, daß Söhne von Lawinen verdammt viel mehr Bedienung erwarteten als Söhne der Felder, und er mußte sich eingestehen, daß ihm dies mißfiel. Er drückte auf den Knopf, der den Beifahrersitz wieder in Normalposition brachte.

»Gut geschlafen, Jim? Du wolltest mir doch noch etwas über die Lawine erzählen.«

»Habe ich das gesagt?« Jim machte Anstalten, wieder einzudusen, doch das ließ Peter nicht zu.

»Allerdings. Wenn auch vielleicht nicht mit genau denselben Worten. Ich dachte, Catriona hätte vielleicht schon mit dir gesprochen. Sie interessiert sich sehr für deine Familie. Sie hat alles gelesen, was sie über Forster Feldstermeier finden konnte.«

»Das verstehe ich nicht, Peter. Sie hat auf mich gewirkt wie eine ganz vernünftige Frau.«

»Bist du da nicht eine Spur zu sarkastisch?«

»Kann schon sein. Was spricht dagegen?«

»Keine Ahnung, Jim. Vielleicht hast du Lust, mich aufzuklären. Du hast dich doch vorhin selbst als den ungewollten Nachkömmling einer Lawine bezeichnet. Das war kurz nachdem jemand versucht hat, dich auf eine besonders ungewöhnliche Weise ins Jenseits zu befördern. Möchtest du darüber nicht sprechen?«

»Pete, ich weiß, daß du nur versuchst, mir zu helfen. Aber ich bin nicht sicher, ob ich will, daß mir jemand hilft.«

»Hm ja, ich vermute, das mußt du selbst entscheiden, Jim. Wir werden noch mindestens drei Stunden hier in diesem Auto sitzen, vielleicht noch länger, falls du beschließt, daß du nicht zurück zum Crescent willst.«

»Gibt es denn einen Grund, der dagegen spräche?«

Verflixt und zugenäht! Warum hatte er bloß den Mund nicht gehalten? Er hätte wenigstens warten können, bis sie die restlichen Sandwiches gegessen hatten. Jetzt blieb ihm nichts anderes übrig, als mit der Wahrheit herauszurücken.

»Es gibt da etwas, Jim – « Es hatte keinen Zweck, er brachte es einfach nicht über die Lippen.

»Was ist denn passiert, Pete? Doch nicht etwa ein Brand in den College-Ställen?«

»Nein, die Ställe stehen noch. Jedenfalls standen sie noch, als ich heute morgen losgefahren bin. Es ist – oh, verdammt! Es ist Mirelle.«

»Was ist mit ihr?«

»Sie ist tot, Jim.«

»Sonst nichts?«

»Ist das denn nicht genug?«

»Und ob das für mich genug ist. Hat sie jemand umgebracht?«

»Mein Gott, Jim, ist das alles, was du wissen willst?«

»Was gibt es denn sonst noch zu wissen? Ich möchte dem Kerl, der es getan hat, wer auch immer es ist, nur die Hand schütteln.«

Wie sollte man auf so etwas reagieren? »Ich möchte dir einen Rat geben, Jim. Ich glaube nicht, daß es klug ist, diese – eh – Einstellung in den Ställen zu äußern. Und auch sonst nirgends, es sei denn, du bist scharf darauf, ins Gefängnis zu kommen.«

»Gefängnis? Keine Sorge. Mein Bruder –«

»Dein Bruder ist tot, Jim. Du mußt diesen Familienpakt oder wie immer das Ding heißt unterschreiben, damit die Beerdigung endlich stattfinden kann. Sie mußte verschoben worden, wie ich dir bereits gesagt habe. Erinnerst du dich?«

»Nein. Das ist ja großartig. Dann hat Forster also tatsächlich den Löffel abgegeben. Und Mirelle ist ebenfalls tot. Sind jetzt etwa hier herum alle tot?«

Jims Geist schien sich wieder zu verwirren, dachte Peter. Vielleicht war es eine verspätete Reaktion auf irgendeine Droge, die man ihm injiziert hatte, bevor man ihn in dem Lincoln zurückgelassen hatte. Oder verstellte er sich nur? War das ganze Theater nur eine sorgfältig geplante Farce gewesen?

Peter Shandy starrte den Mann mittleren Alters an, der neben ihm im Wagen saß und seit drei Jahrzehnten sein nächster Nachbar war. Ein Dozent, der unzählige hoffnungsvolle Milchmänner, Milchfrauen, Melker, Melkerinnen, Molkereifachmänner und -frauen auf den richtigen Pfad gebracht hatte und stets gepflegt, aber nie übertrieben gekleidet war. Wer zum Teufel war dieser Mann? Hatte Peter einen furchtbaren Fehler gemacht, als er nicht sofort zur nächsten Polizeistation gefahren war, nachdem er Jim in sein Auto verfrachtet hatte?

Kapitel 16

Nein, das würde Peter Shandy niemals tun. Wenn Thorkjeld Svenson Wind davon bekam, daß Peter versuchte, das College hinter seinem Rücken in einen öffentlichen Skandal zu verwickeln, würde er ihm bei lebendigem Leibe die Haut abziehen und sie anschließend nach alter Wikingertradition an die Kirchentür nageln. Alles weitere erübrigte sich damit automatisch, so daß Peter darüber gar nicht erst nachzudenken brauchte. Am besten, er fuhr einfach weiter. Falls Jim Fragen hatte, würde Peter sie ihm beantworten.

Eine Frage hatte er bereits gestellt, warum also nicht damit weitermachen? »Keine Sorge, Jim. Sonst ist niemand gestorben. Und du bist auch nicht tot. Catrionas Recherchen haben ergeben, daß dein Bruder Feldster über neuzig war. Seine Zeit war einfach abgelaufen. Was Mirelle betrifft, weißt du sicher genauso viel wie ich, wenn nicht sogar mehr. Man hat sie auf einem Stuhl im Wohnzimmer gefunden, mitten in einer Blutlache. Das Blut ist in den Teppich gesickert und dort getrocknet. Melchett mußte natürlich eine Autopsie in die Wege leiten. Er sagte, er habe sie mit mit Coumadin behandelt, einem gerinnungshemmenden Medikament, und du hättest immer aufgepaßt, daß sie die richtige Dosis einnahm. Stimmt das?«

»Wenn du damit meinst, daß ich Mirelle ihre Tabletten gegeben habe, weil sie keine Lust hatte, sich selbst darum zu kümmern, solange sie jemanden hatte, den sie damit auf Trab halten konnte, ja, dann stimmt es. Ich habe mich oft gefragt, warum ich mir überhaupt die Mühe gemacht habe. Sie ist also verblutet, und ausgerechnet auf dem scheußlichen weißen Teppich, den sie sich unbedingt von Forsters Geld kaufen mußte. Ha! Das geschieht den beiden recht!«

»Wie soll ich das verstehen?«

Jim zuckte mit den Achseln. »Da gibt es nicht viel zu verstehen. Ich lasse nur ein bißchen Dampf ab. Ich habe dazu so selten

Gelegenheit, daß ich einfach der Versuchung nicht widerstehen kann.«

»Du hast deinen Bruder offenbar nicht sonderlich gemocht. Aus irgendeinem besonderen Grund?«

»Woher soll ich wissen, warum ich ihn nicht mochte? Es hat schon angefangen, als ich noch ganz klein war. Vielleicht weil er der große Superstar war und ich nur ein bedeutungsloser Niemand? Kann schon sein. Als ich zehn war, war Forster in meinen Augen schon uralt und mit einer millionenschweren Erbin verheiratet, deren Stammbaum noch länger war als ihre Nase. Praktisch leitete er damals bereits die Firma. Als Kind sah ich ihn einmal im Monat für maximal dreißig Sekunden, wenn er mit einem Riesenblumenstrauß für seine Mutter aufkreuzte, die zufällig auch meine Mutter war, auch wenn sie dies lieber nicht an die große Glocke hängte. Im Vorbeigehen sagte er: ›Hi, Jimmy, wie geht's denn so?‹ und beachtete mich nicht weiter. Hin und wieder schickte er mir ein Paket mit irgendeinem teuren Spielzeug, das eine seiner Sekretärinnen ausgesucht hatte. Als ich acht wurde, hat Forster mir sogar ein Pony gekauft. Aber das Reiten haben mir die Stallburschen beigebracht. Dabei habe ich mir nichts sehnlicher gewünscht, als einmal mit meinem großen Bruder zusammenzusitzen, wenn auch noch so kurz, und mich mit ihm zu unterhalten wie mit einem richtigen Menschen.«

Peter wußte nicht, was er sagen sollte, und versuchte auszuweichen. »Dann war Forster also sehr viel älter als du. Wäre es taktlos, dich zu fragen, wie alt dein Vater war, als Forster zur Welt kam?«

»Keine Ahnung, Peter. Ich weiß nur, daß er spät geheiratet hat und versucht hat aufzuholen. Meine Mutter war sehr viel jünger als er. Aber es war damals nichts Ungewöhnliches, wenn ein reicher alter Mann eine schöne junge Frau heiratete und an der Schwelle zum Greisenalter mit ihr eine Familie gründete. Aber Vater war bis zum Schluß gut drauf, nur an mich hat er sich leider nicht erinnert. Er hat mich immer für eines seiner Enkelkinder gehalten, aber wahrscheinlich war ihm zu dem Zeitpunkt ohnehin alles schnurzegal.«

Jim sah verbittert aus. »Meine Mutter war genauso. Sie hat drei schmucke Söhne geboren und großgezogen, alle drei großgewachsen und gutaussehend, zwei davon taten alles, was Forster wollte. Forster ließ sich von keinem etwas sagen. Er war der junge Gott der Familie, die aufgehende Sonne. Als mein Vater starb, ließ er Forster, Franklin und George an sein Bett treten. Daß ich auch noch im Zimmer war, hat er nicht einmal bemerkt. Daher habe ich mich heimlich davongeschlichen, mir mein Pony geholt und bin ausgeritten. Meine Mutter hat mir deswegen anschließend die Hölle heiß gemacht. Mutter hatte ihre eigenen Bestrafungsrituale. Sie stand da wie eine Marmorstatue – sie war immer in Weiß gekleidet, im Sommer genauso wie im Winter – und hat mir eingebläut, daß ein Feldstermeier niemals etwas Ungehöriges täte, ganz egal in welcher Situation er sich befände. Ich konnte förmlich die Eiszapfen aus ihrem Mund fallen hören. Ich kann mich an die Strafpredigt noch genau erinnern, ich weiß noch jedes Wort, das sie gesagt hat. Aber ich kann mich nicht daran erinnern, daß sie mir je einen Gutenachtkuß gegeben oder mir eine Geschichte vorgelesen hat. Sie war immer viel zu sehr damit beschäftigt, gute Taten für andere zu vollbringen.«

»Und wer hat sich um dich gekümmert?« fragte Peter, weil er das Gefühl hatte, etwas sagen zu müssen.

»Oh, ich bin nicht etwa vernachlässigt worden, ganz im Gegenteil. Zuerst hatte ich eine Kinderfrau, dann eine Gouvernante, später einen Privatlehrer, und dann haben sie mich in ein sündhaft teures Internat gesteckt. Dort gab es eine Reihe von Lehrern, die versucht haben, meinen Kopf mit Zeug vollzustopfen, das mich nicht die Bohne interessiert hat.«

»Was hättest du dir denn gewünscht?«

»Ich wußte schon mit zwölf, was ich wollte. Damals habe ich nämlich damit angefangen, die Sommerferien in einer der Farmen zu verbringen, die zu unserem Familienbetrieb gehörten. Alle wußten, wer ich war, daher konnte ich mehr oder weniger tun, was ich wollte. Mein größter Wunsch war, möglichst alles über Milchwirtschaft zu lernen, nicht aus Büchern, sondern in den Ställen und auf den Weiden.«

So aufgekratzt hatte Peter ihn schon lange nicht mehr erlebt. »Du kennst ja meine Doktorarbeit über Milchwirtschaft. Das war das einzig wirklich Wichtige, das ich je geschrieben habe. Aufgrund dieser Arbeit habe ich meinen Doktortitel bekommen und auch meinen Job in Balaclava. Und es war einzig und allein meine Arbeit, diesmal hat keiner hinter mir gestanden und versucht mir einzureden, daß ich Unsinn schreibe, obwohl ich wußte, daß jede Zeile stimmte. Und jetzt kommst du und sagst mir, ich soll mich in Forsters Zimmer setzen und mit Tausenddollarscheinen um mich werfen, weil ich jetzt der neue Leitwolf bin.«

»Jetzt aber mal halblang, Jim. Ich will dir ganz bestimmt nicht in deine Angelegenheiten hineinreden. Ich versuche lediglich, mich wie ein guter Nachbar zu verhalten, verdammt noch mal.« Peter dachte einen Moment über das nach, was er gerade gesagt hatte, und mußte über sich selbst lachen. »Kannst du mir sagen, worüber wir uns überhaupt streiten? Möchtest du vielleicht noch ein Sandwich?«

»Ah, warum nicht?« Jim grinste verlegen. »Ich dachte schon, ich hätte sie alle verkimmelt.«

»Vielleicht hast du das sogar.« Peter fuhr auf den Seitenstreifen und inspizierte Catrionas Picknickkorb. »Nein, wir haben Glück. Es sind immer noch zwei da, und ein großes Stück Käse. Damit werden wir spielend fertig. Ist noch Kaffee da?«

»Ich glaube schon.« Jim schüttelte die Thermoskanne, nickte und goß sich und Peter noch einen Pappbecher voll ein. »Wahrscheinlich sollten wir sparsam damit umgehen. Bis zum nächsten Melken kann es eine Weile dauern. Soll ich dir ein Stück Käse abschneiden?«

Peter schüttelte den Kopf. »Nein, jetzt noch nicht, wir haben schließlich noch ein ganzes Stück Fahrt vor uns. Du hast mir übrigens noch gar nicht gesagt, wo du hin willst.«

»Das weiß ich selbst noch nicht. Sind wir noch in Maine, Pete?«

»Ja, sind wir, aber nicht mehr lange. Nehmen wir einmal an,

rein theoretisch, versteht sich, du wolltest mit deiner Familie Kontakt aufnehmen. Wie müßten wir dann fahren?«

»Wir würden die Autobahn nach Massachusetts nehmen, bis zu den Berkshires fahren und dann an der Tankstelle links abbiegen.«

»An irgendeiner bestimmten Tankstelle?«

»Ich sage dir Bescheid, wenn wir da sind, es sei denn, ich bin doch zu feige dazu. Ich habe furchtbare Angst, Pete. Keine Ahnung, warum.«

»Das kann ich gut verstehen«, sagte Peter. »Ich wüßte eine Menge Gründe. Immerhin hat irgend jemand gerade eine Menge Geld und Mühe investiert und sich wahrscheinlich sogar selbst dabei in Gefahr gebracht, weil er versucht hat, dich umzubringen. Ist so etwas schon einmal vorgekommen?«

»Nicht daß ich wüßte. Mirelle hat mir zwar ständig damit gedroht, aber sie hat es nie ernsthaft versucht. Sie wußte, daß Forster ihr sofort den Geldhahn zudrehen würde, sobald sie irgend etwas Dummes machte.«

»Forster scheint ein richtiger Autokrat gewesen zu sein.«

»Soweit würde ich nicht gehen, Peter. Er wußte halt immer, was für alle und jeden das Beste war. Außerdem hatte er immer recht. Wenn Forster jemandem einen guten Rat gab und man ihn nicht befolgte, dann war man für sein Leben selbst verantwortlich. Nach dem Motto: Wie man sich bettet, so liegt man. Eine zweite Chance gab es nicht. Forster war strikt gegen Scheidungen in der Familie, aber ich muß zugeben, daß er alles versuchte, um den armen schwarzen Schafen das Leben erträglicher zu machen.«

»Wie meinst du das, wenn ich mir die Frage erlauben darf?«

»Na ja, nehmen wir Mirelle und mich. Sie war hübsch und temperamentvoll, und ich habe sie vor allem deshalb geheiratet, weil meine liebe Mutter der Meinung war, die arme kleine Mirelle würde so gar nicht in das Feldstermeier-Ambiente passen. Womit sie übrigens verdammt recht hatte. In der Beziehung waren wir uns ziemlich ähnlich, denn ich habe auch nie in diese verdammte Familie gepaßt. Wir wollten beide keine Kinder. Mirelle wollte keine, weil sie ihr Leben genießen wollte, wie ich sehr schnell herausfand, und ich bin der Meinung, daß es ohnehin schon mehr als genug Feldstermeiers auf dieser Welt gibt. Ich hatte meinen Job in Balaclava und meine Logenbrüder, ich brauchte meine Familie nicht und lehnte es ab, mich aushalten zu lassen. Aber Forster war ein verfluchter Philanthrop. Statt uns in Ruhe unseren ehelichen Kleinkrieg führen zu lassen, hat er mich für meine Verdienste im Bereich der Milchwirtschaft gelobt und Mirelle regelmäßig Geld überwiesen. Keine Riesensumme, aber genug, um ihr die Befriedigung zu geben, jeden Monat ihren Scheck einlösen zu können. Das Geld hat sie dann für Friseurbesuche und Ausflüge nach Boston verschwendet.«

»Und für Porzellanfigürchen?«

»Got ja, ihre Schätze. Mirelle fand alles toll, was nutzlos und teuer war. Wahrscheinlich hältst du mich für kalt und gefühllos, weil mich ihr Tod wenig berührt, aber wir haben schon seit langem nichts mehr füreinander empfunden, Pete. Sie hatte natürlich ihre kleinen Affären nebenher, von denen ich nichts wissen durfte, aber das war mir ohnehin total egal. Die Männer sind ihr hinterhergelaufen. Sie war sehr hübsch, als sie jung war, und im Grunde sieht sie – sah sie – immer noch gut aus. Erinnerst du dich noch an den Hornochsen, den Sieglinde Svenson gefeuert hat? Angeblich wegen moralischer Verfehlungen mit einer Studentin. Damals ist Mirelle gerade noch mal mit einem blauen Auge davongekommen. Ich hätte Balaclava bestimmt verlassen müssen, wenn die ganze Wahrheit herausgekommen wäre. Und dann gab es noch diesen Bob Soundso, der schließlich im Gefängnis gelandet ist. Sie hatte wirklich ein gutes Händchen, das muß man ihr lassen. Auch in der letzten Zeit hat sie sich mit irgendeinem Kerl getroffen. Ich glaube, er kam aus Worcester. Mir ist aufgefallen, daß sie ziemlich viel gefahren ist.«

»Weißt du zufällig, wie der Mann heißt?«

»Nein, aber das kann ich bestimmt herausfinden. Einige meiner Logenfreunde sind richtige Spürhunde. Aber wir sind natürlich zu absolutem Stillschweigen verpflichtet und dürfen über nichts sprechen, was die Loge betrifft.«

»Und um welche Loge handelt es sich?«

»Tut mir leid, Pete. Ich bin zu absolutem Stillschweigen verpflichtet.« Jim klang, als sei es ihm ernst. »Eigentlich darf ich selbst das nicht sagen, aber ich glaube, daß ich dir einiges schulde.«

»Vielen Dank. Ich würde mich übrigens gern für dein Vertrauen revanchieren, auch wenn ich nicht weiß, ob du mit der Information etwas anfangen kannst. Sicher ist es nichts Wichtiges, vielleicht habe ich es auch schon erzählt. Es betrifft den Abend vor Mirelles Tod. Wir waren wie üblich alle auf dem Empfang beim Präsidenten. Mirelle ist nicht erschienen, weil sie es für unziemlich hielt, denn du warst schließlich immer noch verschwunden. Auf dem Heimweg sind Helen und ich zusammen mit den Porbles zu ihr gegangen, und ein junger Mann, den Mirelle Florian nannte, verabschiedete sich gerade von ihr. Er war sehr gut angezogen und fuhr einen Cadillac Seville. Sagt dir das irgend etwas?«

»Das war wahrscheinlich mein Neffe Florian. Er ist Forsters ältester Sohn und möglicherweise ein bißchen weniger verkorkst als die meisten meiner Neffen. Forster war tot, und ich war verschwunden – wahrscheinlich hat er gehofft, sie könnte ihm ein paar Informationen geben. Ich wüßte nicht, warum er sich sonst ausgerechnet diesen Abend ausgesucht hätte, um bei uns zu erscheinen.«

»Hat er euch öfter besucht?«

»Vielleicht hat er ab und zu bei Mirelle vorbeigeschaut, wenn ich nicht zu Hause war. Ich bin nicht oft zu Hause, ich verbringe die meiste Zeit im College und in meinen verschiedenen Logen. Wir engagieren uns ehrenamtlich in vielen Bereichen, weißt du, und wir nehmen unsere Verpflichtungen ziemlich ernst. Jedenfalls einige von uns. Was hat Florian denn zu euch gesagt?«

»Überhaupt nichts. Er hat sich sofort aus dem Staub gemacht, wahrscheinlich aus Angst, sie könnte uns vorstellen. Ich dachte einen Moment lang, es sei Elver Butz.«

»Das wird Florian sicher nicht besonders freuen, wenn ich es ihm erzähle.« Jim schien sich über die Verwechslung köstlich zu amüsieren. Peter war immer noch vorsichtig.

»Dann wirst du also mit ihm reden? Dann habt ihr doch mehr Kontakt miteinander, als es den Anschein hat?«

»Nicht ganz. Ich habe von unserem Vater Anteile an unserem Betrieb geerbt. Obwohl ich mich nicht rühre, scheine ich meine verfluchte Familie doch nicht loszuwerden. Einmal im Jahr oder so brauchen sie meine Unterschrift auf verschiedenen Dokumenten, damit alles reibungslos abläuft. Es ist sozusagen ein förmliches, altmodisches Gentlemen's Agreement. Ich habe Forster immer wieder gesagt, daß er mich genausogut abschreiben kann, weil ich sowieso keine Lust habe, bei dem Spiel mitzuspielen. Doch er hat mir immer nur sein übliches strahlendes Lächeln geschenkt, das er so meisterhaft beherrscht, und mir versichert, daß ich immer ein geliebtes Familienmitglied bleiben würde, ganz egal, was ich auch tue. Nichts wie Taubenpisse, wenn du mich fragst. Eine Zeitlang habe ich es sogar mit Beschimpfungen versucht, aber sie sind alle an ihm abgeprallt, daher habe ich es gelassen. Wenn es eines gibt, das ich in diesem Leben gelernt habe, Pete, dann ist es, daß man gegen das System nicht ankommt.«

»Ach ja?« Peter konzentrierte sich auf die Schilder, um die Autobahn nach Massachusetts nicht zu verpassen. »Eigentlich müßten wir schon ziemlich nah an der Autobahn sein, oder?«

»Es ist nicht mehr weit«, stimmte Jim zu. »Vielleicht sollten wir tatsächlich hinfahren, falls es dir nichts ausmacht, eine geballte Ladung meiner Verwandtschaft abzubekommen. Du kannst mich aber genausogut irgendwo absetzen, wo es dir am besten paßt, und ich lasse mich von jemandem aus der Firma abholen.«

Peter ignorierte den zweiten Vorschlag. »Nach der Tankstelle links, hast du gesagt?«

»Wir müssen wahrscheinlich eine Stunde länger fahren als nach Balaclava. Bist du sicher, daß dir das nichts ausmacht, Pete?«

»Kein Problem.« Peter wußte inzwischen selbst nicht mehr, ob es ihm etwas ausmachte oder nicht. Am besten, er fuhr einfach weiter. »Dann ist euer Familiensitz ja gar nicht so weit vom College entfernt.«

»Kommt ganz darauf an, wie man es sieht. Es ist ziemlich abgelegen. Man braucht eine Meute Spürhunde, um es zu finden, wenn man sich mit den vielen komplizierten Kurven und Seitenwegen nicht auskennt. Die Feldstermeiers waren schon immer versessen auf ihre Privatsphäre. Das war übrigens einer der Gründe, warum sie nicht ertragen konnten, wenn Mirelle da war. Ich habe vergessen, was die anderen sechshundert Gründe waren, aber ich denke, einige meiner lieben Verwandten werden sie mir schon wieder ins Gedächtnis rufen.«

Danach schwiegen sie beide. Inzwischen war es dunkel geworden, und Peter war ziemlich müde. Er mußte sich aufs Fahren konzentrieren und neue Schimpfwörter für gedankenlose Fahrer erfinden, die ihr Fernlicht anhatten, obwohl es keinen verdammten Grund dafür gab. Er war so sehr mit verbalen Neuschöpfungen beschäftigt, daß er richtig aufschreckte, als Jim plötzlich rief: »Links nach der Tankstelle.«

»Du meinst, da gibt es wirklich eine Straße?« Peter wünschte sich, es gäbe wenigstens eine Ampel, doch da dies nicht der Fall war, schaltete er einfach den linken Blinker an und wartete, bis zwei Sattelschlepper und ein schrottreifer alter Chevy vorbeigebraust waren und sie unbehelligt abbiegen konnten. »Und wohin jetzt, Jim?«

»Zuerst geradeaus und dann die nächste Straße links, und danach an dem großen Findling rechts ab. Ich sage dir, wie du fahren mußt.«

Jammerschade, daß sie Catriona McBogle nicht mitgenommen hatten, dachte Peter. Diese Art zu fahren hätte ihr sicher gefallen. Zumindest war diese Straße in recht gutem Zustand und weniger abschüssig als diejenige, die sie in Sasquamahoc erwischt hatte. Er passierte den Findling mit besonderer Vorsicht, denn seit er vom Highway abgebogen war, hatte es keine Straßenlaterne mehr gegeben. Inzwischen war der Himmel pechschwarz, und Peter hoffte inständig, daß die Irrfahrt bald zu Ende sein würde.

Er überlegte schon, ob er vielleicht einen Urschrei ausstoßen sollte, als eine Kuh im Scheinwerferlicht auftauchte. Keine echte, sondern eine hervorragende Imitation. Man hatte zwar nicht gerade »Feldstermeier Farms« auf ihre Rippen und Lenden gepinselt, doch Peter konnte es sozusagen im Geiste lesen.

»Sind wir hier richtig, Jim?« war alles, was ihm bei der Kuh einfiel, obwohl die Frage eigentlich ziemlich überflüssig war.

»Man kann es kaum verfehlen, oder? Fahr einfach die Auffahrt hoch. Immer weiterfahren, bis Schrotkugeln auf unsere Windschutzscheibe hageln.«

»Wie du meinst, Bruder. Was ist das denn? Das Pförtnerhäuschen?«

In Wirklichkeit wußte Peter sehr wohl, was er vor sich hatte. Er hatte es hier mit einem dieser Familienstammsitze zu tun, die ständig angepaßt und weiterentwickelt wurden. Was in den zwanziger Jahren des 19. Jahrhunderts als einfaches Bauernhaus aus Holz begonnen hatte, war innerhalb der folgenden Jahrzehnte immer weitergewachsen. Hier war ein Flügel angebaut worden, dort eine neue Scheune hinzugekommen, und schließlich hatte man ein imposantes dreistöckiges Herrenhaus durch einen überdachten Weg mit dem ursprünglichen Gebäude verbunden. Und so weiter und so fort, die Familie war stetig größer geworden und hatte sich an ihrem alten Stammplatz immer weiter ausgebreitet, wenn man einmal von gelegentlichen Ausnahmen absah, beispielsweise dem schwarzen Schaf der Familie, das sich schon seit so langer Zeit schlicht und einfach James Feldster nannte.

Es wäre sicher interessant zu zählen, wie viele Familienmitglieder jetzt dort lebten, dachte Peter. Vielleicht ein anderes Mal, wenn er nicht ganz so erschöpft war. Im Moment näherte sich ihnen ein kräftiger junger Mann, der einen weißen Overall trug. Auf dem rechten Ärmel war in geschmackvollem Grasgrün der Schriftzug *Feldstermeier Farms* aufgestickt.

»Tut mir leid, Sir, aber Sie befinden sich hier auf einem Privatgrundstück.«

Peter schaute Jim hilfesuchend an. Jim warf sich in die Brust.

»Wem sagst du das, Junge. Ich bin immerhin hier geboren. Hol jemanden, der den Wagen wegfährt, und bestell demjenigen, der inzwischen die Tür öffnet, daß Jim wieder da ist. Und beeil dich, wir haben nämlich Hunger.«

»Ähem – schon verstanden, Sir!«

Der Mensch im Overall schoß wie eine Rakete davon. Peter und der verlorene Sohn begaben sich zur Eingangstür des Herrenhauses, die genau im richtigen Moment weit aufgerissen wurde.

»James! Wie schön, daß du da bist! Wer ist denn –?«

»Das ist Professor Shandy, ein Kollege von mir. Wer schmeißt den Laden denn momentan?«

»Kommt ganz darauf an. Ich nehme an, du. Jedenfalls spätestens dann, wenn alle erfahren haben, daß du wieder da bist. Ich hoffe, daß du diesmal bei uns bleibst. Wir brauchen dich, James.«

Kapitel 17

Die Frau, die ihnen geöffnet hatte, war entweder eine Verwandte oder eine Hausangestellte mit besonderen Privilegien. Sie sah aus, als sei sie ungefähr in Jims Alter, vielleicht war sie sogar seine Sandkastenliebe. Peter war bereit, alles zu glauben, was man ihm erzählte.

»Seit Forsters Tod herrscht hier bei uns ziemlicher Betrieb«, sagte die Frau. »Alle Zimmer sind mit Gästen belegt. Aber du solltest ohnehin in Forsters Zimmer schlafen, Jimmy. Du hast ein Recht darauf, und Forster, der Herr habe ihn selig, braucht es sowieso nicht mehr. Und was Professor Shandy betrifft – meine Güte, Professor! Sie sind doch nicht zufällig *der* Professor Shandy? Der Mann, der den Balaclava Buster erfunden hat?«

Peter wußte nie, wie er in solchen Momenten reagieren sollte. »Na ja, eigentlich habe ich ihn nur gezüchtet, Mrs. – eh –«

»Nennen Sie mich einfach Agnes. So nennen mich alle. Sie sind also der große Shandy! Ich hätte nie gedacht, daß ich Sie eines Tages persönlich kennenlernen würde! Wie schade, daß Forster das nicht mehr erleben kann. Ich kann Ihnen gar nicht sagen, wie oft er sich gewünscht hat, den Schöpfer der Brassica napobrassica balaclaviensis einmal zu treffen! Und dabei sind Sie nicht mal ein alter Mann. Jedenfalls nicht das, was ich alt nennen würde. Wissen Sie eigentlich, wie viele Tausende und Abertausende von Kühen überall auf der Welt Sie mit dieser Rübe glücklich gemacht haben, Professor Shandy? Und wie viele Farmer! Wir sind seit Tagen todunglücklich, kann ich Ihnen sagen. Dem Himmel sei Dank, daß er Sie geschickt hat, das wird sicher vielen neuen Mut geben. Ich hoffe, Sie haben vor, eine Weile mit Jim hierzubleiben. Er ist jetzt hier der Hausherr, wissen Sie. Kommt doch bitte rein und macht es euch bequem. Wo ist dein Gepäck, Jim?«

»Vergiß es, Aggie«, brummte Jim. »Wir haben lediglich einen Picknickkorb dabei, und selbst der ist nur geliehen. Meinst du, wir können noch ein Häppchen zu essen bekommen?«

So ging es also zu bei den Reichen und Mächtigen. Es war nicht ganz so, wie Peter es sich vorgestellt hatte, aber wann war es das schon? Er wünschte sich sehnlichst, er könnte Helen wissen lassen, wo er war und daß er die Nacht auf Jims Ahnensitz verbringen würde. Ihm fiel ein Stein vom Herzen, als Agnes einen lebhaften kleinen Mann, den sie Curtis nannte, damit beauftragte, Professor Shandy nach oben auf sein Zimmer zu bringen und nachzuprüfen, ob sein schnurloses Telefon auch funktioniere. Der Professor habe das Zimmer direkt neben Mr. James, erklärte Curtis. Früher sei es der Ankleideraum von Mr. Forster gewesen, aber zum Schluß habe man es umfunktionieren müssen. Es sei Mr. Forster nämlich so schlecht gegangen, daß ständig ein Pfleger in seiner Nähe hätte sein müssen.

Das schnurlose Telefon funktionierte einwandfrei. Curtis reichte es Peter mit einer eleganten kleinen Verbeugung und verschwand in dem Zimmer, das jetzt Mr. James gehörte. Curtis hatte ein sauberes, glatt rasiertes Gesicht, und sein Scheitel war wie mit dem Lineal genau anderthalb Zentimeter neben der Mitte gezogen. Seine Kleidung, die aus einer grauen Hose, einem weißen Hemd, einem schwarzen Jackett und einer graugestreiften Krawatte bestand, entsprach zweifellos genau dem, was ein gepflegter Kammerdiener zu tragen pflegte.

Doch mit derartigen Feinheiten kannte Peter sich ohnehin nicht aus. Die einzigen Kammerdiener, die er je gesehen hatte, stammten aus alten Schwarzweißfilmen, in denen Adolphe Menjou die Hauptrolle gespielt hatte. Helen war angemessen beeindruckt, als sie erfuhr, wo er war und daß er von Adolphe Menjou bedient wurde. Noch während er sprach, schwirrte Curtis wieder ins Zimmer, beladen mit einer Smokingjacke, schwarzer Hose, blütenweißem Hemd, schwarzen Seidensocken und schwarzen Lackschuhen. Er teilte ihm höflich mit, in zehn Minuten werde Dinner serviert. Bevor Peter protestieren konnte, wurde seine schwarze Krawatte von einem Experten gebunden.

Merkwürdigerweise paßten ihm die Kleidungsstücke wie angegossen. Mit seinen eher kurzen Beinen und breiten Schultern hätte Peter auf keinen Fall irgendwelche Kleidungsstücke tragen können, die Jim gehörten. Wie war es möglich, daß man ihn so schnell in einen Feldstermeier-Klon verwandelt hatte? Vielleicht gab es in diesem großartigen Gebäude einen Raum, der als eine Art Kleiderkammer diente und überzählige Anzüge enthielt, die man zu Besuch weilenden Berühmtheiten wie dem Züchter des Balaclava Buster leihen konnte? Wahrscheinlich wurden die Feldstermeier Farms ohnehin nur von Prominenten besucht.

»Fertig, Pete?«

Das war Jim. Er kam aus dem ehemaligen Schlafzimmer seines Bruders und trug den gleichen Anzug wie Peter Shandy. Peter hatte Jim schon mehrfach im Smoking gesehen, wenn er auf dem Weg zu einem seiner feierlicheren Logentreffen war, allerdings noch nie ohne Abzeichen. Normalerweise trug er immer etwas um den Hals, das scheppert. Diesmal scheppert er nicht. Irgendwie beunruhigend, aber er mußte sich halt damit abfinden.

»Fertiger geht es nicht, Jim«, sagte er. »Am besten, du gehst vor, ich folge dir auf dem Fuße und halte mich an deinen Rockschößen fest.«

»Das würde dir so passen. Komm, bringen wir den ganzen Quatsch möglichst schnell hinter uns. Ein Glück, daß wenigstens das Essen einigermaßen gut sein wird.«

In dem geräumigen Salon befanden sich sechzehn Personen. Jedenfalls nahm Peter an, daß es sich um einen Salon handelte, wahrscheinlich gab es in derartigen Gebäuden immer mindestens einen Salon. Als die Anwesenden die beiden Neuankömmlinge kommen sahen, wurden die Türen zum Eßzimmer weit geöffnet, und eine großgewachsene alte Dame mit einer langen, spitzen Nase wies ihnen ihre Plätze an.

Die Männer waren zum größten Teil noch recht jung, wie Peter feststellte, und allesamt blond, großgewachsen und von aristokratischem Gebaren. Unter den Frauen gab es einige, die bedeutend älter waren. Peter nahm an, daß die Damen mit den meisten Perlen die Witwen von Forster, George und Franklin waren. Daß Mirelle nicht anwesend war, wurde nicht kommentiert. Die restlichen älteren Damen waren möglicherweise Cousinen oder Tanten, vielleicht aber auch Jims Schwestern. Jim hatte nie erwähnt, ob er Schwestern hatte oder nicht, doch er hatte bis heute nachmittag ohnehin über seine Familie nie ein Wort verloren. Selbst wenn es den potentiellen weiblichen Nachkommen verwehrt sein mochte, im Familienbetrieb eine besondere Funktion auszuüben, bedeutete dies offenbar nicht, daß sie von den Mahlzeiten ausgeschlossen waren.

Für das Vorstellen der einzelnen Personen blieb keine Zeit, was Peter nicht sonderlich störte, denn er hätte die Anwesenden ohnehin nicht voneinander unterscheiden können. Für ihn sah ein Feldstermeier wie der andere aus, zumindest in den eleganten, aber langweiligen Smokingjacken. Doch er war sich einigermaßen sicher, daß er Mrs. Forster identifiziert hatte. Sie mußte die Nestorin im schwarzen Spitzenkleid sein, die ihnen die Plätze zugeteilt hatte und sich jetzt am gegenüberliegenden Kopfende des Tisches niederließ.

Peter fiel auf, daß die älteren Damen alle ähnliche Kleider trugen, entweder schwarz, grau oder dunkellila, von hervorragender Qualität und äußerst strapazierfähig. Obwohl sie zweifellos auch andere Schmuckstücke besaßen, hatten sie heute abend alle schlichte Perlenketten und dezente Diamantbroschen angelegt. Anscheinend zollten sie damit dem verstorbenen Patriarchen ihren Respekt, auch wenn niemand übermäßig zu trauern schien, wozu sicherlich auch kein Grund bestand. Forster Feldstermeier hatte ein langes, erfülltes Leben gehabt. Er hatte sich die ewige Ruhe redlich verdient.

Jim präsidierte am Kopfende, wahrscheinlich zum ersten Mal in seinem Leben, und meisterte die ungewohnte Situation mit mehr Selbstbewußtsein und Sicherheit, als Peter ihm je zugetraut hätte. Vielleicht machten Kleider wirklich Leute, vielleicht hatte er auch genug Übung durch die unzähligen Logentreffen, an denen er immer so unermüdlich teilgenommen hatte. Oder die schwere Prüfung, die immer noch andauerte, hatte ihm völlig neue Einsichten vermittelt. Jim entschuldigte sich für sein spätes Kommen, erklärte mit einfachen, ehrlichen Worten, daß er aufgehalten worden sei, und stellte dann seinen Freund Peter vor.

»Ich nehme an, ihr wißt bereits alles Wissenswerte über den berühmten Balaclava Buster, der in der Viehzucht neue Maßstäbe gesetzt hat«, begann er. »Aber ich bin nicht sicher, wie viele der Anwesenden den hervorragenden Wissenschaftler kennen, der ihn gezüchtet hat, daher hielt ich es für eine gute Idee, ihn mitzubringen. Sein Name ist Peter Shandy, und ich darf mit Stolz behaupten, daß er ein Kollege von mir am Balaclava Agricultural College und außerdem mein nächster Nachbar ist. Hast du Lust, kurz aufzustehen, damit man dich richtig sehen kann, Pete?«

»Eigentlich nicht.«

Doch Peter kannte das Protokoll. Er richtete sich halb auf, lächelte verlegen und blickte flüchtig in die Runde. Dann stand er vollends auf, hielt eine flammende Zweiminutenrede über die unermüdliche Arbeit und Inspiration, mit der Professor James Feldster, der in der Welt der Milchwirtschaft unter diesem Namen überall bekannt war, unzählige Studenten geprägt und zu erfolgreichen Experten ausgebildet hatte, und setzte sich wieder. Niemand applaudierte, da es sich unter den gegebenen Umständen nicht ziemte, doch viele sahen aus, als hätten sie es gern getan. Einige Familienmitglieder stellten Fragen, die das Gespräch belebten, bis das Hauptgericht abgeräumt worden war. Schließlich wurden die Desserts gebracht und auf dem langen Tisch verteilt, woraufhin die Konversation sich wieder auf die Familienangelegenheiten verlagerte.

Peter saß zwischen Mrs. Forster und Mrs. Franklin. Es war Mrs. Franklin, die schließlich ins Fettnäpfchen trat. »Wieso hast du deine Frau eigentlich nicht mitgebracht, James? Mirelle ist doch hoffentlich nicht krank?«

»Nein, krank ist sie ganz sicher nicht.«

Jim biß genüßlich in eine üppige Cremeschnitte, die zu allem Überfluß auch noch dick mit hausgeschlagener Schlagsahne bestrichen war, legte Kuchengabel und Dessertlöffel beiseite, tupfte sich die Lippen mit der Serviette ab und beantwortete Mrs. Franklins Frage.

»Sie ist nämlich tot.«

Die Anwesenden waren wie vom Donner gerührt, einige der Frauen schnappten nach Luft. Mrs. Forster beschloß, die Angelegenheit am besten selbst in die Hand zu nehmen. »Mein Gott, James, du hast dich wirklich seit Ewigkeiten nicht gemeldet. Wie lange ist sie denn schon tot?«

»Keine Ahnung. Ich bin noch nicht dazu gekommen, mich darum zu kümmern.«

»Ich glaube, ich verstehe nicht ganz?«

»Ich auch nicht«, sagte James Feldstermeier. »Du, Pete?«

»Wer kann so etwas schon verstehen? Ich werde Ihnen alles berichten, was ich weiß, Mrs. Feldstermeier. Aber ich muß Sie warnen, es ist kein geeignetes Thema für den Essenstisch.«

»Meine Güte! Was ist denn passiert?«

»Ihr Hausarzt nimmt an, daß sie an einer massiven Blutung gestorben ist. Er glaubt, daß sie aus Versehen ein blutverdünnendes Medikament überdosiert habe, doch es besteht auch die Möglichkeit, daß jemand ihr etwas angetan hat.«

»Das kann ich mir nicht vorstellen!«

»Im Fernsehen hat man darüber nichts gebracht«, meinte Florian.

»Das wird man auch nicht«, versicherte Peter. »Jedenfalls nicht, solange Präsident Svenson seinen Willen durchsetzen kann. Und das ist meistens der Fall.«

Jim räusperte sich. »Ich weiß, daß ihr euch Sorgen wegen der Unterzeichnung des Familienvertrags macht, und möchte daher die Sache so schnell wie möglich hinter mich bringen. Ich stimme mit Peter überein, daß auch das nicht das richtige Thema ist, um ein Mahl zu beschließen, aber ich hatte sonst keine Gelegenheit, über Forsters Beerdigung zu reden. Hast du dich mit Mirelle bei eurem kleinen Treffen gestern abend darüber unterhalten, Florian?«

Ein cleverer Schachzug. Peter fragte sich, wie dieser Mensch so viele Jahre lang die Rolle eines blassen Langweilers hatte spielen können. Vielleicht war es wirklich eine Fassade gewesen und Mirelle hatte ausnahmsweise einmal die Wahrheit gesagt, als sie über die Peter-Pan-Neigungen ihres Mannes gesprochen hatte.

»Ach ja?«

Der kräftigste, blondeste und hübscheste Vertreter des Feldstermeier-Clans, der etwa vierzigjährige Mann, den Peter, Helen und die Porbles sekundenlang zu Gesicht bekommen hatten, bevor er in seinen Cadillac gesprungen und davongebraust war, widmete sich ausgiebig der Fingerschale aus grünem Glas, die vor ihm auf dem Tisch stand.

»Ich bin kurz bei ihr vorbeigefahren, weil Mutter es mir nahegelegt hatte, vor allem wegen der merkwürdigen Gerüchte, die uns zu Ohren gekommen waren. Einer unserer Farmer behauptete, du wärst wie vom Erdboden verschluckt gewesen. In dieser Situation schien uns ein Besuch bei deiner Frau das Richtige zu sein.«

»Herr des Himmels!« Jim sprang auf. »Habt ihr mich etwa die ganze Zeit beobachten lassen?«

»Was denkst du denn? Die Familie ist schließlich für dich verantwortlich, ob es dir gefällt oder nicht. Jedenfalls schien Tante Mirelle sich über meinen Besuch zu freuen. Sie war ziemlich niedergeschlagen. Weniger weil du weg warst, hatte ich den Eindruck, sondern eher weil sie nicht zum Empfang des Präsidenten konnte. Sie konnte ja schlecht ohne dich gehen. Vielleicht habe ich sie aber auch völlig falsch eingeschätzt. Außerdem hast du ja nicht gerade alles stehen und liegen lassen, als du vom Tod deines Bruders erfahren hast, nicht, Onkel James?«

»Es war ein wenig anders, als du denkst, Florian. Ich hatte überhaupt keine Ahnung von Forsters Tod. Falls man versucht hat, mich in irgendeiner Form zu benachrichtigen, habe ich diese Nachricht nie erhalten.« Er ließ sich wieder auf seinen Stuhl fallen, stützte die Ellbogen auf den Tisch und legte den Kopf in seine Hände. »Erzähl du es ihnen, Pete. Ich bringe es nicht fertig.«

»Und warum nicht?«

Florian war anscheinend Forsters ältester Sohn und daher nach seinem Onkel der nächste in der Erbfolge. Zweifellos hatte man ihn seit seiner Geburt wie eine Art Kronprinz behandelt, ebenso wie seinen Vater vor mehr als neunzig Jahren. Aber Florian hatte lange auf seine Krone warten müssen. Wahrscheinlich hatte er seine Position für sicher gehalten, seit sein Vater erste Anzeichen gezeigt hatte, sich mit den Kühen zur Ruhe zu begeben. Und jetzt tauchte plötzlich dieses Irrlicht von Onkel auf und machte ihm seine Rolle streitig. Forsters Lieblingssohn blieb nichts anderes übrig, als tapfer zu grinsen und seine herbe Enttäuschung herunterzuschlucken. Es tat beinahe weh mitanzusehen, wie ein so schönes, kraftvolles Wesen um Fassung rang.

Auch Peter fiel es nicht leicht zu sprechen. Zuerst kam er sogar ins Schwimmen.

»Am besten fange ich bei meiner Katze an. Sie hat nämlich eine Schwäche für Jim. Heute ist Donnerstag, nicht? Montag abend gegen sieben Uhr verließ Jim sein Haus. Wir wohnen unmittelbar nebeneinander, müssen Sie wissen. Ich stand vor unserer Tür, und Jim blieb stehen, um unsere Katze zu streicheln. Er sagte, er sei auf dem Weg zu einem Logentreffen. Mirelle habe den Wagen genommen, um zu ihrem Bridgeabend zu fahren, und er hoffe, von einem Logenbruder im Auto mitgenommen zu werden.

Danach habe ich Jim an diesem Abend nicht mehr gesehen. Aber das ist erst der Anfang der Geschichte. Gegen zwei Uhr Dienstag morgen stand Mirelle plötzlich vor dem Haus und schlug gegen die Tür. Sie war völlig hysterisch, weinte und schrie, Jim sei nicht nach Hause gekommen, und wollte, daß ich nach ihm suche. Ich muß zugeben, daß ich weniger enthusiastisch reagiert habe, als sie erwartet hatte, und wir sind uns in die Haare geraten. Aber das tut nichts zur Sache.

Es stellte sich heraus, daß verschiedene Augenzeugen gesehen hatten, wie Jim die Hauptstraße hinunterging, und zwar in Richtung Spritzenhaus. Elver Butz, einer seiner Logenbrüder, wollte ihn dort treffen und im Wagen mitnehmen. Bevor er die Gelegenheit dazu hatte, tauchte ein großer grauer Lincoln auf, hielt an, ließ Jim kaum genug Zeit zum Einsteigen und brauste mit ihm davon.«

Jetzt kam der unangenehme Teil. »Jim erschien am nächsten Tag nicht im College, was äußerst untypisch für ihn ist. Inzwischen wissen wir, daß er die ganze Nacht und den folgenden Tag in dem Lincoln verbracht hat und mit dem Kopf nach unten in den Sicherheitsgurten hing, ohne zu essen und zu trinken. Es deutet alles darauf hin, daß man ihm bereits am Montag, unmittelbar nachdem er in den Wagen gestiegen war, irgendeine Droge gespritzt hat, um ihn bewußtlos zu machen. Dann fuhr man mit ihm zu einer verlassenen Straße, sorgte dafür, daß der Wagen einen steilen Abgrund hinunterstürzte, wo er mit der Schnauze zwischen großen Felsblöcken landete, und ließ Jim dort allein zurück, mit der Absicht, ihn dort sterben zu lassen.«

»Wie furchtbar!«

Das war eine der in Spitze gehüllten Damen. Peter wußte nicht, welche, und da es ohnehin nichts zur Sache tat, fuhr er mit seiner Erzählung fort. »Als ich Dienstag abend nach Hause kam, stellte ich fest, daß eine alte Freundin meiner Frau, Catriona McBogle, bei uns zu Besuch war. Sie war auf dem Heimweg nach Maine und wollte die Nacht bei uns verbringen. Zu diesem Zeitpunkt wimmelte es in den Medien schon von Berichten über Forster Feldstermeier, wie Sie sicher wissen.«

»Was sicher nicht in Forsters Sinn war, und wir hätten auch lieber unsere Ruhe gehabt.« Dieser Satz stammte eindeutig von Mrs. Forster.

»Hm ja. Ich verstehe Ihre Haltung. Jedenfalls kaufte Miss McBogle eine Zeitung und war ganz fasziniert von den unglaublichen Erfolgen Ihres Mannes. Sie schreibt Kriminalromane, wie Sie sicher wissen. Sie wollte mehr über Mr. Feldstermeier herausfinden und ging daher in eine öffentliche Bibliothek.«

»Tatsächlich? Wie merkwürdig.«

»Sie hielt es für eine hervorragende Idee. Wenn Sie Miss McBogle kennen würden, würden sie es verstehen. Sie verfährt sich ständig, hat den schlechtesten Orientierungssinn, den man sich überhaupt vorstellen kann, und verläßt sich hundertprozentig auf das, was sie als Fügung des Schicksals bezeichnet. In Wirklichkeit ist es natürlich nichts als purer Zufall, wenn Sie mich fragen, aber bei ihr scheint es trotzdem irgendwie zu funktionieren. Die Bibliotheksangestellten haben eine kleine Party für sie veranstaltet, und danach fuhr sie weiter nach Maine. Dachte sie jedenfalls. Irgendwie geriet sie dann auf eine gottverlassene Nebenstraße und wußte nicht, wie sie wieder zurückfinden sollte, daher ist sie einfach immer weitergetuckert. Schließlich befand sie sich auf einem Grat, der jäh zu einer Schlucht abfiel, und bemerkte plötzlich unten in der Tiefe etwas, das sie zunächst für eine Art Silo hielt. Dann erinnerte sie sich an den grauen Lincoln, der seit Jims Verschwinden in Balaclava Stadtgespräch war. Catriona vermutete, daß dies der Wagen sein könne, der Jim mitgenommen hatte, und beschloß, hinunterzuklettern und nachzuschauen, ob vielleicht jemand darin eingeklemmt war. Catriona McBogle ist eine außergewöhnliche Frau, wie Jim Ihnen ebenfalls versichern kann. Möchtest du von hier an weitererzählen, Jim?«

»Das kann ich gar nicht, Pete. Ich erinnere mich an nichts.«

Also mußte Peter Shandy der versammelten Familie Feldstermeier schildern, wie Catriona Jim aus dem Lincoln befreit hatte und wie sich das merkwürdige Paar aus der Schlucht auf die Straße hochgearbeitet hatte. Er beschrieb die Mühen, die sich Catriona mit dem stummen, halbtoten Mann gegeben hatte, von dem sie so gut wie nichts wußte und den sie in seinem jämmerlichen Zustand kaum erkannt hatte. Erst vor wenigen Stunden war Peter nach Maine gefahren, um Jim zurück nach Massachusetts zu holen, und wie schließlich die Zauberworte ›Gehst du Gassi mit der Katze?‹ gefallen waren.

»Dann haben ihn also ein paar harmlose kleine Worte aus seinem Schockzustand geholt.« Die Äußerung stammte von der gesprächigen Mrs. Franklin. »Und dann hat er auch noch erfahren müssen, daß seine Frau tot ist und vielleicht sogar – ermordet wurde? Das kann ich einfach nicht glauben!«

Sie stand mit dieser Auffassung nicht allein da, wie Peter bemerkte. Es überraschte ihn kaum, daß auch Florian seine Zweifel hatte.

»Hat dein Freund nicht eben gesagt, daß diese Miss McBogle Kriminalromane schreibt?«

Jim warf Peter einen hilfesuchenden Blick zu. Was blieb seinem Freund anderes übrig, als ihm beizustehen? »Das ist richtig. Catrionas Bücher sind sogar ziemlich erfolgreich. Falls Sie sich fragen sollten, ob die ganze Geschichte nicht vielleicht nur eine Ausgeburt ihrer Phantasie ist, kann ich Sie schnell eines Besseren belehren. Wie Sie wissen, waren die Medien voll mit Berichten über Forster Feldstermeier. Alle wußten nur Gutes über ihn zu sagen, versteht sich. Aber über Jim hat niemand berichtet. Und zwar nur deshalb nicht, müssen sie wissen, weil die entscheidenden Leute beschlossen hatten, keinerlei Sensationsberichte an die Öffentlichkeit dringen zu lassen, bevor Jims Verschwinden und das schreckliche Ende seiner Frau geklärt sind.«

»Das haben Sie aber schön gesagt, Professor Shandy.«

»Vielen Dank, Mr. Florian. Falls Sie Lust haben, die Sache mit Präsident Svenson zu diskutieren, kann ich gern ein persönliches Treffen für Sie arrangieren. Und falls Sie sich gern ansehen möchten, was die Person angerichtet hat, die ihm die Droge injiziert hat, wird Jim sicher gern bereit sein, seinen Arm freizumachen und Ihnen den scheußlichen Bluterguß zu zeigen. Der Täter konnte entweder nicht mit Spritzen umgehen, oder es war ihm schlichtweg egal. Ich würde allerdings vorschlagen, damit noch ein wenig zu warten, immerhin haben wir gerade ein köstliches Abendessen zu uns genommen, für das ich mich an dieser Stelle ausdrücklich bedanken möchte. Wenn Sie mich jetzt entschuldigen würden? Ich möchte gern die Kleidungsstücke, die Sie mir freundlicherweise geborgt haben, wieder gegen meine eigenen umtauschen und zurück nach Balaclava fahren.«

»Pete, du kannst unmöglich heute abend noch fahren«, protestierte Jim. »Du hast schließlich den ganzen Tag hinter dem Steuer gesessen.«

Mrs. Forster war sicher nicht außer sich vor Freude, ihren abtrünnigen Schwager auf dem Stuhl des Patriarchen sitzen zu sehen, doch sie verhielt sich absolut ladylike. »Wir hoffen alle, daß Professor Shandy zumindest die Nacht hier bei uns verbringt, James. Ich bin Ihnen sehr dankbar für Ihre Sorge um das Wohlergehen meines Schwagers und Ihre Rücksicht auf unsere Gefühle. Und ich glaube nicht, daß ein Mann Ihres Alters um diese Zeit noch auf ihm unvertrauten Straßen unterwegs sein sollte.«

Sogar Florian konnte dem Kollegen seines Onkels das Recht auf Nachtruhe nicht absprechen, zumal er jetzt ohnehin nicht mehr das Zepter in der Hand hielt. Peter gestand sich selbst ein, daß er tatsächlich wenig Lust hatte, jetzt noch hundert oder mehr Meilen im Dunkeln zu fahren, auch wenn er sich mit dem Bild vom alten Tattergreis, das Mrs. Forster von ihm zu haben schien, nicht ganz identifizieren konnte. Als man sich den Getränken zuwandte, gab er sich endgültig geschlagen und ließ sich einen kleinen Cognak geben, wie er in seinem ganzen Leben noch keinem begegnet war. Während die wärmende Flüssigkeit in einer Relation von ungefähr zwei Dollar pro Schluck seine erwartungsvolle Kehle hinunterrann, entschied er, daß Opulenz durchaus etwas für sich hatte.

Kapitel 18

Peter war nach dem harten Tag derart erschöpft, daß er sich so schnell wie möglich aus der geborgten Edelgarderobe schälte und sich zur Ruhe begab. Das Bett war weicher als sein eigenes, außerdem sehnte er sich nach Helen. Doch er wollte nicht klagen, in seinem übermüdeten Zustand wäre wahrscheinlich schon ein einfacher Schlafsack auf ein Stück Jägerzaun gelegt das Paradies auf Erden gewesen.

Er hatte zwar vorgehabt, noch eine Weile über die Ereignisse des Tages nachzudenken, doch Morpheus kam ihm zuvor. Als Peter erwachte, fühlte er sich so erholt und frisch, wie er sich seit der Nacht vor Jim Feldsters Entführung nicht mehr gefühlt hatte. Der Brandy mußte eine ganz besondere therapeutische Wirkung besitzen. Schade, daß er das Rezept nicht hatte. Winifred Binks-Debenham, seine Lieblingsschwarzbrennerin, wüßte wahrscheinlich, wie sie ein annehmbares Faksimile aus Rohrkolben und Kletten oder ähnlichen Zutaten herstellen konnte. Er mußte unbedingt daran denken, sie darauf anzusprechen.

Aber alles zu seiner Zeit. Peter bedauerte, daß er keine Wäsche zum Wechseln mitgenommen hatte. Er würde sich ganz schön abgerissen vorkommen, wenn er das vornehme Herrenhaus in dem verschwitzten Hemd und der verknitterten Hose verließ, die er gestern getragen hatte. Aber wenn seine Kleidung schon nicht sauber war, konnte wenigstens ihr Träger sauber und gepflegt sein. Er stieg in die Dusche und nutzte die Gelegenheit weidlich. Erleichtert stellte er beim Verlassen der Duschkabine fest, daß einer dieser flauschigen, kuscheligen Bademäntel, wie er sie von seinen seltenen Besuchen in echten Luxushotels kannte, für ihn bereitlag. Es gab auch einen Elektrorasierer und einen Naßrasierer. Peter wählte letzteren und stellte fest, daß es ein guter alter Rasierhobel war, wie sein Vater immer zu sagen pflegte. Als er schließlich aus dem Badezimmer trat, frisch rasiert und in den eleganten Bademantel gehüllt, war er kaum überrascht, als er seine Kleidung, von der Krawatte bis hin zu den Socken, frisch gewaschen, gebügelt und reisefertig auf seinem Bett vorfand.

Sogar seine Schuhe waren so sorgfältig poliert, daß man sich darin spiegeln konnte. Peter schaute sich nervös um, ob der allgegenwärtige Kammerdiener nicht vielleicht irgendwo auf ihn lauerte. Am besten beeilte er sich mit seiner Toilette, bevor Curtis oder wer immer heute Morgenschicht hatte, hereinstürzte, um ihm die Zähne zu putzen, die Schuhriemen zuzubinden und nachzusehen, ob er sich auch hinter den Ohren gewaschen hatte. Er war gerade fertig, als Curtis tatsächlich auftauchte, allerdings erst, nachdem er sich vor der Tür diskret geräuspert und höflich angeklopft hatte.

»Guten Morgen, Professor Shandy. Mr. James hofft, daß Sie gut geschlafen haben. Er würde sich sehr freuen, wenn Sie ihm im kleinen Frühstückszimmer der Familie Gesellschaft leisten, sobald es Ihnen genehm ist.«

»Sie meinen, jetzt sofort?«

»Nur, wenn es Ihnen jetzt schon beliebt, Sir. Möchten Sie, daß ich Sie nach unten begleite?«

»Vielen Dank, aber ich glaube, ich finde mich schon allein zurecht. Sie brauchen mir nur einen Plan zu zeichnen und mir ein oder zwei Spürhunde zu leihen.«

Curtis gestattete sich ein kurzes Lächeln. »Falls Sie es vorziehen, allein auf die Pirsch zu gehen, Sir, darf ich Ihnen den Rat geben, unten an der Treppe nach rechts und danach immer geradeaus zu gehen, bis Ihnen der Duft frischen Kaffees in die Nase steigt. Das Frühstückszimmer befindet sich auf der linken Seite. Mr. James ist bereits dort.«

»Vielen Dank für die freundliche Auskunft. Und vielen Dank, daß Sie sich so nett um meine Garderobe gekümmert haben.«

Peter nahm nicht an, daß Curtis persönlich bei der Reinigung die Hand im Spiel gehabt hatte, diese Arbeiten wurden sicher von sechs bis acht Dienstboten erledigt, die eigens für Waschen und Bügeln eingestellt worden waren und ständig alle Hände voll zu tun hatten. Doch er fragte nicht weiter und machte sich auf den

Weg zum Frühstücksraum, denn er war ziemlich hungrig. Curtis hatte ihm den Weg gut beschrieben, Peter fand den Raum mühelos, zum einen, weil mehrere Rechauds auf einer Anrichte standen, zum anderen, weil das Frühstückszimmer so groß war, daß man es unmöglich übersehen konnte. Außerdem duftete es tatsächlich eindeutig nach Kaffee.

Grundgütiger, da war auch schon James, gleichzeitig merkwürdig fremd und doch völlig vertraut in einer abgetragenen, aber hervorragend geschnittenen Tweedjacke und passender Kniebundhose. Dazu trug er handgestrickte Argyle-Socken und derbe Lederschuhe, schwer genug, um ein Neun-Meter-Boot daran festzumachen.

»Morgen, Pete. Komm her und setz dich, wenn du nicht vorher im Trog stöbern möchtest. Nimm dir, was immer dir gefällt, und schrei laut, wenn dir etwas fehlt. So mache ich es jedenfalls immer.«

Seit wann? War dies wirklich der gleiche alte Jim Feldster, den man all die Jahre lang auf dem Campus für farblos und langweilig gehalten hatte? Ganz sicher erinnerte nichts mehr an das menschliche Wrack, das aus der zerstörten Limousine herausgekrochen war, völlig unter Schock gestanden hatte und vielleicht nie mehr gesprochen hätte, wenn ihm nicht ein Teufelsweib namens Catriona McBogle geholfen hätte, die er nicht einmal kannte.

James Feldstermeier war jedenfalls nicht länger der fleißige alte Milchmann, der abends die Kuhställe verließ oder scheppernd den Crescent herunterging, um ein paar Stunden mit seinen zahlreichen Logenbrüdern zu verbringen; und Peter sollte sich möglichst bald an diesen Gedanken gewöhnen. Die Ereignisse der letzten Nacht ließen keinen Zweifel daran, daß Jim in der Tat der rechtmäßige Erbe eines internationalen Unternehmens war. Ob er sich nun weigerte, die ihm zustehende Position anzunehmen, und zurück zu seinen Ställen ging, als sei nichts geschehen, würde sich noch zeigen. Momentan war Peter nicht willens, auch nur einen Nickel dafür oder dagegen zu wetten.

Als Peter das Eßzimmer betrat, hatte sich nur Jim dort aufgehalten. Doch während er sich noch seiner ersten Portion widmete, Jim verspeiste unterdessen bereits die zweite oder dritte, vielleicht war es auch schon die vierte oder fünfte, kamen andere Personen herein und begaben sich ohne viel Federlesens ans Büffet. Anscheinend richtete man sich bei den Feldstermeiers noch nach den üblichen Farmzeiten, auch wenn keiner der Anwesenden aussah, als müsse er hart arbeiten, und schon gar nicht als Farmer.

Die Familienmitglieder verhielten sich ihrem neuen Patriarchen und dessen Freund gegenüber äußerst ehrerbietig. Es war wohl allen ein kollektiver Stein vom Herzen gefallen, als James gestern abend den Familienvertrag unterzeichnet hatte. Selbst Florian, der in seiner Kniebundhose, die Jims Hose recht ähnlich sah, eine hervorragende Figur machte, hatte es aufgegeben, sich gegen seinen Onkel aufzulehnen. Da die Tatsachen nun einmal nicht zu ändern waren, versuchte er auf überzeugende Weise, sich ihm gegenüber nett und verbindlich zu verhalten.

Forsters Begräbnis war auf halb zehn in der Familienkapelle angesetzt. Außenstehende waren nicht eingeladen. Peter hatte gehofft, man würde ihm einen kleinen Wink mit dem Zaunpfahl geben und ihm so die Möglichkeit geben, nach Hause zu fahren, bevor die Feier begann. Doch nichts dergleichen geschah. Dann kam ihm die Idee, daß Jim vielleicht mit ihm zusammen nach Balaclava fahren wollte, um mit Präsident Svenson über seine Arbeit in den Ställen und seine Seminare zu sprechen, Mirelles Beerdigung zu arrangieren und zu entscheiden, was mit dem Haus geschehen sollte.

Doch wie üblich nahmen die Dinge einen völlig anderen Lauf, als Peter geplant hatte. Jim überredete ihn, an der Trauerfeier in der Kapelle, an Forsters Beisetzung im Familiengrab und an dem danach stattfindenden Leichenschmaus teilzunehmen. Unter den gegebenen Umständen konnte man ihm die Bitte kaum abschlagen. Peter gab sich damit zufrieden, Helen eine Nachricht auf den Anrufbeantworter zu sprechen, und begab sich zum zweiten Mal ans Frühstücksbuffet.

Merkwürdigerweise begannen die Matronen, die sich inzwischen am Tisch versammelt hatten, lang und breit über Mirelles Beerdigung zu sprechen. Da sie die Haltung ihres verstorbenen Patriarchen zum Thema Scheidung kannten, waren seine Witwe, ihre beiden Schwägerinnen und alle anderen Anwesenden außer James der Meinung, Mirelle stehe ein ordentliches Familienbegräbnis zu. Schließlich gab James sich geschlagen, da er gegen die Argumente, mit denen man ihn zu überreden versuchte, nichts vorbringen konnte. Immerhin war Mirelle tatsächlich all die Jahre seit ihrer Hochzeit seine rechtmäßige Ehefrau gewesen, und er hatte bis zu ihrem Dahinscheiden im selben Haus mit ihr gewohnt, auch wenn er sich tragischerweise zum Zeitpunkt ihres Todes gegen seinen Willen an einem anderen Ort aufgehalten hatte.

Man war sich einig, daß nur die nächsten Angehörigen zu Mirelles Beerdigung eingeladen werden sollten. Das hieß natürlich, daß nur Mitglieder der Familie Feldstermeier anwesend sein würden, denn Mirelle hatte nie irgendwelche Verwandten erwähnt. Vielleicht hatte sie sich ihrer Verwandtschaft auch nur geschämt. Aus Rücksicht auf Jims Gefühle wurde darauf nicht näher eingegangen.

Die Trauerfeier würde so kurz wie bei einem solchen Anlaß möglich gehalten werden. Peter war leider noch nicht in der Lage, genauere Angaben darüber zu machen, wann Mirelles Leichnam freigegeben werden würde. Es war daher wenig sinnvoll, schon ein genaues Datum festsetzen, schon aus Rücksicht auf die Familie. Immerhin hatte es gerade erst die größten Schwierigkeiten mit der Organisation von Forsters Beerdigung gegeben.

So kam eins zum anderen, und die Diskussion ging immer weiter, bis schließlich jemand auf die Uhr sah und feststellte, daß es schon fast neun war. Die Personen, die wie James und Florian in lässiger Kleidung zum Frühstück erschienen waren, eilten nach oben in ihre Zimmer, um sich umzuziehen. Peter war erleichtert, daß er für die lange Fahrt einen guten grauen Anzug gewählt hatte, auch wenn es natürlich nicht der neue Anzug war. Trotzdem war er davon überzeugt, daß es nicht einmal ein Pro-

179

blem gegeben hätte, wenn er in einem alten Overall aufgekreuzt wäre. In diesem Fall hätte Curtis sicher in Sekundenschnelle genau die richtige Kleidung herangeschleppt.

Da es nichts mehr für ihn zu tun gab, stellte sich Peter unten an die Treppe und wartete darauf, daß die anderen herunterkamen. Niemand hatte sich sonderlich in Schale geworfen. Die Damen trugen einfache Tageskleidung und dezenten Schmuck, die Herren ähnliche Anzüge wie Peter. Als sich die Familie versammelt hatte, ging man mehr oder weniger geschlossen vom Haus zur Kapelle und nahm schweigend auf den harten Holzbänken Platz, während Mrs. Francis auf der einfachen Orgel hinter dem Altar einige ruhige kurze Stücke von Weber spielte.

Auf dem Weg zur Kapelle hatten James und Florian sich in aller Freundschaft darauf geeinigt, daß Forsters Sohn und nicht sein Bruder die Trauerrede halten solle. Jim würden die Erinnerungen an Feldster sicher nicht sonderlich bewegen, doch einige Clanmitglieder hätten sie durchaus zu Tränen rühren können, wenn man denn in dieser Familie zu Gefühlsausbrüchen geneigt hätte. Florian sprach einfühlsam und liebevoll über seinen Vater. James hatte das ausdruckslose, steinerne Gesicht aufgesetzt, das Catriona so verstörend gefunden hatte, und hielt den Blick starr auf etwas gerichtet, das außer ihm niemand sah. Schließlich sprach der Geistliche – Peter hatte keine Ahnung, welcher Konfession er angehörte, doch das tat wahrscheinlich ohnehin nichts zur Sache – ein kurzes Gebet und wünschte dem Verstorbenen, er möge in Frieden ruhen. Dann war die Feier zu Ende.

Wer sich dazu in der Lage fühlte, folgte den acht kräftigen Sargträgern einen kleinen Hügel hinauf zur Familiengruft. Das Grab war ausgehoben und auf altmodische Weise mit Tannenreisig umrahmt. Nachdem der Sarg langsam in die Erde hinabgelassen worden war, warfen einige Trauergäste eine Handvoll Erde in das offene Grab. Andere hatten Arme voller Blumen aus ihren Gärten mitgebracht, die sie später auf das zugeschüttete Grab streuen wollten, um den traurigen Anblick der nackten Erde zu mildern.

Schon in wenigen Tagen würde Forster Feldstermeiers Grab üppig bepflanzt werden, mit winterharten Chrysanthemen, Bodendeckern und Stauden, die im nächsten Frühjahr und Sommer blühen würden. Wahrscheinlich würde Peter Shandy den Friedhof in all seiner Blütenpracht nicht mehr sehen, und auch nicht das große Haus, das mit jedem Fenster und jeder Tür Gastlichkeit ausstrahlte, oder die Witwen mit ihren Spitzenkleidern und Perlen. Aber was machte das schon? Forster Feldstermeier befand sich längst in einer anderen Welt, und Peter glaubte nicht, daß die Anwesenden den Leichenschmaus weniger genießen würden, nur weil ihr Ehrengast Peter Shandy nicht länger unter ihnen weilte.

Es war kaum vorstellbar, daß jemand nach dem üppigen Frühstück überhaupt noch hungrig sein konnte. Doch nachdem die Beerdigung überstanden war, blieben alle zum Leichenschmaus, auch Peter Shandy. Warum, wußte er selbst nicht. Er versuchte, seine Gier damit zu entschuldigen, daß er immerhin noch eine lange Fahrt vor sich hatte.

Doch das stimmte eigentlich gar nicht. Jim hatte ihm versichert, Balaclava Junction sei kaum mehr als hundert Meilen von hier entfernt, also nur etwa zwei Stunden Fahrt, je nach Verkehrsaufkommen und Zustand der Straßen. Peter wußte immer noch nicht, ob er allein oder mit Jim zurückfahren würde, und fragte sich, wann er das Thema wohl anschneiden könnte, ohne unhöflich zu wirken. Er hatte angenommen, er könne Jim einfach beseite nehmen und direkt fragen, doch leider wurde das neue Familienoberhaupt unablässig von Angehörigen umlagert, die ebenfalls unbedingt mit ihm sprechen wollten.

Jim ließ die spontane Fragestunde erstaunlich gelassen über sich ergehen. Er lächelte und nickte und warf häufig sogar eigene Bemerkungen ein. Peter hatte ihn noch nie so umgänglich erlebt, nicht einmal, wenn er mit Jane Austen Nettigkeiten ausgetauscht hatte. Die graue Maus hatte eine bemerkenswerte Metamorphose durchlaufen.

Doch das Leben des Milchmanns hatte sich auch grundlegend geändert. James Feldstermeier war nicht mehr der einsame kleine

Junge, der von allen übersehen wurde. Jetzt war er der König der Tafelrunde, der Hahn im Korb, der Hecht im Karpfenteich. Doch er war kein junger Mann mehr. Konnte er den Druck ertragen, den die Leitung eines riesigen internationalen Unternehmens wie das der Feldstermeiers mit sich brachte? Würde der Tag kommen, an dem er sich verzweifelt wünschte, wieder in den College-Ställen bei seinen Kühen zu sein? Und wie würde Thorkjeld Svenson dann reagieren? Jim hatte so viele tüchtige junge Leute ausgebildet, daß man die Besten wie Sahne abschöpfen und sicher bald einen Nachfolger oder eine Nachfolgerin finden könnte. Für einen ehemaligen alten Professor war dann sicher kein Platz mehr.

Doch jetzt war nicht die richtige Zeit für düstere Zukunftsvisionen. Nachdem man dem verstorbenen alten Patriarchen die letzte Ehre erwiesen hatte, entspannte sich die Stimmung zusehends. Entferntere Verwandte und wichtige Firmenangehörige trafen mit ihren Partnern ein. Florian hatte die Aufgabe übernommen, die Gäste mit Mr. James bekannt zu machen. Die neuen Trauergäste erwarteten zweifellos, daß auch sie etwas zu essen bekamen. Sie schlossen sich der langen Schlange an, die sich inzwischen wie zufällig gebildet hatte, und warteten darauf, dem neuen Familienoberhaupt vorgestellt zu werden. Die Schlange bewegte sich dank Florians effizienter Hilfe erstaunlich schnell vorwärts.

Peter betrachtete den nicht enden wollenden Strom von neuen Gästen zunächst mit Unruhe und dann mit echter Panik. Wie konnte er Jim bloß lange genug von der Herde absondern, um ihn zu fragen, ob er mit ihm zurück nach Balaclava fahren wollte? Noch schlimmer war, daß sich seinetwegen ebenfalls eine kleine Schlange gebildet hatte. Die unermüdliche Aggie, die dem schwarzen Schaf der Familie bei seiner Ankunft Tür und Tor geöffnet hatte, war dafür verantwortlich. Sie hatte nämlich verlauten lassen, daß Peter Shandy, der Vater des berühmten Balaclava Buster, anwesend sei.

Allmählich wurde es Peter zuviel. Er hatte die Nase gestrichen voll von dem endlosen Buffet und dem ganzen Prunk und Pomp, auch wenn am Anfang alles sehr interessant gewesen war. Jetzt konnte er hören, wie ein Harfenist im Bankettsaal – oder wie auch immer der Raum von den Feldstermeiers genannt wurde – sein Instrument stimmte. Peter wünschte sich, er könne Curtis zu fassen bekommen. Das Familienfaktotum würde sicher wissen, wie er herausfinden konnte, ob Jim nun mitkam oder nicht. Peter hatte allerdings immer mehr den Eindruck, daß der neue Clan-Fürst wenig Lust hatte, sich von seinen Gästen zu trennen. Er selbst wollte nur noch nach Hause, und zwar so schnell wie möglich.

Für Jim fing das Leben noch einmal ganz von vorn an, doch seine ehemalige Gattin war immer noch tot, und Thorkjeld hatte Peter beauftragt herauszufinden, wer sie ermordet hatte und warum er es getan hatte. Der Ehemann gehörte diesmal ausnahmsweise nicht zum Kreis der Verdächtigen, denn Jim war dank Catrionas Aussage über jeden Verdacht erhaben. Schon Stunden vor Mirelles Tod war er nie weiter als drei Meter von Catriona oder ihren Lebensmittelvorräten entfernt gewesen. Es gab daher eigentlich keine zwingenden Gründe, Jim zurück nach Balaclava zu bringen, selbst wenn die Feldstermeiers sich bereit erklärt hätten, ihn gehen zu lassen.

Die Schlangen lösten sich auf, und die Anwesenden bildeten kleine Grüppchen und unterhielten sich angeregt miteinander. Die Witwen und ihre Töchter, falls es denn ihre Töchter waren, verhielten sich freundlich und zuvorkommend. Das Dienstpersonal kümmerte sich rührend um die Gäste. Sicher arbeiteten die Köche und Köchinnen im Küchentrakt unter Hochdruck an der Vorbereitung eines riesigen Abendessens, nachdem die kleineren Mahlzeiten hinter ihnen lagen. Als Jim sich umdrehte, um sich von jemandem zu verabschieden, ergriff Peter die Gelegenheit beim Schopf.

»Jim, nur eine ganz kurze Frage. Kommst du mit nach Balaclava? Ich muß gleich los.«

»Oh, Pete! Nein, jetzt bestimmt noch nicht. Das hier ist fast so gut wie ein Logentreffen.«

Peter hätte fast gefragt »Und warum schepperst du dann nicht?« Doch eine derartige Bemerkung war in solch illustrer Runde sicher nicht angebracht, daher behielt er sie für sich.

»Dann verschwinde ich möglichst bald und mache mich auf den Heimweg. Du findest sicher jemanden, der dich hinfährt, oder?«

»Natürlich, kein Problem. Aber warum bleibst du nicht noch eine Nacht hier? Jemand kann deinen Wagen morgen früh nach Balaclava fahren. Wir nehmen dann unseren Helikopter und sind in fünfzehn Minuten da.«

Die Vorstellung, in einem Helikopter nach Hause zu fliegen, war zwar sehr verführerisch, aber Peter blieb eisern. »Was soll ich Thorkjeld erzählen?«

»Ich werde mit Svenson sprechen, sobald ich meine Entscheidung getroffen habe.«

Das würde sicher ein denkwürdiges Treffen. Der ehemals so unscheinbare und langweilige Milchmann Auge in Auge mit dem Behemoth, und noch dazu in dessen eigener Höhle.

»Tut mir wirklich leid, daß ich mich von deiner Familie nicht mehr verabschieden kann, Jim. Es war ein eindrucksvoller Besuch, und ich bin froh, daß ich ein wenig helfen konnte, aber die Show scheint noch lange nicht vorbei zu sein. Sieht ganz so aus, als hättest du noch bis morgen früh alle Hände voll zu tun. Morgen höchstwahrscheinlich auch noch. Und wer weiß, was dich sonst noch alles erwartet? In der Zwischenzeit werde ich versuchen, dem Präsidenten bei der Suche nach Mirelles Mörder zu helfen, was immer das bedeuten mag. Ich nehme an, du hast nichts dagegen, wenn ich dein Haus auf dem Crescent betrete?«

Eigentlich war die Frage gar nicht nötig, denn das Haus gehörte dem College. So war es immer gewesen, und so würde es immer sein. So stand es in den Urkunden, die ein weitblickender College-Leiter vor vielen Jahren erstellt hatte, als er vorschlug, ein großes Stück brachliegendes Land auf dem Collegegelände zu nutzen, um Häuser für Mitglieder der Fakultät darauf zu errichten. Die Mieten waren erschwinglich, und es wurde sorgsam darauf geachtet, daß die Häuser stets in gutem Zustand waren, so daß sich die Dozenten und Professoren ein gemütliches Heim darin einrichten konnten. Was würde aus dem Haus werden, in dem Mirelle und Jim so lange nebeneinander hergelebt hatten?

Peter verkniff sich die Frage, denn er wollte nicht aufdringlich wirken. Jim Feldster hätte die Frage vielleicht nicht gestört, aber James Feldstermeier mußte sich um weit wichtigere Angelegenheiten kümmern. Gerade traf eine neue Delegation hoher Tiere aus den verschiedensten europäischen Ländern ein. Florian spielte den Adjutanten und gab mit einem subtilen Blick zu erkennen, daß sein Onkel sich vielleicht ein wenig mehr um seine Gäste kümmern sollte.

Jim hatte kaum Zeit zu murmeln »In Ordnung, Pete, alles klar«, bevor sein Pflichtgefühl ihn zwang, weiter Hände zu schütteln, Beileidsbezeugungen entgegenzunehmen und höfliche Lügen von sich zu geben, indem er behauptete, wie sehr er sich doch freue, daß all diese berühmten und wichtigen Personen den langen Flug nicht gescheut hätten, um seinem verstorbenen Bruder Forster Florian Feldstermeier die letzte Ehre zu erweisen.

Kapitel 19

Peter sang während der ganzen Fahrt alte Balladen, die er von seinen Großeltern kannte, und modernere Lieder, die seine Mutter früher auf dem Klavier gespielt hatte, während die Familie sich um sie versammelt hatte und fröhliche, wenn auch nicht sonderlich wohlklingende Geräusche von sich gegeben hatte. Zwischendurch verkürzte er sich die Zeit aber auch mit College-Songs, Kinderliedern und Trinkliedern, die seine Mutter nie und nimmer über die Lippen gebracht hätte. Er fand es selbst nicht sonderlich geschmackvoll, nach einem Besuch in einem Trauerhaus »Halleluja, laßt uns bechern« zu trällern, doch er trällerte dennoch unverdrossen weiter. Die Erleichterung, die er verspürte, als er die Luxuswelt der Feldstermeiers hinter sich gelassen hatte, mußte dem Gefühl ähneln, das Sisyphus gehabt hätte, wenn man ihm erlaubt hätte, seinen Felsblock irgendwo zu parken und unbeschwert spazieren zu gehen.

Peter fragte sich, wie Jim wohl mit den ausländischen Würdenträgern auskam. Es hatte ihn angenehm überrascht, wie bereitwillig Mr. James, wie sein ehemaliger Nachbar dort von allen genannt wurde, wieder in den Schoß seines Clans zurückgekehrt war. Immerhin hatte er sich all die Jahre sogar strikt geweigert, auch nur seinen richtigen Familiennamen zu tragen. Angeblich machten Kleider ja Leute. Ob ihm die maßgeschneiderten Tweed- und Kammgarnstoffe und eleganten Smokings möglicherweise ein ganz neues Selbstbewußtsein gaben? Vielleicht hatte aber auch die Tatsache, daß Mr. James jetzt als neuer Herrscher auf dem Familienthron saß, frische Farbe in sein Gesicht gebracht und seinen Schritten neuen Schwung verliehen?

Wie lässig hatte Jim die Nachricht von Mirelles Tod aufgenommen, und wie selbstverständlich hatte er Catriona McBogles Gastfreundschaft und Fürsorge akzeptiert. Vielleicht war sein merkwürdig unterkühltes Verhalten darauf zurückzuführen, daß er von Fremden aufgezogen worden war, die zwar alles für ihn getan hatten, weil sie dafür bezahlt wurden, ihn aber ohne mit der Wimper zu zucken wieder verlassen hatten, um genau dasselbe für die verwöhnten Kinder einer anderen Familie zu tun. Falls überhaupt, hatten wahrscheinlich nur wenige dieser zweifellos fähigen Personen daran gedacht, dem Kind, das sie zurückgelassen hatten, gelegentlich eine Geburtstagskarte oder ein kleines Geschenk zukommen zu lassen.

Es war schon ein merkwürdiges Gefühl, einen Menschen jahrelang als festen Bestandteil seiner vertrauten Umgebung zu kennen und dann plötzlich im Leben dieser Person eine wichtige Schlüsselrolle zu spielen, selbst wenn es nur für kurze Zeit war. Peter bezweifelte immer mehr, daß Jim nach Balaclava zurückkehren würde. Schade, daß aus dem Flug mit dem Helikopter nichts geworden war, dachte er wehmütig. Die Mutation vom Milchmann zum Magnaten hätte sicher viele Leute vom Sockel gehauen, vor allem diejenigen, die ihn immer für einen alten Langweiler gehalten hatten. Sie hätten sich bestimmt verwundert die Augen gerieben, wenn sie gesehen hätten, wie Professor Feldster, der normalerweise jeden Morgen zu Fuß vom Crescent ins College kam, sich als Professor Feldstermeier von einem lärmenden Kasten mit einem Propeller auf dem Dach zu seinen Seminaren fliegen ließ, als wäre es das Selbstverständlichste von der Welt.

Aber das Leben war nun einmal voller Überraschungen, wie Peter selbst schon bald am eigenen Leibe erfahren sollte. Nachdem er wie üblich seinen Wagen unten an Charlies Werkstatt geparkt hatte, ging er den Crescent hinauf. Doch bevor er die Eingangstreppe zu seinem Haus erreicht hatte, blieb er wie vom Donner gerührt stehen. Die Septemberschatten fielen jeden Abend ein wenig früher, und Peter hatte eigentlich erwartet, das Haus der Feldsters in Dunkelheit gehüllt vorzufinden, bewacht von einem unerschütterlichen Lomax, der im Liguster lauerte. Genau das Gegenteil war der Fall. Offenbar waren sämtliche Lampen im Haus angeschaltet, denn jedes Fenster war hell erleuchtet, und im Inneren des Hauses hüpfte eine stämmige kleine Person in schwarzen Leggings wie Spucke auf der heißen Herdplatte herum.

»Da hol mich doch der Teufel!«

Peter war so fassungslos, daß er bewegungslos stehenblieb und starrte, bis die Haustür seines eigenen Hauses geöffnet wurde und Helen erschien, um ihn zu begrüßen.

»Falls Sie der Scharlatan sind, der von Tür zu Tür zieht und den Leuten Schlangenöl andrehen will, Mister, kann ich nur sagen: Wir kaufen grundsätzlich nichts an der Tür. Was sollte das denn, einfach die ganze Nacht wegbleiben und sich in Fleischtöpfen wälzen? Du weißt sehr wohl, daß Fleischtöpfe dir nicht bekommen.«

»Pah, Humbug. Küß mich, Tallulah Baby, aber bitte keine Vorwürfe. Ich bin nur noch ein Schatten meines normalen attraktiven und feschen Selbst, und zwar aus gutem Grund. Was um alles in der Welt geht da nebenan vor?«

»Ich habe die Theorie, daß es sich um einen heulenden Derwisch handelt. Die Dame wurde heute am frühen Nachmittag in einem Taxi aus Claverton herkutschiert. Das berichten jedenfalls meine Späher. Seitdem rödelt sie ununterbrochen im Haus herum. Sie behauptet, sie sei Mirelles Schwester. Was ich übrigens keinen Moment lang bezweifle. Hast du schon gegessen?«

»Sie belieben zu scherzen, Madam. Ich habe in den letzten sechsundzwanzig Stunden mehr gegessen als in meinem ganzen Leben und hoffe, daß ich nie wieder etwas zu essen brauche. Ich habe das Buffett, das dem Mittagessen nach der Beerdigung folgte, dem wiederum ein mindestens zweistündiges üppiges Frühstück vorausging, fluchtartig verlassen. Das Frühstück wurde in siebenundfünfzig verschiedenen Rechauds angeboten, und bei jedem einzelnen wurde ich genötigt, bitte ordentlich zuzugreifen, um nicht möglicherweise beim Gewaltmarsch zur Kapelle einen Schwächeanfall zu erleiden. Von Haus zu Kapelle waren es immerhin ungefähr hundert Schritte. Vermutlich hat mir jemand einen Picknickkorb mit Reiseproviant ins Auto gelegt. Ich traue mich nur nicht nachzusehen. Besitzen wir übrigens ein Rechaud?«

»Nein, tun wir nicht. Und ich muß gestehen, daß ich es bisher auch noch nie vermißt habe. Dafür haben wir ein Fondue-Set. Du weißt schon, so einen Topf, den man mit flüssigem Käse füllt und auf eine Kerze stellt. Und lange Gabeln, mit denen man Brotstücke in den flüssigen Käse tunkt, wobei einem immer das Brot von der Gabel rutscht. Ich glaube, man kann zum Tunken auch andere Sachen nehmen, aber ist es wirklich der Mühe wert?«

»Gute Frage«, sagte Peter. »Woher haben wir das Fondue-Ding eigentlich?«

»Weiß der Himmel«, sagte Helen. »Warum schenken wir es nicht Edna Mae Ottermole? Sie sammelt ungeliebte Geschenke, für einen Bazar zugunsten des Balaclava Junction Streifenwagenfonds. Haben dich die vielen Rechauds so erschöpft?«

»Nicht zu vergessen die zweistündige Fahrt mit vollem Magen«, erinnerte sie Peter. »Man hat mir zwar angeboten, noch eine Nacht dort zu verbringen und mich morgen im Helikopter der Feldstermeiers zurückzufliegen, aber ich habe der Versuchung mannhaft widerstanden. Wie du dir vielleicht denken kannst, mein Herz, sind die Stunden mit dir wie kostbare Perlen für mich.«

»Tatsächlich? Und was hast du mit den Austern gemacht?«

»Sie in einem Moment der Zerstreutheit gegessen, befürchte ich. Es war am Ende so schlimm, daß ich ein Wiener Schnitzel nicht mehr von einer Verdauungsstörung unterscheiden konnte. Was gar nicht so abwegig ist, wenn ich es mir recht überlege. Aber wo wir einmal beim Thema sind: Du hast nicht zufällig ein Täßchen mit abgestandenem Tee und ein Stück trocken Brot oder ein Haferküchlein herumliegen?«

»Ich dachte immer, trocken Brot gäbe es nur im Gefängnis, und Hafer sei das, was einen sticht. Ach herjeh, ich bin schon genauso schlimm wie das nette Zweitsemester, das mir die Bücherkartons trägt. Wilfred heißt er. Der kann auch kein Wortspiel auslassen. Aber es ist gut zu wissen, daß es immer noch ein paar Studenten gibt, deren Wortschatz aus mehr als fünfzig Wörtern besteht. Sein Vater ist übrigens Seehundtrainer.«

»Was du nicht sagst. Weiß Dan Stott schon davon?«

»Keine Ahnung, Liebling. Du könntest ihn fragen, wenn du magst. Aber ich denke, es wäre das beste für dich, wenn du dich an den Küchentisch setzt und ich dir ein Schüsselchen mit Cornflakes mache. Oder Cracker mit Milch. Ich habe früher immer leidenschaftlich gern Cracker mit Milch gegessen. Keine Ahnung, warum ich es schon so lange nicht mehr gemacht habe.«

»*Tout lasse, tout casse, tout passe*, wie deine Freundin Catriona sagen würde. Zumindest könnte ich mir vorstellen, daß sie es sagt. Aber bei Catriona kann man nie ganz sicher sein. Hast du mit ihr gesprochen, seit ich ihr Jim abgenommen habe?«

»Ja. Sie hat während des Abendessens hier angerufen. Das heißt, es wäre das Abendessen gewesen, wenn Jane und ich uns nicht für pochierte Eier entschieden hätten, die eher frühstückig sind. Aber wir hielten es für wenig sinnvoll, noch länger zu warten, weil wir nicht sicher waren, wann du zurück sein würdest. Du hast uns übrigens schrecklich gefehlt, falls du danach fragen wolltest. Catriona wollte übrigens wissen, wann du gedenkst, dich heilig sprechen zu lassen.«

»Da ich nicht scheintot bin, reicht es nicht einmal für einen Scheinheiligen.«

»Ich glaube, sie meint es ernst. Wie denkst du denn nun darüber?«

»Ich habe dazu keine Meinung. Es sei denn, du willst, daß ich wirklich tot bin. Dann lege ich mich in ein Rübenfeld, wo ich niemandem im Weg bin. Ich würde mich langsam zersetzen und in meinem eigenen Saft schmoren.«

»Hör auf, Peter, das ist ja ekelhaft! Ich pochiere dir jetzt ein Ei. Oder möchtest du lieber zwei?«

»Zwei Eier sind immer besser als eins, es sei denn, es handelt sich um faule Eier. Wo ist denn Jane?«

»Ich glaube, sie hat sich oben im Arbeitszimmer unter der Couch verkrochen. Sie ist zufällig in den Garten der Feldsters geschlendert, oder wie immer wir ihn jetzt nennen sollen, und die Frau, die dort wie verrückt herumputzt, hat sich aus dem Fenster gehängt und gemeinerweise einen Eimer Wasser über Jane gekippt. Schmutziges Wasser, wohlgemerkt. Jane und ich waren zutiefst beleidigt. Ich wäre gern mit ihr unter die Couch gekrochen, um sie wieder zu beruhigen, aber der Platz reicht nicht für uns beide. Ich hoffe nur, daß die Frau nicht allzu lange bleibt.«

»Man kann sie ja mal fragen. Was machen die Eier?«

»Sie tun, was sie können. Steckst du bitte ein oder zwei Scheiben von dem leckeren Roggenbrot, das Iduna gebacken hat, in den Toaster? Und hol dir bitte einen Teller. Du bist hier nicht bei den Feldstermeiers, nur damit du es weißt. Was hast du denn mit deiner Wäsche gemacht?«

»Sie sauber wieder angezogen, selbstverständlich. Es gibt dort Lakaien. Sie schwitzen die ganze Nacht im Keller über den Waschtrögen. Vermute ich jedenfalls. Möglicherweise sind es aber auch Heinzelmännchen. Falls es Heinzelmännchen sind, soll man ihnen ein Schälchen Milch hinstellen, habe ich gehört, aber da dort die ganze Zeit ein Mensch namens Curtis herumwuselt, der sich um alles kümmert, brauchte ich nichts zu tun. Du hättest mich gestern abend mit meinem Smoking und meiner schwarzen Fliege sehen sollen. Ich war der Beau des Balls. Wenn es einen Ball gegeben hätte, was die besonderen Umstände leider nicht zuließen. Was meinst du, wie ich in Knickerbockers aussehen würde?«

»Ausgebeult. Reich mir mal bitte deinen Teller, die Eier sind fertig. Wie kommst du denn plötzlich auf Knickerbocker?«

»Es klingt hübscher als Kniebundhosen.«

»Darauf hätte ich natürlich auch selbst kommen können. Einen Moment lang hast du mich wirklich zum Grübeln gebracht. Jetzt sag bloß nicht, Jim Feldster läuft neuerdings in Knickerbockers herum.«

»Wie du willst, dann sage ich es eben nicht. Du würdest dich wundern, wenn du sehen könntest, wie dieser Mann aufblüht, seit er seine alten maßgeschneiderten Tweed-Bundhosen wieder anhat. Hoffentlich trägt er sie morgen auch. Ich kann mir Präsident Svensons Gesichtsausdruck lebhaft vorstellen, wenn Jim aus dem Helikopter steigt und aussieht wie Gene Sarazen in einem Golfturnier vor fünfzig Jahren.«

»Peter, das ist doch nicht dein Ernst! Wo hast du unsere Kamera hingelegt? Du solltest ein paar Fotos machen, bevor Cronkite Swope uns zuvorkommt. Sagt Jim dir Bescheid, wann er kommt?«

»Nicht daß ich wüßte. Er war ziemlich vage, als ich ihn fragte. Er wirkte fast ein wenig herablassend, womit ich ihm nicht unterstellen will, daß es Absicht war. Seine Verwandtschaft scheint ihn als neues Familienoberhaupt sehr ernst zu nehmen, und die Rolle ist ihm wie auf den Leib geschrieben. Ich hatte den Eindruck, daß die ganze Sippe eine neue Vaterfigur braucht, besonders die drei Witwen, auch wenn es noch so lächerlich klingt.«

»Ich finde das ganz und gar nicht lächerlich, Peter. Wenn diese Leute den größten Teil ihres Lebens damit verbracht haben, das zu tun, was Forster für das Beste hielt, ist es ihnen wahrscheinlich am liebsten, wenn alles so weitergeht wie bisher.«

»Hm ja, da könntest du recht haben. Die Stimmung hatte tatsächlich starke feudale Anklänge. Es interessiert dich vielleicht, daß der junge Mann, dem wir bei Mirelles Champagnerparty begegnet sind, tatsächlich Florian heißt.«

»Was du nicht sagst. Ist er nett?«

»Weiß ich nicht. Er sieht aus, als habe er von Geburt an die Rolle des Kronprinzen gespielt. Zuerst war er ein bißchen aufmüpfig, aber er scheint ein begnadeter Diplomat zu sein. Bestimmt weiß er eine Menge mehr über den Familienbetrieb als Jim. Er bleibt weiterhin Kronprinz, auch wenn er gern regierender Monarch geworden wäre. Allerdings hat er ab jetzt sicher sehr viel mehr Bewegungsfreiheit als zu Forsters Lebzeiten. Wahrscheinlich ist die neue Situation für ihn gar nicht so schlecht.«

Helen sah die Sache etwas anders. »Wie wird Jim sich wohl so ganz allein fühlen? Immerhin ist jetzt keiner mehr da, der ihm helfen kann. Catriona ist ein bißchen gluckenhaft, sie glaubt, er hätte Wahnsinnsprobleme mit seiner neuen Rolle.«

»Und wie fühlt Guthrie sich, nachdem Jim weg ist?«

»Es klang ganz so, als sei er heilfroh, ihn endlich los zu sein«, erwiderte Helen. »Irgendwie kann ich ihn sogar verstehen. Guthrie und Catriona haben in den letzten drei Monaten zusammen gelebt, Riesenfortschritte miteinander gemacht und sich hervorragend verstanden. Ich kann mir nicht vorstellen, daß Catriona und Jim Feldstermeier miteinander ausgekommen wären, auch wenn Jim beim Abschied geweint hat.«

»Vielleicht hat er nur wegen seines alten Teddybärs geweint«, sinnierte Peter. »Jim hat mir während der Fahrt zu seinem Familienstammsitz ziemlich viel erzählt. Anscheinend hat er als Kind nie richtige Mutterliebe erfahren. Er war der jüngste von vier Söhnen, und zwar ein richtiger Nachkömmling. Sein Vater hat ihn immer für eins seiner Enkelkinder gehalten und hat ihn nicht mal mit den anderen an sein Totenbett gerufen.«

»Peter, das kann doch nicht wahr sein!«

»Ach, ich weiß nicht. In einem derart riesigen Haus, in dem dauernd irgendwelche Verwandten ein und aus gehen, kann ich mir das durchaus vorstellen. Wahrscheinlich ist es ein bißchen wie in einer riesigen Bruderschaft mit allen möglichen Ritualen. Gestern abend haben sie mich sogar mit der richtigen Dinner-Kleidung ausstaffiert, damit ich die Lakaien nicht blamiere. Und stell dir vor, die Sachen haben gepaßt wie angegossen. Anscheinend gibt es in dem Haus einen Riesenkleiderschrank mit Garderobe in allen Größen, für den Fall, daß jemand zu Besuch kommt und nicht angemessen gekleidet ist.«

»Woher wissen sie, daß es dem Besucher paßt?«

»Das darfst du mich nicht fragen. Ich habe dir ja bereits von Curtis erzählt. Curtis ist für die Herrenmodenabteilung verantwortlich. Anscheinend auch für alles andere, soweit ich sehen konnte. Er hat übrigens auch die uralten Knickerbockers von Mr. James aus der Versenkung geholt. Würde mich nicht wundern, wenn er auch die ersten Stiefelchen und den ersten Beißring von Baby James irgendwo aufbewahrt hat, für den Fall, daß sein Herr und Meister gedenkt, sich wieder zu verheiraten und seinen eigenen Kronprinzen zu zeugen.«

»Dazu ist es wohl ein bißchen spät, findest du nicht?« meinte Helen.

»Mich mußt du da nicht fragen. Ich habe aber auch nichts bemerkt, das darauf schließen ließe. Aber er hat erwähnt, daß die männlichen Feldstermeiers dazu neigen, spät zu heiraten und Frauen zu wählen, die jung genug sind, um ihre Töchter oder sogar Enkelinnen zu sein. Es ist ziemlich erstaunlich, was man mit Geld alles schafft.«

»Das funktioniert heute bestimmt nicht mehr«, protestierte Helen. »Welche Frau würde wohl freiwillig ihren Opa heiraten?«

»Eine junge Dame aus gutem Hause, die sich zusammennehmen muß, um nicht von oben herab auf die weniger Glücklichen herabzublicken, soweit ich das in der kurzen Zeit feststellen konnte. Außerdem wäre es natürlich nicht ihr *leiblicher* Großvater! Ist noch Tee in der Kanne?«

»Ein kleines bißchen, aber das bekommst du nicht. Sonst liegst du wieder die ganze Nacht wach und wälzt dich hin und her. Du bist ohnehin völlig überdreht, wie dein liebes altes sündhaft teures Kindermädchen sagen würde, wenn du denn eins gehabt hättest.«

»Da irrst du dich. Jim hat mir versichert, daß Kindermädchen weder lieb noch alt sind. Sie kreuzen in ihrer Tracht auf, lassen die armen Kinder stramm stehen und bläuen ihnen ein, daß sie auf keinen Fall aus der Fingerschale trinken dürfen. Sobald die Kleinen das Fingerschalenprinzip geschnallt haben, verschwindet das Kindermädchen. Es begibt sich zu irgendwelchen anderen lernbedürftigen kleinen Kindern, und statt dessen erscheint eine Gouvernante. Wenn das Kind ein Junge ist, folgt nach der Gouvernante ein Privatlehrer, und kurz danach stecken die Eltern ihren bedauernswerten Sprößling in eine exklusive Privatschule, wenn sie es nicht zufällig vergessen.«

»So läuft das also? Da haben wir ja ein Riesenglück, daß wir nicht mit einem silbernen Löffel im Mund geboren wurden. Hat man das auch mit Jim gemacht?«

»Nicht ganz. Jim sagt, er habe als Junge seine Sommerferien immer auf einer der Farmen verbracht, die zum Familienbetrieb gehören. Dort hat er bei den Milchbauern gelebt und in den Ställen mitgeholfen. Im zarten Alter von zwölf Jahren hatte er bereits alles Wissenswerte über die Grundlagen der Milchwirtschaft gelernt und wußte genau, daß er dieses Fach später einmal unterrichten wollte. Anscheinend hat sich Jim in seinem ganzen Leben vor allem mit Milchwirtschaft und geheimen Grußritualen beschäftigt. Was er als Familienpatriarch mit diesen beiden Fertigkeiten anfangen soll, darfst du mich nicht fragen. Ich würde ziemlich lange nachdenken müssen.«

Helen nickte. »Kann ich mir lebhaft vorstellen. Er wird sich auch wegen seines Hauses etwas einfallen lassen müssen, ob er will oder nicht.«

»Mir fällt da gerade auch etwas ein, geliebtes Herz. Wollen wir nicht tanzen?«

Kapitel 20

»Entschuldigen Sie bitte, gnädige Frau. Sind Sie zufällig diejenige, mit der ich heute nacht das Bett geteilt habe?«

Peter war schon ziemlich früh wach, gut gelaunt und voller Energie. Helen war schon vor ihm aufgestanden, wie er mit einigem Bedauern feststellte. Sie befand sich in der Küche, hatte sich zum Schutz ihres Tweedkostüms eine Schürze umgebunden und zog gerade ein Blech voller Plätzchen aus dem Backofen.

»Was bist du doch für ein Teufelsweib!« sagte er, nachdem er sie fertig geküßt hatte und endlich die Zeit fand, Jane Austen die üblichen morgendlichen Streicheleinheiten zukommen zu lassen. »Schreckst du denn vor nichts zurück? Nur weil ich das kalorienträchtige Frühstück bei den Feldstermeiers erwähnt habe, brauchst du doch nicht herumzuhüpfen wie ein arbeitsloser Osterhase, der versucht, neue Kunden zu werben. Entdeckst du plötzlich deine Berufung zur Superhausfrau? Ernähre ich dich und Jane nicht gut genug? Soll ich schnell zu den Feldstermeiers fahren und das ganze Spielchen wiederholen?«

Helen schüttelte den Kopf. »Nein, danke. Heute nicht. Mir ist nur dieser kleine Putzteufel, der sich nebenan eingenistet hat, eingefallen. Und dann wurde mir klar, daß Mirelle ja nie die Gelegenheit hatte, die leckeren Plätzchen zu essen, die Grace Porble ihr gebacken hatte. Daher hielt ich es für eine gute Idee, ihrer Schwester ein paar zu machen, jetzt wo wieder jemand dort ist, der sie sich schmecken lassen kann. Oder auch nicht, aber das muß sie selbst entscheiden. Angeblich ist sie nur hier, um zu helfen. Hat sie jedenfalls Grace Porble erzählt.«

»Wobei will sie denn helfen?«

»Oh, beim Abstauben der Nippsachen. Vielleicht hat sie es auch auf Mirelles schönste Dessous abgesehen. Sie hat nur gesagt: ›Ich bin Mirelles Schwester und bin hier, um zu helfen.‹ Dann ist sie abgerauscht und hat angefangen, mit dem Staubwedel herumzuwirbeln wie ein Truthahn mit einem schweren Anfall von Drehschwindel. Grace behauptet, daß sie beim Wirbeln unablässig summt, und vermutet, daß sie ein Roboter von einem der schnelleren Asteroiden sein könnte. Vielleicht hätte ich ihr lieber überbackene Eisenspäne oder etwas in der Art zubereiten sollen. Übrigens hat sie sich bis jetzt noch nicht dafür entschuldigt, daß sie das schmutzige Putzwasser über Jane geschüttet hat. Ich hatte ursprünglich vor, ihr die kalte Schulter zu zeigen und sie total zu schneiden, als ich sah, was sie tat, aber das wäre nicht besonders nett gewesen. Immerhin hat sie gerade ihre Schwester verloren. Daher habe ich ihr statt dessen Plätzchen gebacken.«

»Verstehe. Und warum bekomme ich keine Plätzchen?«

»Eine sehr gute Frage, Liebling. Greif zu und iß so viele, wie du Lust hast. Ich stelle mich dann hinter dich, und zwar mit gezücktem Maßband und Badezimmerwaage.«

»Wie reizend von dir, Helen. Beabsichtigst du heute noch zur Bibliothek zu gehen oder bleibst du lieber zu Hause und hältst einen Schirm über Jane Austen, falls Ms. Blitzeblank keine Plätzchen mag?«

»Ich hoffe doch sehr, daß sie *meine* mag«, sagte Helen. »Außerdem ist es dringend nötig, daß ihr eine nette Nachbarin kurz erklärt, was hier Usus ist und was nicht. Wie du weißt, gehört Grace Porble nicht zu den Frauen, die schlecht über andere reden, aber man konnte deutlich merken, daß sie Mirelles Schwester nicht leiden kann. Aber sie hat es ihr natürlich nicht ins Gesicht gesagt.«

»Ah. Hat Grace zufällig erwähnt, wie lange die Schwester zu bleiben gedenkt?«

»Wahrscheinlich bis zur Beerdigung, nehme ich an. Was hast du denn heute noch vor? Du hast doch heute keine Seminare, oder?«

»Nein, in diesem Semester nicht. Dafür sitzt mir der Präsident im Nacken. Außerdem muß ich mit Ottermole reden und mich mit Cronkite Swope kurzschließen. Natürlich nur, wenn ich ihn finden kann. Cronk weiß meist über alles Bescheid, was gerade passiert ist oder als nächstes passieren wird. Falls sich etwas Ernsthaftes ergeben hat, dann würde ich es gern erfahren. Ich nehme an, du hast während meiner Abwesenheit nicht mit dem Präsidenten gesprochen?«

»Ich habe ihn kaum gesehen. Er steckt immer noch bis zum Hals in Arbeit, und es gab nichts Weltbewegendes, das ich ihm hätte mitteilen können. Ich hätte ihm höchstens mein Mitgefühl aussprechen können«, fügte Helen nach kurzem Überlegen hinzu. »Aber mein eigentliches Mitgefühl gilt Sieglinde, denn sie muß ihn schließlich ertragen.«

»Unsinn. Du weißt sehr wohl, Geliebte, wer von den beiden in Walhalla das Sagen hat. Was hältst du davon, mich heimlich in einem netten kleinen Restaurant zum Mittagessen zu treffen? Vorausgesetzt natürlich, daß mich die Tussi im Tutu nicht vorher überfällt.«

»Liebend gern. Ich denke, wir sollten Jane lieber im Haus lassen. Katzen sind unberechenbar.« Helen nahm die zierliche kleine Katzendame auf den Arm und knuddelte sie ausgiebig. »Arme Jane! Hat die böse Tante im Tutu dich mit Dreckwasser übergossen? Wenn sie es noch mal macht, gehen wir alle drei rüber, fahren die Krallen aus und kratzen sie ganz feste. Weißt du zufällig, wo es preiswerte Kratzhändchen gibt, Peter?«

»Tut mir schrecklich leid, Ma'am, aber wir verkaufen nur Rüben. Könnte ich Sie vielleicht für einen wunderschönen Schweden erwärmen?«

(Professor Shandy meinte damit *die Brassica campestris*, die Gelbe oder Schwedische Kohlrübe, eine große Rübensorte, die zuerst in England eingeführt wurde und später nach Schweden gelangte. Wahrscheinlich wurde sie von dort um 1781 nach Amerika importiert, wo sie seither der Einfachheit halber ›Schwede‹ genannt wird.)

Helen sprang nicht darauf an. »Nein, vielen Dank. Warum sollte ich mich für einen großgewachsenen blonden Mann nordischer Abstammung begeistern, wo ich doch schon einen waschechten Yankee habe? Noch dazu mit einer kahlen Stelle auf dem Kopf, weil sein Gehirn so groß ist! Kannst du mir diese Frage beantworten?«

»Wie könnte ich das? Ich bin völlig sprachlos.«

»Was äußerst selten ist. Aber früher oder später fällt dir bestimmt etwas ein. Wie wäre es mit einem kleinen Kuß, damit ich bis zum Mittagessen durchhalte?«

»Okay, wenn du darauf bestehst! Dein Wunsch sei mir Befehl, meine Wunderschöne.«

»Meine Güte, war das angenehm«, bemerkte Helen, als sie wieder Zeit zum Luftholen hatte. »Das sollten wir öfter tun.«

»Ganz meiner Meinung. Jane wird wahrscheinlich keinen Anstoß daran nehmen.«

»Aber Dr. Porble. So, jetzt muß ich mich aber wirklich auf die Socken machen. Paß auf dich auf. Wir sehen uns dann im Speisesaal.«

Peter hatte ursprünglich nicht vorgehabt, als erstes zum Haus der Feldsters zu gehen. Eigentlich wollte er Cronkite Swope zu packen bekommen, bevor der rasende Reporter von Balaclava sich wieder auf die Jagd nach der nächsten aufregenden Lokalstory machte. Doch eigentlich konnte er genausogut zuerst das Nächstliegende erledigen. Helen hatte nämlich vergessen, der Schwester der Toten die Plätzchen zu bringen.

Peters erster Gedanke war, die Plätzchen wie geplant abzuliefern, sein zweiter war, sie selbst zu essen. Er würde sich ganz schön lächerlich vorkommen, wenn er nebenan mit einem Willkommensgeschenk aufkreuzte, das die Dame gar nicht haben wollte. Er setzte das professionelle, aber dennoch verbindliche Gesicht auf, das er normalerweise bei Semesteranfang den neuen Studenten präsentierte, ging mit festem Schritt über den Backsteinpfad, der von seinem Haus zum Bürgersteig führte, und bog nach links auf den Weg zum Nachbarhaus.

Der Staubsauger lief auf Hochtouren. Ebenso das Radio und der Fernseher, vor dem Mirelle so viele entspannte Stunden verbracht hatte. Wer immer diese junge Frau war, sie nutzte anscheinend alles, was es in diesem Haus zu nutzen gab. Peter tat das einzige, das er unter diesen Umständen tun konnte. Er ging zum Sicherungskasten und schraubte die Hauptsicherung heraus.

»Was fällt Ihnen denn ein?« kreischte die Dame erbost.

»Ich unterbreche Ihr Konzert nur ungern«, erklärte Peter, »aber es war leider die einzige Möglichkeit, mir Gehör zu verschaffen. Ich heiße Shandy. Meine Frau und ich wohnen im Nebenhaus. Gehe ich richtig in der Annahme, daß Sie Mirelle Feldsters Schwester sind?«

»Ihre jüngere Schwester. Ich wohne hier. Das ist jetzt mein Haus.«

Hochinteressant. Peter fragte sich, ob Mirelles kleine Schwester vielleicht ebenfalls ein Borderline-Fall war, der in einigen Bereichen gut funktionierte, ansonsten jedoch in einer Phantasiewelt lebte, die man beliebig formen und manipulieren konnte, bis sie den eigenen Vorstellungen entsprach. Vielleicht legte die Frau auch nur Wert darauf, reizend auszusehen. Jedenfalls trug sie einen Overall, auf dem große rosa Schweine zu sehen waren, die durch ein Feld mit lila Gänseblümchen trotteten und Picknickkörbe auf ihren Köpfen balancierten. Peter war sich nicht sicher, was er davon halten sollte.

Die Schwester, die Mirelle durchaus ähnlich sah, begann unmittelbar vor Peters Füßen ihren Mop zu schwingen. Zweifellos wollte sie ihm damit klarmachen, daß er doch bitte verschwinden möge, doch dazu hatte er noch keine Lust.

»Wie lange sind Sie schon hier, wenn ich fragen darf?«

»Seit gestern.« Sie wischte mit dem Mop über die Spitze von Peters linkem Schuh. »Also, es ist ja furchtbar nett von Ihnen, bei mir vorbeizuschauen, aber ich habe hier eine Menge zu tun. Wenn Sie etwas mit mir im Sinn haben sollten, Sie wissen schon, was ich meine, dann können Sie das getrost vergessen. Und es wäre schön, wenn Sie Ihre ekelhafte Katze in Ihrem eigenen Garten lassen würden. Ich kann die Viecher nicht ausstehen. Mir wird schon schlecht, wenn ich sie nur sehe. Die Tür ist da vorn.«

»Vielen Dank.«

Peter hatte nicht das Bedürfnis, sich auf eine lautstarke Auseinandersetzung mit dieser Teufelin einzulassen. Sie war Mirelles Schwester, daran bestand kein Zweifel. Sie schien tatsächlich zu glauben, sie hätte ein Anrecht darauf, im Haus ihrer gerade erst verstorbenen Schwester zu wohnen. Warum sie dies dachte, obwohl doch eigentlich Mirelles Gatte hier wohnte, war ihm nicht ganz klar. Doch er nickte ihr nur kurz zu und verließ das Haus wieder, ohne weiter als bis zur Küchentür vorgedrungen zu sein.

Der diensthabende Wachmann in der Wachstation auf dem Campus war an diesem Morgen Alonzo Bulfinch. Lonz, wie er gemeinhin genannt wurde, war seit vielen Jahren mit den Lomax-Brüdern befreundet. Er wohnte als Untermieter bei Mrs. Betsy Lomax, die noch besser über alles informiert war, was in Balaclava Junction vorging, als Helen Shandy. Mrs. Lomax hatte den Vorteil, daß sie bei den Enderbles, den Stotts, den Porbles und den Shandys putzte. Außerdem war sie ungefähr mit der Hälfte der Einwohner von Balaclava Junction und etwa einem Drittel der Bevölkerung von Lumpkinton verwandt, und die Zahl der Frauenhilfsverbände und Damenclubs, denen sie angehörte, konnte sich durchaus mit der Zahl von Jim Feldsters Bruderschaften messen. Ob er diese Art der Freizeitgestaltung als Chef des riesigen Milchimperiums beibehalten würde, würde sich noch zeigen.

Alonzo war ein geselliger Mensch und begrüßte Peter so herzlich, als sei er ein lieber Verwandter, den er seit ewigen Zeiten nicht gesehen hatte. Er bot ihm einen Stuhl an und hätte ihn gern mit einem riesigen Stück Erdnußkrokant beglückt, das er und Betsy am Vorabend gemeinsam gemacht hatten, doch Peter lehnte dankend ab und erklärte, er habe in der letzten Zeit zu viele Süßigkeiten gegessen, und Helen mache bereits hämische Bemerkungen. Dann nahm er auf dem angebotenen Stuhl Platz und trank aus Gesellschaft eine Tasse schwarzen Kaffee mit. Nachdem der Höflichkeit Genüge getan war, kam er sofort auf den Punkt.

»Ich war ein paar Tage weg und muß zugeben, daß ich ziemlich überrascht war, als ich gestern abend nach Hause kam und eine mir unbekannte Frau im Haus der Feldsters sah, die behauptet, Mirelles Schwester zu sein. Als sie heute morgen immer noch da war, bin ich rübergegangen, um Näheres herauszufinden. Sie hat mir versichert, das Haus gehöre jetzt ihr. Sie lebe jetzt dort und gedenke dies auch weiterhin zu tun. Können Sie mir Näheres über sie sagen?«

»Kann ich.« Alonzo öffnete ein großes Buch und zeigte auf die letzten Einträge. »Da ist sie schon. Perlinda Tripp. Sie hat gesagt, sie sei Mirelle Feldsters Schwester, und es gab keinen Grund, ihr nicht zu glauben. Sie sieht Mrs. Feldster jedenfalls ziemlich ähnlich.«

»Wie ist sie hergekommen?« fragte Peter.

»Mit einem Taxi aus Claverton. Sie hatte bloß zwei Koffer bei sich, die so gut wie nichts wogen, und eine große Tragetasche. Ich habe angeboten, auch die zu tragen, aber das hat sie abgelehnt. Ich dachte, daß sie vielleicht ein paar Sachen von ihrer Schwester einpacken wollte, um sie mit nach Hause zu nehmen. Sie hat mir auch noch ein Schriftstück gezeigt, das ihr angeblich das Recht gibt, als Erbberechtigte und Testamentsvollstreckerin zu fungieren, da sie die einzige noch lebende Angehörige ihrer Schwester sei. Behauptet sie jedenfalls.«

»Woher hat sie denn so schnell von Mirelles Tod erfahren?« fragte Peter.

»Oh Mann!« Alonzo erbleichte. »Das ist mir gar nicht aufgefallen. Der Präsident zerreißt uns todsicher in der Luft, wenn die undichte Stelle hier bei uns war.«

Kapitel 21

Am Anfang seiner Reporterlaufbahn beim *All-woechentlichen Gemeinde- und Sprengel-Anzeyger für Balaclava*, der damals noch ein unbekanntes Wochenblättchen gewesen war, hatte man Cronkite Swope als Fotograf eingestellt. Seine Hauptqualifikation hatte darin bestanden, dünn genug zu sein, um in das winzige Kämmerchen hineinzupassen, von dem sein neuer Chef behauptete, es sei eine Dunkelkammer. Inzwischen war der *Sprengel-Anzeyger* eine florierende Tageszeitung, ein Erfolg, zu dem nicht zuletzt Cronkite beigetragen hatte. Jetzt hatte der Starreporter eigene Leute, die ihm alle unangenehmen Arbeiten abnahmen. Er verfügte sogar über ein richtiges Labor, in dem eine Vollzeitkraft unermüdlich damit beschäftigt war, die unzähligen Filme der verschiedenen Fotografen zu entwickeln. Doch wenn er die Zeit dazu fand, entwickelte Cronkite Swope seine eigenen Filme am liebsten immer noch selbst. Da Peter Shandy dies wußte und die Aufnahmen von der toten Mirelle Feldster niemandem geben wollte, dem er nicht absolut vertrauen konnte, hatte er beschlossen, die Negative dem Starentwickler des *Sprengel-Anzeygers* anzuvertrauen.

Er war sicher, daß Swope ohne Shandys ausdrückliche Erlaubnis jeden daran hindern würde, auch nur einen Blick auf die Bilder zu werfen. Doch es hatte natürlich nicht in seiner Absicht gelegen, dem jungen Mann Magenbeschwerden zu bereiten. Vielleicht hätte er für ein derartig abschreckendes Motiv lieber doch keinen Farbfilm nehmen sollen. Schwarzweiß wäre möglicherweise weniger belastend für die Psyche des jungen Mannes gewesen. Doch für diese Überlegungen war es jetzt zu spät.

»Swope, wenn Sie sich wieder einigermaßen gefangen haben, wären Sie dann bitte so nett, mir zu sagen, wie Sie sich erklären, daß Mirelle Feldster die ganze Zeit seelenruhig im Sessel sitzen geblieben ist, während sie verblutete? Hätte sie nicht wenigstens versuchen können, sich irgendwie zu helfen? Schauen Sie sich ihre Hände an. Sie sind völlig sauber, während der Rest aussieht, als käme er gerade aus dem Schlachthof. Verstehen Sie, was ich meine?«

»Meine Güte, ist mir übel.« Cronkite sah richtig grün aus. »Es ist wirklich ekelhaft.« Er gönnte seinem Verdauungstrakt noch einen Moment der Entspannung und fuhr dann mutig fort. »Vielleicht bin ich ja verrückt, Professor, aber ich finde, es sieht ganz so aus, als habe jemand einen Malerpinsel und einen Eimer voll Blut genommen und ihr damit das Gesicht vollgeschmiert. Dann hat er das Blut über ihr Kleid und den Boden geschüttet, dabei aber aufgepaßt, daß nichts auf die Lehnen kam, weil er den Stuhl nicht ruinieren wollte.«

Peter starrte auf seine Farbfotos und schüttelte verwundert den Kopf. »Heiliger Strohsack! Darauf wäre ich nie gekommen!«

»Das kommt daher, daß Sie meine Mutter nicht kennen. Letzte Weihnachten haben wir alle zusammengelegt, um ihr endlich die Clubgarnitur fürs Wohnzimmer zu kaufen, von der sie schon seit fünfzehn Jahren schwärmt. Jetzt hat sie die Möbel, aber wir dürfen nicht darauf sitzen, weil sie Angst hat, wir könnten die Polster schmutzig machen. Frauen sind manchmal ganz schön verrückt, wenn es um ihre Möbel geht, finden Sie nicht? Sehen Sie sich doch mal all die Nippsachen an, die Mrs. Feldster auf dem wackeligen kleinen Tisch aufgestellt hat. Mit all dem Porzellan hätte sie glatt ein Geschäft aufmachen können. Und was macht man mit all dem Zeug? Entweder es steht herum und setzt Staub an oder man verbringt sein halbes Leben damit, die verdammten Dinger sauberzuhalten.«

»Hmja, da könnten Sie recht haben. Die arme Frau. Ihre Schwester ist jetzt dabei, das Haus auf Hochglanz zu bringen, wissen Sie das schon?«

»Ich hatte keine Ahnung, daß Mrs. Feldster überhaupt eine Schwester hat.«

»Wir auch nicht. Aber merkwürdigerweise ist sie hier bereits aufgekreuzt, bevor Mirelles Tod bekannt gegeben wurde. Sie haben sie nicht zufällig interviewt?«

»Ich sagte doch schon, daß ich gar keine Ahnung von ihrer Existenz hatte. Ehrlich!«

»Entschuldigung. War nicht so gemeint«, sagte Peter. »Wahrscheinlich suche ich nur verzweifelt nach irgendeinem Anhaltspunkt. Gibt es sonst noch Neuigkeiten?«

»Na ja, gestern abend bei den Schülerschachturnieren. Einige von diesen Schülern sind übrigens ziemlich talentiert. Balaclava Junction hat zwei erste Plätze und einen zweiten gemacht. Auf der Heimfahrt war ich kurz bei der Feuerwehr von Lumpkinton. Die Jungs fragen sich immer noch, was wohl aus Jim Feldster geworden ist. Er gehört schon seit Ewigkeiten zu den Feuerflitzern. Man munkelt etwas von einem großen grauen Lincoln, in den Jim an dem Abend, als das letzte Treffen stattgefunden hat, entweder eingestiegen oder nicht eingestiegen sein soll. Kommt ganz drauf an, wer die Geschichte erzählt. Sie klingt jedesmal verrückter. Inzwischen geht sogar das Gerücht um, man habe in den Wäldern irgendwo in der Nähe von Beamish seine Leiche gefunden.«

»Tatsächlich?«

»Wer weiß? Obwohl Beamish ziemlich weit weg von Lumpkinton ist und Jim nie gern gereist ist, soweit ich weiß. Wie denken Sie darüber, Professor?«

Peter hätte am liebsten überhaupt nicht gedacht. »Hat jemand die Leiche gesehen?«

»Ach du liebe Zeit, das weiß ich nicht. Irgend jemand hat was von einem völlig ruinierten Auto erzählt. Angeblich soll man dort auf einem der unzähligen kleinen Seitenwege Fußabdrücke von einer Frau gefunden haben.«

»Ich hoffe, Sie tragen nicht zu diesen Gerüchten bei. Sie wissen ja, wie wild Präsident Svenson wird, wenn der Ruf des College auch nur angetastet wird. Vielleicht sollten Sie mal bei ihm im Büro vorbeischauen ...«

Peter hielt inne. Was sollte der ganze Unsinn? Warum hörte er sich Cronkites Spekulationen über Jim Feldsters bizarres Verschwinden an, obwohl er doch genau wußte, daß der ehemalige

Milchmann gesund und munter war und längst zum Generaldirektor und Patriarchen der Feldstermeier-Dynastie aufgestiegen war? Jim hatte bereits in Übereinstimmung mit Florian und den Treuhändern – in seinem Fall die gesamte Familie Feldstermeier – beschlossen, die Medien einfach zu ignorieren und die Pressemeute heulen zu lassen, so laut sie wollte. Nach ein oder zwei Tagen Gejaule würden sie sich schon einen neuen saftigen Knochen suchen, über den sie herfallen konnten.

Konnte man dieses Prinzip nicht auch hier am College einführen? Früher oder später kam die Geschichte ohnehin ans Licht, warum ging er also nicht sofort zum Präsidenten, berichtete ihm alles und ließ ihn entscheiden, wie es weitergehen sollte. Peter machte eine Kopfbewegung in Richtung Verwaltungsgebäude.

»Kommen Sie, Swope. Irgendwann plaudert bestimmt jemand. Ich halte es daher für das Vernünftigste, wenn wir mit dem, was wir schon wissen, zum Präsidenten gehen, ihm alles erzählen und dann so schnell wie möglich wieder verschwinden. Sind Sie bereit? Wenn ja, dann nichts wie los!«

»Jetzt sofort?« Cronkites Stimme klang mit einem Mal zwei Oktaven höher und sehr viel schriller als gewöhnlich.

»Warum nicht? Reißen Sie die Augen nicht so auf, Swope. Er wird Sie schon nicht fressen.«

»Und wenn doch?«

»Ganz bestimmt nicht. Wie heißt es doch so schön: ›Wer nicht wagt, der nicht gewinnt‹.«

»Okay. Ich bedaure nur, daß ich nur ein Leben habe, das ich meinem Herausgeber opfern kann. Was sollen wir King Kong denn auftischen?«

»Alles, was er wissen sollte. Und was Sie wissen sollten.«

Und was genau war das? Während Peter den murrenden Swope über den Campus zum Verwaltungsgebäude scheuchte, grübelte er darüber nach, warum zum Teufel er sich auf diese Sache überhaupt eingelassen hatte und wie seine Überlebenschancen wohl standen. Aber vielleicht war es ja halb so schlimm. Er konnte beispielsweise Jim Feldsters wahre Identität enthüllen und mit Svenson

Mutmaßungen darüber anstellen, ob Jim Feldstermeier wohl seine alte Tätigkeit in den Ställen wieder aufnehmen würde oder nicht.

Auch über Mirelles Schwester und mögliche Erbin würde man reden müssen. Sie hielt sich immerhin nach Mirelles Tod und Jims Verschwinden für die rechtmäßige Besitzerin des Hauses. Doch dies konnte sie nur werden, wenn sie innerhalb der nächsten Wochen ein Fakultätsmitglied ehelichte. Ihre Chancen standen nicht gut, wenn Peter Shandy seine Kollegen richtig einschätzte. Die einzigen Junggesellen, die momentan in Frage kamen, waren ein paar Studenten Anfang zwanzig, wenn man den Milchwirtschaftsexperten mit dazurechnete, der sein halbes Leben über seine katastrophale Ehe gejammert hatte und sicher keine Lust verspürte, denselben Fehler ein zweites Mal zu machen.

War es denkbar, daß Mirelle Selbstmord begangen hatte, durch eine entweder zufällige oder absichtliche Überdosierung des Gerinnungshemmers, den Melchett ihr verschrieben hatte? Es waren zweifellos schon merkwürdigere Dinge passiert, auch wenn Peter spontan nichts Passendes einfiel. Inzwischen waren sie im Verwaltungsgebäude angekommen. Peter tastete nach den scheußlichen Ergebnissen seines ersten Ausflugs ins Reich der medizinischen Fotografie und bereitete sich innerlich darauf vor, die Höhle des Löwen zu betreten.

Peter mochte die Wutanfälle und das Gebrüll seines Vorgesetzten noch so dramatisch finden, im Grunde waren er und Thorkjeld Svenson enge Freunde. Jedenfalls soweit es das strenge akademische Protokoll zuließ, wobei akademisch in der Hauptsache das war, was Sieglinde Svenson darunter verstand. Momentan war Mrs. Svenson nicht anwesend. Als Gattin des College-Präsidenten hatte sie viele Aufgaben und Pflichten zu erfüllen, die leider nur selten gewürdigt wurden, da die Personen, die davon profitierten, meist kaum etwas davon bemerkten. Wahrscheinlich war es sogar besser, daß Sieglinde Svenson sich nicht im Büro ihres Gatten befand, dachte Peter, als er den Umschlag mit den Fotos hervorzog und den Inhalt auf dem Schreibtisch seines Vorgesetzten ausbreitete.

»Heiliges Kanonenrohr!« Svenson rückte mit seinem Drehstuhl ein Stück nach hinten, während sein Gesicht Schock und Ekel spiegelte.

Er hatte die ermordete Mirelle Feldster zwar am Morgen nach dem Empfang gesehen, doch irgendwie sahen die Fotos noch schlimmer aus.

»Was?«

Präsident Svenson war kein Mann großer Worte. Peter wußte, daß er eine detaillierte Schilderung der letzten beiden Tage erwartete.

»Als wir Mittwoch abend nach dem Empfang zum Haus der Feldsters kamen, verabschiedete sich Mirelle gerade von einem großgewachsenen, imposanten Mann, der einen spezialangefertigten Cadillac Seville fuhr und Florian hieß. Inzwischen weiß ich, daß es sich bei dem Besucher um Florian Feldstermeier handelte, den Sohn des Milchmagnaten Forster Feldstermeier. Sie haben sicher in den vergangen Tagen die Nachrufe auf ihn gelesen. Die Zeitungen waren voll davon.«

»Und?«

»So leid es mir tut, Präsident Svenson, aber Sie werden sich wahrscheinlich schon sehr bald nach einem neuen Dozenten für Milchwirtschaft umsehen müssen.«

»Urrgh!«

»Ich weiß. Ich bedaure es selbst sehr, aber das Leben geht oft seltsame Wege. Der Mann, den wir über dreißig Jahre lang als Jim Feldster kannten und schätzten, ist nämlich in Wirklichkeit James Feldstermeier, der jüngste und der letzte noch lebende von Forsters drei Brüdern und daher der rechtmäßige Herr des Familienschlosses und König des riesigen Intermilk-Imperiums.«

»Urrgh!«

»Das kann man wohl sagen«, meinte Peter zustimmend. »Und wir schauen dabei alle in die Röhre.«

»Heiliger Bimbam, Professor!« Cronkite Swope, der bisher damit beschäftigt gewesen war, wohlklingende Schlagzeilen zu erfinden, erbleichte. Ihm schwante Schreckliches. »Sie wollen doch damit nicht sagen – das darf doch nicht wahr sein!«

»Ist es aber, und vergessen Sie das bloß nicht.«

»Und Sie meinen, Präsident Svenson will nicht, daß der *Sprengel-Anzeyger* diese tolle Story –«

»Tut mir leid für Sie, Swope, aber so ist es nun einmal. Und so wird es auch bleiben, bis wir Ordnung in das Chaos gebracht haben, falls uns dies je gelingen wird. Richtig, Präsident?«

»Urf!«

Cronkite Swope war zutiefst enttäuscht. »Ganz wie Sie meinen, Euer Ehren.«

Peter fuhr mit seinem Bericht fort. »Das Ganze ist eine ziemlich komplizierte Saga, und fragen Sie mich bitte nicht, wie sie ausgehen wird. Nur eins ist absolut sicher: Wir müssen verdammt gut aufpassen, sonst haben wir am Ende die ganze verflixte Rechtsabteilung von Intermilk auf den Fersen, die Milchkannen voller Strafandrohungen über uns ausgießt. Ich kann Ihnen eine kurze Zusammenfassung der bisherigen Ereignisse geben, aber es darf nichts davon an Uneingeweihte weitergegeben werden, eine Haltung, die Jim sicher teilen würde.«

»Ungh!«

»Ich könnte es selbst nicht besser ausdrücken. Sie wissen ja inzwischen, daß Jim sich mit den Feuerflitzern treffen wollte, aber niemals dort ankam, und daß seine Frau mitten in der Nacht schreiend vor unserem Haus auftauchte und verlangte, ich solle ausziehen, um nach ihrem verirrten Gatten zu suchen. Ich weigerte mich, vor allem deshalb, weil ich die Nase voll hatte von Mirelles Allüren. Außerdem wußte ich genau, daß sie das Auto benutzt hatte, weil sie keine Lust hatte, die halbe Meile zu ihren Bridgefreundinnen zu Fuß zurückzulegen. Ich ging davon aus, daß Jim die Nacht in Lumpkinton verbringen und am nächsten Morgen mit Elver Butz wieder auftauchen würde, was sich jedoch als falsch herausstellte.«

Svenson nickte. Er kannte die Geschichte mit Elver Butz schon. Peter fuhr fort. »Ich bin nicht sonderlich stolz auf mein

Verhalten, aber es hätte keinen Sinn gemacht, mitten in der Nacht nach Jim zu suchen. Wie sich später herausstellte, hatte man ihn entführt. Er wurde in eine Limousine gezerrt, unter Drogen gesetzt, an einen gottverlassenen Ort mitten in der Wildnis von Beamish gebracht, falls Sie wissen, wo das ist. Dann stürzte man ihn mit dem Wagen, wahrscheinlich war es derselbe graue Lincoln, mit dem man ihn entführt hatte, als er auf dem Weg zu Elver war, in eine Schlucht.«

»Polizei?«

Die Frage klang wie der Schuß aus einer Haubitze. Da Peter wußte, wie sehr der Präsident es haßte, seinem College Negativschlagzeilen zu bescheren, beeilte Peter sich, ihn wieder zu beruhigen.

»Es ist alles in Ordnung. Der Beamish-Fall ist sozusagen zu den Akten gelegt worden, ohne daß die Staatspolizei davon Wind bekommen hat. Sie wissen von dem Wagen in der Schlucht und auch, daß er von einem Autoverleih in Hoddersville stammte, aber bevor sie die Gelegenheit hatten, den Fall genauer zu untersuchen, wurde der Wagen von Vandalen zerstört.«

Kapitel 22

Die ersten Tage des Wintersemesters sind immer hektisch, doch momentan hatte der Präsident nur Ohren für das, was Peter Shandy zu sagen hatte.

Er schilderte, wie Catriona McBogle unverhofft bei den Shandys hereingeschneit war, wie sie zufällig den Zeitungsbericht über den kürzlich verstorbenen Neunzigjährigen gelesen hatte, der so viele Jahre lang der Kopf der berühmten Feldstermeier Farms gewesen war, und in einer Bibliothek in einer Stadt, an deren Namen sie sich kaum erinnern konnte, weiterrecherchiert hatte. Weiterhin berichtete er, wie sie auf die fürchterliche Straße geraten war, die Limousine in der Schlucht entdeckt und schließlich Forster Feldstermeiers einzigen noch lebenden Bruder gefunden hatte, der hilflos, halb verhungert und halb verdurstet, ohne Hoffnung auf Rettung kopfüber in seinen Sicherheitsgurten hing.

Die Geschichte ging natürlich weiter, doch Peter beschloß, nicht alles zu erzählen. Besonders die Dinge, die ihm James Feldstermeier während der langen Fahrt von Maine anvertraut hatte, nachdem er wieder Herr seiner Stimme war und keine Angst mehr hatte zu reden, behielt er diskret für sich. Die Vertraulichkeiten waren nur für das Ohr seines Nachbarn bestimmt gewesen, neben dem er so viele Jahre lang gewohnt hatte und dessen Freund er erst geworden war, als die Zeit des Abschiednehmens gekommen war.

Cronkite Swope brütete über diversen Einzelheiten, die Peter erzählt hatte. »Sie saßen also zu viert bei der Frau des Milchmanns und tranken Champagner, während ihr Mann um sein Leben kämpfte. Daraus könnte man eine gute Story machen. Darf ich wirklich nicht darüber schreiben?«

»Nej!« knurrte Svenson.

Swope kannte zwar außer »Smörgasbord« kein Wort Schwedisch, doch er konnte unschwer interpretieren, was der Präsident meinte. Peter reagierte etwas gemäßigter.

»Falls Sie denken, wir hätten zügellos gefeiert, während der arme Jim in den Seilen hing, Swope, sind Sie schief gewickelt. Wir sind direkt vom Empfang zu Mirelle gegangen, waren müde und wollten nur noch ins Bett. Aber sie wollte unbedingt, daß wir bleiben und mit ihr ein Glas Champagner trinken, und wir dachten, daß uns ein Viertelstündchen schon nicht umbringen würde. Keiner von uns hatte das Haus je betreten, seit die Feldsters eingezogen waren, auch wenn Ihnen das noch so merkwürdig vorkommen mag. Wir waren ziemlich sprachlos, als wir den schneeweißen Teppich und die unzähligen Gänschen und Hündchen aus Porzellan sahen. Wir haben uns ganz vorsichtig gesetzt und sind bald wieder gegangen, nachdem Mirelle jedem von uns ein winziges Glas Champagner serviert hatte.«

»Was war es denn für ein Glas?« Crokite Swope hatte sich anscheinend in den Kopf gesetzt, für den Tag, an dem er die Geschichte endlich bringen durfte, alles Zitierbare aus dem Gespräch herauszuholen, was nur herauszuholen war, auch wenn es noch so dürftig ausfiel.

»Helen hat es als Flöte bezeichnet, und es bestand kein Grund, ihr zu widersprechen«, sagte Peter. »Was starren Sie mich denn da so intensiv an, Swope?«

»Die Fotos. Finden Sie es nicht merkwürdig, daß Mrs. Feldster ausgerechnet so gesessen hat? Mitten im Zimmer, als würde sie irgend jemandem eine Audienz gewähren? Standen die Stühle auch schon so, als Sie mit den Porbles da waren?«

Peter ließ sich von Swope die Bilder geben und fischte seine Brille aus seiner Brusttasche. »Nein, Swope, da haben sie ganz anders gestanden. Der Stuhl, auf dem sie hier sitzt, stand zu dem Zeitpunkt am Fenster, wenn ich mich richtig erinnere. Phil Porble hat darauf gesessen und nur darauf gewartet, das Schiff bei der nächsten Gelegenheit zu verlassen. Als wir unseren Champagner ausgetrunken hatten, war Mirelle bereits beim dritten oder vierten Glas. Sie lag auf dem komischen Sofa, das Sie im Hintergrund sehen. Davor stand ein dreiteiliger Beistelltisch voller Porzellanhäschen, der anscheinend umgestoßen wurde, nachdem wir weg waren. Ein Tischbein und ein Teil des zerbrochenen Porzellans sind auf dem Bild noch zu sehen. Meiner Meinung nach hat jemand mit Absicht darauf herumgestampft und die Scherben in den Teppich getreten, aber das ist natürlich nur eine Theorie.«

»Ungh.« Das war die erste Äußerung, die Dr. Svenson seit einer geraumen Zeit gemacht hatte. »War sie besoffen?«

»Ich würde sagen, sie war ziemlich angetüddelt, aber nicht richtig blau. Verflixt noch mal! Ich würde wirklich gern wissen, warum sie ausgerechnet auf dem unbequemen Stuhl mitten im Zimmer gesessen hat. Haben Sie eine Erklärung dafür, Präsident?«

»Nein. Sie haben die Fotos gemacht.«

»Das stimmt, und es hat mich soviel Überwindung gekostet, daß ich über das, was ich sah, gar nicht nachgedacht habe. Haben Sie während der letzten beiden Tage zufällig mit Ottermole gesprochen? Ich wüßte gern, ob der Autopsiebericht schon vorliegt und ob der Leichenbeschauer mit Melchetts Theorie übereinstimmt.«

»Fragen Sie ihn.«

»Es wird mir nichts anderes übrigbleiben. Ich werde mich auf Sie berufen, wenn es Ihnen recht ist.«

»Argh.«

Das Gespräch war beendet. Svenson brütete bereits über dem nächsten Punkt seines übervollen Terminkalenders. Shandy und Swope verließen das Büro, ohne daß der Präsident sie auch nur eines Blickes würdigte.

»Wohin gehen wir jetzt?« fragte Swope.

»Gute Frage. Sollten Sie nicht eigentlich schon längst irgendwo anders sein?«

»Heißt das, Sie wollen mich loswerden, Professor?«

»Wenn ich ehrlich sein soll, ja. Ich muß unbedingt den Autopsiebericht lesen, und dann möchte ich Melchett einige Fragen stellen, die er sicher in Ihrem Beisein nicht gern beantworten würde, auch wenn er es normalerweise noch so sehr genießt, seinen Namen im *Sprengel-Anzeyger* zu lesen. Ich habe den Verdacht, daß er vielleicht bei seiner Untersuchung etwas Wichtiges übersehen hat, aber lassen Sie das um Himmels willen niemanden wissen.«

»Großes Ehrenwort. Er ist in der letzten Zeit ohnehin ziemlich gereizt. Als meine Mutter ihn neulich angerufen hat, um mit ihm über einen Wechsel in Großvaters Medikamenten zu sprechen, hat er ihr fast den Kopf abgerissen.«

»Na ja, Melchett müßte so Ende Sechzig sein. Wahrscheinlich hat er Angst vor dem Alter. Aber mal was ganz anderes: Falls Sie ein bißchen Zeit übrig haben, könnten Sie doch eigentlich einen Artikel über die College-Ställe schreiben.«

»Toll! Über den Milchmann?«

»Aber Sie dürfen ihn erst nach Rücksprache mit mir und Präsident Svenson veröffentlichen. Und zwar genau in dieser Reihenfolge. Vertrauen Sie mir einfach, Swope.«

»Klar doch, Professor. Danke.« Swope schoß davon wie eine Rakete.

Peter ging in sein Büro, rief bei der Polizei an und erfuhr, daß er bitte eine Nachricht hinterlassen sollte, falls es nicht dringend sei. Für dringende Fälle schlug der Anrufbeantworter vor, doch bitte Chief Ottermoles Privatnummer anzurufen. Peter vermutete, daß der Polizeichef sich gerade auf seiner Runde abstrampelte, und rief statt dessen in der Praxis von Dr. Melchett an, wo er von einem anderen Anrufbeantworter eine ähnliche Nachricht erhielt. Der Arzt war sicher noch im Krankenhaus von Hoddersville. Peter hinterließ seine Telefonnummer auf beiden Anrufbeantwortern und vertiefte sich in ein neues Lehrbuch über das Klonen von Zellkulturen.

Er lernte eine Menge interessanter Dinge, bevor Melchett ihn höchstpersönlich zurückrief und zum Mittagessen einlud.

Seine plötzliche Herzlichkeit Peter gegenüber war anscheinend darauf zurückzuführen, daß Mrs. Melchett außer Haus weilte. Doch sie hatte einen Auflauf vorbereitet, einen fertig angemachten Salat im Kühlschrank hinterlassen, einen Früchtekompott und einige Makronen auf die Anrichte gestellt und die

Kaffeemaschine soweit vorbereitet, daß man sie nur noch einzuschalten brauchte. Der Tisch in der Eßecke war für zwei Personen gedeckt. Melchett erklärte, er bringe manchmal Kollegen mit, wenn die Dame des Hauses wichtige Termine habe.

Die wichtigen Termine bedeuteten meist, daß Mrs. Melchett für eine Verkäuferin einspringen mußte, die gerade mit Migräne im Bett lag, oder in einem der sieben Konfektionsläden, die ihr Vater in verschiedenen Städten aufgebaut hatte, noch schnell ein Kleid für eine verzweifelte zukünftige Braut ändern mußte. Für die Geschäfte war ihr Bruder verantwortlich, seit er sein Marketing-Studium am College absolviert hatte und sich mit viel Enthusiasmus und Erfindergeist in die Arbeit gestürzt hatte. Laut Helen wartete Mrs. Melchett ungeduldig auf den Tag, an dem ihr Vater endlich in Pension ging und ihr Bruder zu sehr mit seinem neuesten Computer beschäftigt war, um sich den Kopf über neue Modestile zu zerbrechen. Dann würde sie einmal im Monat nach New York fliegen und alle Top-Designer der führenden Modehäuser um sich scharen. Man würde vor Ehrfurcht erstarren, wenn man mit ihr zusammentraf. Die Ladenkette war zwar all die Jahre erfolgreich gewesen, doch als Verkäuferin genoß sie natürlich nicht dasselbe Prestige wie als Arztgattin, jedenfalls nicht in Balaclava County. In New York dagegen ...

Während Mrs. Melchett ihr Verkaufstalent in den Geschäften ihres Vaters vervollkommnete, spielte ihr Mann den hingebungsvollen Gastgeber. Er stellte die Salatschüssel neben Peters Ellbogen und die heiße Auflaufform vor sich selbst auf den Tisch und bemerkte lächelnd, er wolle seinen Gast schließlich bedienen und nicht etwa dessen Brandwunden versorgen. Der Witz war weder neu noch originell, doch Peter rang sich trotzdem ein Lächeln ab, denn das Essen schmeckte wirklich hervorragend.

Während Melchett sich selbst bediente, bemerkte Peter vier frische rote Kratzer auf seiner Hand. »Ich wußte gar nicht, daß Sie eine Katze haben«, sagte er.

»Haben wir auch nicht. Meine Frau hat einen Zwergspitz, aber den hat sie Gott sei Dank heute mitgenommen.« Er sah, daß Peter auf seinen zerkratzten Handrücken starrte. »Ach so, Sie meinen das hier? Es ist mir zwar ein wenig peinlich, aber ich habe mir eben die Hand am Ofenrost verbrannt, als ich den Auflauf herausgenommen habe. Aber es ist wirklich nicht der Rede wert.«

Nachdem Peter anstandshalber eine Weile schweigend gekaut und geschluckt hatte, kam er schließlich auf den eigentlichen Grund seines Besuches zu sprechen. »Wie Sie sich vielleicht schon gedacht haben, Melchett, bin ich im Auftrag von Präsident Svenson hier. Er will unbedingt wissen, was Sie von dem Autopsiebericht des Leichenbeschauers halten. Er bedauert, daß er Sie heute mittag nicht persönlich treffen konnte, doch Sie können sich ja sicher vorstellen, wie hektisch es momentan im College zugeht. Der Tropfen, der das Faß sozusagen zum Überlaufen gebracht hat, ist Mirelles Schwester. Sie ist einfach in das Feldster-Haus eingezogen, in der irrigen Meinung, daß es jetzt ihr gehöre. Ich weiß noch nicht, ob der Präsident sich selbst darum kümmert oder jemand anderen damit beauftragen wird.«

Melchett zuckte mit den Achseln, um seinem Gegenüber klarzumachen, daß seine eigenen Verpflichtungen mindestens genauso wichtig waren wie die von Präsident Svenson und er keinen Lakai wie Peter hatte, der die Laufarbeit für ihn erledigte. Peter entschied, daß dies der richtige Moment war, um die Fotos hervorzuholen, die er an dem Morgen gemacht hatte, als Grace Porble die blutüberströmte Mirelle Feldster tot in ihrem Wohnzimmer gefunden hatte.

»Vielleicht möchten Sie sich die Bilder einmal ansehen, Melchett. Sie haben ja schließlich die Aufnahmen überwacht.«

Melchett hatte natürlich nichts dergleichen getan, doch vielleicht konnte man ja selbst einem Arzt seine bittere Medizin ein wenig versüßen. Peter zog die unappetitlichen Farbfotos aus dem braunen Umschlag, in dem er sie aufbewahrte, und reichte sie seinem Gastgeber.

»So, da sind sie. Leider sind die Aufnahmen erschreckend gut geworden. Aber Sie sind sicher durch Ihren Beruf ziemlich abgestumpft.«

»Abgestumpft ist man nie, Shandy. Abgehärtet vielleicht, aber es ist trotzdem nicht leicht, besonders wenn man das Opfer seit langem kennt.«

Der Arzt schien tatsächlich großen Widerwillen gegen die Bilder zu empfinden. Die blutbeschmierte Leiche auf dem Gobelinstuhl traf ihn wohl ziemlich hart.

»Wissen Sie, Shandy, zum ersten Mal in meiner langen ärztlichen Laufbahn bin ich wirklich betroffen. Ich dachte immer, ich würde Mirelle Feldster ziemlich gut kennen. Zugegeben, sie war in vielerlei Hinsicht eine schwierige Patientin, aber ich hätte nie gedacht, daß sie etwas so unglaublich Wahnwitziges tun würde. Möglicherweise ist sie nach Jims melodramatischem Verschwinden völlig ausgeklinkt.«

Er stieß einen Seufzer aus. »Ich kann das alles nicht verstehen. Ich war mir ziemlich sicher, daß sie mit dem Gerinnungshemmer, den ich ihr verschrieben hatte, umgehen konnte. Ich dachte, ich wüßte alles über das Medikament, aber ...«

Melchett starrte auf die Bilder und schien den Anblick kaum ertragen zu können. Peter konnte ihn nur allzu gut verstehen. »Ich weiß nicht, was ich sagen soll, Shandy. Ich habe das gleiche Medikament schon vielen meiner Patienten verschrieben, und die Behandlung war bisher immer erfolgreich. Ich kann mir das Ganze nur so erklären, daß Jim Mirelle die Tabletten hingelegt hat, aber vergessen hat, ihr zu sagen, wie viele sie nehmen sollte. Oder sie hat sie absichtlich – aber das ist einfach undenkbar.«

Der Arzt stand auf und schüttelte den Kopf wie ein Schwimmer, der gerade aus dem Wasser steigt. »Tut mir leid, Shandy, ich hätte nicht so viel reden sollen. Meine Nachmittagssprechstunde beginnt in genau fünfzehn Minuten, und ich muß noch einiges erledigen, bevor meine Patienten kommen. Vielen Dank, daß Sie gekommen sind, ich habe Ihre Gesellschaft sehr genossen.«

Für Melchett war der Besuch eindeutig beendet, doch so leicht ließ Shandy sich nicht abschütteln. »Eh – Präsident Svenson möchte unbedingt den Autopsiebericht sehen. Könnten Sie mir vielleicht Ihr Exemplar borgen, damit ich es für ihn kopieren kann?«

»Wie? Ich habe den Bericht selbst noch nicht gesehen. Ottermole hat mir versichert, er sei mit der Morgenpost gekommen, aber ich hatte noch keine Zeit, zu ihm zu gehen und mir den Brief zu holen. Vielleicht könnten Sie das für mich übernehmen? Dann könnten Sie auch gleich eine Kopie für Svenson machen.«

Melchetts wichtigtuerische Art gefiel ihm zwar nicht, doch da das Polizeirevier ohnehin auf Peters Besuchsliste stand, dankte er dem Arzt für das Essen und verabschiedete sich.

Als Peter das kleine Polizeirevier betrat, stellte er fest, daß Fred Ottermole den Rat seiner Frau, nach dem Essen seinem Magen ein wenig Ruhe zu gönnen, sehr genau befolgte. Noch ein klein wenig mehr Ruhe, und er hätte genauso friedlich gedöst wie Edmund, der es sich auf seinem Lieblingsplatz, im Korb mit der eingegangenen Post auf Ottermoles Schreibtisch, bequem gemacht hatte.

Beide öffneten die Augen und richteten sich auf, und beide entspannten sich sofort wieder, als sie Peter erkannten. Edmund begann, seinen linken Vorderlauf zu lecken. Fred leckte genüßlich den letzten Krümel von Edna Maes Meatloaf Sandwich von seiner Oberlippe und sagte: »Ich hatte Sie schon erwartet. Haben Sie noch was über den Kerl mit dem Cadillac rauskriegen können, der Mirelle in der Mordnacht besucht hat?«

»Florian Feldstermeier? Was ist denn mit ihm?«
»Er hat den Lincoln von Royal Rentals geklaut.«
»Wie bitte?«
»Mr. Royal, das ist der Besitzer des Autoverleihs, sagte, der Mann habe sich am Samstag seine Autos angesehen und hätte sich dabei besonders für den Lincoln interessiert. Hat behauptet, seine Tante bräuchte 'nen Wagen, weil sie zu Besuch kommen wollte. Angeblich wollte sie unbedingt ein Auto, das gleichzeitig bequem und vollautomatisch sein sollte.« Freds sympathisches Gesicht nahm einen wehmütigen Ausdruck an. Das Fahrrad seines Sohnes lehnte immer noch hinter seinem Schreibtisch an der

Wand. »Er hat gesagt, er würde Montag wiederkommen. Was er wohl auch getan hat. Allerdings war er vor Mr. Royal da. Wahrscheinlich hat er den Wagen kurzgeschlossen und ist dann damit los. Royal hat erst gemerkt, daß ein Wagen fehlte, als er Montagabend abschließen wollte. Er hat den Diebstahl sofort der Polizei in Hoddersville gemeldet, aber zu dem Zeitpunkt parkte der Wagen wahrscheinlich schon mit der Schnauze nach unten in der Schlucht.«

»Woher wollen Sie wissen, daß es Florian Feldstermeier war?«

»Anhand der Beschreibung, die Helen mir gegeben hat – groß, kräftig, blond, blaue Augen. Um die Fünfzig.«

»Aber diese Beschreibung trifft auf Hunderte von Männern zu.«

»Stimmt, aber Royal Rentals ist ein vornehmer Laden, der nur Luxuswagen vermietet. Mr. Royal sagte, daß einige seiner Kunden so stinkreich sind, daß sie es nicht nötig haben, sich fein anzuziehen. Er hält den Kerl für steinreich, weil er eine Windjacke und ganz gewöhnliche Arbeitsstiefel getragen hat. Da ist mir wieder eingefallen, daß Helen erzählt hat, der Cadillac-Mann wäre so gut angezogen gewesen, daß man es gar nicht gemerkt hätte.«

»Genial«, sagte Peter. Das war es tatsächlich. »Es gibt da nur einen ganz kleinen Haken. Florian Feldstermeier hat nämlich das gesamte Wochenende am Totenbett seines Vaters verbracht, was diverse Feldstermeiers bezeugen können.«

»Mist«, sagte Ottermole völlig niedergeschmettert.

»Macht nichts. Ist das hier der Autopsie... Aua!« Peter riß seine Hand fort, mehr erschrocken als verletzt, obwohl es tatsächlich weh tat. Edmund hatte ihm mit den Krallen ein paar häßliche Kratzer versetzt und starrte ihn immer noch wütend an, mit zurückgelegten Ohren und peitschendem Schwanz.

»Edmund! Bist du bescheuert?« schrie Fred. »Alles in Ordnung, Peter? Jesses, das tut mir wirklich leid.«

»Schon in Ordnung. Es war meine Schuld. Entschuldigung, Edmund, ich hätte nicht versuchen sollen, den Umschlag unter dir wegzuziehen, ohne dich vorher um Erlaubnis zu fragen.«

Die roten Kratzer, die er sich durch sein unhöfliches Verhalten eingehandelt hatte, bluteten zwar nicht, taten aber trotzdem weh. Peter wußte, daß der große Kater ihm weit schlimmere Wunden hätte zufügen können, wenn er gewollt hätte. Er sprach beruhigend auf das Tier ein, woraufhin sich Edmunds Schwanz wieder beruhigte und seine Ohren wieder ihre normale aufrechte Position annahmen. Schließlich hob der Kater sogar das Kinn, um sich versöhnlich kraulen zu lassen. Als Peter ihm jetzt zu verstehen gab, daß er sich gern den besagten Umschlag nehmen würde, erhob sich der Kater ohne Murren und stieg elegant aus dem Korb.

Ottermole schüttelte immer noch verständnislos den Kopf. »Die einzige Person, bei der er so was je gemacht hat, war Mirelle Feldster.«

»Wahrscheinlich, weil sie keine Katzen mochte«, sagte Peter, dem es peinlich war, mit seiner unüberlegten Bewegung einen Katerangriff provoziert zu haben. Trotzdem konnte er nicht verstehen, warum das Tier sich derart gereizt aufgeführt hatte. Er richtete seine Aufmerksamkeit auf den Umschlag mit dem Absender des Coroners. Er war noch verschlossen. »Haben Sie ihn denn noch nicht gelesen?«

»Nein. In den Dingern steht immer so viel Fachchinesisch, daß ich lieber warte, bis einer der Ärzte kommt und ihn mir übersetzt.«

»Verstehe. Ich mache eine Kopie davon und übersetze ihn für Sie«, sagte Peter.

Er verließ die Polizeistation und ging schnurstracks zur Bibliothek. In einer vom Hauptlesesaal abgetrennten Nische standen mehrere Kopiergeräte, die von den Studenten genutzt werden konnten, doch Helen hatte im Buggins-Raum einen eigenen Kopierer. Auf genau den hatte Peter es abgesehen.

»Seid gegrüßt, schönste Elfe.« Helen war gerade dabei, Ordnung in einen Karteikasten zu bringen, schaute hoch, um zu sehen, wer der Besucher war, und drehte ihr Gesicht in die optimale Kußposition. »Wo hast du denn die ganze Zeit gesteckt?«

»Bei Fred Ottermole. Du wirst es nicht glauben, aber vorher

habe ich mit Melchett höchstpersönlich in dessen Hause zu Mittag gegessen. Mrs. Melchett hatte dringende Termine.«

»Höchstwahrscheinlich mußte sie die neuesten Badeanzüge und Abendroben anprobieren. Aber wieso warst du ausgerechnet bei Dr. Melchett? Liebling, du bist doch nicht etwa krank?«

»Mir fehlt gar nichts. Außer meiner Gattin, wenn sie fern von mir ist. Das Essen war übrigens gar nicht so schlecht.«

»Was gab es denn?«

»Einen erstaunlich leckeren Auflauf und einen Salat. Den Rest habe ich vergessen. Kleingeschnittenes Obst und Plätzchen aus Weizenkeimen und Sauermilch, glaube ich. Irgend etwas in der Richtung jedenfalls. Mrs. Melchett scheint eine recht gute Köchin zu sein.«

»Wie du meinst, Liebling.«

»Warum grinst du denn so?«

»Zufällig weiß ich, daß sie ihre Menüs bei Mrs. Mouzouka kauft und dann bei Bedarf aufwärmt. Seit wann bist du denn mit Dr. Melchett so dick befreundet, daß ihr zusammen speist?«

»Bin ich ja gar nicht. Wir haben die gleiche förmliche Beziehung wie eh und je. Ich dachte bloß, er hätte vielleicht schon die Ergebnisse des Autopsieberichts von Mirelle Feldster, aber er sagte, er habe sie nicht. Ich habe den Brief daraufhin bei Fred abgeholt und versprochen, ihm eine Kopie zu machen. Genau das wollte ich gerade tun. Ist das Ding geölt, geschmiert und einsatzbereit?«

»Es brennt nur darauf, dir zu Diensten zu sein, allerdings nur, wenn du mir den Bericht vorher zeigst.«

»Das hatte ich ohnehin vor, aber wir sollten möglichst schnell lesen, sonst steigt uns Melchett noch aufs Dach. Vielleicht interessiert es ihn aber auch gar nicht. Er faselt ständig von dem Gerinnungshemmer, den er ihr verschrieben hat, und versucht sich und der Welt weiszumachen, Jim hätte Mirelle absichtlich eine zu hohe Dosis von dem Zeug hingelegt, bevor er sich in Luft auflöste.«

»Glaubst du, Dr. Melchett hat Angst, daß er selbst aus Versehen etwas falsch gemacht haben könnte?« erkundigte sich Helen.

»Alles ist möglich, besonders wenn der behandelnde Arzt ein alter Truthahn ist, der lieber mit geschwellter Brust herumstolziert und beruhigend auf die Patienten einschwatzt, statt ordentlich zu arbeiten. Gibst du mir mal den Brieföffner?«

»Überlaß das ruhig mir, ich bin äußerst geschickt im Öffnen von Briefen.«

Helen schlitzte den Umschlag auf, legte den Brieföffner beiseite, entfaltete das Schreiben und begann zu lesen. Peter schaute ihr über die Schulter und stellte dabei fest, wie wunderschön diese Schulter doch war, bis sein Blick auf auf eine Zeile fiel, bei der es sich seiner Meinung nach nur um einen Irrtum handeln konnte.

Kapitel 23

Nachdem sie den Bericht gelesen und kopiert hatte, sagte Helen: »Peter, hast du die Fotos mitgebracht?«

»Ach herrje! Ich hatte gehofft, du würdest nicht danach fragen. Sie gefallen dir bestimmt nicht.«

»Das habe ich auch nicht erwartet.« Helen nahm die Bilder, die Dr. Melchett so aus der Fassung gebracht hatten, und versuchte, sich nichts anmerken zu lassen. Es gelang ihr nicht sonderlich gut. »Nur gut, daß ich keine Zeit für mein Mittagessen hatte. Irgendwie hatte ich gehofft, es wäre weniger schlimm. Immerhin habe ich Mirelle ja gesehen, kurz nachdem sie – aber – puh, ist das scheußlich!«

Peter legte seinen Arm um sie. »Ich weiß, Liebes. Komm, wir gehen zu Melchett. Die frische Luft wird dir guttun. Du hast nicht zufällig das Original auf dem Kopierer liegen lassen?«

»Ich muß doch sehr bitten! So schlimm ist es Gott sei Dank noch nicht. Hier hast du Umschläge für die beiden Kopien. Obwohl Thorkjeld eigentlich gar keine braucht. Er weiß immer schon alles, bevor es passiert. Oh verflixt, ich scheine heute zwei linke Hände zu haben. Bist du so lieb und machst es für mich?«

Peter faltete die beiden Kopien zusammen und verstaute sie in ihren Umschlägen, steckte auch das Original wieder in seinen Umschlag und schob alle drei Umschläge in die Innentasche seiner Jacke. Er durfte sie auf keinen Fall irgendwo auf dem Campus verlieren. Immerhin bestand die Möglichkeit, daß ein nichtsahnender Studienanfänger sie fand, überall im College herumzeigte und eine allgemeine Panik heraufbeschwor.

Der kurze Spaziergang tat den Shandys gut. Das Haus der Melchetts war ohnehin einen Besuch wert. Wie viele alte Häuser in Neuengland strahlte es eine heitere Gelassenheit aus, die ihresgleichen suchte. Den Großteil der Arbeit hatte der Urgroßvater des momentanen Besitzers verrichtet. Er war nicht nur ein begabter Zimmermann, sondern auch der erste Arzt in der Familie gewesen. Darüber hinaus war er diversen anderen Tätigkeiten nachgegangen, wie es in der damaligen Zeit üblich war.

Sein erster Patient hatte ihm als Honorar für seine ärztliche Kunst ein Pferd verehrt, das häßlich wie die Nacht war und an Rotz litt. Die Nachbarn hatten sich ins Fäustchen gelacht über den jungen Spund, der sich für einen Arzt hielt. Doch Melchett hatte das Pferd kuriert, gestriegelt und hochgepäppelt und danach seine Hausbesuche jahrelang hoch zu Roß absolviert. Er hatte Zähne gezogen – bei Mensch und Pferd gleichermaßen –, Abszesse gespalten und Geburtshilfe geleistet. Er war in stockfinsterster Nacht losgeritten, um die Folgen von Kneipenschlachten zu nähen, gebrochene Beine zu schienen oder am Bett alter kranker Damen zu wachen, deren Schmerzen mehr durch die Gegenwart des Arztes als durch seine Medizin gelindert wurden.

Sein Sohn war aufs College gegangen und hatte in kürzester Zeit alles gelernt, was er wissen mußte. Er war ein erfolgreicher Arzt geworden und hatte sich für seine Patientenbesuche einen schmucken kleinen Einspänner zugelegt. Sein Enkel hatte den alten Einspänner gegen eine nagelneue Kutsche eingetauscht, die manchmal muckte und nicht mit Hafer, sondern mit Benzin gefüttert wurde. Melchetts Vater fuhr zuerst einen Packard und später ein Oldsmobile. Der momentane Melchett legte sich alle drei Jahre ein neues Auto zu, machte nur selten Hausbesuche, und auch nur dann, wenn die Leidenden so reich oder prominent waren, daß es sich lohnte.

Leider starb die Familie nunmehr aus. Melchett der Vierte und seine Gattin hatten keine Nachkommen, was sie jedoch wenig zu stören schien. Angeblich beabsichtigten sie, ihren Familiensitz irgendwann dem College zu vermachen. Über den späteren Zweck hatte man sich noch keine Gedanken gemacht, klar war nur, daß der Name Melchett eines Tages gut lesbar, mit dem gebührenden Pomp und selbstverständlich möglichst dekorativ das Gebäude zieren sollte. Momentan verarztete Dr. Melchett gerade eine Patientin und durfte nicht gestört werden. Peter reichte der Arzthelferin den Autopsiebericht. Die Dame war weder jung noch alt, angemessen, aber unauffällig gekleidet und höflich, ohne dabei anbiedernd zu wirken. Offensichtlich hatte Mrs. Melchett sie höchstpersönlich ausgewählt.

»Das hätten wir, Süße«, sagte Peter nach vollbrachter Übergabe zu Helen. »Und wohin jetzt?«

»Meinst du, Mrs. Mouzouka hat noch was von ihrer berühmten Zitronenbaiser-Pie?«

Die Zitronenbaiser-Pie war wie immer fabelhaft. Doch genau wie Großtante Beulah leider nicht fabelhaft genug, um die Gedanken der Shandys lange von dem merkwürdigen Autopsiebericht abzulenken. Als sie die Fakultätsmensa verließen, sagte Peter: »Ich glaube, ich statte Dan Stott eine kurze Stippvisite ab und frage ihn, was er von dem Bericht hält. Du brauchst nicht mitzukommen, wenn du nicht magst.«

»Ich möchte aber mitkommen«, meinte Helen. »Wir wissen beide, welche Folgen das alles für das College haben könnte. So können wir wenigstens alle gemeinsam mit dem sinkenden Schiff untergehen.«

»Oh, ich glaube nicht, daß es dazu kommt. Also dann, bringen wir es so schnell wie möglich hinter uns.«

Die Abteilung für Nutztierzucht muhte, quakte und wieherte ziemlich genauso wie sonst, doch die Ställe wirkten ohne den langen Lulatsch im weißen Kittel mit seinen weißen Leinenschuhen irgendwie leer. Man fragte sich unwillkürlich, was Jim Feldstermeier wohl gerade tat. Helen faßte den gemeinsamen Gedanken in Worte. »Wie mag es wohl Jim gehen?«

»Wahrscheinlich versucht er gerade, den Hubschrauber zu melken«, antwortete Peter geistesabwesend. »Hoffentlich ist Dan Stott überhaupt in seinem Büro.«

»Bestimmt. Laut Iduna hält er nach dem Essen immer ein kleines Nickerchen an seinem Schreibtisch.«

»Das überrascht mich nicht. Folge mir, geliebtes Herz, hier geht es zu den Elefanten.«

Professor Stott befand sich genau da, wo sie ihn vermutet hatten. Er saß mit geschlossenen Augen zurückgelehnt auf seinem riesigen Drehstuhl, und um seine Lippen spielte ein seliges Lächeln. Dabei grunzte und schnaufte er leise und zufrieden, wie es wahrscheinlich auch ein besonders edler Eber tun würde.

»Ein Bild für die Götter«, murmelte Helen entzückt. »Das würde kein Maler so perfekt hinbekommen. Mit Ausnahme von Rosa Bonheur vielleicht. Jammerschade, daß wir ihn wecken müssen.«

Doch das war gar nicht nötig. Personen, die einen Großteil ihrer Zeit mit großen Wiederkäuern verbringen, scheinen die Gegenwart ihrer Schützlinge auf mysteriöse Weise zu spüren, wie Stott selbst einmal treffend bemerkt hatte. Zwar waren Peter und Helen alles andere als große Wiederkäuer, doch die mysteriöse Verbindung schien trotzdem zu funktionieren. Der Mann auf dem Drehstuhl öffnete zuerst das eine und dann das andere Auge und sah, daß es gut war. Er wuchtete sich hoch und teilte ihnen mit sanften, freundlichen Worten mit, wie sehr er sich freue, Besuch von zwei lieben alten Freunden zu bekommen.

»Tut mir leid, Dan, aber wir sind leider nicht zum Vergnügen hier«, sagte Peter. »Wir stören Ihre kleine Verdauungsmeditation wirklich nur sehr ungern. Eh – Sie haben doch hoffentlich keinen empfindlichen Magen?«

»Soll ich aus dieser Frage ein gewisses Interesse an meinem Verdauungssystem ableiten?«

»So könnte man es ausdrücken. Aber Spaß beiseite, da Sie und Iduna nicht auf dem Crescent wohnen, haben Sie vielleicht von den – eh – Ereignissen an unserem Ende des Campus noch nichts gehört.«

»Haben diese Ereignisse vielleicht im weitesten Sinne etwas mit dem merkwürdigen Verschwinden meines geschätzten alten Kollegen Jim Feldster und dem plötzlichen Ableben seiner Gattin zu tun?«

»Haben sie, aber ich sollte besser vorher erwähnen, daß der Präsident aus diversen guten und verständlichen Gründen die ganze unschöne Geschichte möglichst unter Verschluß halten möchte. Gut sind die Gründe eigentlich nicht, wenn man ehrlich sein soll, aber verständlich allemal. Sie haben von Mirelle Feldsters Tod gehört, aber möglicherweise haben Sie noch nicht gehört, daß zunächst vieles auf Mord schließen ließ. Inzwischen scheint diese Frage geklärt, aber selbst wenn man Mirelle nicht umgebracht hat, ist in der Nacht etwas wirklich Scheußliches mit ihr passiert.«

Peter kramte in seiner Rockinnentasche und zog das Päckchen Fotos und den Autopsiebericht hervor. »So hat Grace Porble sie an dem Morgen nach dem Empfang beim Präsidenten gefunden. Sie wollte Mirelle ein paar Plätzchen bringen, die sie natürlich aus naheliegenden Gründen nicht mehr essen konnte.«

»Herr des Himmels!«

Ob es die abscheulichen Farbfotos waren, die Stott zu diesem Ausruf veranlaßten, oder die Tatsache, daß Mirelle die leckeren Plätzchen nicht mehr hatte essen können, war nicht ganz klar, doch er wirkte ziemlich schockiert. Da er nicht zu unüberlegten Schlüssen neigte, schaute er sich jedes Foto lange an, obwohl alle ziemlich ähnlich aussahen. Dann steckte er sie mit größter Sorgfalt wieder zurück in den Umschlag und widmete sich dem Autopsiebericht. Er las ihn langsam und konzentriert, achtete dabei auf die Interpunktion und schüttelte schließlich nachdenklich den Kopf. »Es wurden große Mengen von Coumadin im Blut nachgewiesen?«

Doch plötzlich geriet er ins Stocken, schob die Lesebrille auf die Nasenspitze und schaute die Shandys an, als habe ihn gerade der Blitz getroffen.

»Das ist ja unerhört! Hier steht ja – hier steht – ich kann es nicht glauben! Kennt denn die menschliche Verderbtheit keine Grenzen?«

»Das habe ich mich auch schon oft gefragt«, sagte Peter. »Halten Sie das für möglich? Daß es sich tatsächlich um Schweineblut handeln könnte?«

»Oh ja«, versicherte Stott. »Ich habe ähnliche Tests schon oft gemacht. Genau wie mein Freund, der County Coroner. Was ich erstaunlich finde, um es etwas weniger pejorativ auszudrücken, ist die Tatsache, daß jemand diese arme Frau – ob sie nun lebendig oder tot war, läßt sich ja wohl nicht mehr feststellen – absichtlich auf einen ihrer Stühle setzte, mitten im Wohnzimmer, einen Malerpinsel und einen Eimer Schweineblut nahm, das wahrscheinlich von einem frisch geschlachteten Eber stammte, und ihr Gesicht damit einschmierte. Falls Sie noch einen zusätzlichen Test brauchen, um ganz sicher sein zu können, kann ich ihn gern für Sie durchführen.«

»Aber was ist mit dem Blut auf dem Teppich?« fragte Helen. »Es sah aus, als sei der Körper völlig ausgeblutet.«

»Ganz im Gegenteil, Helen. Die Untersuchungen haben ergeben, daß das Blut auf der Kleidung, auf dem Körper und auch auf dem Teppich identisch war. Alles Schweineblut. Falls es eine Wunde gegeben hätte, wäre der Blutverlust tatsächlich sehr groß gewesen. Und bei der nachgewiesenen Menge Coumadin hätte es wahrscheinlich auch sehr lange gedauert, bis es geronnen wäre. Der Coroner hat keine äußeren Verletzungen gefunden. Die Todesursache ist laut Autopsiebericht eindeutig: Mirelle starb an inneren Blutungen. Wie kommen Sie also darauf, daß es kein Mord war?«

»Sie hat wegen ihrer Venenentzündung Coumadin genommen und –«

»Mirelle? Venenentzündung? Wer hat das behauptet?«

»Jim hat es mir erzählt«, sagte Peter.

Stott schüttelte den Kopf.

»Und Dr. Melchett. Er hat ihr das Mittel verschrieben.«

»Ach ja? Tatsächlich?« Stott schaute wieder in den Autopsiebericht und las ihn sorgfältig Zeile für Zeile noch einmal. »Hier steht nichts von Venenentzündung. Außer ein bißchen Übergewicht und einer leicht vergrößerten Leber aufgrund exzessiven Alkoholgenusses war Mirelle Feldster kerngesund, als sie starb.«

»Warum hat Jim ihr denn dann Coumadin gegeben?«

»Manchmal kommt es vor, daß ein Freund einem anderen hilft.«

»Sie meinen, Melchett hat Mirelle ein Placebo verschrieben?«

Stott gönnte sich einen Augenblick der Erheiterung. »Jim liebt

Logen, aber zufällig waren Melchett und ich vor einigen Jahren auch Logenbrüder. Tja, das waren noch Zeiten. Trotzdem darf ich über das, was ich weiß, natürlich nicht sprechen. Melchett wird sich schon äußern, falls dies nötig sein sollte.«

»Aber das hat er schon«, argumentierte Helen. »Als er Donnerstagmorgen Mirelles Leiche untersucht hat. Da hat er Peter erzählt, es sei Coumadin gewesen.«

»Und heute beim Mittagessen hat er es ebenfalls gesagt«, meinte Peter.

»Vielleicht hat sie ja inzwischen tatsächlich Coumadin genommen, aber meine Lippen müssen dennoch verschlossen bleiben, meine lieben Freunde. Und jetzt muß ich Belinda besuchen. Sie ist wieder trächtig und daher ein wenig reizbar. Falls ihr euch die Inkubatoren ansehen wollt, die Elver Butz für uns angeschlossen hat, könnt ihr gern mitkommen.«

Belinda von Balaclava hatte jedes Recht, launisch zu sein, wenn ihr danach war. Die siebzehn quirligen Wonneproppen, die sie als errötende Braut vor einigen Jahren geworfen hatte, hatten sie, ihren kühnen Beschäler Balthazar von Balaclava und vor allem Professor Daniel Stott schlagartig berühmt gemacht. Immerhin hatte er dreißig Jahre lang unermüdlich an der Züchtung des perfekten Ferkels gearbeitet. Mit Belindas Sprößlingen war ihm der ganz große Wurf gelungen, und seither galt er als unangefochtener Star unter den Schweinezüchtern. Das erfolgreiche Kleeblatt Belinda, Balthazar und Stott war inzwischen legendär.

Nicht alle von Belindas zahlreichen Sprößlingen waren perfekt, doch die meisten verfehlten dieses Ziel nur um Haaresbreite. Doch auch die unvollkommenen Ferkel fanden reißenden Absatz und ließen die Herzen der ambitionierten Schweinezüchter höher schlagen. Solange die Bauern sich eng an die von Professor Stott und Präsident Svenson entwickelten Zuchtkriterien hielten und ihre Tiere viermal im Jahr von einem qualifizierten Tierarzt untersuchen ließen, konnten sie die Tiere vom College kaufen und zusehen, wie sie zu stolzen Erzeugern neuer glücklicher Ferkel heranwuchsen.

»Und wohin jetzt?« fragte Helen, als Peter sie zur windwärts gelegenen Seite der Schweineställe führte. »Vielleicht sollte ich doch einen kleinen Anstandsbesuch bei unserer neuen Nachbarin machen.«

»Willst du dir das wirklich antun? Nachdem sie Schmutzwasser über Jane gekippt hat und sie aufs übelste beschimpft hat? Und mich heute morgen hinauskomplimentiert hat?«

»Von Wollen kann gar nicht die Rede sein. Ich dachte nur, es sei vielleicht nötig. Nach allem, was mit Mirelle passiert ist, habe ich keine Lust auf eine neue Schlachthausszene. Das gibt doch Sinn, oder?«

»Was hier noch Sinn ergibt, darfst du mich wirklich nicht fragen, Helen. Mir fällt nichts weiter ein, als die Suppe weiter kochen zu lassen und abzuwarten, was daraus wird. Sollen wir Grace Porble mitnehmen?«

»Dazu ist es zu spät. Sie ist mit dem Claverton Garden Club nach Boston gefahren. Sie haben einen Bus für eine Besichtigungstour gemietet und bleiben bis Sonntagabend. Grace hatte keine große Lust zu fahren, aber Phil hielt es für besser. Er dachte, der kleine Ausflug würde sie auf andere Gedanken bringen.«

»Warum hast du mir das nicht früher gesagt, verflixt noch mal? Dann hättest du auch mitfahren können.«

»Nein, das hätte ich nicht. Ich bin eine berufstätige Frau und muß für den Lebensunterhalt einer halben Katze aufkommen, das weißt du doch. Außerdem will ich da sein, wo du bist.«

»Aus irgendeinem besonderen Grund?«

»Allerdings, Liebling, einem sehr wichtigen sogar. Die Nächte werden allmählich kühler, und du weißt ja, wie kalt meine Füße immer sind, wenn du nicht da bist, um sie zu wärmen.«

»Jetzt weiß ich endlich, was ich dir bedeute. Nichts weiter als ein Paar warme Ersatzsocken.«

»Das ist nicht alles, Peter. Vergiß nicht, daß du himmlische Waffeln backen kannst. Apropos, Catriona möchte unbedingt das Rezept.«

»Von wegen. Frauen haben in der Küche nichts zu suchen. Sie

müssen sich um die Schweine kümmern und den Traktor schmieren. Was ist bloß aus den guten alten Tugenden geworden?«

»Das kann ich dir leider nicht beantworten, Liebling. Damals war ich noch nicht auf der Welt.«

»Sehr lustig. Also los, wenn wir den Hausbesuch wirklich machen wollen, sollten wir ihn möglichst schnell hinter uns bringen.«

Inzwischen waren sie nicht mehr weit von ihrem eigenen Haus entfernt, und Helen sagte: »Nur eine Sekunde, ja? Ich laufe nur schnell rein und schminke mir die Lippen.«

»Warum das? Hast du etwa vor, die Frau zu küssen?«

»Anscheinend hast du wieder einmal eine deiner komischen Stimmungen. Meinst du, wir sollten ihr nicht doch eine kleine Aufmerksamkeit mitbringen?«

»Ich hätte da eine hervorragende Idee, Helen. Warum fährst du nicht schnell raus in den Wald und gräbst einen schönen fetten Giftsumach für sie aus? Damit sie sich möglichst lange an uns erinnert.«

»Klingt gar nicht so übel. Hallo, Jane. Tut mir leid, Schätzchen, aber du kannst leider nicht mitkommen.«

Peter brummte leise vor sich hin und wünschte sich, er wäre an Janes Stelle.

Helen kümmerte sich um ihre Lippen, steckte den Stift zurück in sein Gehäuse und machte Anstalten, das Haus wieder zu verlassen. Doch Jane geriet ihr zwischen die Füße, und Peter mußte seine Damen trennen und die kleinere und pelzigere von beiden vorsichtig wieder ins Haus verfrachten. Jane schien diese Behandlung nicht zu goutieren und verhielt sich ganz so, als wolle sie ihre Menschen an dem Besuch hindern. Doch auch ohne Katzenerlaubnis mußte das Banner von Balaclava hochgehalten werden, daher wanderten Helen und Peter festen Schrittes zu der Haustüre, die noch bis vor kurzem den Feldsters gehört hatte, und klingelten.

Kapitel 24

»Da sieh mal einer an! Ich habe mich schon gefragt, wie lange es wohl dauert, bis mir jemand ein Ei vor die Tür legt. Ihr seid wohl extrem gastfreundlich hier, wie?«

Die Frau hielt sich wahrscheinlich für witzig. Helen tat so, als bemerke sie Perlinda Tripps ziemlich offenkundigen Sarkasmus nicht. »Wir bemühen uns zwar, gute Nachbarn zu sein, aber wir haben leider nur wenig Zeit. Sie sind Mrs. Tripp, wenn ich mich nicht irre?«

»Miz Tripp.«

»Ganz wie Sie wollen. Darf ich Ihnen meinen Mann, Professor Shandy, vorstellen.«

»Wir kennen uns bereits. Und was sind Sie, wenn ich fragen darf?«

»Ich bin Dr. Shandy.«

»Ach, was sind wir vornehm! Wollen Sie reinkommen oder draußen bleiben?«

»Wir können ohnehin nur ganz kurz bleiben. Wir müssen nach Hause zu unserer Katze.«

»Wie kann man sich nur so ein Viech zulegen? Sorgen Sie bloß dafür, daß sie hier wegbleibt. Ich habe heute den ganzen Nachmittag an dem großen Fleck auf dem Wohnzimmerteppich herumgeschrubbt.«

»Wie nett von Ihnen.«

»Wie meinen Sie das? Warum soll das nett von mir sein? Es ist doch schließlich mein Teppich, oder?«

Peter räusperte sich. »Eh – nein, ist es nicht, wenn ich ganz ehrlich sein soll. Alles, was hier im Haus auf irgendeine Art befestigt ist, und dazu zählt auch ein fest verlegter Teppichboden, gehört automatisch zum Gebäude und darf ohne Zustimmung des Eigentümers nicht entfernt werden. Aber vielleicht könnten Sie versuchen, eine Art Handel mit dem College zu machen, falls Sie zu den Vermächtnisnehmern gehören.«

»Wovon zum Teufel reden Sie überhaupt? Dieses Haus gehört mir. Mir ganz allein.«

»Ms. Tripp, es tut mir leid, aber ich muß Ihnen mitteilen, daß man Sie anscheinend völlig falsch informiert hat. Dieses Gebäude gehört seit dem Tag, an dem es gebaut wurde, zum Campus. Solange es steht, wird sich daran nichts ändern. Es ist und bleibt Eigentum des Balaclava Agricultural College, wird nur an Mitglieder der Fakultät vermietet und kann nicht verkauft werden. Soweit ich weiß, sind Sie kein Fakultätsmitglied. Die Tatsache, daß Sie die Schwester von Professor Feldsters – so lautet sein Name in den College-Akten – verstorbener Gattin sind, gibt Ihnen noch lange nicht das Recht, die Stelle Ihrer Schwester einzunehmen.«

»Das hat Florian mir aber anders erklärt.«

»Welcher Florian?« brauste Peter auf. Was für ein Spiel spielte diese Frau überhaupt?

»Wie meinen Sie das? Wollen Sie damit sagen, Sie kennen Florian nicht?« fuhr sie ihn an. »Er ist Jim Feldsters Neffe, wie Sie sehr wohl wissen sollten, Sie sind doch angeblich so klug. Jim hat Florian vor seinem Tod das Haus überschrieben.«

»Das ist barer Unsinn. Jim hätte weder Florian noch sonstwem das Haus überschreiben können, weil er es genau wie wir alle hier lediglich gemietet hat. Und ich kann mir nicht vorstellen, daß er nach Mirelles Tod weiterhin hier in diesem Haus wohnen möchte.«

»Ich habe es Ihnen doch gerade gesagt, meine Güte. Jim ist tot! Florian hat es mir selbst erzählt. Und jetzt will Florian mir das Haus überschreiben. Können Sie das nicht in Ihren dämlichen Schädel bekommen, Mister Professor?«

»Ich habe Sie sehr wohl verstanden, aber Sie irren sich. Jemand hält Sie zum Narren. Wie lange kennen Sie diese Person, die sich Florian nennt, denn schon?«

»Das geht Sie einen feuchten Kehrricht an. Machen Sie, daß Sie wegkommen, oder ich rufe die Polizei.«

»Das können Sie gerne tun. Die Telefonnummer lautet 101–

2233, und der hiesige Polizeichef heißt Ottermole. Falls er nicht da sein sollte, fragen Sie einfach nach Officer Dorkin, und berufen Sie sich auf Professor Shandy.«

»Warum sollte ich?«

»Das wird sich noch zeigen. Vielleicht sollte ich Sie warnen, im Polizeirevier gibt es nämlich eine Katze, die ziemlich groß ist und – eh – sehr genau weiß, was sie tut.«

»Na, das ist ja toll! Jetzt hetzt ihr sogar eure gottverdammten Katzen auf mich. Aber wenn ihr glaubt, mich auf die Weise kleinzukriegen, habt ihr euch gewaltig geschnitten. Ich rühre mich nicht von der Stelle, bis ich bekommen habe, was mir von Rechts wegen zusteht.«

»Dann sollten wir diese Diskussion besser vertagen, da wir jetzt offenbar nicht weiterkommen«, sagte Helen so nüchtern wie möglich. »Ich hoffe, Sie haben genügend Vorräte an Bord, um sich lange genug über Wasser zu halten, Ms. Tripp. Sie sind sicher müde von der ganzen Putzerei. Es tut mir leid, daß Sie auf einen Scherzbold hereingefallen sind, der sich einen Spaß daraus macht, Lügen zu verbreiten und andere in Schwierigkeiten zu bringen. Gibt es noch etwas, das Sie heute abend brauchen?«

»Ach, vergessen Sie es einfach, *Doktor* Shandy. Sie brauchen gar nicht erst versuchen, sich bei mir einzuschleimen. Ich habe Sie durchschaut, darauf können Sie Gift nehmen. Wir sehen uns vor Gericht.«

Niemand hat es gern, wenn ihm die Tür vor der Nase zugeschlagen wird. Helen bildete da keine Ausnahme, doch irgendwie tat ihr diese lächerliche Frau leid. Sie war nach Balaclava gekommen, weil sie sich davon Wohlstand und Reichtum erhoffte, doch ihre Träume würden nur allzu bald wie Seifenblasen zerplatzen. »Peter«, sagte sie, als sie endlich in ihrem eigenen Haus angekommen waren und sich aus therapeutischen Gründen einen Balaclava Bumerang gemixt hatten, »könnte es sein, daß du einen Fehler gemacht hast, als du Jim bei diesem Florian gelassen hast?«

»Ich glaube, Ms. Tripp hat einiges ins falsche Halsloch bekommen, wie deine Großtante Beulah es wahrscheinlich treffend ausgedrückt hätte.« Peter nippte an seinem Drink, um auch sicherzugehen, daß mit den Ingredienzien alles stimmte. »Scheint in Ordnung zu sein. Was diesen Florian betrifft – ist dir übrigens aufgefallen, daß unsere Miz Putzteufel den Namen Feldstermeier kein einziges Mal erwähnt hat? Entweder sie kann hervorragend schauspielern oder –«

»Oder was?« erkundigte sich Helen.

»Genau da bin ich mit meinem Latein am Ende. Es ist doch wohl klar, daß der Erste unter den Neffen nicht sonderlich erfreut war, als sein Onkel plötzlich auftauchte. Immerhin hatte er bis dato guten Grund zu glauben, seine Schäfchen sicher im Trockenen zu haben. Aber das bedeutet noch lange nicht, daß Florian etwas mit der Entführung zu tun hatte oder dumm genug war, seine Enttäuschung an Mirelle auszulassen. Oder daß er mit Perlinda Tripp unter einer Decke steckt. Als ich bei den Feldstermeiers war, hatte ich den Eindruck, daß Florian sich sehr zusammennahm und sich große Mühe gab, das Beste aus seiner neuen Situation zu machen. Verflixt noch mal, ich fing sogar an, den Kerl zu mögen.«

»Schon gut, Liebling. Du hast sicher inzwischen genug von diesen abscheulichen Fotos, aber kannst du sie mir bitte trotzdem noch mal geben? Ich weiß zwar, daß im Autopsiebericht Coumadin steht, aber irgendwie werde ich das komische Gefühl nicht los, daß wir die ganze Zeit irgend etwas übersehen. Nicht daß es jetzt noch viel nutzt. Aber wir wissen immer noch nicht, ob Mirelle ermordet wurde oder vielleicht auch nur mit ihrem neuesten Hausfreund auf den Putz gehauen hat und dabei zu weit gegangen ist. Wir wissen nicht einmal, wer dieser Freund ist, vorausgesetzt, daß er überhaupt existiert.«

Peter war klug genug, seinen Drink schweigend weiterzutrinken, während Helen sich erneut die scheußlichen Bilder ansah und jedes einzelne genauso sorgfältig studierte, wie Dan Stott es getan hatte. Der Unterschied bestand allerdings darin, daß sie dazu nur siebendundfünfzig Sekunden benötigte.

»Ich glaube, ich hab's, Peter. Sieh mal, wie stocksteif Mirelle sitzt. Und dann schau dir mal ihre verkrampften Hände an. Erinnert sie dich nicht auch an Anthonis Mors Portrait von der armen kleinen Mary Tudor, die mitten im Zimmer kerzengerade auf ihrem Gobelinstuhl sitzt und versucht wie eine Königin auszusehen, obwohl sie furchtbare Angst hat? Wie ein ängstliches Kind, das zum ersten Mal allein Achterbahn fährt. Mirelle sieht aus, als hätte sie auf irgendeine Bestrafung gewartet. Die Person, die bei ihr war, hat die Gelegenheit genutzt und ihr eine Extradosis Coumadin in ihren letzten Drink gekippt.«

»Mirelle hätte einfach dagesessen, ohne sich zu wehren?«

»Bestimmt, solange ein attraktiver und einigermaßen interessanter Mann wie beispielsweise Florian im Spiel war. Möglicherweise hätte es in ihrem Zustand sogar jeder x-beliebige Mann sein können, denn sie war viel zu betrunken, um noch klar denken zu können. Das ist das Problem mit euch Intellektuellen, Peter. Ihr denkt zuviel, seht alles viel zu kompliziert, und das ist gefährlich.«

»Wie du meinst, mein Engel. Das Problem mit euch Bibliothekarinnen ist, daß ihr so ein gutes Gedächtnis habt. Ich hatte schon angefangen, mir eine kluge Theorie zu konstruieren, die auch das viele Blut erklärt hätte, ich hatte nur noch ein paar Probleme mit der richtigen Vernetzung.«

»Dann solltest du dir vielleicht ein paar Tips von Elver Butz geben lassen.«

»Lieber nicht. Elver Butz redet zwar nicht viel, aber wenn es um das Schreiben von Rechnungen geht, ist er unschlagbar. Dreieinhalb Minuten nachdem er die letzte Schraube angezogen hat, präsentiert er dir schon die Rechnung. Außerdem hast du ihn ja selbst gehört, daß er Mirelle toll fand. Wahrscheinlich als einzige Person in ganz Balaclava Junction. Mit Ausnahme von Coralee Melchett, sollte ich vielleicht hinzufügen. Es wäre falsch, ihm die Bilder zu zeigen und seine schönen Erinnerungen zu zerstören. Außerdem scheint es mir ziemlich sinnlos, etwas zu konstruieren, wenn man nicht weiß, was man damit machen will, oder?«

»Nun ja, Schatz, ich möchte deine Kreativität nicht hemmen, aber wir sollten vielleicht kurz innehalten und überlegen, bevor du anfängst, eine komplizierte Orgel oder eine Arche zu konstuieren. Außerdem glaube ich nicht, daß Jane die vielen anderen Tiere gefallen würden.«

»Dann baue ich eben keine Arche. Und was die Orgel betrifft, sollte ich vielleicht einfach nur meine alte Mundorgel rausholen und ein bißchen darauf üben. Habe ich dir übrigens von den Porzellanfigürchen erzählt, die jemand in den weißen Teppich gestampft hat, als Mirelle entweder gerade starb oder ermordet wurde? Ich habe die Scherben zusammengefegt und mitgenommen. Momentan ruhen sie hier bei uns im Marmeladenschrank. Soweit ich weiß, müßten sie noch da sein, sie befinden sich in einer kleinen braunen Papiertüte, die ich aus Mirelles unterster Küchenschublade geklaut habe. Warum ich sie mitgenommen habe, weiß ich selbst nicht genau, aber falls du sie brauchen solltest, weißt du, wo du sie findest.«

»Gut gemacht, Liebling. Man kann nie wissen, wann unsere neue Nachbarin auf der Schwelle erscheint, weil sie eine Tasse Scherben borgen möchte, oder? Peter, glaubst du, daß Mirelle wirklich eine Venenentzündung hatte? Und falls ja, wieso steht davon nichts im Autopsiebericht?«

»Wenn du mich fragst, ist der Autopsiebericht genau so hilfreich wie eine Partygabel in einem Schneesturm«, schnaubte Peter. »Außer der scheußlichen Information, daß es sich bei dem Blut um Schweineblut handelt, ist der Schrieb völlig nichtssagend. Als Todesursache werden lediglich innere Blutungen durch eine Überdosis Coumadin angegeben. Melchett hätte den Bericht genausogut selbst schreiben können.« Peter warf einen letzten verächtlichen Blick auf das Dokument, steckte es zurück in seinen Umschlag und stand auf.

»Hast du die Schlüssel zur Bibliothek?«

»Natürlich. Warum fragst du? Die Bibliothek ist noch geöffnet, sie schließt während der Woche erst um neun, das weißt du doch. Suchst du etwas Spezielles?«

»Eigentlich nicht. Ich wollte bloß ein bißchen mit dem Kopierer herumspielen, und das würde ich am liebsten allein und ungestört im Buggins-Raum tun, wenn die Bibliothekarin es mir erlaubt.«

»Die Bibliothekarin würde dir einfach alles erlauben. Klopf an, und dir wird aufgetan werden. Peter, was denkst du?«

»Das Undenkbare. Möchtest du dir dieses flauschige Ding umlegen?«

»Bedeutet das, daß ich mitkommen soll?«

»Aber sicher doch. Welches Papier brauchst du zum Kopieren?«

»Das übliche weiße Multifunktionspapier, das alle benutzen.«

Auf dem Weg zur Bibliothek war Peter ziemlich wortkarg. Als sie sich im Buggins-Raum eingeschlossen hatten, nahm er noch einmal den Autopsiebericht heraus und legte ihn auf die Glasfläche des Kopierers. »Könntest du mir bitte ein einfaches weißes Blatt geben?«

Helen tat, wie ihr geheißen. Peter legte das Blatt über den Text, sparte nur den Namen und die Adresse des Gerichtsmediziners aus und drückte auf den Startknopf. »Verdammt! An der Stelle, wo sich die beiden Seiten überlappen, ist eine schwarze Linie zu sehen. Kann ich das irgendwie vermeiden?«

»Du brauchst nur den kleinen Schieber hier ein wenig nach rechts zu schieben, bevor du auf den Startknopf drückst. Die Kopie ist dann zwar ein bißchen heller, aber die Linie ist weg. Und die unterschiedliche Helligkeit ist nur für ein geübtes Auge sichtbar.«

»Grundgütiger, du hast recht.« Peter machte zu Übungszwecken noch eine weitere Kopie. »So macht man das also! Ich rufe jetzt Chief Ottermole an, und dann gehen wir ein Eis essen.«

Kapitel 25

Helen schlürfte lautstark die letzten Tropfen ihrer Eiscremesoda mit dem Strohhalm, wobei es sie nicht im geringsten störte, daß sie von einigen höheren Semestern beobachtet wurde, die gerade eine ernste Diskussion über Marienkäfer führten. Zum einen schienen sie sich wirklich für die Tiere zu interessieren, zum anderen versuchten sie mehrere Erstsemesterstudenten zu beeindrucken, die doch tatsächlich nach einem »Double-Decker« gefragt hatten, obwohl jeder in Balaclava wußte, daß zwei Bällchen in einer Eistüte »Bullhorn« hießen.

Nachdem sie die Neulinge in die Geheimnisse des korrekten Eisbestellens eingeweiht hatten, kehrten die höheren Semester, von denen drei weiblichen Geschlechts waren, wieder zu den Marienkäfern und ihrem »College Ice« zurück. Wahrscheinlich ahnten sie nicht einmal, daß sie selbst fast genauso unwissend waren wie ihre frischgebackenen Kommilitonen. Der Ausdruck »College Ice« stammte nämlich genau wie »Bullhorn« aus den Wilden Zwanzigern, die so wild gar nicht gewesen waren. Damals hatte die Etikette noch eine große Rolle gespielt. Studenten hatten beispielsweise stets höflich ihre Strohhüte abgenommen, wenn sie ihre Kommilitoninnen zu einem kleinen Mondscheinspaziergang um die Schweineställe einluden.

»College Ice« war heute nur noch der Name des Cafés, und wer heute ein Eis mit oder ohne Erdbeeren, Schokoladensauce, Nußstückchen, Schlagsahne oder andere Köstlichkeiten wünschte, bestellte einfach ein »sundae«, ohne die wahrhaft menschenfreundlichen Ursprünge des Namens zu kennen. Um 1926 galten noch andere Gesetze. Einmal angenommen, ein junger Student hatte die ganze Woche hart gearbeitet, sonntags morgens den Gottesdienst besucht und sein Mädchen zu einem kleinen Spaziergang eingeladen, um ein wenig frische Luft zu schnappen. Falls ihm danach der Sinn nach einer kühlen Eiscremesoda stand, hatte er ein Problem. Der Genuß bestimmter Erfrischungen war an Sonntagen verboten. Der damalige College-Präsident erfand einen sodafreien Eisbecher, der die Zehn Gebote nicht verletzte, und nannte ihn witzigerweise »sundae«. Er ersetzte das große S durch ein kleines und das y durch ein e, und schon war das Problem auf höchst elegante Weise gelöst, ohne daß man ihm vorwerfen konnte, er mache sich über den Tag des Herrn lustig. Aus »Sunday« war »sundae« geworden, und die Sache war geritzt.

Helen war fasziniert von allem, was auch nur entfernt mit Lokalkolorit zu tun hatte. Peter dagegen war schon so oft in dem altmodischen Eissalon mit der Marmortheke und den Tischen und Stühlen aus Drahtgeflecht gewesen, daß er kein Bedürfnis mehr empfand, die Atmosphäre dieses Ortes auf sich wirken zu lassen, nachdem er sein Eis verzehrt und seinen Löffel abgeleckt hatte.

»Wonach gelüstet Euch, werte Dame? Zieht Ihr ein weiteres Eis vor oder sollen wir die Straßen unsicher machen?«

Er schaute sich suchend nach der Servierein um, suchte das passende Kleingeld für die Rechnung heraus und gab ein kleines Trinkgeld dazu. Große Trinkgelder waren in Balaclava Junction verpönt, sie galten als verstädtert und hätten viele Studenten und Ortsansässige, die nur über wenig Taschengeld verfügten, in Verlegenheit gebracht. Das Problem war nur, daß sich in dieser Stadt jeder für knapp bei Kasse hielt. Die eine Hälfte der Leute war davon überzeugt, daß die andere Hälfte log, und die andere Hälfte wußte verdammt gut, daß es stimmte.

Nachdem Peter sich vergewissert hatte, daß Helen wirklich keine zweite Kalorienbombe mehr wollte, legte er ihr fürsorglich und in bester Gattenmanier die blaue Mohairstola um die Schultern, während die drei Studentinnen sie interessiert beobachteten und sich zweifellos über seine altmodische Galanterie lustig machten.

Die Shandys brauchten sehr viel länger für den Heimweg, als sie eigentlich geplant hatten. Auf Schritt und Tritt begegneten sie Bekannten, mit denen sie unbedingt ein paar freundliche Worte wechseln mußten, und Erstsemestern, denen sie ermutigend zunickten. Außerdem trafen sie überall auf Kollegen, die sie seit

Semesterbeginn nicht gesehen hatten und die nur darauf brannten, ihnen die neuesten Klatschgeschichten zu erzählen. Als sie endlich auf dem Crescent ankamen, war Janes Zubettgehzeit längst überschritten, und die kleine Katzendame gab ihrem Unmut lautstark Ausdruck. Doch aufgrund der späten Stunde waren ihre beiden Menschen so überdreht und aufgekratzt, daß an Schlaf nicht zu denken war.

»Bist du müde, Helen?«

»Komischerweise kein bißchen«, antwortete sie. »Ich wußte gar nicht, daß Himbeereis so aktivierend wirkt. Was hältst du davon, wenn wir uns heimlich nach draußen schleichen und versuchen, die einsame Zwergohreule zu finden, die uns mit ihren Ständchen unterhalten hat, seit sie – oder er – drüben in die Fichten gezogen ist?«

»Warum nicht? Aber dann solltest du besser nicht diese hellblauen Sachen tragen, das fällt in der Dunkelheit zu sehr auf. Du könntest den schwarzen Regenmantel anziehen, den du dir letztes Jahr in Toronto gekauft hast. Und ich ziehe meine alte braune Strickjacke an, dann nimmt jeder an, wir wollten die schönen Herbstblätter beobachten. Nein, Jane, du bleibst besser zu Hause, sonst hält dich noch ein Uhu für eine übergewichtige Maus. Wir meinen es nur gut mit dir.«

»Ich glaube, sie versteht uns«, sagte Helen. »Träum was Schönes, Jane.« Angemessen gekleidet für die Eulenbeobachtung, schlüpften sie leise durch die Hintertür hinaus in die duftende Herbstnacht.

Die meisten Häuser auf dem Crescent hatten irgendeine Art Nachtlicht, etwa eine brennende Dielenlampe oder eine Laterne, die an die Kolonialzeit erinnerte und an einem Haken neben der Tür hing. Richtig Mühe gab man sich erst während der Weihnachtszeit, vor allem während der berühmten Lichterwoche, wenn die Häuser auf dem Crescent in einem Meer von Farben und Licht erstrahlten. Ms. Tripp schien momentan keine Energie zu verschwenden, aber vielleicht hatte sie auch nur die Jalousien heruntergelassen. Falls sie wirklich kein einziges Licht anhatte, mußte sie Nerven wie Drahtseile haben. Nicht viele Menschen würden es wagen, in einem Haus, in dem noch vor kurzem jemand auf derart schreckliche Weise ums Leben gekommen war, allein im Stockfinstern zu schlafen. Während Helen in ihrem schwarzen Regenmantel fröstelte, fragte sie sich, ob der kleine Mitternachtsspaziergang wirklich so eine gute Idee war. Doch sie konnte schlecht einen Rückzieher machen, denn der Vorschlag mit der Eulenjagd stammte immerhin von ihr.

»Hast du schon eine Eule entdeckt?« Peters Stimme war ein kaum hörbares Flüstern. Er nahm den spontanen Ausflug ziemlich ernst und nutzte ihn als Training für die diesjährige Eulenzählung. Im letzten Jahr war das Unterfangen leider eine absolute Pleite gewesen, auch wenn es alles andere als langweilig gewesen war.

Helen kannte die Gepflogenheiten passionierter Eulenbeobachter. Sie antwortete daher nicht, sondern schüttelte nur langsam den Kopf. Sie wußte, daß Eulen im Dunkeln weit besser sehen konnten als die meisten Menschen und wollte die kleine Eule, die Peter und sie so manche Sommernacht mit ihren ersterbenden Rufen unterhalten hatte und nie auf Applaus gewartet hatte, auf keinen Fall in die Flucht schlagen.

Ursprünglich hatten auf dem größten Teil des riesigen College-Grundstücks nur Bäume gestanden. Jeden Herbst hatten die Studenten einige ausgesuchte Bäume gefällt. Sie hatten viele Klafter Brennholz geschlagen und aufgestapelt und sich im Winter daran gewärmt, wenn es in den Öfen und offenen Kaminen verbrannte. Als das College im Laufe der Zeit immer mehr florierte, hatte man weitere Bäume gefällt, um Platz für Weiden, Äcker, Ställe, Scheunen, Seminarräume, Gewächshäuser, Studentenwohnheime und andere Einrichtungen zu schaffen. Doch man war vorsichtig zu Werke gegangen und hatte die verschonten Bäume und Sträucher gehegt und gepflegt. Bäume standen immer noch ganz oben auf dem Lehrplan. Die Bewohner des Crescent waren stolz auf ihre Bäume, und die Blaufichten der Shandys gehörten zu den ganz besonderen Schätzen.

Über ihren Köpfen ließ die Zwergohreule zuerst ein langgezogenes Tremolo und dann einen klagenden Ruf ertönen. Sie breitete ihre Flügel aus, die sie geräuschlos durch die Lüfte trugen, und strich zurück zu den dichteren Bäumen, während Helen und Peter ihren scheuen Untermieter entzückt beobachteten.

Als der Vogel verschwand, sah man für den Bruchteil einer Sekunde ein winziges Licht aufleuchten. Peter griff nach Helens Hand. Das konnte nur eine Sternschnuppe gewesen sein.

Oder vielleicht doch nicht? Da war das Licht schon wieder, diesmal flammte es kurz hinter einem Windschutz aus Hemlocktannen und Kiefern auf, aber nur ganz kurz, dann war es auch schon wieder verschwunden. Es war eindeutig eine Taschenlampe in der Hand eines Menschen, der sehr genau wußte, wohin er wollte. Da er sich aber auf keinen Fall durch irgendein Geräusch verraten wollte, achtete er genau darauf, wo er hintrat. Peter war froh, daß sie dunkle Kleidung trugen. Er zog Helen hinter eine niedrige, buschige Hemlocktanne, hielt sie fest an sich gedrückt und fragte sich, was dort drüben wohl vor sich ging.

Der heimliche Besucher war offensichtlich auf dem Weg zur Kellertür des Hauses, das theoretisch immer noch Jim Feldster gehörte. Die Person war groß gewachsen und kräftig und machte sich gar nicht erst die Mühe, an der Tür zu klopfen. Es konnte eigentlich nur ein Mann sein, denn er hob die Tür einfach aus den Angeln und stellte sie zur Seite. Nachdem er seinen Fluchtweg gesichert hatte, ließ er die Taschenlampe gerade lange genug aufleuchten, um die Treppe zum Erdgeschoß orten zu können, und verschwand. Helen drehte ihren Kopf vorsichtig zu Peter.

»Wer ist das?« fragte sie lautlos.

Peters einzige Antwort bestand in einem Schulterzucken, das wohl soviel wie »Das wüßte ich auch verdammt gern« bedeuten sollte. Er schob sie vorsichtig von der Tanne weg und zeigte in die Richtung, in der ihr Haus lag. »Ich bleibe besser hier«, flüsterte er. »Kannst du schnell nach Hause laufen, die Tür abschließen und den Wachdienst anrufen? Aber sei um Himmels willen vorsichtig!«

»Du auch.« Helen schmiegte sich tiefer in ihren schwarzen Regenmantel und schlich zurück, wie Peter vorgeschlagen hatte. Nur gut, daß sie ein paar Lampen angelassen hatten.

Purvis Mink nahm ihren Anruf entgegen. Sie erklärte, was sie gesehen hatten, und versuchte, die Kontrolle über ihre Stimme zu behalten. »Wir wissen nicht, was das alles zu bedeuten hat, aber wenn man bedenkt, was dort in der letzten Zeit passiert ist –«

»Alles klar, Helen. Bin schon unterwegs.«

Purvis sagte dies nicht nur, um Helens Nerven zu beruhigen. Er traf bereits mit seinem Fahrrad ein, bevor Helen Zeit gehabt hatte, ihren Regenmantel abzulegen. »Wo ist der Professor?«

»Dort drüben, hinter Jim Feldsters Hemlocktannen. Soll ich mitkommen und Ihnen zeigen, wo er ist?«

»Ich glaube, Sie sollten besser hier beim Telefon bleiben. Haben Sie eine Trillerpfeife hier im Haus?«

»Irgendwo müßte noch so ein Ding herumliegen. Wahrscheinlich in der Kramschublade. Wenn ich sie nicht finde, kann ich ja immer noch schreien.«

»Im Notfall machen Sie einfach irgend etwas, nur damit wir wissen, wo Sie sind.«

Purvis war kein Mann, der seine Zeit mit dummen Fragen verschwendete. Er radelte auf dem schnellsten Weg zu der Stelle, an der die Hemlocktannen dicht wie eine Hecke aussahen. »Was ist los, Professor?« murmelte er.

»Keine Ahnung«, murmelte Peter zurück. »Es könnte alles mögliche sein. Sollen wir nachsehen?«

Purvis Mink nickte, verstaute sein Fahrrad außer Sichtweite und folgte seinem Führer. Als sie zu der ausgehängten Kellertür kamen, flüsterte er: »Wer hat das denn getan?«

»Ein ziemlich kräftiger Mensch.« So kräftig wie Elver Butz, dachte Peter. Doch er verkniff sich die Äußerung. Für Schlußfolgerungen war es noch zu früh.

Sie hörten Stimmen im Erdgeschoß. Ms. Tripp versuchte, möglichst distinguiert zu sprechen, klang jedoch eher manieriert als kultiviert, doch Peter hätte ihr trotzdem eine Drei minus gegeben, weil sie sich so viel Mühe gab. Die zweite Stimme klang tief, maskulin und schmeichelnd.

Purvis Minks Gegenwart gab Peter ein größeres Gefühl der Sicherheit, als er erwartet hatte. Zudem war er erleichtert, daß Helen zu Hause war, sicher hinter verschlossenen Türen, die Hand am Telefon. Bedauerlich war nur, daß Präsident Svenson nicht hier war. Was nicht bedeutete, daß er und Purvis das merkwürdige Mitternachtstreffen nicht auch allein in den Griff bekamen, doch es machte einfach einen Heidenspaß, die nordische Nemesis in Aktion zu sehen. Schade, daß es für Svensons dramatische Einlagen keinen Kartenvorverkauf gab. Sie wären sicher ein Bombenerfolg.

Seit dem Abend, als die Shandys und die Porbles dieses Haus zum ersten Mal betreten hatten, war Peter oft genug hier gewesen, um mit den Räumlichkeiten vertraut zu sein. Der Duft nach frisch aufgebrühtem Kaffee und die Richtung, aus der die Stimmen kamen, ließen darauf schließen, daß Ms. Tripp ihren ungebetenen Gast Elver Butz in der Frühstücksnische bewirtete. Peter und Purvis konnten problemlos die Treppe hochsteigen und sich in der kleinen Kammer zwischen Küche und Veranda verstecken, bereit, vorwärts oder rückwärts zu springen, je nachdem wie es die Umstände erforderten.

In ihrem Versteck konnten sie jedes Wort verstehen. Die Unterhaltung war anscheinend bereits einige Zeit im Gange, denn die Gesprächspartner vergaßen allmählich ihre Vornehmtuerei und kamen auf den Punkt. Ms. Tripp übernahm dabei erwartungsgemäß die Initiative.

»Dann habt ihr beide mich also unter Vortäuschung falscher Tatsachen hergelockt.«

»Ich liebe dich«, sagte Elver Butz. »Du hast gesagt, daß du mich auch liebst.«

Peter hatte den Eindruck, daß Elver diese Sätze schon ein paarmal gesagt hatte. Er hatte zwar schon oft gehört, daß Liebe blind machte, aber wie konnte jemand so blind sein?

»Du hast behauptet, daß du Florian Feldstermeier bist.« Perlinda Tripp klang wütend und enttäuscht. »Mirelle hat mir seit Jahren von ihm vorgeschwärmt – wie groß und attraktiv er ist, wie vornehm, wie reich. Und als du dann in Claverton aufgetaucht bist und mir erzählt hast, ich könnte das Haus hier haben und dich dazu, und ich bräuchte als Gegenleistung nur die verdammten Briefe zu finden –«

»Du siehst Mirelle so ähnlich«, sagte Elver zärtlich.

»Papperlapapp.«

»Sie war so wunderschön, so elegant.«

»Du weißt wohl nicht, daß deine elegante kleine Schnuckimaus es mit jedem gutaussehenden Vertreter oder Handwerker getrieben hat, der ihr in die Finger gekommen ist. Hast du etwa geglaubt, du wärst was Besonderes?«

»Und ob ich das war! Unsere Beziehung war wunderschön! Ich habe alles getan, was sie gesagt hat. Den Lincoln gestohlen, Jim gekidnappt und zusammengeschnürt wie einen Thanksgiving-Truthahn und ihn dann in dem tollen Luxusschlitten in die Schlucht geworfen. Sie hat gesagt, ich bräuchte ihr bloß Jim vom Hals zu schaffen, dann wären wir frei füreinander. Wir wollten heiraten.«

»Das glaubst du doch selbst nicht! Mirelle hat dich nur ausgenutzt. Du bringst Jim für sie um, und sie kriegt eine nette kleine Witwenrente, hast du das nicht kapiert?«

»Es war falsch, ihr zu glauben, das weiß ich ja inzwischen. Aber wir beide, du und ich, wir könnten zusammen weggehen. Ich werde dich auf Händen tragen. Ich gebe dir alles, was ich habe. Ich werde –«

»Was wird das schon sein? Ein abgewrackter Lieferwagen und ein paar Rollen Elektrodraht? Ich dachte, du hättest Millionen. Du bist ein Verlierer, Elver, genau wie alle anderen Männer von Mirelle. Und ich habe die Nase voll davon, immer nur ihren Schrott zu übernehmen. An mir beißt ihr euch die Zähne aus, du und dein superkluger Freund. Ich verkaufe das Haus hier. Ich verkaufe all ihre Sachen, und wenn ich je diese Briefe finden sollte, dann verkaufe ich die auch noch. Du kannst ihm ruhig sagen –«

»NEIN!«

Der Mann brüllte so laut, daß Peter und Purvis fast rückwärts die Treppe hinuntergestürzt wären.

»Was soll das? Aua! Hör auf damit, du tust mir weh!«

»Du lachst nicht mehr über mich, Mirelle. Nie, nie mehr!«

»Elver, Liebling, hör auf! Ich bin nicht Mirelle. Ich bin Perlinda. Süßer, ich hab' doch bloß Spaß gemacht, ich lieb' dich doch auch! Ehrlich!«

»Ich wollte immer nur, daß 'ne feine Dame wie du mich liebt, Mirelle. Jemand, der so schön und – aber du hast mich ausgelacht. Also bin ich zurückgekommen, als du besoffen warst, und hab' dich rot angemalt. Weiß wie Schnee, rot wie Blut.«

»Bitte, Elver, hör auf!«

»Und als du über und über voll Opferblut warst, habe ich deine wunderschönen Brüste mit den Stromkabeln berührt und –«

Perlinda kreischte vor Angst, als Elver sie mit starker Hand packte und aus der Küche in das mit Porzellan vollgestopfte Wohnzimmer zerrte.

Peter griff sofort ein. Er packte den nächstbesten Staffordshire-Terrier und schleuderte ihn Butz an den Kopf. Es war zwar ein absoluter Volltreffer, doch als der Porzellanhund seinen Schädel traf, wurde der Elektriker nur noch wütender. Jetzt verlor er völlig die Kontrolle über sich und verwandelte sich in ein rasendes Tier, das nur noch töten wollte.

Es gab nur wenige potentielle Opfer. Falls wirklich einer von ihnen abtreten mußte, würde Peter sicher Perlinda Tripp die wenigsten Tränen nachweinen. Er verurteilte sie nicht, sie tat ihm eher leid. Purvis Monk war ein wirklich netter Kerl, Elver Butz ein Wahnsinniger. Peter war Peter, und als er nach dem größten Staffordshire-Terrier in Mirelles Sammlung griff, hoffte er inbrünstig, daß er Butz damit so lange außer Gefecht setzen würde, bis man ihn sicher hinter Schloß und Riegel gebracht hatte.

Die Bombardierung mit Porzellanhunden gefiel Butz ganz und gar nicht. Er zog sich in Richtung Treppe zurück, griff unter seinen schwarzen Pullover und zog eine Flasche heraus. Als er den Korken herausriß, roch es scharf und unangenehm nach Benzin. Elver griff nach seinem Feuerzeug, nahm den Mund voll Benzin und spie die Flüssigkeit durch die Zähne wieder aus. Er stieg rückwärts die Treppe hoch, spie Flammen gegen seine Kontrahenten und setzte damit die Vorhänge in Brand. Als er sah, wie das Feuer die drei Menschen aus dem Wohnzimmer vertrieb, das inzwischen in hellen Flammen stand, heulte er triumphierend auf.

»Ihr seid tot!« schrie er immer wieder. »Ihr seid alle tot!«

Wenn er nicht brüllte, spuckte er weiter Benzin. Inwischen hatte er den ersten Stock erreicht. Seine Kleidung begann an den Rändern zu schwelen, was er jedoch nicht zu bemerken schien, und die anderen hatten weder Zeit noch Lust zu warten und zuzusehen, was passierte. Das Feuer breitete sich in den unteren Zimmern viel schneller aus, als Peter je für möglich gehalten hätte. Die Flammen prasselten, doch das Gebrüll des Wahnsinnigen »Ihr seid tot! Ihr seid alle tot!« war trotzdem noch zu hören.

Doch sie lebten. Perlinda hätte es vielleicht nicht geschafft, wenn Peter sie nicht zur Seitentür gezogen und nach draußen auf die Veranda geschoben hätte. Er vergewisserte sich, daß Purvis Monk ebenfalls in Sicherheit war, und sprang um sein Leben, als eine riesige Stichflamme hinter ihm auflöderte.

Peter wußte nicht, was mit Elver Butz geschah, und es war ihm auch verdammt egal. Während er durch den Garten rannte, um nachzusehen, ob mit Helen alles in Ordnung war und ihr eigenes Haus nicht ebenfalls in Flammen stand, dachte er noch, daß es um das Feldster-Haus eigentlich nicht sehr schade war.

Um zu vermeiden, daß große Felsstücke aus dem ungünstig gelegenen Baugrundstück gesprengt werden mußten, hatte der längst verstorbene Architekt das Haus sehr schmal gehalten, dafür aber mit hohen Decken und einem riesigen Dachboden versehen. Leider konnte das Dachgeschoß nicht genutzt werden, da er es mit abstrusen Giebeln, Türmchen, einer Buntglaskuppel und anderen Extravaganzen ausstaffiert hatte, die während der Glanzzeit von Belter and Eastlake gerade *en vogue* waren. Jetzt leckten hungrige Flammen an den phantastischen Auswüchsen, die weit mehr gekostet hatten, als sie wert waren, und die in ein paar Minuten verschwunden sein würden.

Peter hatte schon den halben Garten durchquert, als er bemerkte, daß von allen Seiten Wasser auf ihn niederprasselte. Die Feuerwehr war längst eingetroffen und sorgte dafür, daß zwischen dem brennenden Haus und Peters geliebten Blaufichten eine schützende Wasserwand stand. Nachdem sich Peter das Wasser aus den Augen gewischt hatte, erkannte er, daß die Feuerwehrmänner klugerweise den Versuch, das Feldster-Haus jetzt noch zu retten, aufgegeben hatten. Einer der College-Wachmänner kümmerte sich um Perlinda Tripp und führte sie vorsichtig weg. Da man davon ausging, daß sich niemand mehr im Haus befand, konzentrierte man sich ganz auf den Schutz der umliegenden Häuser. Dazu zählten das Haus der Shandys, das der Porbles und das der Jacksons, die dort mit ihren vier kleinen Kindern lebten, aber auch einige andere, weiter entfernt liegende Gebäude, die möglicherweise durch Funkenflug in Brand geraten konnten.

Die Nachricht von dem brennenden Haus verbreitete sich wie ein Lauffeuer. Der Crescent war übersät mit Löschfahrzeugen. Mitglieder der Freiwilligen Feuerwehr, in der Hauptsache Balaclava-Studenten, pumpten unermüdlich Wasser aus dem Waschteich und aus dem Skunk Works Reservoir, besser bekannt unter dem Namen Oozaks-Teich. Einheimische rannten herbei, um zu sehen, was los war, Touristen aus Hoddersville und Lumpkinton trafen mit Autos und Fahrrädern ein, behinderten die Feuerwehr und bekamen strikte Anweisung, entweder hinter der Absperrung zu bleiben oder dahin zurückzukehren, woher sie gekommen waren.

Chief Ottermole saß auf seinem Drahtesel wie Napoleon auf seinem Streitroß und machte in seiner makellos geplätteten Uniform eine hervorragende Figur. Man brachte ihm mehr Respekt und Aufmerksamkeit entgegen, als ihm in seinem schrottreifen alten Streifenwagen je zuteil geworden war, bis zu dem Tag, als die lächerliche Klapperkiste, die zu ersetzen sich die Stadt angeblich nicht hatte leisten können, ihm den Gefallen getan hatte, mitten auf einer stark befahrenen Kreuzung endgültig den Geist aufzugeben.

All dies nahm Peter mehr oder weniger unbewußt wahr, während er den sich windenden Schläuchen auswich, durch den Wasservorhang rannte und klatschnaß in seine Küche stürzte. Gott sei Dank hatten sie den Raum immer noch nicht renoviert, wie sie es eigentlich vorgehabt hatten. Helen befand sich genau an der Stelle, wo er sie zuletzt gesehen hatte. Sie hielt sich am Telefon fest wie eine Ertrinkende an ihrem Rettungsring. Momentan versuchte sie gerade, einen Vertreter der Feuerflitzer von Lumpkinton davon zu überzeugen, daß seine Mannschaft auf keinen Fall nebst Handdruckpumpe und Feuerwehrdalmatiner nach Balaclava Junction flitzen sollten, weil es einfach keinen Platz mehr auf der Straße gab. Trotzdem bedankte sie sich für das freundliche Angebot. Als sie den triefenden Peter erblickte, legte sie schnell auf.

»Alles in Ordnung mit dir?«
»Alles in Ordnung mit dir?«

Sie sprachen beide gleichzeitig und mußten über sich selbst lachen. Peter wollte gerade die alte Floskel vom Gleichklang der Herzen anbringen, aber Helen war schneller. Helen ging es gut, sie war klug genug gewesen, alle Fenster zu schließen und die Luken dichtzumachen, als der erste Rauch aus dem Haus der Feldsters quoll. Peter dagegen sah furchtbar aus. Er hatte gar nicht bemerkt, wie viel Rauch und Benzindämpfe er beim Kampf gegen Elver Butz eingeatmet hatte und wie viele Kratzer und Schnitte er von dem vielen zerbrochenen Porzellan davongetragen hatte.

Das anhaltende Wasserbombardement und die zwar gebändigten, aber unermüdlichen Flammen hatten den Crescent in ein riesiges Dampfbad verwandelt. Alle husteten und schwitzten, doch niemand dachte daran zu gehen. Immer mehr Feuerwehrwagen trafen ein, die Sirenen heulten wie Wesen von einem anderen Stern. Es gab keine Parkplätze mehr, man brauchte keine weiteren Löschfahrzeuge, und die Neuankömmlinge konnten nichts weiter tun, als das allgemeine Chaos zu verschlimmern, was ihnen auch perfekt gelang.

Wie Peter erwartet hatte, war vom Feldster-Haus kaum mehr übrig geblieben als ein übergroßer Schornstein. Die Zimmer, in die Ms. Tripp genau wie ihre Schwester so viel Mühe und Arbeit gesteckt hatte, waren völlig ausgebrannt. Mirelles teure Staubfänger waren unwiederbringlich dahin, und von ihrer eindrucksvollen Sammlung war nichts weiter übrig als die Papiertüte mit Porzellanscherben, die im Marmeladenschrank im Keller der Shandys lag.

»Das Leben geben wir für eine Schellenkappe, die Seele hin für Seifenblasen ...«

Peter kannte die Dichter Neuenglands in- und auswendig, sie waren seit frühester Kindheit seine Freunde. Er konnte sich noch genau daran erinnern, wie ihm sein Vater aus den Gesammelten Werken von Longfellow vorgelesen hatte. In seinem Elternhaus hatte man ständig Whittier und Longfellow zitiert. Als er ein kleiner Junge war, gehörte der Satz »Du siehst aus wie das Wrack der Hesperus« zu den beliebtesten Beleidigungen. Wer kannte heute noch den Schoner Hesperus? Wahrscheinlich war vielen nicht einmal mehr der Name Longfellow ein Begriff. Und den wenigen, die beide kannten, waren wahrscheinlich sowohl das Gedicht als auch der Dichter schnurzegal. Warum schossen ihm ausgerechnet jetzt diese Gedanken durch den Kopf, während das Haus, neben dem er mehr als sein halbes Leben gewohnt hatte, jeden Moment einstürzen konnte?

»Oh! Peter, schau mal!«

Helen griff nach seinem Arm, hob Jane hoch und hielt sie schützend an sich gedrückt. Helen brauchte gar nichts weiter zu sagen, Peter wußte auch so, was sie meinte. Alle Anwesenden starrten gebannt nach oben. Wachposten schoben die Schaulustigen nach hinten, wo sie sicherer waren. Der Lärm war infernalisch, doch ein Geräusch übertönte alles andere.

Die Stromversorgung im Feldster-Haus war längst zusammengebrochen. Nur das Feuer, das jetzt die Treppen hochraste und sich in den bizarren Dachboden fraß, erhellte das Innere des Gebäudes. In seinem Wahnsinn war Elver Butz bis auf die Turmspitze des höchsten Türmchens geklettert, manchmal durch raucherfüllte Dunkelheit, manchmal draußen an der Wand entlang, wo der Architekt vor etwa hundert Jahren einen aufwendig verzierten schmiedeeisernen Blitzableiter hatte anbringen lassen, der wie eine riesige Sonnenblume geformt war.

An dieser Sonnenblume hing Elver Butz, heulend, brüllend und lachend, als habe er völlig den Verstand verloren. Doch das konnte einfach nicht wahr sein, so etwas passierte nicht in Wirklichkeit. Viel eher war es eine Szene aus einem alten Horrorfilm. Das Wesen dort oben erinnerte an die Kreatur des Dr. Frankenstein, an das bemitleidenswerte Monster, das seinen letzten Triumphschrei hervorstieß. Das spitze Dach begann einzustürzen. Elver riß die eiserne Sonnenblume aus ihrer glühenden Verankerung, schwenkte sie über den Kopf wie eine Trophäe, stieß einen letzten todesmutigen Schrei aus und stürzte sich brüllend mitten ins Flammenmeer.

Kapitel 26

»Menschenskind, Shandy!«

Peter hatte inzwischen wirklich genug von der Feldstermeier-Saga, doch er mußte Dr. Svenson noch über die Hintergründe unterrichten. »Dann hat Mirelle also Elver Butz angestiftet, Jim umzubringen, weil er sich von ihr scheiden lassen wollte?«

»Genau. Jim hatte sich die Sache anscheinend lange und gründlich überlegt. Mirelle fand seinen Taschenkalender, in dem er sich die Namen und Adressen einiger Scheidungsanwälte aufgeschrieben hatte, und beschloß, schnellstens aktiv zu werden. Ihre Ehe war von Anfang an ein Fiasko gewesen, doch daran ließ sich nicht mehr viel ändern. Jims Vater, der Patriarch des Clans, war kein grausamer Mann, doch er hätte eine Scheidung auf gar keinen Fall geduldet. Forster hielt sich streng an die Moralvorstellungen seines Vaters und hatte Jim schon vor langer Zeit mitgeteilt, daß die Familie einen Verstoß gegen die Familientradition nicht billigen würde. Jim war das alles egal, er war ohnehin nicht bereit, auch nur einen Penny von seiner Familie anzunehmen. Doch Mirelle ließ sich jeden Monat Forsters Scheck auszahlen.

So lief es schon viel zu lange. Jim hatte seine Kuhställe und seine Logenbrüder. Mirelle hatte ihren Bridgeclub, ihre Friseurtermine, ihre regelmäßigen Einkaufsbummel mit Forsters Geld und ihre gelegentlichen Affären. Sie muß völlig in Panik geraten sein, als sie Jims Taschenkalender fand. Für einen dicken Batzen vom Feldstermeier-Geld wäre sie natürlich bereit gewesen, Jim aufzugeben, aber wie konnte sie dies bewerkstelligen? Ob sie oder Jim die Scheidung einreichen, war gleichgültig, in dem Moment, wo sie geschieden waren, würden die monatlichen Zuwendungen sofort aufhören. Wenn sie weiter ihr Geld beziehen wollte, blieb ihr nur die Möglichkeit, jemanden zu finden, der ihren Mann diskret und unauffällig aus dem Weg schaffte. Dann war sie die reichste und lustigste Witwe in der Stadt, konnte sich entspannt zurücklehnen und die Früchte ihrer Arbeit genießen.

Nachdem sie Elver versprochen hatte, ihn zu heiraten, sobald er Jim aus dem Weg geschafft hatte, versuchte sie, einen Rückzieher zu machen. Elver nahm das nicht sehr freundlich auf, wie Sie selbst gesehen haben.«

Präsident Svenson faßte zusammen. »Warum Schweineblut?«

»Das hatte er sich besorgt, als er in den Schweineställen und im Schlachthaus neue Leitungen verlegte«, erklärte Peter. »Er brauchte etwas Nasses, um Mirelle zu erden, bevor er sie durch einen Stromschlag tötete. Ich nehme an, das Blut hatte symbolische Bedeutung für ihn. Wer kann schon die Motive eines Wahnsinnigen erklären?«

Es war inzwischen früher Nachmittag. Obwohl Peter einige Stunden geschlafen hatte, fühlte er sich immer noch müde. Er hatte seine guten Hosen ruiniert, als er mit brennenden Socken durch das Küchenfenster der Feldsters geklettert war, um sich in Sicherheit zu bringen. Dank der Intervention eines gütigen Schutzengels, der an diesem Tag in der himmlischen Abteilung für Männerbekleidung Dienst getan hatte, war besagte Hose jedoch zufällig aus echter, altmodischer, feuerhemmender Schafswolle. Ein Glück, denn Peter hätte Helen äußerst ungern um ihre ehelichen Rechte gebracht.

Eigentlich hatte er sich ausgiebig duschen wollen, doch sein Versuch scheiterte kläglich. Als er ausgezogen unter der Brause stand, war der Wasserdruck ungefähr gleich Null, und außer ein paar lächerlichen Tropfen tat sich gar nichts. Doch Peter war nicht sonderlich enttäuscht. Nach seiner Flucht aus dem brennenden Haus, das Ms. Tripp noch vor kurzem hatte besitzen wollen, war er schließlich von den Feuerwehrschläuchen bis auf die Knochen durchnäßt worden. Er roch zwar wie ein geräucherter Schellfisch, aber er konnte wenigstens saubere Kleidungsstücke anziehen.

Die unmittelbare Nachbarschaft zu einem Horrorhaus konnte einem das Leben ziemlich erschweren. Der Garten der Shandys hatte sich in einen Sumpf verwandelt, und im ganzen Haus stank es nach Rauch. Peter und Helen spielten schon mit dem Gedanken, für eine Woche in das Gasthaus von Ellie June Freedom zu ziehen, aber Ellie duldete keine Katzen, selbst wenn sie hervorragend erzogen waren, daher mußten sie versuchen, das Beste aus ihrer Situation zu machen.

Doch manchmal hatte selbst der größte Schrecken noch etwas Gutes. Nachbarn, die sich seit Jahren bekriegt hatten, standen stundenlang einträchtig nebeneinander am selben Feuerwehrschlauch und gingen nach getaner Löscharbeit mit der Überzeugung nach Hause, daß Soundso nur halb so bescheuert war, wie sie bisher immer angenommen hatten. Mrs. Mouzouka, die Leiterin der Hauswirtschaftsabteilung, wohnte zwei Meilen vom Campus entfernt und brauchte ihren Schönheitsschlaf. Doch sofort nachdem die unzähligen Sirenen sie aus ihrem Schlummer gerissen hatten, zog sie sich ihren Kittel über ihr Nachthemd und ihren Morgenmantel über den Kittel, fuhr im Affentempo zur Fakultätsmensa und öffnete die Küche für all die müden, verrußten, hungrigen Feuerlöscher, die den größten Teil des Crescents gerettet hatten und nun die Tatsache beklagten, daß es keine Feuer mehr zu bekämpfen gab.

Iduna und Daniel Stott waren der Höhepunkt der Nacht gewesen. Allein der Anblick des wohlbeleibten Leiters der Abteilung für Nutztierzucht und seiner üppigen Helferin war das Aufstehen allemal wert. Stott hatte den Grill bedient, während seine Gattin unermüdlich Pfannkuchen aufgetürmt, Toastbrot für ein ganzes Regiment geröstet und Brot und Fische an die Hungernden verteilt hatte.

Kurz vor Tagesanbruch kam ein frischer Wind auf, der die Lage ein wenig verbesserte, doch es würde noch eine ganze Weile dauern, bis die Winterstürme den Gestank der nassen Asche nachhaltig hinwegfegen würden. Trotz des unangenehmen Geruchs hatten Peter, Helen und Jane vier oder fünf Stunden tief und fest geschlafen, bevor Peter vor den Präsidenten zitiert worden war.

»Autopsie?« erkundigte er sich.

»Eh – ja. Ich habe Chief Ottermole gebeten, den Coroner um eine zweite Kopie seines Berichts zu ersuchen. Er hat sie gestern abend in die Bibliothek gefaxt.«

»Urgh?«

»Die Todesursache steht eindeutig fest. Mirelle starb an einem Stromschlag. Nachdem das ganze Blut abgewaschen worden war, konnte man die Stellen deutlich sehen. Und in ihrem Blut konnte nicht die Spur von Coumadin nachgewiesen werden.«

»Ungh.«

»Dem kann ich nur zustimmen. Die arme Mirelle. Und der arme Jim.«

Svenson nickte und faßte sich wie üblich kurz. »Kommt er zurück?«

»Das weiß ich nicht. Jim hat seine Arbeit hier immer sehr ernst genommen, aber ich würde mich nicht wundern, wenn er es jetzt als seine Pflicht ansähe, die Verantwortung für seine Familie zu übernehmen. Er braucht dazu noch viel Hilfe, aber es steht ihm ein hervorragender Assistent zur Seite. Sein Neffe Florian Feldstermeier der Soundsovielte, nehme ich an, ist der Nächste in der direkten Erbfolge und scheint sich hingebungsvoll darum zu kümmern, Jim alles beizubringen.«

»Donnerkeil! Was ist das für ein Krach?«

»Oh, das ist sicher Jim.« Wohl wissend, was ihn erwartete, schlenderte Peter lässig zu dem Helikopter, der gerade draußen auf dem Rasen vor Präsident Svensons Büro landete.

»Kommt ein Milchmann geflogen!«

Dr. Svenson beobachtete amüsiert, wie der frisch umgetaufte Präsident James Feldstermeier aus dem Helikopter stieg. Seine Kleidung erinnerte irgendwie an die von Prinz Charles, doch Feldstermeier war größer und grauer. Sein kleines Milchkännchen hatte er nicht mitgebracht. Eskortiert wurde er von seinem ebenfalls makellos gekleideten Adjutanten, dem echten Florian Feldstermeier, der aussah, als wäre er gerade dem *Gentlemen's Quarterly* entstiegen. Jim stellte seinen Neffen dem Präsidenten so zwanglos vor, als wären sie alle drei gewöhnliche Sterbliche, obwohl dies natürlich lächerlich war, wie jeder wußte.

Auch ohne viele Worte wurde schon bald deutlich, daß es sich nicht um Jims Rückkehr in die Kuhställe, sondern eher um einen

Staatsbesuch oder Schlußakt handelte. Auf unglaublich taktvolle Weise machte Florian deutlich, daß der neue Kopf von Intermilk im nächsten Monat in einem der firmeneigenen Flugzeuge nach Frankreich, Deutschland, Großbritannien, in die Niederlande und die Schweiz sowie nach Wisconsin, Duluth in Minnesota und diverse andere Länder und Orte fliegen würde. Auf diese Weise wollte er sich mit der geschäftlichen Seite des Familienbetriebs vertraut machen und jeweils Vorlesungen über die Grundlagen der Milchwirtschaft halten, um zu zeigen, daß er über fundierte, handfeste Fachkenntnisse verfügte und obendrein der Sproß einer berühmten Familie war, die in den Annalen der Milchwirtschaft ihren festen Platz einnahm.

Florian war ein geschickter Diplomat. Er schlug vor, Präsident Svenson könne vielleicht Präsident Feldstermeier, den Generaldirektor von Intermilk, einladen, sein neues Leben im Milchgeschäft mit seinem inzwischen fast legendären Einführungsvortrag zu beginnen, und zwar hier am Balaclava Agricultural College, wo er so viele Jahre als hochgeschätzter Spezialist tätig gewesen war. Der Vorschlag wurde auf der Stelle angenommen. Obwohl es Sonntag war, ließ Svenson sofort Professor Stott antanzen. Professor Stott ließ daraufhin einige seiner besten Studenten antanzen. Diese wiederum trommelten ihre eher trägen Kommilitonen zusammen. Alles ging so schnell, daß Professor Feldster alias Feldstermeier bereits nach etwa zehn Minuten auf seinem alten Podest vor den Studenten stand.

Während die Studenten mit dem üblichen Lärm Platz namen, bat Florian Peter Shandy und Thorkjeld Svenson, ihn hinaus auf den Flur zu begleiten. »Ich möchte das Programm nicht stören, aber da ich aller Wahrscheinlichkeit nach diesen Vortrag noch oft hören werde, dachte ich mir, daß wir uns währenddessen vielleicht kurz unterhalten könnten.«

»Ich denke, das läßt sich machen, Florian. Haben Sie etwas Bestimmtes auf dem Herzen?«

»Verschiedenes. Zuerst möchte ich Ihnen mitteilen, daß wir mit Ihrem hervorragenden und äußerst diskreten Bestatter Harry

Goulson vereinbart haben, daß Mirelles sterbliche Hülle zu unserem Familiensitz gebracht wird, wo sie in unserer Familiengruft zur letzten Ruhe gebettet werden soll.«

»Urgh«, sagte Svenson.

»Zweitens möchte die Feldstermeier Foundation einen großzügigen Betrag spenden, um hier am Balaclava College einen James Feldstermeier Lehrstuhl für Milchwirtschaft einzurichten.«

»Urf.«

»Drittens bin ich auf der Suche nach einem Ehepaar, das ich vor einigen Jahren während eines Urlaubs in der Karibik kennengelernt habe. Vielleicht kennen Sie die beiden zufällig? Der Mann ist Arzt und erwähnte, sie würden ganz in der Nähe des Colleges wohnen, in dem Onkel James unterrichtete, und zwar in einem Haus, das schon seit Generationen seiner Familie gehört. Ich hatte gehofft, einen Blick auf das Gebäude werfen zu können, als ich Tante Mirelle vorige Woche besucht habe. Aber ich war so spät dran, daß ich keine Gelegenheit dazu hatte. Der Name des Ehepaars ist Melchett. Können Sie damit etwas anfangen?«

»Allerdings«, sagte Peter. »Wie der Zufall es will, wollten wir gerade zu Melchett, als Ihr Helikopter landete. Was halten Sie davon, Präsident, wenn wir Florian einfach mitnehmen? Der Besuch könnte allerdings ein wenig – eh – anders ausfallen, als Sie vielleicht erwarten, Florian.«

»Sehr gut. Ich liebe Überraschungen. Hat es zufällig etwas mit dem kleinen Problem meines Onkels zu tun?«

»Wahrscheinlich sogar eine ganze Menge. Das Melchett-Haus befindet sich dort drüben hinter den Hemlocktannen. Wenn Sie Lust haben mitzukommen, können wir in fünf Minuten da sein.«

»Das Haus meines Onkels liegt genau in der anderen Richtung, nicht?«

»Tut mir leid, Florian, aber Ihr Onkel hat kein Haus mehr. Zumindest nicht in Balaclava Junction. Das Haus ist bis auf die Grundmauern abgebrannt. Hat Ihnen das niemand erzählt?«

»Nein. Aber hat es überhaupt Onkel James gehört? Gehören die Häuser nicht alle dem College?«

»Sehr richtig. Jims Haus war das einzige, das nicht gerettet werden konnte, weil dort das Feuer ausgebrochen ist. Die übrigen konnten durch einen Wasservorhang geschützt werden. Wahrscheinlich waren alle Löschfahrzeuge vor Ort, die Balaclava County überhaupt aufbieten kann. Mein Haus blieb Gott sei Dank auch verschont, wie ich mit Erleichterung sagen kann.«

»Und wie ich mit Erleicherung höre.« Auch Florian hatte anscheinend eine menschliche Seite.

»Da vorn ist Dr. Melchetts Haus schon«, sagte Peter.

»Sehr hübsch.« Florian ging langsamer und betrachtete das schöne alte Gebäude eingehend. »Hoffentlich haben die beiden Kinder, die die Familientradition fortsetzen können.«

»Soweit ich weiß, haben sie keine«, sagte Peter. »Oder, Präsident Svenson?«

»Hund. Klein wie ein Eichhörnchen.«

»Foo-Foo.«

Peter erinnerte sich an den lustigen Namen, weil Mirelle ihn bei ihrer nächtlichen Schimpftirade gebraucht hatte, als er sich geweigert hatte, Jim Feldster zu suchen. Er hatte immer noch Gewissensbisse, wenn er daran dachte, was er in jener verhängnisvollen Nacht, als Elver Butz den gestohlenen grauen Lincoln in eine Folterkammer verwandelte, eigentlich hätte tun müssen und dann doch nicht getan hatte.

»Etwa ein Pekinese?« Florian schien die kleine Besichtigungstour zu genießen.

Ganz im Gegensatz zu Peter. Als sie die geräumige Veranda betraten, die dem Haus irgendwann um 1880 hinzugefügt worden war, war er alles andere als erfreut, als sie Mrs. Melchett vorfanden. Sie hielt keinen Pekinesen, sondern einen Zwergspitz auf dem Arm und sah ungefähr genauso bedrückt aus, wie Peter sich fühlte. Trotzdem schien sie sich sehr zu freuen, sowohl den Präsidenten als auch den netten Mr. Feldstermeier in ihrem Haus begrüßen zu dürfen. Oder vielmehr im Haus der Familie Melchett, wie das Messingschild neben der Tür verkündete. Der Zahn der Zeit und fleißiges Polieren durch viele Generationen hatten zwar ihre Spuren hinterlassen, doch das Schild erfüllte nach wie vor die ihm ursprünglich zugedachte Aufgabe.

»Na so was! Präsident Svenson, Mr. Feldstermeier, was für eine Überraschung! Schade, daß ich nicht wußte, daß Sie kommen würden, sonst hätte ich etwas vorbereitet. Möchten Sie sich vielleicht unser Treppenhaus anschauen? Es ist ziemlich ausgefallen.«

Sie verhaspelte sich, wußte nicht, was sie sagen sollte, und klammerte sich an den winzigen Hund, als hinge ihr Leben davon ab. Im Inneren des vornehmen alten Gebäudes war die Atmosphäre zum Schneiden dick. Der Grund dafür wurde klar, als Dr. Melchett den Kopf aus seinem Arbeitszimmer steckte, einen kurzen Blick auf die Ankömmlinge warf und beschloß, die Tür auf der Stelle wieder zu schließen.

Der mächtige Fuß von Thorkjeld Svenson war schneller. »Raus da, Mistkerl!« Der Präsident riß die Tür auf und zerrte den entsetzten Arzt in den Flur.

»Raus mit der Sprache!«

»Aber was – ich – ich habe es nicht getan! Ich habe ihn nur mitgenommen und ihm eine Spritze gegeben. Elver war der – ich wollte doch bloß –« Er begann zu schluchzen.

»Jim Feldster umbringen?« Peter merkte zum ersten Mal, wie sehr er diesen eingebildeten Arzt verachtete. »Warum?«

»Weil ich es nicht länger ausgehalten habe. Sie hat noch den letzten Cent von mir erpreßt. Ich brauchte das Geld. Sie sagte, wenn ich ihr dabei helfe, Jim aus dem Weg zu räumen – all die Jahre, und bloß weil sie diese verdammten Briefe hatte –«

»Welche Briefe, Howland?«

Coralee Melchetts Stimme klang eisig. »Dauernd mußtest du mitten in der Nacht Hausbesuche machen. Mit wie vielen deiner Patientinnen hast du dich denn auf deinem Untersuchungstisch amüsiert? Glaubst du etwa, ich hätte das alles nicht bemerkt? Ich habe endgültig genug davon, dir den Rücken zu decken, Howland. Ich gehe jetzt zu Vater. Sieh zu, wie du allein mit deinen Problemen fertig wirst.«

Sie wandte sich an ihre ehrenwerten Gäste. »Tut mir leid, daß ich unsere schmutzige Wäsche hier vor Ihnen waschen muß, aber ich halte es einfach nicht mehr aus. Ich werde diesen Pharisäer an den Pranger bringen. Ich werde überall erzählen, was du mit deinen Patientinnen gemacht hast, du geiler alter Bock. Was sind das für Briefe, Howland? Warum sollte Professor Feldster sterben? Und was hatte Elver Butz damit zu tun? Warst du zu feige, den Professor selbst umzubringen?«

»Ich habe Elver genaue Anweisungen gegeben. Ich habe ihm klar und deutlich gesagt, daß er Jim ja nicht lebend dort zurücklassen soll. Ich wollte nicht, daß er langsam verhungert oder – Elver sollte – «

»Was sollte Elver tun, Howland? Nein, sag es besser nicht, ich will es gar nicht wissen. Sobald Mr. Feldstermeier fort ist, steige ich in den Wagen, den Daddy mir geschenkt hat, nehme Foo-Foo, fahre zum besten Scheidungsanwalt in Claverton und reiche die Scheidung ein. Und diese Briefe will ich als Beweisstücke. Wo sind sie?«

»Hör auf! Halt endlich den Mund! Es war Mirelle. Sie – ich – als junge Frau war sie unwiderstehlich. Ich habe mich wahnsinnig in sie verliebt. Du warst so gottverdammt prüde, hast immer nur davon gefaselt, was dein Daddy alles – «

»Ach, halt die Klappe, Howland! Dann hat Mirelle dich also erpreßt? Und du hast sie umgebracht?«

»Mit *Mirelles* Tod hatte ich nichts zu tun.«

»Mag sein, aber Sie haben alles versucht, um Jim den Mord in die Schuhe zu schieben, als Sie herausfanden, daß er doch nicht tot war«, sagte Peter. »Sie haben den Autopsiebericht aus Ottermoles Büro gestohlen, als er Streife fuhr, und durch eine Fälschung ersetzt, in der stand, Mirelle sei durch eine Überdosis Coumadin gestorben. Kein Wunder, daß Edmund so schlecht gelaunt war. Er hat Sie gekratzt, als Sie ihn bei seinem Nickerchen gestört haben.«

»Urrgh!«

Das reichte. Melchett rannte zurück in sein Arbeitszimmer. Sie hörten, wie er die Tür hinter sich abschloß. Präsident Svenson riß zwar mit ein paar mächtigen Rucken die schwere Tür aus den Angeln, doch sie kamen zu spät. Melchett hatte sich eine tödliche Injektion gesetzt. Seine halb geöffneten Augen starrten ins Leere, und sein Mund war ein häßliches Loch in seinem blau angelaufenen Gesicht. Die Spritze war ihm aus der Hand gefallen und steckte zitternd in dem teuren Eichenparkett.

»Das war's dann wohl.«

Nach dieser kurzen Totenrede nahm Florian Feldstermeier das schneeweiße Leinentaschentuch heraus, das ihm der unvergleichliche Curtis in die Brusttasche seines Jacketts gesteckt hatte, faltete es auseinander und legte es über das Gesicht des Toten. Coralee bedankte sich höflich, ging zum Telefon und rief in Goulsons Bestattungsinstitut an.

Harry Goulson wußte bestimmt, wie man die ganze Angelegenheit möglichst diskret über die Bühne brachte. Im *Claverton Crier* würde eine kurze Todesanzeige stehen, und der *Gemeinde- und Sprengel-Anzeyger* würde nur Gutes zu sagen wissen und das Schlechte verschweigen. Coralee Melchett konnte sich die Kosten und Peinlichkeiten der Scheidung sparen. Sie und Foo-Foo würden das alte Melchett Haus dem College überlassen, wie es in dem erst vor kurzem verfaßten Testament ihres verstorbenen Mannes stand. Sie selbst würde zu ihrem Vater ziehen und ihm im Geschäft helfen.

»Dann wäre also alles wieder vortrefflich in Ordnung in der besten aller möglichen Welten.«

Florian schien um Aussprüche nicht verlegen zu sein. »Ich würde vorschlagen, wir sehen nach, ob Onkel James die Massen immer noch erleuchtet. Vielleicht könnten Sie mir ein gutes Restaurant empfehlen? Falls es hier überhaupt Restaurants gibt. Onkel James braucht vor unserem nächsten Termin sicher noch eine kleine Stärkung, meinen Sie nicht?«

»Da bin ich ganz sicher.« Peter konnte sich keinen Feldstermeier vorstellen, der nicht unablässig von Hunger geplagt wurde. »Die beste Adresse vor Ort ist die Fakultätsmensa. Wir können uns von Mrs. Mouszouka einen Tisch reservieren lassen und versuchen, Jim aus den Kuhställen herauszulotsen, falls Sie wirklich heute noch einen weiteren Stopp einlegen wollen.«

Peter hatte recht. Sie hätten beinahe schon wieder die Feuerwehr rufen müssen, um den Professor von seinen jubelnden Studentenmassen loszueisen. Professor Feldstermeier versprach, weitere Vorträge über Milchwirtschaft zu halten, sobald es sein Terminkalender zuließ. Professor Stott erklärte sich bereit, seinem alten Kollegen beim Mittagessen Gesellschaft zu leisten. Peter hoffte nur, daß es genug zu essen gab. Ein Svenson, ein Stott und zwei Feldstermeier waren selbst für Mrs. Mouzouka ein absoluter Härtetest, doch sie hatte ein ganzes Studentenheer zum Kochen und Servieren zusammengetrommelt und meisterte die Krise mit Bravour, ungeachtet der Tatsache, daß ihre Küche die ganze Nacht über geöffnet gewesen war.

Erst als Stott und Svenson sich verabschiedet hatten, um ihren Nachmittagsverpflichtungen nachzugehen, und Peter die beiden Ehrengäste zurück zu ihrem Hubschrauber geleitete, kam Florian auf das heikle Thema zu sprechen. »Onkel James, du brauchst dir keine Sorgen zu machen, daß dieser Besuch von Unannehmlichkeiten überschattet sein könnte. Ein Gutes hat das Feuer gestern nacht nämlich doch mit sich gebracht: Es ist alles verbrannt. Auch die Briefe, die Dr. Melchett an Tante Mirelle geschrieben hat. Wir brauchen keine Angst zu haben, daß der Name Feldstermeier durch die Boulevardpresse gezogen wird.«

Jim Feldster, der dafür bekannt war, daß er immer ernst war, begann zu lachen. »Das wäre sowieso nicht passiert. Die Briefe habe ich schon vor zwanzig Jahren verbrannt und durch Einladungen zum Bohnenfest in Beanstown ersetzt. Es findet normalerweise jährlich statt, mit Bohnenstangen, die Bohnenkaffee servieren, einem Bohnenkönig und dem berühmten Bohnenwettessen zugunsten der Bohnenzüchter von Beanstown. Aber irgendwie war die Ernte in dem Jahr nicht die Bohne wert, also haben wir alles abgeblasen und die Einladungen gar nicht erst abgeschickt. Da kam mir die Idee, sie anderweitig zu nutzen. Irgendwie hat mich die Vorstellung gereizt, daß Mirelle stapelweise Umschläge mit Bohnenbriefen hortet. Heute war wirklich ein schöner Tag, Pete. Gut, daß wir alle Probleme gelöst und die sprichwörtliche Kuh endlich vom Eis haben. Wir sehen uns dann in etwa einem Monat.«

Peter wartete nicht, bis der Hubschrauber außer Sichtweite war. Gerade war ihm eine wunderbare Idee gekommen. Vielleicht konnte er zusammen mit Thorkjeld Svenson ein paar Bulldozer organisieren, zu den traurigen Überbleibseln des Feldster-Hauses fahren und einige kathartische Tage damit verbringen, die Ruine zu beseitigen. Dann würden sie die öde Stätte in einen prächtigen Park verwandeln, in dem Studenten der Botanik das in die Tat umsetzen konnten, was Professor Shandy ihnen predigte. Aus für den Milchmann – jetzt kam der Mulch.

Nachwort

Balaclava County im nördlichen, ländlichen, bostonfernen Massachusetts mit Dörfern, verschlafenen Kleinstädten, viel Landwirtschaft und wenig, meist veralteter Industrie, aber mit einer renommierten Landwirtschaftlichen Hochschule gesegnet, ist der Schauplatz der ländlichen Romane von Charlotte MacLeod (»Schlaf in himmlischer Ruh'«, »... freu dich des Lebens«, »Über Stock und Runenstein«, »Der Kater läßt das Mausen nicht«, »Stille Teiche gründen tief«, »Wenn der Wetterhahn kräht«, »Eine Eule kommt selten allein«, »Miss Rondels Lupinen«, DuMonts Kriminal-Bibliothek Bd. 1001, 1007, 1019, 10312, 11045, 1063, 1066 und 1078). Für den reichen Norden der USA stellt die Gegend eine Art gemäßigtes Armenhaus dar, und so ist besonders die Hochschule ein Segen, gibt sie doch nicht nur den zukünftigen Farmern von Neuengland eine solide Ausbildung, sondern erleichtert mit ihren Forschungen auch deren Existenz: Professor Peter Shandy hat mit dem ›Balaclava-Protz‹ eine höchst erfolgreiche Rübensorte gezüchtet und sein Kollege Professor Stott dazu das Superschwein, das diese Rübe in eine geradezu phantastische Zahl von Koteletts umsetzt. Kennen und lieben gelernt hat auch der deutsche Leser den Schauplatz von Peter Shandys detektivischen Abenteuern, diese liebenswert skurrile Welt, in der der Sheriff auf dem Fahrrad seines Sohnes seine Runden dreht, weil die Gemeinde zu arm (oder zu neuenglisch geizig) ist, ihm nach dem öffentlichen Zusammenbruch des alten einen neuen Streifenwagen zu finanzieren. Seit er während des für das College höchst einträglichen Weihnachtsrummels, genannt ›Lichterwochen‹, die Leiche einer Nachbarin im eigenen Wohnzimmer fand, ist er nach und nach zum Sherlock Holmes der Rübenfelder geworden, dem die Fälle im College, ums College und in der Gegend drumherum nur so zufallen, und sei es, weil der hünenhafte Präsident Svenson ihm befiehlt, ›sein‹ College aus den Schlagzeilen herauszuhalten. Sein neuester Fall trifft, wie seine beiden ersten, wieder ins Herz des College – wenn es denn ein Fall ist. Neben den Shandys wohnen in einem der alten dem College gehörenden Backsteinhäuser die Feldsters. Daß weder die Nachbarn zur Linken noch die zur Rechten viel Kontakt mit ihnen haben, liegt zum einen daran, daß James Feldster so aufregend, farbig und exotisch wie die Milch ist, der er sein Leben verschrieben hat, und daß umgekehrt seine Frau Mirelle schlechthin unerträglich ist und ihre Nachbarn überdies förmlich schneidet. Ihren Mann hat sie dahin getrieben, daß er sein Leben förmlich in zwei Hälften geteilt hat: Von Sonnenaufgang bis zum Sonnenuntergang ist er als Experte für Milchwirtschaft bei den Ställen und in der Molkerei zu finden, die Abende verbringt er in allen Logen, die von seinem Haus aus erreichbar sind – Hauptsache, sie lassen keine Frauen zu. Abends kennen ihn die Nachbarn nur scheppernd von all den Bruderschafts- und Hochgrads-Insignien, die er an sich und bei sich trägt. Niemand kennt so viele Arten, sich durch einen Händedruck den Brüdern aus vielen Dutzend Bruderschaften als Eingeweihter zu erkennen zu geben, wie er. Vor Jahren hatte er schon einmal in Peters zweitem Fall kurzfristig als Verdächtiger eine Rolle gespielt (»... freu dich des Lebens«, Du Monts Kriminal-Bibliothek Bd. 1007). Damals war das Forschungsprojekt von Professor Stott entführt worden, die trächtige Zuchtsau Belinda, die im Begriff stand, die Ferkel der Zukunft zu werfen. Stott war als Fachmann für Schweinezucht der Direktor der für das College wichtigen Abteilung für Nutzviehhaltung, Feldster als Professor für Milchwirtschaft nur zweiter Mann. Sollte hinter Belindas Verschwinden eine akademische Intrige stecken und Feldster aus Stotts Niederlage als Sieger hervorgehen wollen, der Zweite zum Ersten aufsteigen? Peter hatte damals den Verdacht schnell fallenlassen: Feldster hatte als Student alle Melkwettbewerbe gewonnen, und sein wissenschaftlicher Ruhm basierte auf seiner Monographie über die Geschichte der Entrahmung, zudem hatte er wichtige Veröffentlichungen zum Butterfettgehalt aufzuweisen. Sonst wußte man nur von ihm, daß er als Waisenkind bei einem älteren Ehepaar aufgewachsen war, das jemanden zum Melken gebraucht hatte – als potentieller Napoleon des Verbrechens war er jedenfalls für Peter Shandy damals zu Recht schnell ausgeschieden. Und just dieser James Feldster stand nun selbst im Mittelpunkt eines rätselhaften Geschehens, und einer der letzten, die ihn gesehen hatten, war Peter selber. Wie fast jeden Abend war Jim scheppernd an ihm vorbeigegangen, hatte dieselbe launige Bemerkung wie jeden Abend gemacht, und war in Richtung irgendwelcher Logentreffen verschwunden. Doch statt daß ihn ein Logenbruder mit seinem Wagen mitgenommen hatte, war er in einen lokal unbekannten großen grauen Lincoln mit getönten Scheiben gezerrt oder sonstwie verfrachtet worden und auf Nimmerwiedersehen verschwunden. Doch noch ehe er beim Morgengrauen in den Ställen von Kühen und Studenten vermißt werden konnte, hatte ausgerechnet seine Frau Alarm geschlagen – sie, die sich sonst für sich hielt und sich vor allem wenig um die Bruderschaften ihres Mannes kümmerte, hatte nachts um 2.47 Uhr die Shandys aus Sorge um den Verschwundenen aus dem Bett geholt. Und hatte durchaus recht mit dieser unzeitigen Sorge gehabt – siehe das Vermißtwerden bei und von den Kühen am nächsten Morgen und den rätselhaften Lincoln am vorigen Abend. Aber ist das schon ein Fall? Oder eher ein vorgezogener Halloween-Streich irgendwelcher Logenbrüder, was vielleicht näher läge? Der Milchmann ab durch die Mitte – so könnte man den englischen Titel »Exit the Milman« wörtlich übersetzen – und Auftritt Catriona McBogle. Seit »Wenn der Wetterhahn kräht« (DuMonts Kriminal-Bibliothek Bd. 1063) liebt Charlotte MacLeod es, unter diesem Pseudonym in ihren eigenen Büchern aufzutreten. Seit Dr. Fells denkwürdiger Erklärung, er und seine Mitspieler befänden sich schließlich »in einer Kriminalgeschichte ..., und wir können keinen Leser damit täuschen, indem wir so tun, als wäre das nicht so«, aus dem Jahre 1935 (John Dickson Carr, »Der verschlossene Raum«, DuMonts Kriminal-Bibliothek Bd. 1042), lange bevor die Moderne generell ›fiction‹ als Fiktion preisgab, liebt es der Detektivroman, mit seiner Ernsthaftigkeit und Authentizität zu kokettieren und sich selbst als intelligentes

Spiel zu demaskieren. Und so präsentiert sich Catriona McBogle denn auch als äußerst erfolgreiche Autorin, die mit unseriösen Plots seriöses Geld verdient und von Boston bis Tokio – und an einer ganzen Reihe von Orten dazwischen auch – als Krimi-Schriftstellerin äußerst beliebt ist. Und gerade deshalb sitzt ihr Verleger ihr im Nacken. das Verlangen der Fans nach einem neuen Roman zu stillen – und ihr fällt nichts ein: Ihr fehlt ein Plot! Und so stehen Schriftstellerin und Detektiv, Catriona McBogle und Peter Shandy, vor derselben Frage: Ist der verschwundene Professor für Milchwirtschaft, von Studenten wie Kollegen ›der Milchmann‹ genannt, ein Fall? Ein Plot? Catriona ist es, die aus dem immer noch harmlosen Verschwinden des Nachbarn und Kollegen einen Fall macht, weil er bei ihr Assoziationen auslöst, die sie zunächst selbst nicht verifizieren kann. Sein Name, sein Aussehen auf einer Fotografie, eine weitere Fotografie – an was erinnert sie das bloß? Als sie sich, von den Shandys wenig getröstet und, wie sie meint, immer noch plotlos, auf den Heimweg nach Maine macht (wo auch die wirkliche Charlotte MacLeod lebt), stößt sie nicht, wie sie gehofft hatte, auf eine Idee, sondern fährt mitten hinein: Mit der ihr eigenen Gabe, sich geradezu kreativ zu verfahren, findet sie auf einer von Gott und Menschen vergessenen Nebenstraße im allerländlichsten Massachusetts in höchst prekären Umständen den verschwundenen Milchmann. Und sie allein weiß, wer er wirklich ist! Auch wenn das relativ früh im Roman bekannt wird, soll es hier doch nicht verraten werden. Jedenfalls ist alles weitere nach McBogle-MacLeods Herzen: Feldster – der gar nicht so heißt – leidet unter Gedächtnisverlust und kann so zur Aufklärung seines rätselhaften Schicksals nichts beitragen. Und seine wahre Identität, die ihm selbst vielleicht zur Zeit nicht präsent ist, darf keineswegs publik gemacht werden, geht doch gerade von dieser wahren Identität seine potentielle – und allem Anschein nach auch höchst reale – Gefährdung aus. Und dabei scheint zugleich, wenn man der Presse glauben darf, halb Neuengland auf der Suche nach ihm zu sein. Während Catriona den amnesischen Milchmann auf Nebenwegen Richtung Maine schafft, weiß man in Balaclava immer noch nicht, ob der Verschwundene nun ein Fall ist oder nicht bis eine unbezweifelbare Leiche auf höchst blutige Weise diese Frage beantwortet. Aber wie hängt beides zusammen – ein verschwundener und ebenso zufällig wie spektakulär wiedergefundener Milchmann und ein blutiger Mord in Balaclava Junction? Wieder einmal ist Peter ein Verbrechen, diesmal sogar ein doppeltes, wortwörtlich vor die Haustür gelegt worden, und er wird es lösen. Nicht nur, weil Präsident Svenson seinen üblichen Druck ausübt – es heißt, sein Großvater sei Walfänger gewesen und seine Großmutter ein Mörderwal –, sondern auch aus dem Berufsethos heraus, das ihn schon bei seinem ersten Fall motivierte: Schließlich will er doch auch bei einer eingegangenen Versuchspflanze herausfinden, warum und woran sie eingegangen ist. Und so wird er auch seinen neunten Fall erfolgreich lösen, helfen ihm doch nicht nur seine detektivische Begabung und seine inzwischen unbezweifelbare Routine, sondern sogar seine Autorin selber – Catriona McBogle alias Charlotte MacLeod.

Volker Neuhaus

DuMonts Kriminal-Bibliothek

»Knarrende Geheimtüren, verwirrende Mordserien, schaurige Familienlegenden und, nicht zu vergessen, beherzte Helden (und bemerkenswert viele Heldinnen) sind die Zutaten, die die Lektüre zu einem Lese- und Schmökervergnügen machen. Der besondere Reiz liegt in der Präsentation von hier meist noch unbekannten anglo-amerikanischen Autoren.« *Neue Presse/Hannover*

Band 1001	Charlotte MacLeod	**»Schlaf in himmlischer Ruh'«**
Band 1016	Anne Perry	**Der Würger von der Cater Street**
Band 1022	Charlotte MacLeod	**Der Rauchsalon**
Band 1025	Anne Perry	**Callander Square**
Band 1033	Anne Perry	**Nachts am Paragon Walk**
Band 1035	Charlotte MacLeod	**Madam Wilkins' Pallazzo**
Band 1050	Anne Perry	**Tod in Devil's Acre**
Band 1063	Charlotte MacLeod	**Wenn der Wetterhahn kräht**
Band 1066	Charlotte MacLeod	**Eine Eule kommt selten allein**
Band 1068	Paul Kolhoff	**Menschenfischer**
Band 1070	John Dickson Carr	**Mord aus Tausendundeiner Nacht**
Band 1071	Lee Martin	**Tödlicher Ausflug**
Band 1072	Charlotte MacLeod	**Teeblätter und Taschendiebe**
Band 1073	Phoebe Atwood Taylor	**Schlag nach bei Shakespeare**
Band 1074	Timothy Holme	**Venezianisches Begräbnis**
Band 1075	John Ball	**Das Jadezimmer**
Band 1076	Ellery Queen	**Die Katze tötet lautlos**
Band 1077	Anne Perry	**Viktorianische Morde** (3 Romane)
Band 1078	Charlotte MacLeod	**Miss Rondels Lupinen**

Band 1079	Michael Innes	**Klagelied auf einen Dichter**
Band 1080	Edmund Crispin	**Mord vor der Premiere**
Band 1081	John Ball	**Die Augen des Buddha**
Band 1082	Lee Martin	**Keine Milch für Cameron**
Band 1083	William L. DeAndrea	**Schneeblind**
Band 1084	Charlotte MacLeod	**Rolls Royce und Bienenstich**
Band 1085	Ellery Queen	**... und raus bist du!**
Band 1086	Phoebe Atwood Taylor	**Kalt erwischt**
Band 1087	Conor Daly	**Mord am Loch acht**
Band 1088	Lee Martin	**Saubere Sachen**
Band 1089	S. S. van Dine	**Der Mordfall Benson**
Band 1090	Charlotte MacLeod	**Aus für den Milchmann**
Band 1091	William L. DeAndrea	**Im Netz der Quoten**
Band 1092	Charlotte MacLeod	**Jodeln und Juwelen** (September 2000)
Band 1093	John Dickson Carr	**Die Tür im Schott** (September 2000)
Band 2001	Lee Martin	**Neun mörderische Monate** (3 Romane)